비극의 원흉이 되는 최강악역
최종보스 여왕은
국민을 위해 헌신합니다 8

비극의 원흉이 되는 최강악역 최종보스 여왕은 국민을 위해 헌신합니다 8

텐이치

illustration 스즈노스케

CONTENTS

Characters

프라이드

프리지아 왕국의 제1왕녀. 여덟 살 때, 전생에서 플레이했던 여성향 게임 '너한빛'의 최종보스 여왕으로 환생했음을 깨닫는다. 공략 대상에게 일어날 비극을 미연에 방지하고 나라와 국민을 위해 헌신하겠다고 결심한다. 두뇌 회전과 전투력이 치트급. 예지 특수 능력자.

스테일

프라이드의 의붓 남동생이자 제1왕자. '너한빛'의 공략 대상 중 한 명. 순간이동 특수 능력자. 프라이드와 종속 계약을 맺었다.

아서

프리지아 왕국 기사단 8번대 부 기사대장. '너한빛'의 공략 대상 중 한 명. 만물 치유 특수 능력자. 프라이드의 근위기사.

티아라

프라이드의 여동생이자 제2왕녀. 여성향 게임 '너한빛'의 주인공. 가련한 미소녀.

로자

프라이드의 어머니. 프리지아 왕국의 여왕. 예지 특수 능력자.

알버트

프라이드의 아버지. 프리지아 왕국의 부군.

베스트

여왕의 의붓 남동생이자 프라이드의 숙부. 프리지아 왕국의 섭정.

질베르

프리지아 왕국의 재상.
'너한빛' 의 공략 대상 중 한 명.
나이 조작 특수 능력자.

로데릭

프리지아 왕국 기사단 단장.
아서의 아버지.
참격 무효화 특수 능력자.

클라크

프리지아 왕국 기사단 부단장.
로데릭의 친구.

앨런

프리지아 왕국의
1번대 기사대장.
프라이드의 근위기사.

에릭

프리지아 왕국의
1번대 부 기사대장.
프라이드의 근위기사.

칼럼

프리지아 왕국의
3번대 기사대장.
프라이드의 근위기사.

해리슨

프리지아 왕국의 8번대
기사대장.

바르

프라이드와 예속 계약을 맺은
전직 도적이자 범죄자.
지금은 배달부 일을 한다.
토벽 생성 특수 능력자.

케멧

고아 출신.
능력 증강 특수 능력자.
세펙의 남동생.

세펙

고아 출신.
물 생성 특수 능력자.
케멧의 누나.

아네모네 왕국

레온

아네모네 왕국의 제1왕자.
프라이드의 전 약혼자.
'너한빛' 의 공략 대상 중 한 명.

라지야 제국

아담

다른 나라를 침략해서 영토를
넓힌 라지야 제국의 황태자.

하나즈오 연합왕국

세드릭

서시스 왕국의 왕제(王弟).
'너한빛' 의 공략 대상 중 한 명.
프리지아 왕국에 동맹을 맺자고
제안한 인물.

랜스

서시스 왕국의 국왕.
세드릭의 형.
요안의 친구.

요안

차이넨시스 왕국의
신앙심 깊은 국왕.
랜스의 친구.

용어

✳ 프리지아 왕국
예지 특수 능력자인 여왕이 다스리는 대국.
세계에서 유일하게 특수 능력자가 태어나는 나라.

✳ 아네모네 왕국
프리지아 왕국의 이웃 나라. 손 꼽히는 무역 대국.

✳ 하나즈오 연합왕국
금맥의 땅 서시스 왕국과 광물로 유명한 차이넨시스 왕국이
통합된 나라.

✳ 라지야 제국
노예 생산국 중 가장 큰 대국.
노예 생산과 침략을 통해 영토를 넓혔다.

✳ '너와 한 줄기 빛을'
프라이드가 전생에서 플레이했던 여성향 게임.
시리즈화도 된 대인기 작품. 통칭 '너한빛'.

비극의 원흉이 되는 최강악역
최종보스 여왕은 국민을 위해 헌신합니다 8

제1장 소외된 왕녀와 탄생제

"누님, 가시죠."

"언니! 다들 기다려요!"

꼬박 하루에 걸쳐 몸단장을 마친 나는 호화로운 드레스를 입고 걸어 나갔다. 시선 너머에는 곱슬거리는 금발과 금색 눈동자의 귀여운 여동생 티아라와 귀여운 의붓 남동생 스테일이 기다리고 있다. 저번 축하회도 무척 즐거웠지만 이번 파티는 규모의 격이 다르다. 이미 내빈 대부분이 성에 모였다. 어머님과 아버님까지 모두가 날 기다린다. 왜냐하면 오늘은…….

"그래!"

내 18세 탄생제니까.

"프라이드 제1왕녀 전하, 생일 축하드립니다."

내빈 한 명 한 명에게 감사하다고 인사한 뒤 대화를 나눴다.

프라이드 로열 아이비. 곱슬거리는 진홍색 머리에 치켜 올라간 보라색 눈동자의 프리지아 왕국 제1왕녀, 그게 나다. 그리고 전생의 기억을 통해 내가 여성향 게임 시리즈 '너와 한 줄기 빛을'의 첫 시리즈에 등장하는 최악의 쓰레기 악역 최종보스 여왕임을 떠올린 게 여덟 살 때였다. 그런데 정신을 차리고 보니 벌써 열여덟 살이 되었다.

진홍색을 기조로 한 드레스는 저번보다 자수가 더 늘어서 화려했다. 2년 전에는 허전하기 짝이 없던 가슴팍도 지금은 그런대로 볼륨이 있어서 여성스러운 드레스도 제법 잘 어울렸다. 게다가 우리 나라가 자랑하는 학교 제도도 이제 곧 실시된다고 하니 감정적으로도 가슴이 부풀어 올랐다.

"누님. 몸은 좀 괜찮으십니까?"

스테일이 내 옆으로 다가와 살며시 귀띔했다. 칠흑색 머리와 눈동자에 진녹색 안경을 쓴 제1왕자 스테일은 한 살 어린 의붓 남동생이다. "그래, 고마워." 하고 인사하자 스테일은 미소를 지었다.

2년 전 탄생제 때부터 이렇게 규모가 크고 공식적인 파티가 열리면 스테일은 자주 내 기분과 몸 상태를 확인했다. "이번에야말로 누님의 변화를 바로 알아차리고 싶거든요."라나. 2년 전 레온이 처음 나타났을 때 내가 몹시 동요한 데다가 그 뒤에도 여러 가지로 걱정을 끼쳤던 걸 아직도 신경 쓰는 듯했다. 내빈과 화기애애하게 대화를 나누는 와중에 틈틈이 내 상태까지 확인하러 오다니 스테일은 정말 대단하다. 스테일도 차기 섭정으로서 국내외를 불문하고 매우 인기가 많아서 여기저기 끌려다니느라 바쁠 텐데.

스테일은 "무슨 일 있으면 바로 불러 주십시오."라고 말하더니 다시 우아한 발걸음으로 내빈이 있는 쪽으로 떠났다. 당당히 걷는 그 모습은 그야말로 제1왕자 그 자체였다.

그런 생각을 하는 동안에 또 새로운 내빈이 나에게 인사를 하러 다가왔다. 생일 축하한다는 말에 나도 미소로 답했다.

"그런데 프라이드 전하…… 혹시 지금 교류하는 분이 있으신지요……?"

또 익숙한 질문이 날아왔다. 솔직히 질문받을 때마다 뭐라 할 말이 없다. 지금 눈앞에 있는 베로니카 왕국의 제2왕자에게 악의가 없다는 건 잘 안다. 그 증거로 지금까지 몇 번인가 사교계에서 만난 적이 있는데 아직도 내 앞에 서면 긴장해서 얼굴이 빨개진다. 그렇게까지 긴장하는 상대에게 싫은 소리를 할 사람으로는 도저히 안 보이니 분명 단순히 대화거리를 찾는 것이거나 내 앞날을 걱정하는 거겠지.

내가 쓴웃음을 지으며 "죄송해요. 그 건에 관해서는 얘기할 수 없네요." 라고 대답하자 제2왕자는 대화거리를 잘못 골랐다고 여겼는지 갑자기 어깨를 떨구더니 인사와 함께 떠나 버렸다. 정말 미안하네…….

인사가 시작되고부터 이런 식으로 어깨를 떨구는 남자가 속출하고 있다. 하지만 나도 티아라도 그 화제에 관해서는 부모님께 입막음을 당해서 말을 못 하니 어쩔 수 없다. 그 사람들도 제1왕녀와의 대화거리를 찾으려고 애쓴다는 건 잘 알지만…… 어라……? 방금 내빈과 대화하던 스테일이 이쪽을 보며 살짝 웃은 것 같은데. 혹시 내 서투른 대화 실력을 보고 기가 찬 걸까? 아니, 근데 살짝 사악하게 웃은 것 같기도 하고.

"프라이드. 생일 축하해."

헉. 익숙한 목소리에 뒤를 돌아보니 레온이 있었다. 파란 머리에 비취색 눈동자. 중성적인 얼굴을 한 레온은 이웃 나라 아네모네 왕국의 제1왕자이자 내 맹우다. 와인 잔을 한 손에 들고 웃는 레온은 지금까지 대화했던 내빈보다 훨씬 더 마음을 터놓은 상대라 나는 마음이 놓여서 힘이 살짝 빠졌다. 고맙다고 대답하자 레온은 "와인, 맛있어." 하고 잔을 치켜들었다. 내가 내빈과 인사를 나누느라 와인도 못 마시는 상황인 걸 신경 써 준 듯했다. 감사 인사를 하며 손에 든 내 와인 잔으로 목을 축이자 레온도 뒤따랐다.

"역시 인기가 참 많네, 프라이드는. 마음 가는 좋은 상대는 좀 있었어?"

와인 잔을 기울인 뒤 부드럽게 웃는 레온에게 난 또다시 쓴웃음을 지었다. 지금까지와 똑같이 "미안해, 그 건에 관해서는 얘기할 수 없어."라고 대답하자 조금 놀랐는지 눈이 동그래지더니 곧바로 다시 웃었다.

"그렇구나. 너도 참 바쁜가 보네. 오늘은 몸이 힘들거나 하진 않지?"

위로와 함께 자연스럽게 화제를 전환하는 레온은 정말이지 너무 완벽하다. 나는 마음속으로 고마워하며 괜찮다고 대답했다.

"이제 대부분의 내빈과는 대화가 끝났어?"

"응, 거의. 이제 곧 있으면 어머님의 말씀이 있을 거야."

오늘은 내 탄생제라 동맹국이 거의 다 참가했다. 어머님이 이번 탄생제에서 중요한 보고가 있으니 꼭 오라고 초대장을 보내신 것도 그 이유 중 하나다. 그 덕에 작년보다 내빈이 많았다. 그때 문득 레온이 뭔가 생각났는지 주위를 둘러보기 시작했다.

"그러고 보니…… 하나즈오 연합왕국 사람들과는 벌써 얘기했어?"

하나즈오 연합왕국. 서시스 왕국과 차이넨시스 왕국이 합쳐진 우리 나라의 동맹국이다.

레온의 말에 나는 고개를 저어 답했다. 나에게 인사하려고 기다리는 줄이 생기기도 했지만, 하나즈오 연합왕국 쪽에도 금세 인파가 몰려들었다. 레온과 함께 같은 방향으로 고개를 돌리니 하나즈오 연합왕국 주변엔 사람이 바글거려서 여기선 그 모습조차 보이지 않았다. 이따금 랜스 국왕의 훌륭한 금발이 슬쩍 엿보였지만 그 외엔 완전히 사람들에게 파묻혀 있었다.

하나즈오 연합왕국과 동맹을 맺은 건 우리 나라지만 그곳의 금맥과 광물을 사고 싶어 하는 이들은 원래부터 전 세계에 많았다. “이걸 기회로 부디 저희와도……!”라고 하는 목소리가 지금도 들려왔다.

“레온은 얘기했어?”

“우리도 아직이야. 프라이드와 먼저 얘기하고 싶기도 했고…… 이미 교역 중인 내가 하나즈오 연합왕국과 엮이고 싶어 하는 사람들의 교섭에 끼어들긴 미안하니까.”

듣자 하니 레온의 아네모네 왕국도 노예 제도를 철폐하면 당장에라도 동맹을 맺자고 랜스 국왕 측과 이야기가 진행된 듯했다. 아네모네 왕국은 아직 노예를 인정하는 국가지만 방위전에서 제1왕자가 직접 많은 국민을 구조하러 돌아다녔던 것이 무척 좋은 평가를 받는 모양이었다. 그 국민들 중에는 이미 레온에게 반한 이도 많다나. 분명 레온의 구조 활동에 바르도 함께했을 텐데…… 안타깝게도 레온과 달리 바르의 팬이 있다는 얘기는 전혀 못 들었다.

레온은 그 뒤로 1년…… 아니, 벌써 거의 2년이 다 됐나. 그 2년 동안 교역뿐만 아니라 다른 나라의 사교계에도 자주 출석한 덕에 인기가 상당히 많아졌다. 레온의 인품과 무역, 정치 수완에 반한 각국의 왕후 귀족이 여자는 물론이고 남자들까지 칭찬을 아끼지 않았다. 그 덕에 레온이 지금껏 다른 나라의 사교계에 출석하지 않았던 것도 단순히 비장의 카드를 아끼고 있었을 뿐이라고 여겨졌다. 지금도 많은 영애가 멀리서 나와 레온이 대화하는 걸 바라보며 뺨을 붉히고 있다. 각국의 왕녀와 영애에게서 러브콜 역시 끊이지 않는다고 한다. 레온은 옛날부터 아네모네 왕국 내에서 인기가 폭발하는 생활을 보내는 것에 익숙해진 탓인지 눈 하나 꿈쩍하지 않지만. 예전에 들은 얘기로는 레온은 국왕이 되기 전까지 약혼자를 찾을 마음이 없다는 듯했다. 거기에 한술 더 떠서 "프라이드보다 먼저 약혼할 생각은 없어."라는 말까지 들었다. 솔직히 엄청나게 부담됐다. 약혼이 취소된 상대인 나와 프리지아 왕국을 신경 써 주는 건 기쁘고, 아네모네 국왕도 그 의견에 동의한 모양이긴 한데…… 약혼 취소는 일반적으로 여자한테 상처가 남으니 당연하다면 당연한가.

"그래도 얘기하고 싶긴 해. 랜스 국왕은 물론이고 요안 국왕과도 인사하고 싶고…… 세드릭 왕자와도 다시 한번 얘기하고 싶으니까."

그 순간 레온의 눈동자가 요염하게 빛났다. 그러고 보니 레온은 내가 세드릭에게 뭔가 실례되는 짓을 당했다는 걸 알았지. 예전에 있었던 요리와 쿠키 사건도 그렇고, 세드릭이 모르는 곳에서 적을 늘려서 미안하게 됐다. 뭐, 자업자득이지만…….

"자, 그럼…… 난 슬슬 다른 사람과도 인사하고 올게."

"전 약혼자가 너무 오랫동안 독점하면 서로에게 불필요한 소문이 퍼질 테니까."

레온은 그렇게 말하며 자리에서 한 걸음 물러났다. 나도 짧게 맞장구를 치자 레온은 "아, 그리고." 하고 뭔가 생각났는지 중얼거리다가 웃었다.

"오늘 입은 드레스도 무척 잘 어울려. 이 회장에서 누구보다 아름다워. 심장에 무리가 갈 정도야."

부드러운 미소에 요염함이 깃들며 나도 모르게 심장이 두근거렸다. 내 얼굴이 뜨거워짐과 동시에 레온의 하얀 피부가 달아올랐다. 아무리 레온이라도 방금 그 립서비스는 부끄러웠던 모양이지만, 그 순간 색기까지 흘러나와서 하마터면 와인 잔을 떨어뜨릴 뻔했다. 단순히 기울어지는 정도로 끝났다. 와인이 줄어 있어서 정말 다행이었다.

레온은 주위를 둘러보더니 한 걸음 떨어진 위치에서 상반신만 살짝 내 쪽으로 기울여 속삭였다.

"그렇게 귀여운 얼굴을 다른 영식이나 왕자한테 너무 보여 주면 안 돼. 다들 네 포로가 될 테니까."

또 그런 대사를 하다니! 립서비스 하는 걸 부끄러워하나 싶더니 또 달콤한 말을 속삭이는 바람에 이번엔 정말 얼굴이 화끈거렸다. 레온에게서 풍기는 색기에 온몸이 저려서 움직이지 못했다. 그런데 레온은 벌써 평정을 되찾은 얼굴로 부드럽게 웃더니 그럼 또 보자고 가볍게 인사하며 떠났다. 그러는 레온이나 기습적으로 튀어나오는 요염함 좀 절제하라고 말하고 싶지만 최근 들어 레온이 다른 여자 앞에서 그런 요염함을 내보이는 건 본 적이 없다. 역시 내가 마음을 터놓은 상대라서 무심코 튀어나오는 건가.

나도 모르게 손으로 얼굴을 부채질하며 숨을 고른 뒤 와인 잔을 기울였다. 그리고 다음 차례를 기다리던 내빈인 클레마티스 왕국의 대공과 인사하려고 마음을 다잡았다.

"이거 참~ 프라이드 님, 이번에도 참 아름다우시더라."

앨런 대장님이 더운지 단복 가슴께를 손으로 펄럭거리며 중얼거렸다. 나와 에릭 부대장님도 그 말에 고개를 끄덕이며 와인을 들이켰다. 벌써 프라이드 님과 제일 먼저 인사한 지 시간이 꽤 지났는데 아직도 멀찍이 시야에 들어오기만 해도 몸이 뜨거워졌다.

아서 베레스포드. 아버지에게 물려받은 파란 눈에 은발을 높게 한 갈래로 묶은 나는 프라이드 님의 근위기사로 이번 탄생제에 초대됐다. 갈색이 감도는 짧은 금색 머리에 오렌지색 눈동자의 앨런 대장님은 1번대 기사대장이고 밤색 머리, 눈동자의 에릭 부대장님은 부 기사대장이다. 두 분 다 8번대의 기사대장이 된 나와 마찬가지로 프라이드 제1왕녀 전하의 근위기사다.

"작년 프라이드 님의 탄생제에서도 같은 말을 하지 않았던가? 앨런, 작년엔 그렇게 긴장 안 했잖아."

부단장 클라크가 이상하다는 듯이 웃으며 앨런 대상님을 보았다. 조금 떨어진 곳에서는 기사단장인 아버지가 다른 내빈과 바쁘게 인사를 나누고 있었다. 이럴 때 기사단장이란 참 힘들겠다는 생각이 든다. 아버지는 기사단 안에서도 클라크 말고 다른 사들이랑은 잡담도 잘 안 하는데…….

클라크의 말에 "뭐, 많은 일이 있었으니까요."라고 웃으며 대답한 앨런 대장님은 뒤이어 "너도 그렇게 생각하지?" 하고 칼럼 대장님에게 시선을 던졌다. 눈동자와 같은 적갈색 머리인 칼럼 대장님은 3번대 기사대장이고 마찬가지로 근위기사다. 앨런 대장님의 말에 "그야 뭐……."라고 중얼거린 칼럼 대장님은 앞머리를 손가락으로 만지작거리며 프라이드 님이 계신 쪽을 바라보았다.

"벌써 몇 번이나 뵙지만…… 정말이지 항상 믿기질 않아요. 제가 이렇게 공적인 자리에 초대되다니."

에릭 부대장님의 말에 나도 고개를 세차게 끄덕였다. 나도 프라이드 님의 근위기사로 몇 번인가 초대받긴 했지만 아직도 이런 공간이 낯설고 불안하다. 너무 분수에 안 맞는 곳이라 엄청 주눅이 든다.

"너희는 프라이드 님의 근위기사라고. 그러니 가슴 좀 펴."

클라크가 그렇게 말하며 에릭 부대장님뿐만 아니라 나에게도 웃었다. 그런 말을 들으니 이번엔 내가 그분의 근위기사인 게 몹시 분수에 안 맞는 듯한 기분이 들었다. 실제로도 그렇긴 하지만……. 그래도 그분 곁에 있고 싶으니 어쩔 수 없다.

프라이드 님의 인기는 아직도 식을 줄 몰랐다. 우리가 인사하기 전, 후에도 프라이드 님에게 인사하는 각국의 왕후 귀족이 끊이질 않았다. 어째선지 오늘은 다들 프라이드 님과 대화한 뒤 바로 떠났지만.

2년 전에 약혼이 취소된 뒤로 프라이드 님한테서 약혼이나 교

제 애기는 전혀 듣지 못했다. 파티나 식전 같은 사교적인 자리에 초대받긴 하지만 특정한 상대는 없는 모양이고, 편지도 아직 받기만 할 뿐 답장은…… 편지…….

'무슨 일이 있어도 반드시…….'

"윽……."

안 돼, 갑자기 다른 일이 떠올라서 단숨에 열이 올랐다. 서둘러 일행의 눈을 피하며 고개를 숙이자 칼럼 대장님이 왜 그러냐며 걱정해 주었다. 괜찮다고 대답한 뒤 잔에 든 와인을 벌컥벌컥 마시며 얼버무렸다. 심호흡을 몇 번 하고서 술 때문에 얼굴이 달아오른 척했다. 뒤이어 칼럼 대장님의 시선 너머로 눈길을 돌리자 마침 프라이드 님이 눈에 들어왔다. 엄청 반짝거렸고 멀리서 보는데도 미소가 눈부셨다.

어떤 내빈도 미소로 대하고 가끔 입가를 가리며 웃는 그 모습이 너무 아름다워서 지금도 저분 곁에 있을 수 있다는 것이 종종 안 믿긴다. 가지런히 정리된 머리와 새빨간 드레스가 잘 어울려서 같은 인간이라는 것조차 잊을 정도다.

"넋을 잃을 만큼 아름답지."

뭐라고?! 갑자기 옆에서 들려온 목소리에 무심코 몸을 떨었다. 뒤이어 "옆에 있는 남자는 아마 야부란 왕국의 애크로이드 경이던가."라는 설명이 이어졌다. 목소리가 크지 않았지만 얼마 안 남은 와인이 가볍게 튀어 몇 방울 떨어졌다. 내 반응을 보고 눈이 약간 커진 그 사람은 놀라게 해서 미안하다며 부드럽게 웃더니 근처에 있던 웨이터에게 새로운 와인을 부탁했다. 나는 당황한 게 너무 부끄러워서 자세를 고치며 다시 한번 인사했다. 위험해.

너무 멍하니 있었어.

"레온 제1왕자 전하…… 실례했습니다."

레온 왕자. 아까 프라이드 님과 인사하는 걸 봤는데, 우리한테도 인사하러 온 모양이다. 내 단복을 위 아래로 훑은 레온 왕자는 "다행이다. 옷에는 안 흘린 것 같네." 하고 안심했는지 한숨을 내쉬었다.

살짝 놀란 클라크와 에릭 부대장님 및 대장님들과도 인사를 나눈 레온 왕자는 다시 내 쪽으로 몸을 돌렸다.

"로데릭 기사단장님과는 방금 대화했으니까…… 너와도 대화하고 싶어."

레온 왕자는 또다시 부드럽게 웃으며 새 와인을 가져온 웨이터에게 그걸 나에게 주라고 손짓했다. 와인을 받아들고 감사 인사를 한 나는 다시 레온 왕자 쪽을 보았다.

"저랑 말입니까……."

"그래요. 아서 기사대장님, 당신과 말입니다."

싱긋 웃는 레온 왕자의 모습에 조금 긴장됐다. 2년 전에는 여러 일이 있었지만 지금은 정말 좋은 왕자라고 생각한다. 약간의 음흉함도 섞이지 않은 미소를 보니 안심이 됐다.

예전에 있었던 내 승진 축하 파티 때 프라이드 님이 만드신 요리의 식재료도 이 사람이 제공했다고 한다. 레온 왕자의 프리지아 왕국 방문과 내 근무 시간이 겹쳤을 때 감사하다고 전했더니 "잘됐구나. 다행이야." 하고 웃으며 다시 한번 기사대장으로 승진한 걸 축하하기까지 했다. 방위전에서도 아네모네 왕국 소속으로 무기 보급, 국문 방위, 국민 구조 등 많은 일을 한 모양이었다.

"그건 그렇고 정말 대단하네. 처음 만난 지 2년도 안 돼서 부대장이 되더니 이번엔 기사대장이 되다니."

"감사합니다. 전 아직 멀었지만, 레온 제1왕자 전하께서 그렇게 말씀해 주시니 황송할 따름입니다."

고개를 숙이는 나에게 레온 왕자가 미소를 지었다. 레온 왕자는 나보다 한 살 어리지만 전혀 그렇게 안 느껴진다. 오히려 나보다 훨씬 더 어른스럽다. 역시 아네모네 왕국의 제1 왕위 계승자답다 싶지만…… 한편으로는 이런 사람도 궁지에 몰린 적이 있었다.

프라이드 님도 레온 왕자도 약혼 얘기가 안 들리는 와중에 혹시 두 사람이 다시 연을 맺는 게 아니냐는 소문까지 들려왔다. 프라이드 님도 레온 왕자도 절대로 그럴 일 없다며 웃었지만…… 아까 레온 왕자가 프라이드 님과 대화할 땐 정말 한 폭의 그림 같았고 무엇보다 두 사람은 성별과 상관없이 많은 내빈의 주목을 끌었다.

"넌 무척 우수한 기사라고 프라이드도 스테일 왕자도 티아라도 모두 자랑했거든. 다른 근위기사들도 네가 없는 데서 자랑했어."

끝으로 목소리를 살짝 낮춘 레온 왕자의 말을 듣고 몹시 부끄러웠다. 아무리 봐도 가식적으로 짓는 미소가 아니라 진짜로 짓는 미소 같아서 기뻐진 나는 그만 눈을 내리깔고 말았다.

"역시 아서는 옛날부터 기사가 되고 싶었던 거야?"

"아……아뇨. 되고 싶다고 생각했었지만 본격적으로 지망한 건 열세 살 때입니다. 부끄러운 얘기지만요."

지금까지도 사교 자리에서 몇 번인가 들었던 얘기다. 아주 단순한 화제니 얼버무려도 상관은 없겠지만…… 숨기고 싶지 않다는 마음이 더 컸다. 레온 왕자는 내 대답에 약간 의외라는 듯이 눈을 크게 뜨더니 "그렇구나……." 하고 마치 감탄한 것처럼 중얼거렸다.

"그럼 넌 이만저만 노력한 게 아니겠네. 진심으로 존경스러워."

레온 왕자의 입꼬리가 서서히 부드럽게 올라갔다. 정말 처음 만났을 때와는 완전 다른 사람 같은 따뜻한 미소에 나도 모르게 입이 벌어졌다. 지금껏 '엄청난 재능'을 가졌다고 칭찬받으며 노력이 무시당한 적은 많았지만…… 그런 말은 들은 건 거의 처음이었다.

"감사합니다."라는 내 대답에 "진심이야."라고 말한 레온 왕자는 잔을 내 쪽으로 기울였다. 나도 머뭇거리며 잔을 레온 왕자 쪽으로 기울이자 레온 왕자는 두 잔을 부딪치며 챙 하는 소리를 냈다. 제1왕자와 건배하다니 너무 황송한 거 아닌가 싶었는데, 문득 스테일도 제1왕자임이 떠올랐다. 난 왜 이렇게 대단한 사람들하고만 얘기하는 거지…….

레온 왕자는 잔에 든 와인을 한 모금 마시더니 "아, 그러고 보니." 하고 뭔가 생각났는지 날 보며 다시 웃었다.

"여기서만 하는 얘긴데 아서는 이번으로 프라이드의 생일을 몇 번째 축하하는 거야?"

"탄생제에 초대받은 건 근위기사로 취임한 뒤부터니까……."

"아니, 그게 아니라."

레온 왕자가 그렇게 말하며 내 말을 도중에 끊었다. 뭔가 잘못했나 싶었는데, 레온 왕자는 이상하다는 듯이 어깨를 움츠렸다. 그리고 주위를 둘러보며 "미안, 질문을 잘못 골랐네." 하고 웃더니 내 귓가에 얼굴을 살짝 댔다.

"프라이드한테 매년 생일 선물 같은 것도 보내?"

"무, 무슨 말을……!"

이번에는 단숨에 얼굴이 빨개졌다. 갑자기 무슨 소릴 하는 거야, 이 사람! 나도 모르게 몸을 뒤로 젖히자 뜻밖에도 레온 왕자가 놀랐는지 눈이 휘둥그레졌다.

"안 보내……?"

레온 왕자의 믿기지 않는다는 표정을 보고 오히려 내가 더 당황했다. 왕자를 상대로 거짓말을 할 마음도 안 들어서 왜 그런 걸 묻냐고 하자 왕자는 쑥스러운 듯이 웃었다.

"난 이런 입장이라 프라이드의 생일에 한 번도 개인적인 선물을 준 적이 없거든. 실은 줄까 고민 중인 선물이 있어서 바르한테 상담했더니 그런 얘기는 스테일 왕자나 아서한테 하라더라고."

원흉은 그놈이었나! 순식간에 머리에 피가 쏠렸다. 2년 전부터 레온 왕자와 교류한다는 얘기는 들었지만 하필이면 나랑 스테일한테 떠넘기다니! 그보다 왜 우린데?! 나도 여자한테 어떤 선물을 주면 좋을지는 잘 모르는데, 사교에 익숙한 스테일이라면 몰라도 왜 나한테……!

다음에 만나면 무조건 한 소리 해야겠다고 다짐하며 한숨을 내쉬었다. 애초에 레온 왕자는 왜 선물 관련 상담을 바르한테 한 걸까……. 그 점부터가 수수께끼다.

"죄송하지만 저도 그런 건 잘 몰라서……."

전혀 도움이 안 되는 나에게 "그렇구나." 하고 살짝 아쉬운 듯이 대답한 레온 왕자를 보니 어쩐지 나쁜 짓을 한 것 같은 기분이 들었다. 최소한 이것만은 말해야겠다 싶어서 "하지만." 하고 말을 잇자 이번에는 레온 왕자가 고개를 갸웃거렸다.

"프라이드 님이라면…… 어떤 선물이든 간에 분명 기뻐하실 겁니다."

이어진 내 말에 레온 왕자는 비취색 눈동자를 동그랗게 뜨더니 웃었다. 너무 건성으로 대답했나 싶어서 나도 모르게 다시 시선을 피했다. 하지만 프라이드 님이라면 정말로 그러시겠지…….

그러자 레온 왕자가 갑자기 내 어깨에 손을 올렸다. 놀라서 고개를 드니 왕자가 부드럽게 웃으며 날 똑바로 바라보고 있었다. 고맙다는 말과 함께 그 눈동자가 어째선지 요염하게 빛났다.

"가까운 시일 내에 보낼게. 너한테도……."

"엇, 아닙니다! 그, 저한테 안 줘도…… 아니, 안 주셔도……."

왜 나한테까지 주려는 건가 하는 생각에 부담감이 들어 견디지 못하고 당황하자, 왕자는 내 어깨에 손을 올린 채 늦은 승진 축하 선물이라고 전했다. 도대체 뭘 선물할 셈이냐고 물으려 했는데, 그보다 먼저 레온 왕자가 "아예 다른 사람들 것도 다 보낼까?" 하고 즐거운 듯한 미소를 지었다. 아까와는 정반대로 어린애 같은 미소를 보고 허를 찔렸다.

"왜냐하면 너희도 분명 기뻐할 거거든."

정말 2년 전과는 완전히 다른 사람이 되었다. 기뻐 보이는 레온 왕자를 보고 나까지 가슴이 따뜻해졌다. 그런 상황에 찬물을 끼얹을 수도 없어서 그냥 황송하다고만 말했다.

"그건 그렇고 네 생일은 언제야?"

맥락을 알 수 없는 생뚱맞은 질문에 영문도 모른 채 대답했다.

짧게 알겠다고 말하며 웃는 왕자를 보니 왠지 무척 안 좋은 예감이 들었다. 뒤이어 왕자는 가까이에 있던 앨런 대장님, 칼럼 대장님, 에릭 부대장님에게까지 생일을 묻기 시작했다.

"아서만 특별 취급할 수는 없으니까요."

갑작스럽게 질문받고 놀라는 우리에게 레온 왕자는 그렇게 말하며 요염하게 웃었다. 짓궂은 생각을 떠올린 스테일과 살짝 닮았다…….

레온 왕자는 부단장 클라크와도 가볍게 대화를 나눈 뒤 우아한 몸짓으로 떠나갔다. 우리에게서 떠난 순간 거짓말처럼 많은 귀족과 왕족에게 다시 둘러싸인 레온 왕자를 보고, 멍해진 머리 한 구석으로 정말 대단한 사람이라고 생각했다.

"안녕하세요, 스테일 왕자 전하. 오늘 프라이드 제1왕녀 전하의 생일을 맞은 걸 축하드립니다."

레온 왕자가 말을 걸기에 나도 몸을 돌렸다. 레온 왕자가 다가오는 걸 전혀 눈치채지 못하다니, 아무래도 내빈과 너무 대화를 많이 해서 살짝 멍해졌던 모양이다. 아까까지 레온 왕자도 많은 내빈에게 둘러싸여 있었는데 그걸 받아넘기면서까지 나에게 인사하러 온 듯했다. 우리는 인사를 나누며 잔을 마주쳤다.

"시간 참 빠르네요, 프라이드가 벌써 열여덟 살이라니."

"그러게 말입니다. 누님의 여왕 즉위도 머지않은 것 같습니다."

"역시 대단하네요."

레온 왕자는 웃으며 그렇게 맞장구쳤지만, 그러는 왕자야말로 아네모네 왕국을 이어받는 건 시간문제라고 베스트 숙부님이 말씀하셨다. 이웃 나라 사이에서도 왕자의 수완과 인품은 평판이 좋아서 이미 아네모네 왕국의 얼굴이라 해도 과언이 아닐 정도다. 2년 전까지 사교계에 거의 나오지 않았던 이유가 비장의 카드를 아끼고 있었기 때문이라고 여겨지는 것도 수긍이 간다.

"스테일 전하의 생일은 다음 달이었죠. 그때는 꼭 축하드리고 싶습니다."

"감사합니다. 영광입니다. 부디 꼭 와 주십시오. 레온 전하의 생일 때 멋진 파티에 초대해 주시지 않았습니까."

아네모네 왕국은 2년 전부터 레온 왕자의 탄생제도 크게 열고 있다. 예전에도 우리 나라 여왕인 어머님은 아네모네 왕국의 식전에 몇 번 초대받은 적이 있었는데 그때마다 레온 왕자는 '몸이 안 좋아서' 불참했다고 한다. 제1왕자인 레온을 따라서 당시의 제2, 제3왕자도 성대한 탄생제는 열지 않고 국내에서 축하하는 정도로 그쳤던 모양이다. 당시에 만연하던 레온 왕자를 향한 악의 가득한 소문 때문이다. 하지만 지금은 레온 왕자가 큰 행사에 나타날 때마다 여자들의 비명이 끊이질 않는다. 레온 왕자를 노리고 아네모네 왕국과 더 깊은 친교와 교역을 하고 싶어 하는 왕족과 귀족도 많다고 들었다. 뭐, 그건 프라이드가 있는 우리 나라도 마찬가지지만…….

"프라이드는 인기가 대단하네요. 저도 전 약혼자로서 참 자랑스럽다고 할까요."

작은 목소리로 짓궂게 웃은 레온 왕자는 내 생각을 읽은 것처럼 프라이드를 눈짓했다. 수많은 남자가 프라이드에게 말을 걸고는 몇 번 인사를 한 뒤에 떠나갔다. 프라이드는 지금껏 사교계에서 오래 대화할 때가 많았는데, 오늘은 비교적 잘 거절하는 듯했다. 등을 살짝 둥글게 말고 떠나가는 남자들을 볼 때마다 자칫 방심했다가는 입꼬리가 올라갈 것 같았다. 고작 얼굴 몇 번 마주친 정도로 그 사람을 손에 넣을 수 있다고 여기다니 어림도 없다.

“네. 저도 의붓 남동생으로서 기쁠 따름입니다. 프라이드 제1왕녀 전하는 저에게도 프리지아 왕국에도 자랑스러운 왕녀니까요.”

미소를 지으며 대답하자 레온 왕자가 부드럽게 웃더니 부럽다고 중얼거렸다. 비취색 눈동자가 미약하게 흔들렸으나 그 부러움이 제1왕녀인 프라이드의 인기를 향한 것인지 아니면 프라이드를 당당히 연모할 수 있는 왕자와 영식을 향한 것인지…… 아니면 ‘동생’이 자랑스럽게 여기는 프라이드의 누나로서의 모습을 향한 것인지는 알 수 없었다.

“아, 그러고 보니 말입니다만.”

내 안색을 살폈는지 잔에 남은 와인을 들이켠 레온 왕자는 옆에 있던 웨이터 시녀에게 와인 잔을 새로 받았다. 그리고 “스테일 전하도 새로 드릴까요?” 하고 물었지만 아직 한 모금 남아서 거절했다.

레온 왕자는 잔을 가볍게 치켜들고 웃더니 일부러 화제를 돌리며 입을 열었다.

“스테일 전하는 이미 하나즈오 연합왕국 분들과 대화하셨나요?”

레온 왕자의 말을 듣고 자연스럽게 프라이드와는 다른 곳에 모인 인파로 눈길이 갔다. 공적인 자리에 모습을 드러내는 게 이번이 처음이라는 하나즈오 연합왕국은 다른 이들의 주목을 끌었다.

주역인 프라이드 다음으로 내빈 중 부동의 인기를 자랑하는 레온 왕자보다도 더 주목받고 있다. 지금까지 쇄국했던 나라가 아네모네 왕국과의 교역을 시작으로 이번에는 프리지아 왕국과 동맹을 맺었을 뿐만 아니라 서서히 나라를 개방할 준비까지 하니 당연하다. 꼭 자기네와 교역해 달라고 직접 교섭할 기회를 놓칠 자가 있을 리 없다.

프리지아 왕국 입장에서도 동맹을 더욱 넓히면서 각국에서의 평판이 올랐다. 하나즈오 연합왕국을 방위한 것과 라지야 제국과 화평을 맺은 게 어우러져 대국으로서의 명성이 더 높아졌다.

"아쉽지만 아뇨……. 그래도 이제 슬슬 누님과 인사할 것 같으니 그 뒤에 저와 티아라도 대화할 수 있지 않을까 기대 중입니다."

그런 이야기를 하는데 때마침 우리가 보고 있던 인파가 움직이기 시작했다. 요안 국왕이 사람들을 능숙하게 넘기고 키가 가장 큰 랜스 국왕이 그 사이를 헤치듯이 선두로 걸어 나왔다. 마지막으로 세드릭 왕자가 등 뒤로 말을 거는 내빈에게 일일이 대답하며 두 형을 뒤따랐다.

세드릭 실버 로웰. 제1왕자인 랜스 국왕의 동생이자 제2왕자. 최근에는 정식으로 '왕제(王弟)' 자리에 오른 남자다. 다부진 체격의 랜스 국왕도 그렇지만, 세드릭 왕자 역시 이렇게 멀리서 봐도 눈에 띈다. 랜스 국왕과 같은 붉은 눈동자에 어깨까지 오는 금발을 나부끼는 모습, 그리고 무엇보다 단정하고 남성적인 외모가 몹시 눈길을 끌었다. 스쳐 지나가는 여자들이 모두 반드시 뒤를 돌아보며 얼굴을 붉히고 시선을 빼앗겼다. 저래 봬도 짤랑거리는 장신구 소리가 나던 예전보다는 덜 눈에 띄는 편이고 헤어스타일도 비교적 차분해졌다.

갈이 바라보던 레온 왕자가 "정말이네요." 하고 맞장구치더니 또 뭔가 생각났는지 작게 말했다.

"방위전 때는…… '협력해 주셔서' 감사했습니다. 진심으로 스테일 전하와는 앞으로도 좋은 관계를 맺고 싶습니다."

의미심장한 말과 함께 그 눈동자가 요염하게 빛났다. 레온 왕자가 무슨 말을 하려는지는 안다. 나도 동의한다는 뜻으로 손을 내밀었고, 레온 왕자도 곧바로 손을 내밀어 악수했다.

레온 왕자는 어디까지나 '아네모네 왕국 사람' 이다. 하지만 최근에는 나도 아군인 레온 왕자가 든든하다고 느끼게 됐다. 나와 아서처럼 프라이드에게 구원받은 레온 왕자가 이대로 자기 나라에서 행복하게 지내기를 진심으로 바랄 만큼.

"프라이드 제1왕녀 전하, 생일 축하드립니다."

수많은 내빈을 뿌리치고 내게 인사하러 온 건 바로 얼마 전에 우리 나라의 동맹국이 된 하나즈오 연합왕국 사람들이었다.

그 사람들에게 일일이 감사 인사로 답하며 악수했다. 세드릭이 내 손등에 입 맞춘 순간 예전 일이 떠올라서 어깨에 힘이 들어가고 말았다. 하지만 세드릭은 이번엔 무척 차분하게 내 시선을 똑바로 마주 보았다.

“하나즈오 연합왕국 분들은 인기가 대단하시네요. 동맹국인 저희도 자랑스럽습니다.”

“아닙니다. 프라이드 님이야말로 대단하십니다.”

요안 국왕이 그렇게 말하며 웃었다. 찰랑거리는 하얀 머리와 금색 눈동자에 가느다란 녹색 안경을 쓴 신앙심 깊은 차이넨시스 왕국의 국왕이다.

우리 나라와 동맹을 맺은 나라 중에는 노예를 인정하지 않는 곳이 많고, 엄격하게 노예 제도를 시행하는 나라도 거의 없다. 요안 국왕의 차이넨시스 왕국과도 사이좋게 지낼 나라가 있었으면 좋겠다.

“프리지아 왕국 덕분에 저희도 나라를 개방할 준비를 진행하고 있습니다. 베스트 섭정 전하께서 도와주셔서 감사드립니다.”

랜스 국왕이 힘차게 내뱉은 칭찬을 듣고 기뻤다. 앞머리를 뒤로 넘긴 금발에 불타듯이 붉은 눈동자의 랜스 국왕은 역시 한 나라의 왕다운 품격이 있었다.

백 년 가까이 쇄국했던 데다가 방위전으로 피해까지 입은 하나즈오를 위해 어머님도 협력을 아끼지 않았다. 어머님은 오른팔인 베스트 숙부님에게 하나즈오 연합왕국이 나라를 개방하는 데 필요한 준비를 돕고 조언하라고 명령하신 듯했다. 사실은 스테일도 베스트 숙부님의 보좌이기에 이 일에 관련됐지만, 서신으로만 연락했기에 랜스 국왕과 요안 국왕은 아마 모를 것이다. 큰 도움이 됐다면서 자세하게 이야기하는 랜스 국왕과 요안 국왕을 보니 나도 입꼬리가 올라갔다.

얼마간 대화를 즐긴 후 랜스 국왕이 등 뒤에서 기다리던 세드릭에게 눈길을 주었다. 생일 축하 인사는 했지만 그 뒤로는 두 형들 옆에서 웃기만 하던 세드릭이 랜스 국왕의 허가를 받고 그 옆에 나란히 서듯이 한 걸음 앞으로 나왔다.

"프라이드. 이렇게 다시 만나게 돼서 기뻐. 앞으로도 부디 형님들과 나를 잘 부탁해."

약간 쑥스러운지 뺨이 발그레해진 세드릭이 고개를 살짝 숙였다. 차분하게 웃으며 말하는 모습이 매너가 몸에 뱄음을 증명하는 듯했다. 무엇보다 평소처럼 존댓말을 쓰지 않는 걸 보고 안심했다.

"그래. 나도 잘 부탁해, 세드릭. 전처럼 얘기해서 기뻐."

"그땐 폐를 끼쳐서 미안해. 하지만 지금도 프라이드 전하는 예전처럼 대해야 한다고 생각해."

'너' 가 아니라 '프라이드 전하' 라는 호칭을 쓴 것만으로도 피식 웃음이 나왔다. 나는 웃으며 세드릭 쪽으로 잔을 기울였다.

"아니야. 넌 '왕제' 고 난 '제1왕녀' 잖아. 오히려 내가 존댓말을 써야 하는 거 아냐? 세드릭 왕제 전하."

"그런, 그만하십시…… 아니, 그……그만해. 그러면 나도 같은 말투로 대답해야 하잖아."

그만 존댓말을 쓸 뻔해서 부끄러운지 시선을 피하는 세드릭을 보고 이번에는 랜스 국왕과 요안 국왕이 어깨를 들썩이며 웃었다. 이렇게 보니 영락없는 동생이구나 싶다.

알겠다고 대답하고 나니 문득 중요한 일이 떠올랐다.

"그래도 잘됐네. 그런 상태면 티아라와도 제대로 얘기하겠어."

펑. 소리가 난 쪽을 보니 세드릭의 얼굴이 새빨갛게 물들어 있었다. 세드릭은 순식간에 달아오른 얼굴을 황급히 가리려는 듯이 손바닥으로 입가를 가리고 고개를 숙였다.

"세드릭……?"

설마. 입꼬리가 경련할 뻔한 걸 참고 세드릭의 얼굴을 들여다보았다. 아직도 귀까지 새빨개진 세드릭은 기어들어 가는 목소리로 미안하다고 대답했지만 빨개진 얼굴이 가라앉을 기색은 전혀 없어 보였다.

그 옆에서는 랜스 국왕과 요안 국왕이 쓴웃음을 짓고 있었다. 그 모습을 보니 두 사람은 세드릭의 연심에 관해 알고 있는 모양이었다. 나와는 평범하게 대화하는 것 같지만, 티아라 얘기가 나온 것만으로도 이래서야 직접 만났다간 새빨간 사과 같은 얼굴이 되어 존댓말을 쓸 게 뻔하다. 예전에 티아라한테 존댓말 좀 고치라는 말도 들었는데, 이 상태로 만나면 또 혼나지 않을까? 아니, 그 전에 이다음에 있을 어머님의 발표를 들으면…….

"무슨 일 있으십니까, 누님?"

갑자기 옆에서 스테일의 목소리가 끼어들었다. 뒤를 돌아보니 또 나를 살피러 온 듯했다. 스테일은 싱긋 웃으며 내 옆에 나란히 섰다.

스테일의 이름을 부르자 랜스 국왕과 요안 국왕이 먼저 인사했다. 세드릭도 서둘러 입에서 손을 떼고 아직 홍조가 가시지 않은 얼굴로 어떻게든 예의를 다했다. 스테일도 세 사람에게 인사로 답한 뒤 다시 내게 묻듯이 내 얼굴을 보았다.

"괜찮아. 그냥 즐겁게 얘기하고 있었어."

"그렇습니까. 대체 어떤 얘기를 하셨는지요?"

어떤 얘기냐고? 스테일의 반격에 나도 모르게 말문이 막혔다. 눈짓으로 세드릭에게 묻자 아직도 얼굴이 빨간 세드릭이 불타는 눈동자로 절박하게 호소했다. 응…… 나도 말 안 하는 게 나을 것 같아. 스테일에게 더없이 소중하고 귀여운 티아라에게 세드릭이 연심을 품었다고는…… 그래. 연심…….

"앗……!"

큰일이야! 생각하다 보니 왠지 나까지 얼굴이 뜨거워졌어! 전생에서도 이번 생에서도 사랑 같은 것과는 담을 쌓고 살아온 두 번의 18년 인생이건만 가까이에서 이런 로맨스가 펼쳐지다니. 심지어 그 상대는 주인공이기 이전에 내 여동생이잖아! 이렇게 생동감 있는 연애 스토리를 눈앞에서 목격하고 있다는 걸 깨닫고 체온이 오르기 시작했어!

눈이 살짝 커진 스테일이 나를 부르며 걱정했지만 어째 생각할수록 더 부끄러워졌다. 나도 모르게 손으로 얼굴을 부채질하며 어떻게든 다른 화젯거리를 찾으려고 시선을 움직였다. 그러자 스테일 다음으로 이번에는 연회장 끄트머리에 있던 아서하고도 눈이 마주쳤다. 아서는 스테일보다도 더 눈이 휘둥그레져서 이쪽을 보고 있었다. 손을 흔들어야 하나 싶었지만 지금은 그럴 때가 아니라고 스스로를 질타했다.

"세드릭한테…… 예전처럼 말해 줘서 기쁘다고 얘기했어. 왜, 전에 만났을 땐 나한테 엄청 공손하게 대했었잖아."

이번에야말로 어떻게든 할 말을 찾아 스테일의 질문을 얼버무렸다. 실제로 그런 얘기를 했으니 거짓말이 아니다.

"아닙니다. 저는 원래 프라이드 제1왕녀 전하께 이렇게 대해야 하는 입장이니…….”

“아니야. 나는 세드릭이 이렇게 불러 주는 게 더 좋은걸. 있는 그대로의 네가 훨씬 더 멋있어…….”

세드릭은 당황한 탓인지 또 존댓말로 돌아갔지만 변명에 말을 맞춰 준 덕분에 내 얼굴의 열이 조금씩 떨어졌다.

세드릭은 “황송하기 짝이 없습니다……!”라고 하면서 여전히 발그레한 얼굴로…… 아니, 오히려 더 빨개졌네. 도대체 왜? 지금 이 자리엔 티아라도 없는데.

이상하다 싶어서 세드릭을 들여다보니 눈을 완전히 내리깔고 있었다. 뭐 때문에 시선을 피하나 해서 세드릭이 바라보던 방향을 확인한 나는…… 비로소 이해했다.

“왜 그러십니까? 누님, 세드릭 왕제 전하.”

스테일이 대놓고 수상한 대화를 한 우리를 보고 미소를 지은 채 검은 패기를 내뿜고 있었다. 혹시 티아라 얘기를 한다는 걸 눈치챘나? 세드릭은 스테일의 그 시커먼 미소에 얼굴이 빨개졌다. 왜 창백해지는 게 아니라 빨개지냐는 생각이 잠깐 들었지만…… 지금은 어렴풋이 짐작이 갔다.

하나즈오에서는 ‘신의 아이’라고 불릴 만큼 절대적인 기억력을 가진 것이 세드릭이다. 아마 예전에 나한테 무례한 짓을 해서 스테일이 화냈을 때를 떠올린 거겠지. 그것도 꽤 선명하게……. 세드릭이 쿠키를 먹어서 내가 소리를 질렀을 땐 스테일이 끼어들어서 화냈었고, 그 후에 나한테 사과하려던 세드릭에게도 스테일은 냉담한 태도를 유지했었다. 아마 지금 세드릭의 머릿속에선 그 흑역사가 선명하게 펼쳐지고 있을 것이다. 역시 세드릭도 모든 걸 다 극복하진 못한 모양이다.

스테일도 공적인 자리라서 웃으며 세드릭을 보고 있지만 보는 눈이 없었다면 분명 의심쩍은 표정을 지었겠지. 왜 무례한 짓을 당한 내가 아니라 스테일을 보고 흑역사를 떠올리는 걸까. 아니, 날 볼 때마다 수치심 때문에 죽으려고 해도 곤란하긴 한데.

"죄송합니다……! 스테일 제1왕자 전하…… 못 볼 꼴을 보였습니다……!"

세드릭이 결심했는지 고개를 들었다. 역시 스테일이 시야에 들어온 순간 다시 볼이 살짝 빨개졌지만 그래도 얼굴에 힘을 주며 버티려는 것 같았다. 세드릭 나름대로 노력하는구나 싶어서 오히려 흐뭇했다.

"아뇨. 당치도 않습니다."라고 대답한 스테일은 세 사람과 대화를 나눴다. 스테일도 원래 목적인 내 몸 상태를 확인하는 것이 끝났으니 이만 돌아가도 될 텐데 세 왕족을 상대하려는 건지 자리를 벗어나지 않았다. 내가 말하느라 지친 줄 알고 배려하는지도 모른다.

끝으로 스테일은 뭔가 생각났는지 세 사람에게 넌지시 말했다.

"그건 그렇고 누님과 저하고 대화하셨으니 다음은 티아라에게 가시겠죠? 아무리 그래도 누님과 얘기하는 걸로 충분하다고 여기시지는 않을 테니까요. 티아라도 저희 프리지아 왕국의 자랑스러운 제2왕녀니 말입니다."

스테일이 웃으며 그렇게 말하자 세드릭의 얼굴이 다시 달아올랐다. 티아라라는 단어에 완전히 반응하고 말았다. 역시 스테일도 세드릭의 연심을 다 알고 있는 건가?

세드릭이 반응하자 스테일이 웃는 얼굴로 "괜찮으시다면 제가 안내해 드릴까요?" 라고 물었지만 세드릭은 지금 나와 대화 중이라는 이유로 정중하게 거절했다. 그랬다가는 티아라에게 품은 마음을 스테일에게 들킬 거라고 생각한 듯했다. 아니다, 단순히 티아라와 둘이서 얘기하고 싶었던 거라면 귀엽겠지만…….

하마터면 죽을 뻔한 세드릭이 "마음 써 주셔서 감사합니다." 하고 와인을 입가로 가져갔다. 그 순간에도 무의식적으로 시선이 티아라에게 향했다가 또 얼굴이 발그레해졌다.

티아라는 우리가 이러는 동안에도 많은 내빈과 인사하느라 바빠 보였다. 그도 그럴 게 티아라는 올해…… 즉 다음 생일에 16세가 된다. 티아라는 누가 어떻게 봐도 귀엽고 가련해서 남자들에게 인기가 많다. 파티의 주역인 나에게 인사를 마친 많은 영식과 왕자가 그대로 물 흐르듯이 티아라에게로 갔다. 뭐, 금세 다시 어깨가 처져서 떠나가지만……. 아마 티아라도 같은 질문과 대답을 반복하겠지.

티아라가 미소 지으며 젊은 남자와 대화하는 순간, 세드릭의 얼굴에서 홍조가 단숨에 가시고 눈썹이 희미하게 움직였다. 무슨 사랑에 빠진 소녀냐고 딴지를 걸고 싶어서 몸이 근질거렸다. 정말 답답하게 하는 건 여전하다. 하지만 세드릭은 곧바로 대화 상대인 나와 스테일에게로 고개를 돌렸다.

"티아라 제2왕녀 전하와도 이따 꼭 형님들과 함께 인사드리겠습니다."

차분하게 대답하는 세드릭을 보니 형님들과 함께한다면 괜찮을 듯했다. 그런데 혹시나 티아라가 또 화를 내서 이 많은 사람의 주목이 쏠린 와중에 얼굴이 빨개지기라도 하면…… 과연 어떻게 될까.

"맞다. 나도 마침 티아라랑 하고 싶은 얘기가 있어. 괜찮으면 이대로 같이 가자."

아직 티아라와 세드릭의 관계를 파악한 건 나뿐이니 내가 어떻게든 해야지. 단둘이 있겠다는 세드릭의 계획을 방해하긴 미안하지만 지금 이 상태라면 내가 불안하다.

스테일이 약간 놀랐는지 눈을 동그랗게 뜨더니 "그럼 저도."라고 말했다. 세드릭은 살짝 당황한 기색이었지만 랜스 국왕과 요안 국왕은 눈치챘는지 웃으며 동의했다.

"자, 가자 세드릭. 빨리 안 가면 어머님의 말씀이 시작될 거야."

이미 긴장해서 다리가 움직이지 않는 듯한 세드릭의 등에 손을 올리고 가볍게 밀었다. 세드릭은 나에게 떠밀려 저항하지 못하고 다리를 움직였지만 아직도 얼굴이 새빨갰다. 뭐, 티아라랑 대화하려다가 얼굴이 빨개지는 남자야 널리고 널렸다. 티아라가 그런다면 모르겠지만, 솔직히 세드릭이 누굴 좋아하는 티를 낸다고 해서 신경 쓰는 사람은 별로 없다.

세드릭이 주위에 안 들릴 정도로 목소리를 낮추고 "프라이드, 잠깐만. 마음의 준비가……."라고 중얼거렸지만 지금이 아니면 내가 도와주기 어렵다. 딱히 티아라가 싫어하는 세드릭과 억지로 붙여서 세드릭 루트로 진행시키려는 것도 아니고, 세드릭을 티아라의 남편감으로 미는 것도 아니다. 하지만 세드릭의 얼굴이 빨개지는 이 버릇을 고칠 때까지 오해가 생기는 것만은 막아야 한다.

나도 이런 오지랖 넓은 아줌마 같은 짓을 하고 싶진 않다고 생각하면서도 겉으로는 우아하게 하지만 실제로는 강제로 세드릭을 끌고 갔다. 랜스 국왕과 요안 국왕, 스테일도 뒤따랐다.

"언니!"

티아라가 우릴 발견하고 이쪽을 보았다. 그와 동시에 세드릭이 있는 걸 확인하더니 눈썹이 살짝 움직였다. 역시 아직 화가 안 풀렸나? 싫어하는 세드릭을 끌고 온 나한테 화가 났으면 어떡하지? 하고 마음을 졸이며 티아라를 보았다. 티아라의 대화 상대도 내 쪽을 돌아보더니…… 미소를 지었다. 마침 둘이 대화하고 있을 때 오다니 어떻게 이런 우연이 있냐고 생각하며 티아라와 함께 그 상대를 불렀다.

"티아라, 레온. 얘기하는데 방해해서 미안해. 랜스 국왕과 요안 국왕 폐하가 꼭 티아라와도 인사하고 싶다고 말씀하셨거든."

하필이면 레온이 티아라와 대화하고 있을 때 끼어들고 말았다. 내 말에 온화하게 대답한 레온과 티아라는 서로 양보하다가 각자 세드릭, 랜스 국왕, 요안 국왕, 스테일과 인사하고 악수를 나눴다. 정신을 차리고 보니 꽤 호화로운 멤버가 모였다.

오늘 파티에서 주목받는 사람들만 모인 탓에 가볍게 둘러본 것뿐인데도 내빈 대부분이 우리를 보고 있었다. 라일락 왕국을 시작으로 각국의 왕후 귀족들…… 우리 나라의 공작을 비롯한 귀족도 거의 몸을 앞으로 내민 채 우리를 보고 있었다.

"저도 하나즈오 연합왕국 분들과 인사하고 싶었습니다. 하지만 지금은 프리지아 왕국과 하나즈오 연합왕국 분들끼리만 대화하고 싶으시겠죠. 다음에 꼭 다시 얘기 나눠요."

"아니에요! 레, 레온 왕자 전하도 같이 얘기해요……! 다 함께 대화하는 게 더 즐겁잖아요."

우리를 배려해서 스스로 자리를 비키려는 레온을 티아라가 황급히 붙잡았다. 티아라 입장에서는 사람이 많은 게 더 좋겠지. 아까 인사했을 땐 아직 화가 안 난 것 같았지만 이따가 세드릭이 티아라가 싫어하는 존댓말을 다시 썼다간 화낼지도 모른다.

레온도 "여러분이 괜찮다면 그러시죠."라고 대답해서 한동안은 그대로 다 같이 시끌벅적하게 대화했다. 특히 레온과 요안 국왕은 지금까지 접점이 거의 없었는지 랜스 국왕의 소개로 제법 진득하게 이야기를 나눴다. 아직 노예를 인정하는 국가인 아네모네와 신앙심 깊은 차이넨시스의 회합이었지만 대화는 아주 온화하게 진행됐다. 내가 볼 땐 두 사람 다 분위기가 비슷하기도 했고 마음이 잘 맞는 것 같아서 다행이다.

그러나 정작 중요한 세드릭과 티아라는 한마디도 이야기를 나누지 못했다. 인사 외엔 단 한 마디도……. 그나마 티아라가 피하는 건 이해가 가지만, 세드릭까지 이러다니.

어차피 무슨 말을 해야 좋을지 몰라서 그러는 걸 테고, 나도 그런 걸로 쓸데없이 끼어들고 싶진 않아서 조용히 있었다. 세드릭도 여기까지 와서 형들하고만 얘기하는 건 아니다 싶었는지 레온이나 스테일과 적극적으로 말을 섞었고, 레온이 요안 국왕과 대화하기 시작하자 스테일과 이야기를 나눴다. 스테일이 검은 기적을 내뿜는 걸 멈춘 뒤로는 세드릭도 존댓말로 대화했다. 스테일 역시 지금은 그럭저럭 온화해 보여서 안심했다. 스테일은 세드릭에게 프리지아 왕국에 관한 질문을 받고 전부 완벽하게 대답하고 있다.

이렇게 보면 세드릭도 이제 어엿한 왕족인데 왜 티아라만 관련되면 그렇게 되는 걸까. 물론 티아라가 시야에 들어오기만 해도 얼굴이 빨개지던 때랑 비교하면 많이 나아지긴 했지만.

나는 그런 생각을 하며 티아라와 잠깐 이야기를 한 뒤 요안 국왕과 랜스 국왕, 레온이 나누는 대화를 함께 들었다. 앞으로 나아갈 방향과 방침, 타국과의 관계 및 무역 등 무척 참고가 되는 이야기가 많아서 나도 티아라도 상당히 흥미롭게 참가했다.

그러다 대화가 완만하게 마무리될 무렵, 슬슬 다른 내빈과 얘기해야 하나 싶어 서로 눈빛을 교환했다. 그것을 본 세드릭이 결심했는지 레온에게 입을 열려고 했을 때…….

어머님의 말씀이 시작됐다.

"오늘 이렇게 저희의 사랑스러운 딸 프라이드의 탄생제에 와주셔서 진심으로 감사드립니다."

어머님의 말씀을 들으면서도 제1왕자인 나는 머릿속으로 다른 생각을 했다. 눈만 살짝 움직여서 바라보니 옆에 선 세드릭 왕자가 진지한 표정으로 어머님의 말씀을 듣고 있었다.

왕족인 세드릭 왕자가 프라이드에게 인사하러 오리란 건 알고 있었다. 하나즈오의 왕족 셋이서 프라이드와 대화를 시작했을 때도 상당히 온화한 분위기였던 것 같다. 갑자기 세드릭 왕자의 얼굴이 빨개지기 전까지는……. 보기 드문 일은 아니다. 지금 이 성안에 있는 젊은 남자의 대부분은 프라이드와 얘기하다가 얼굴이 빨개진다. 프라이드는 그만큼 매력적인 여자니까.

그러나 아무래도 둘의 분위기가 신경 쓰여서 곧바로 프라이드 곁으로 달려왔다. 직접 대화를 나누었지만 프라이드에게 딱히 변화는 없었다. 세드릭 왕자 역시 인사할 때 랜스 국왕, 요안 국왕과 함께 예의를 다했다. 프라이드를 보고 얼굴에 홍조를 그대로 남긴 채…….

'즐겁게 얘기하고 있었다'는 말을 듣고 만일을 위해 어떤 대화가 오갔는지 물었더니, 이번에는 어째선지 프라이드가 말을 몹시 흐리며 얼굴을 붉혔다. 대체 왜 프라이드가 얼굴을 붉히는지 모르겠다.

하지만 아무리 봐도 세드릭 왕자가 뭔가 무례한 짓을 한 것 같진 않았다. 그런 짓을 했으면 랜스 국왕과 요안 국왕이 세드릭 왕자를 질타했을 테니까. 그럼 왜 프라이드가 얼굴을 붉혔을까.

'세드릭한테…… 예전처럼 말해 줘서 기쁘다고 얘기했어. 왜, 전에 만났을 땐 날 엄청 공손하게 대했잖아.'

설마 그 프라이드가 세드릭 왕자의 말투가 예전으로 돌아온 것만으로 얼굴이 빨개졌다고? 아니, 이 경우엔 세드릭 왕자가 예전에 존댓말을 썼던 걸 떠올렸다고 보는 게 맞으려나. 어느 쪽이든 프라이드가 그 정도로 부끄러워하다니 상상이 안 간다.

그렇다면 뭔가를 얼버무린 거라고 봐야 하나. 세드릭 왕자는 프라이드에게 쩔쩔매는 듯했지만…… 아무래도 수상하다. 역시 프라이드와 세 사람이 뭔가를 감추고 있나? 아무리 봐도 세드릭 왕자의 긴장한 기색은 범상치 않았다. 게다가 프라이드까지 얼굴이 빨개지다니 도대체 얼마나 달콤한 말을 속삭인 거지? 아니,

하지만 지나친 발언이었다면 두 국왕이 반드시 멈추게 했을 텐데. 그 둘은 세드릭 왕자가 무례한 행동을 하면 제대로 질타하는 상식적인 사람이었다. 하지만 그럼 대체 왜……!

어느새 머리가 빠르게 돌아가며 분노가 치밀어 오르기 시작했다. 나도 왜 이렇게까지 짜증이 나는지 모르겠다. 그러나 세드릭 왕자는 계속해서 내 울화통을 무의식적으로 건드렸다.

'그렇지 않아. 나는 세드릭이 이렇게 불러 주는 게 더 좋은걸. 넌 있는 그대로가 훨씬 더 멋있어.'

프라이드가 그렇게 말하자 세드릭 왕자의 얼굴이 서서히 달아올랐다. 왕자는 내가 일부러 웃는 얼굴로 드러낸 분노를 감지했는지 내 얼굴을 보자마자 눈을 피하더니 또 볼이 빨개졌다. 아니면 나한테 프라이드에게 품은 마음을 들킬까 봐 무서워서 눈을 피한 건가? 내가 아니더라도 그 빨개진 얼굴을 보면 누구나 알 텐데.

세드릭 왕자가 프라이드를 좋아하는 것 자체는 딱히 아무렇지도 않다. 아무렇지도 않아야 하는데……. 프라이드를 좋아하는 사람은 하늘에 뜬 별만큼 많아서 새삼스럽지도 않다. 프라이드가 많은 사람에게 사랑받고 그 훌륭한 그릇과 인품이 올바르게 알려지고 인정받는 게 내 소원이기도 하다. 세드릭 왕자도 지금은 어엿한 왕제고, 두 국왕과 마찬가지로 프라이드를 아껴 주는 건 나로서도 바라는 바다. 그런데…….

우수한 두뇌와 인품을 겸비했고 프라이드와 동갑인 왕제이자 우리 나라 동맹국의 왕자. 지금은 프라이드도 좋게 보는 세드릭 왕자가 프라이드를 좋아한다는 게 어째선지 너무나 이상하게도 주체가 안 될 만큼 짜증 나고 화가 치밀었다. 솔직히 나도 내가 왜 이렇게까지 화가 나는지 모르겠다.

그저 세드릭 왕자가 과거에 저지른 무례한 짓을 용서하지 못했을 뿐이다. 만에 하나 세드릭 왕자와 프라이드에게 일이 생겨서 세드릭 왕자가 부군이 되면 그 사람을 존경해야 한다는 것이 불만일 뿐이다. 그렇게 머리로는 생각해도…… 솔직히 그게 이렇게 짜증 날 이유인지는 모르겠다.

2년 전 레온 왕자 때 일이라면 몰라도 다른 남자가 프라이드를 좋아하는 것에 이렇게 신경질이 난 적은 없었다. 세드릭 왕자가 단순히 자기를 구한 프라이드를 좋아하고, 단순히 프라이드의 반려가 될 자에게 요구되는 조건을 대부분 충족하고, 단순히 과거에 프라이드에게 무례를 저질렀다는 사실이…….

미칠 듯이 화가 났다.

세드릭 왕자에게서 프라이드를 떼어놓기 위해 티아라와 인사하라고 추천하며 일부러 "아무리 그래도 누님과 얘기하는 걸로 충분하다고 여기시지는 않을 테니까요."라고 하자 세드릭 왕자는 또 얼굴이 빨개졌다. 심지어 지금은 프라이드와 대화하는 걸 우선하고 싶다고까지 했다. 정말 알기 쉬운 남자다. 여동생 티아라를 가볍게 여긴 건 짜증 나지만……. 심지어 어째선지 프라이드가 직접 세드릭 왕자와 동행하겠다고 나섰다.

'맞다. 나도 마침 티아라랑 하고 싶은 얘기가 있어. 괜찮으면 이대로 같이 가자.'

프라이드가 세드릭 왕자의 등에 손을 올리자 왕자의 얼굴이 다시 발그레해졌고, 프라이드가 재촉하는 대로 다리를 움직였다.

그리고 세드릭 왕자는 티아라와 레온 왕자와 인사를 나눈 뒤,

나와 잡담하기를 택했다. 대화를 시작하자 세드릭 왕자는 의욕적으로 우리 나라에 관해 물어보고 호의적으로 알아보려고 했다. 문화와 역사, 나아가려는 방향과 법률, 장래 전망과 방침, 정책, 정치, 무역. 마치 프라이드의 약혼자로서 방문했던 레온 왕자처럼. 왜 프라이드가 아니라 나한테 묻는지는 모르겠다. 하지만 매우 진지하게 이야기를 들어 주는 세드릭 왕자는 호감이 가는 인물이었다. 그런데 왜 계속 짜증이 나는 걸까…….

물론 프라이드가 직접 만든 쿠키를 먹어 치운 사건과 같은 무례한 짓을 용서하진 않았다. 하지만 지금의 세드릭 왕자는 진지하게 우리 나라를 알아보려 하고 있다. 과거의 잘못만 없다면 레온 왕자와도 필적할 만큼 호감이 가는 왕자라고도 할 수 있다. 그런데 왜 이렇게까지……. 안 돼. 아무리 해도 마지막엔 같은 의문으로 귀결된다. 왜 아까부터 몇 번이나 반복하는 거지. 왜 이 정도로 고민했는데 결론이 나지 않는 거지…….

"그리고 오늘 이 자리에서 저희 두 왕녀의 약혼자 선정에 관한 새로운 사실을 발표하겠습니다."

어?! 어머님의 경악스러운 선언에 목소리가 살짝 새어 나왔다. 눈을 수없이 깜빡이며 어머님을 뚫어져라 바라봤다. 그러는 건 나뿐만이 아니었다. 갑작스럽게 들려온 약혼자 선정 이야기에 연회장 안이 술렁이며 크게 파도가 일었다.

문득 시선을 느껴서 돌아보니 아서가 눈을 부릅뜨고 날 보고 있었다. 알고 있었냐고 묻는 듯한 얼굴을 보고 나는 반사적으로 고개를 짧게 저었다. 알았을 리가 없지. 그런 중요 사항을 알고 있었다면 아서한테 털어놓거나 그렇지 않았더라도 일찌감치 들켰을 것이다.

연회장이 술렁이자 프라이드와 티아라가 단숨에 긴장한 기색으로 아랫입술을 살짝 깨물었다. 두 사람은 무의식적으로 자기네를 쳐다보는 나와 세드릭 왕자의 시선에도 개의치 않고 바른 자세로 어머님께 집중했다. 내빈과 우리가 당황하는 동안에도 어머님의 말씀은 계속해서 이어졌다. 섭정 베스트 숙부님과 아버님은 알고 계셨는지 앞을 똑바로 바라보며 어머님 양옆에 가만히 서 있었다.

“저희 프리지아 왕국의 왕녀는 16세가 되면 여왕이 약혼자를 선정하는 게 규칙이었습니다. 하나, 앞으로는 그 방식을 개선하여 왕녀는 16세가 되면…….”

나도 모르게 침을 삼켰다. 연회장의 모든 사람이 어머님의 다음 말을 기다렸고 정적이 모든 소리를 빼앗았다.

“본인의 의사에 따라 ‘약혼자 후보’ 세 명을 선정합니다.”

연회장 안에 탄식과 술렁임이 퍼졌다. ‘약혼자 후보’ ……?! 약혼자가 아니라 약혼자 후보?! 심지어 세 명이라고?!

우리가 당황하거나 말거나 어머님의 지시와 동시에 프라이드와 티아라가 자리에서 움직여 어머님 옆에 나란히 섰다. 나도 프라이드의 보좌로서 침착함을 연기하며 그 옆에 섰다. 하지만 속으로는 당황스럽기 짝이 없었다.

어머님의 말씀을 보충하듯이 이번에는 베스트 숙부님이 자세한 선정 방법을 설명하기 시작했다.

약혼자 후보는 기본적으로 지금까지 하던 대로 여왕, 부군, 섭정이 여러 명을 선정한다. 왕녀는 16세가 되기 전에 그중에서 몇 명을 골라 열여섯 번째 생일이 오기 전까지 후보 세 명을 '확정'한다.

확정된 세 명은 공개되지 않지만 후보가 된 자의 가문에는 알린다. 단, 다른 후보에 관해서는 마찬가지로 비공개인데 이는 방해 공작이나 쓸데없는 다툼을 피하기 위해서다. 그리고 열여섯 번째 생일이 되면 왕위 계승자는 즉위하기 전까지, 그렇지 않은 왕녀는 1년 내에 셋 중 한 명을 선정한다.

나는 베스트 숙부님의 설명을 들으며 겨우 평정을 되찾았다. 그렇군. 그 방식이라면 조건을 충족한 인물 중에서 왕녀가 원하는 상대를 선택할 수 있다. 기간도 그럭저럭 있으니 저번에 있었던 약혼 취소와 같은 사태도 방지할 수 있다. 프라이드도 티아라도 자기 의사로 어느 정도는 원하는 상대와 맺어질 수 있다.

"그리고 오늘부로 18세가 되는 제1 왕위 계승자 프라이드에게는 오늘로부터 2년, 그리고 앞으로 16세가 될 티아라에게는 17세가 될 때까지를 약혼자 후보를 선정할 기간으로 정합니다."

베스트 숙부님이 설명을 마친 후 다시 어머님이 말을 이었다. 오늘 이 제도가 제정되면 프라이드와 티아라는 후대의 왕녀보다 후보를 선정하는 기간이 짧아진다. 그래서 유예를 주기 위해 특별 조치를 취한 듯했다. 그렇게 하지 않으면 프라이드는 제도가 제정되고서 바로, 티아라는 1년도 안 돼서 약혼자 후보 세 명을 확정해야 한다. 두 사람을 위해서도 그건 필요한 조치다.

마음속으로 고개를 크게 끄덕인 나는 멀찍이 있는 아서에게로 시선을 돌렸다. 아서뿐만 아니라 근위기사들과 기사단장님, 부단장님까지도 진지한 표정으로 베스트 숙부님과 어머님, 프라이드를 번갈아 보고 있었다.

"그러나……."

갑자기 어머님이 말을 끊었다. 뭔가 싶었지만 어머님은 잠시 우아한 미소를 짓더니 다시 꽃봉오리 같은 입술을 움직였다.

"프라이드와 티아라는 이미 자기의 의사로 약혼자 후보 세 명을 선정했습니다."

"오오오오오오오오오오오오오……!" 연회장이 다시 요동쳤다.

"물론 사전에 규정한 대로 변함없이 프라이드는 2년, 티아라는 17세가 될 때까지 선정할 기간을 둘 겁니다."

나 역시 내빈 앞에서 표정을 유지하는 게 고작이었다. 다시 말해 만일의 경우를 위해 그 후보 세 명을 끝까지 확인할 기간도 다시 생각해 볼 유예기간도 남겨 뒀다는 뜻이다. 대체 후보가 누구지? 머릿속에서 내가 아는 후보가 될 만한 자들의 이름이 차례로 휘몰아쳤다.

"그리고 현재 각 왕녀의 후보인 세 사람의 이름을 말할 순 없지만, 이것만은 선언하겠습니다."

어머님이 당당하게 내뱉자 평온한 표정으로 앞을 보던 프라이드와 티아라의 얼굴이 살짝 달아올랐다. 두 사람은 이미 여기서 뭘 발표할지 어머님과 공유했겠지. 나도, 아마 재상 질베르도 모르게…….

"지금 이 회장 안에 그 여섯 명이 모두 있음을……."

어머님이 비장하게 입을 열어 선언하자 아까보다 더 큰 술렁임과 환성이 일었다.

"가까운 시일 내에 저희 쪽에서 인사드리고 상담할 겸 찾아뵙겠습니다. 그때에는 부디 긍정적으로 검토해 주시길 바랍니다."

어머님의 목소리가 묻힐 만큼 커다란 술렁임이 연회장 안에서 끝없이 부풀어 오르더니…… 한없이 터져 나왔다.

연회장이 들끓는 와중에 아네모네 왕국의 제1왕자인 나는 홀로 조용히 사색에 잠겼다.

프리지아 왕국의 약혼자 선정 방식. 지금까지와 달리 왕녀를 많이 배려하는 방식으로 바뀐 듯했다. 이러면 나와 프라이드 때처럼 실수가 발생해도 약혼이 취소될 일이 없고 다른 후보를 새로 고를 수도 있다. 세 명쯤 있으면 한 명이 안 돼도 문제없이 약혼자를 확정하기엔 충분하다. 그건 그렇고…….

"각오 단단히 했구나……."

나는 아무도 못 듣게 입속으로만 중얼거리며 생각했다. 프라이드만이 아니라 티아라까지 이미 약혼자 후보를 정했다. 기간 내에는 무슨 일이 생기면 변경할 수 있겠지만, 그럼에도 확정한 이유는 아마 두 사람이 여기에 있는 내빈에게 왕녀인 자기들이 더 이상 약혼 시기를 늦출 수 없다는 의지를 표명하고 싶었던 게 아닐까. 프라이드가 나 때문에 약혼 시기를 놓치고 입은 왕족으로서의 상처를 메꾸기 위해…….

"……."

생각하다 보니 새삼 가슴이 아팠다. 나 때문에 프라이드뿐만 아니라 여동생 티아라에게도 피해가 갔다는 사실 때문이었다. 하지만 감상에 젖는다고 해서 용서받을 수 있는 건 아니다. 모두가 프리지아 왕국의 여왕이 한 선언에 들뜬 지금 내가 할 수 있는 일은…….

심호흡을 한 번 하고 마음과 호흡을 가다듬었다. 여왕의 이야기가 끝나고 다시 대화할 시간이 생긴 대공들 사이에서 나는 '그 사람'에게로 눈을 돌려 멍하니 있는 그 사람의 귓가에 살며시 말을 걸었다.

"당신은 후보가 누구라고 생각하십니까? 세드릭 왕제 전하."

"윽?! 레온 제1왕자, 전하……."

내 속삭임에 어깨를 움찔거린 세드릭은 있는 힘껏 뒤를 돌아 휘둥그레진 눈으로 날 쳐다봤다. 왠지 안색이 안 좋아 보이는 세드릭 왕자는 침을 삼키더니 천천히 숨을 골랐다. 그와 동시에 얼굴에도 혈색이 조금 돌아왔다.

"프라이드 제1왕녀와…… 티아라 제2왕녀의 약혼자 후보에 관해서, 말이십니까."

약간 당황한 기색으로 내게 되물은 세드릭 왕자는 흔들리려는 시선을 필사적으로 나에게 고정하며 입을 다물었다. 내가 한 번 더 묻자 "저는…… 전혀 예상이 안 갑니다."라는 대답이 돌아왔다. 살짝 어둡게 가라앉은 목소리를 들으니 최소한 지금의 세드릭 왕자는 그렇게까지 거만한 사람은 아닌 듯했다. 나는 일부러 장난을 쳤다.

"프라이드랑 별로 못 '친해졌나' 보네?"

"윽……."

갑자기 신음을 흘린 세드릭 왕자는 기침을 하더니 색칠이라도 한 것처럼 얼굴이 새빨개졌다. 기침이 가라앉아 겨우 날 바라본 세드릭 왕자는 콜록거린 탓인지 눈에 눈물이 조금 고여 있었다. 그리고 떨리는 입술로 "그 일은…… 말이죠." 하고 변명을 시작했다. '그 일' 이라고 서두를 꺼내는 걸 보니 아무래도 자기가 한 말을 기억하고 있었던 모양이다.

'전 특히 프라이드 제1왕녀 전하와 친해지고 싶습니다.'

예전에 세드릭 왕자가 나한테 11일 뒤 프리지아 왕국에 방문하겠다며 전언을 부탁할 때 했던 말이다. 아무리 몰랐다지만 전 약혼자인 나에게 상당히 도전적인 대사를 한다 싶었다. 하지만 제1왕자인 나에게 전언을 부탁하는 행동이 더 황당해서 별로 신경 쓰이진 않았다.

세드릭 왕자는 국왕의 등과 기둥 뒤에 숨어 사람들 눈에 안 띄게 조심하며 목소리를 낮춘 뒤 "원래는 다른 곳에서 정식으로 사죄하고 싶었지만……."이라고 하며 나에게 살며시 고개를 숙였다.

"그때는 정말…… 아네모네 왕국 제1왕자 전하께 큰 실례를 범했습니다……! 정말 죄송합니다……! 제1 왕위 계승자이신 레온 왕자 전하께 전언을 부탁하다니……!"

진심으로 부끄러워하며 그렇게 말한 세드릭 왕자는 귀까지 새빨갰다. 솔직히 방위전 때문에 바빠서 그 일을 잊어버렸어도 이상하지 않다고 여겼기에 놀랐다. 나 역시 기억하고는 있지만 그렇게 마음에 담아둘 정도는 아니었다. 오히려 마음에 담아둔 사람은 나보다 프라이드…….

거기까지 생각하다가 잠시 생각을 멈췄다. 지금은 과거의 일이 되었는데도 눈앞에서 진심으로 사죄하는 세드릭 왕자에게 나도 예의를 다해야 한다. 그러는 동안 왕자가 다시 기어들어 가는 목소리로 말을 이었다.

"실은 레온 제1왕자 전하께 수고를 끼쳤음에도 불구하고 그 뒤로 프라이드 제1왕녀 전하께도 수많은 민폐와 무례를……."

세드릭 왕자는 이미 프라이드에게 사죄했다는 것도 포함해 그 뒤에 있었던 일을 빠르게 설명했다. 작은 목소리로 재빠르게 말하는 건 아마 남들 눈에 안 띄기 위해서겠지. 지금은 약혼자 후보 얘기로 시끄러워서 들키지 않겠지만, 하나즈오 연합왕국의 왕제가 아네모네 왕국에 사죄하다니, 소문이라도 나면 서로에게 불똥이 튈 것이다. 자기가 느낄 부끄러움보단 두 국왕과 나에게 폐를 끼치지 않는 걸 우선한 배려였다.

세드릭 왕자에게 고개를 들라고 부탁하며 이미 지나간 일이라고 단언했다. 애초에 딱히 사과받길 원했던 것도 아니다. 세드릭 왕자가 자기 실수를 깨닫고 프라이드에게 두 번 다시 위해를 끼치지만 않으면 된다.

고개를 들고 나서도 예의를 다하는 세드릭 왕자에게 미소를 지은 나는 다시 한번 화제를 던졌다.

"그보다…… 넌 약혼자 후보를 어떻게 생각해?"

"글쎄요. 분명 걸맞은 자가 선정되겠죠. 정말 부럽습니다……."

내 질문에 세드릭 왕자의 불타는 눈동자가 우수를 띠듯이 흐려졌다. 내 눈을 피하지 않고 똑바로 바라보는 게 신기할 정도였다.

"넌……? 제2왕자라면 둘 다 가능성이 있을 것 같은데. 네가 후보에 들어갈 수 있다면…… 혹은 지금도 들어가고 싶진 않아?"

만약 지금 후보에 들어가 있지 않더라도 아직 가능성은 있다. 검토 기간 안에는 재선정도 가능할 테니까. 당사자의 강력한 요청으로 사정만 바꿀 수 있다면……. 아마 이 자리에도 자기가 후보에 있든 없든 아직 희망이 있다고 여기는 자가 적지 않을 것이다.

내 속삭임에 세드릭 왕자는 거기까진 전혀 생각 못했었는지 볼이 빨개지며 입을 떡 벌렸다. 아무래도 후보가 되고 싶긴 한가 보다.

"마음이 없진 않나 보네."

내가 받아치자 세드릭 왕자는 약간 당황했는지 한 손으로 입을 가렸다. 실례했다고 황급히 대답한 왕자에게 미소 지은 나는 가장 중요한 의문을 직접 부딪쳐 보았다.

"넌 어느 쪽이야? 티아라려나. 아니면 프라…… 어라?"

나도 모르게 도중에 말을 멈췄다. 계속할 필요가 없었다. 내가 '티아라' 라는 이름을 꺼내자마자 세드릭 왕자 안색이 확연히 새빨갛게 변했기 때문이다. 그러더니 눈도 못 마주치겠다는 듯이 고개를 숙이고 입까지 다물었다. 난 주위에 들리지 않게 목소리를 낮추고 확인했다.

"프라이드가 아니라…… 티아라야?"

펑. 역시 티아라의 이름이 나온 순간 세드릭 왕자의 얼굴이 알기 쉽게 더욱 달아올랐다. 프라이드의 이름이 나왔을 땐 살짝 의아한 듯이 날 바라보던 세드릭 왕자가 티아라의 이름이 나오자마자 이렇게 된 것이다.

세드릭 왕자는 내 반응을 보고 들켰다고 확신했는지 이제는 팔까지 써서 입을 가리고 나에게서 등을 돌리며 다시 사죄했다.

"제발, 제발…… 부탁이니 비밀로……." 라고 중얼거리는 게 어쩐지 좀 귀여웠다.

"괜찮아. 아무한테도 말 안 할게. 응, 티아라도 귀엽지……."

나도 모르게 웃으며 그렇게 말하자 세드릭 왕자는 눈이 휘둥그레져서 날 똑바로 바라봤다. 반응이 너무 명확한 게 재밌길래 계속해서 말했다.

"난 알고 지낸 지 아직 2년 정도밖에 안 됐지만 티아라는 정말 좋은 왕녀야. 여성스럽고 다정한 데다가 언니와 오빠를 무척 아끼고 박식하기까지 하잖아. 그렇게 멋진 사람이 약혼자라면 분명 행복하겠지."

난 티아라의 좋은 점도 많이 안다. 그러니 공감한다는 뜻을 담아 세드릭 왕자에게 그렇게 전한 건데…… 어째선지 이번에는 얼굴이 창백해졌다.

대체 왜 그러는 걸까? 세드릭 왕자가 입을 작게 뻐끔거리자, 형인 랜스 국왕과 요안 국왕이 이변을 눈치채고 어깨와 등에 손을 올렸다.

"왜 그래, 세드릭? 약혼자 후보 얘기가 그렇게 충격적이었냐?"

"세드릭. 아직 확정된 건 아니잖아."

두 국왕에 이어 나도 말을 걸었으나 세드릭 왕자는 "아뇨…… 아무것도 아닙니다……." 라며 불안한 표정으로 내 얼굴을 똑바로 바라볼 뿐이었다. 그래도 신경이 쓰여서 고개를 살며시 기울인 채 말없이 세드릭 왕자를 바라보자 왕자는 "하나 여쭤봐도 괜찮겠습니까……?" 라고 패기 없는 목소리로 내게 물었다.

내가 물어보라고 하자 세드릭 왕자는 쭈뼛거리며 입을 열었다.

두 국왕도 흥미롭다는 듯이 우리의 대화에 귀를 기울였다.

“무례한 질문이라면 정말 죄송합니다. 레온 제1왕자 전하께선 혹시 만에 하나 가능성이 있다면 어떤 왕녀 전하와……?”

“난…… ‘가능성이 있다면’ 제2왕녀 티아라려나. 티아라라면 아네모네 왕국에서도 훌륭한 왕비가 될 테니까.”

내가 다시 아네모네 왕국의 왕자 입장으로 약혼한다면 상대는 제1왕녀이자 전 약혼자인 프라이드가 아니라 우리 나라에 시집올 수 있는 티아라가 되겠지. 뭐, 이미 티아라의 언니인 프라이드와의 약혼을 취소한 나에겐 절대로 불가능한 얘기겠지만…….

그렇게 생각하며 대답하자 어째선지 세드릭 왕자의 표정이 더욱 흐려졌다. “그렇……습니까.”라고 중얼거렸는데, 분명 당황한 것처럼 보였다. 왜지? 자기가 좋아하는 사람이 주변 사람에게 좋은 평가를 받으면 기쁘지 않나? 다음에 바르한테 물어봐야겠다.

약혼자 후보는 누구일까.

약간의 불온함과 함께 프라이드의 탄생제는 막을 내렸다.

“으아아……아아아아…… 프라이드 님이 약혼한다니……!”

앨런이 술잔을 힘차게 테이블에 내리꽂으며 한탄했다. 취기와는 별개로 얼굴이 새빨개져서 중얼대는 앨런에게 칼럼이 “벌써 세 잔째야. 더 이상 깨진 유리 조각 안 치워 준다.”라며 나무랐다. 이미 방구석에는 술잔이었던 것들의 파편이 포대 자루 안에 담겨 있었다.

"그래도…… 뭐, 프라이드 님이 선택한 사람이니까 분명 좋은 분일 거예요."

"당연하지! 이래 놓고 나쁜 놈이면 우린 어떡하냐?!"

에릭의 말에 달려드는 앨런을 보고 칼럼은 한숨을 내쉬며 " '우리' 라니, 한탄은 너 혼자 해."라고 중얼거렸지만 문득 잔 속을 내려다본 시선에는 음울함이 감돌았다. 그리고 에릭 역시 앨런의 말에 쓴웃음을 지으며 평소보다 술을 많이 들이켰다.

"지~인짜 누구냐고 그 복 받은 놈은……! 그 연회장에 있었다는 건 우리랑 인사했을 수도 있다는 거잖아? 맞지?!"

앨런이 이번에는 맞은편에 앉은 아서에게 내뱉었다. 아서도 자포자기 상태인 앨런에게 붙잡혀 방으로 끌려온 사람 중 한 명이었다. 앨런의 말에 "그, 그렇죠……."라고 대답한 아서도 술을 한 모금 마셨다.

"스테일도 모르는 눈치였고…… 전혀 예상이 안 가는데요."

"스테일 님도 모르시는구나. 역시 철저하네."

아서의 말을 듣고 칼럼의 눈이 커졌다. 제1왕자조차 모른다면 약혼자 후보는 정말 극소수의 사람만 안다는 뜻이다.

칼럼에게 아마 틀림없을 거라고 대답한 아서는 그대로 힘없이 테이블에 얼굴을 처박았다.

"진짜 궁금해요……."

신음하듯이 한심한 목소리로 웅얼거리는 아서의 등을 칼럼과 에릭이 두드렸다. 아직 주량을 넘기지 않았을 텐데 만취한 것처럼 축 처진 아서에게 앨런은 다른 잔에 물을 부어 내밀었다. 완전히 고꾸라진 아서를 보고 조금 침착함을 되찾은 앨런은 턱을 괴고 맞은편에 앉은 세 사람의 얼굴을 바라보았다.

"티아라 님은 아마 다른 나라의 왕족에게 시집가시겠지만…… 프라이드 님은 이 나라 사람이나 레온 왕자 때처럼 왕위 계승권이 박탈된 왕자한테 가겠지."

"……."

앨런의 말을 듣고 아서는 티아라를 떠올렸다. 스테일, 프라이드와 같은 시기에 알게 된 티아라는 아서에게도 정든 사람이었다. 제2왕녀인 티아라가 언젠가 이 나라를 떠나리라는 건 아서도 당연히 알고 있었다. 하지만 약혼자 후보 제도가 공지되면서 티아라가 시집갈 때까지의 기간이 실질적으로 1년 늘었다. 그 살짝 안도했으나…… 동시에 쓸쓸한 기분이 들기도 했다. 프라이드와 절친 스테일의 여동생인 티아라는 아서에게도 소중한 여동생 같은 사람이었다.

웬만하면 너무 먼 나라로는 안 갔으면 좋겠는데…….

시집을 가면 가볍게 만날 수는 없어도 가까이 있다면 편지 정도는 주고받을 수 있다. 스테일의 순간이동 능력으로 만날 수 있긴 하지만 공식적으로 만나기는 어렵다. 약혼자 후보 제도를 발표한 뒤부터 티아라의 미소에서 위화감이 들 때가 잦아진 걸 생각하면 불안하기도 했다. 티아라가 직접 선택했으니 최악의 상대는 아니겠지만, 티아라도 여러 가지로 고민이 많을 듯했다.

그런 면은 역시 프라이드 님이랑 스테일의 여동생답다니까.

혼자서 짊어지고 미소로 감춘다. 힘이 되고 싶지만 이것만은 어찌 할 도리가 없다. 티아라가 왕위 계승권을 확실하게 '잃기' 위해서는 무조건 다른 나라의 왕족에게 시집가야 한다는 건 아서도 잘 안다. 그렇기에 최대한 프리지아 왕국과 교류가 많고…… 가까운 나라로 가길 바랐다. 티아라에게는 아서보다 더 쓸쓸해하고 이별을 슬퍼할 게 분명한 언니와 오빠가 둘이나 있으니까. 그러는 자신도 상당히 쓸쓸하리란 건 자각하고 있지만…….

거기까지 생각한 아서는 고개를 살짝 들었다. 아서와 마찬가지로 칼럼과 에릭 역시 앨런의 말을 듣고 각자 사색에 빠진 듯했다. 아서는 그들이 프라이드를 떠올리고 있음을 바로 눈치챘다.

프라이드를 모시는 근위기사들은 국내 식전뿐만 아니라 프라이드가 초대받은 다른 나라의 식전이나 파티에도 동석하는 경우가 많다. 프라이드를 좋아하는 사람은 한둘이 아니다. 하지만…….

"프라이드 님이 좋아하실 법한 남자라니, 딱히 이렇다 할 사람이 안 떠오르는데."

"그러니까요. 프라이드 님은 누구나 차별 없이……. 아서? 왜 그래?"

앨런에게 맞장구치려던 에릭이 도중에 말을 멈췄다. 옆에 앉은 아서가 갑자기 이마로 테이블을 있는 힘껏 내려찍었기 때문이다. 아까처럼 단순히 머리가 떨어져서 일어나는 진동이 아니라 이마로 들이받아서 일어나는 듯한 진동이 테이블을 타고 올라와 사람들의 술잔에 파도를 일으켰다.

"아닙니다. 술 좀 깨려고…… 죄송합니다."

사과하는 아서의 얼굴은 완전히 새빨갰다. 생각을 너무 많이 해서 취기가 돌았나 싶었던 칼럼이 물을 마시라고 재촉했다.

'좋아하는 사람' …… 그 말에 아서는 탄생제 때 대화를 나누던 프라이드와 세드릭을 떠올렸다.

대화 내용까지는 안 들렸지만 즐겁게 웃던 프라이드의 표정과, 스테일이 끼어든 후에 세드릭을 보고 프라이드의 얼굴이 새빨갛게 달아오르던 순간을 분명 목격했다. 거기다 세드릭은 예전에도 프라이드에게서 최고의 미소를 이끌어 낸 적이 있다.

그리고 오늘 밤 연회장에서 사이좋게 걷는 두 사람은 누가 봐도 잘 어울리는 한 쌍이었다.

아서의 머리가 점점 더 뜨거워지는 동안에도 세 기사의 이야기는 계속됐다. 마침내 칼럼까지 프라이드의 약혼자 후보는 누구일까 하고 취기에 몸을 맡긴 채 구체적으로 가능성이 있는 자들을 나열하기 시작했다.

"교류가 비교적 많았던 영식이나 왕자를 꼽자면 야부란 왕국의 애크로이드 가문, 베로니카 왕국의 제2왕자, 라일락 왕국의 제1왕자, 네펜데스 경의……."

"2번대의 블레어 말야?"

"아니, 우리 나라 공작 가문 쪽이야."

"그 가문 사람은 아네모네 왕국의 기사단에도 있었어요. 제가 합동 연습 때 신세를 졌었죠."

"아네모네 왕국은 좀 아니지~. 전 약혼자인 왕자를 제쳐두고 결혼이라도 했다간 왕가에 찍힐걸?"

"그러니까 아니라고 했잖아!" 하고 칼럼이 약간 거칠게 누 사람을 꾸짖었다. 죄송하다고 사과하는 에릭과 반대로 앨런은 환한 미소로 받아쳤다. 칼럼은 앨런이 흔한 이름인 걸 알고 장난친 것임을 그 반응을 보고 확신했다.

아네모네 왕국에 프라이드의 약혼자 후보가 있을 가능성은 매우 희박하다. 그렇다면 더 먼 나라의 다른 왕족이나 귀족, 혹은 프리지아 왕국 사람일 확률이 높다. 이번 탄생제에는 두 경우에 부합하는 사람이 대거 참가했다.

"그리고 최근이라면 하나즈오 연합왕국의 제2왕자…… 세드릭 왕자인데."

쨍그랑!

이번에는 술잔이 깨지는 소리가 울렸다. 앨런이 아니라 아서가 고개를 숙인 채 들고 있던 술잔을 팔심만으로 테이블에 내려찍어 깨뜨린 것이다.

자기도 놀랐는지 술잔이 깨진 걸 알아차린 순간 자리에서 벌떡 일어났다. 그리고 죄송하다고 외치며 세 사람이 다치진 않았는지 확인했다. 다행히 바로 몸을 젖힌 세 기사는 물론이고 아서도 다친 곳은 없었다. 다만 테이블 위로 고개를 푹 숙이고 있었던지라 벌떡 일어난 아서의 긴 머리 여기저기에 유리 조각이 박혀 있었다. 긴 은색 머리에 얽힌 유리 조각이 반짝거리며 빛을 반사했다.

그 몰골을 지적한 칼럼과 옆에 있던 에릭이 함께 장갑을 낀 손으로 아서의 머리에 얽힌 유리 조각을 떼어냈다. 앨런은 일어서서 "아주 화려하게 저질렀군~." 하고 웃으며 바닥에 흩어진 유리를 방구석에 있던 포대 자루에 쓸어 넣었다.

"아서, 세드릭 왕자가 그렇게 싫냐?"

앨런이 가벼운 말투로 단도직입적으로 묻자 아서의 어깨가 들썩였다. "앗, 아니! 그게!" 하고 당황하는 아서에게 칼럼이 아직 유리를 다 못 뗐으니 가만히 있으라고 붙잡았다.

"앨런, 입조심해. 아서가 불경죄로 잡혀가면 어쩔 거야?"

"뭐, 아서는 특히 세드릭 왕자랑 일이 많았으니까요. 요리 사건이라든가 프라이드 님께 저지른 무례한 행동이라든가 폭력 사건이라든가."

에릭이 차분한 목소리로 칼럼에게 주의받는 상관을 도왔다. 그 순간 경직됐던 아서의 어깨에서 힘이 쭉 빠졌다. 에릭은 사과하는 아서가 우스운지 피식 웃고 아서의 등을 두드렸다. 아서만이 아니라 세 선배 기사도 겉으로 티만 안 낼 뿐 세드릭이 무례를 저지른 것, 세드릭 때문에 자기네가 먹을 예정이었던 쿠키를 못 먹은 것에 아직도 화가 나 있었다. 하지만 기사로서 원한을 남겨선 안 된다는 의식이 더 강했다. 물론 세드릭을 때리고 싶지 않다고 하면 거짓말이겠지만.

"그, 물론 아직 요리 사건 때의 화가 안 풀린 것도 맞지만 뭐랄까…… 제일…… 가능성이 있는 것…… 같아서요."

끝부분 목소리는 기어들어 가듯이 작아진 아서에게 모두가 각자 되물었다. 뭐라고? 뭐라 했어? 왜 그래? 하고.

그러나 아서는 유리를 떼어낸 머리를 풀어헤치더니 유리 조각을 털어낼 겸 세 사람의 질문에 대답하듯이 고개를 저었다. 긴 은색 머리가 펄럭이며 얼굴을 가렸다.

프라이드 님이 그렇게 많이 웃어 주고 얼굴을 빨갛게 물들인 상대는 왕족, 귀족 중엔 지금까지 레온 왕자 정도뿐이었는데…….

심지어 레온을 상대로 얼굴이 빨개진 적은 있어도 진심으로 웃어 준 건 약혼이 취소된 뒤였다. 다시 말해 그만큼 완벽한 왕자인 레온보다 세드릭이 더 빠르게 프라이드의 마음을 쟁취했다는 뜻이다.

그렇게 무시하고 울리고 요리까지 먹어 치우고서 그분의 마음까지 빼앗다니.

"치사해……."

머리도 안 묶고 다시 테이블에 엎드린 아서는 의자에 앉아 의미없이 다리를 번갈아 흔들며 끙끙댔다. 아서가 신음하자 에릭이 등을 부드럽게 두드려 주었다. 세드릭이 예전과는 다르단 것도 좋은 점이 많다는 것도 무엇보다 프라이드가 원하는 상대가 생긴 건 기쁜 일이란 것도 머리로는 알지만 가슴으로는 도저히 납득이 되지 않아 심란했다. 차라리 레온과의 약혼이 다시 성사됐다면 아서도 이렇게까지 기분이 싱숭생숭하진 않았을 텐데.

"그러고 보니 세드릭 왕자도 오늘 밤에 왕거에서 하루 묵는다면서요."

문득 생각났는지 에릭이 그렇게 말하자 아서의 어깨가 움찔거렸다. "아, 그랬지."라는 칼럼과 앨런의 대답에 아서는 팔꿈치를 괸 손으로 머리를 천천히 쓸어올리더니 고개를 들고 몹시 불안한 표정으로 에릭을 바라보았다. 그러자 아서의 안색이 변한 걸 알아차린 에릭이 작게 웃으며 "괜찮아, 괜찮아." 하고 아서의 어깨에 팔을 두르고 두드렸다.

"이번엔 동맹 교섭이 아니라 단순히 내빈으로 온 거잖아. 같은 왕거라도 묵는 궁전이 달라."

왕거 내에는 궁전이 여러 채 있다. 여왕과 부군의 방, 옥좌와 알현실, 집무실 같은 왕실 외에도 섭정과 재상이 일할 때 쓰는 집무실과 개인실 등이 있는 왕궁. 왕궁과 회랑으로 이어져 있으며 왕녀와 왕자 외에는 동맹이나 교섭 상대 같은 중요 인물만이 짧게 묵을 수 있는 궁전. 그리고 그것과는 별개로 여러 채의 궁전이 있다. 약혼자와 왕족이 본격적으로 함께 살기 위한 궁전, 왕후 귀족을 위한 궁전, 멀리서 온 내빈을 대접하기 위한 궁전 및 관, 시설 등이 뿔뿔이 흩어져 있다. 그것들을 아울러 왕족이 사는 '왕거'라 부른다.

그리고 세드릭을 포함한 하나즈오 연합왕국 사람이 하룻밤을 보내는 곳은 멀리서 온 내빈에게 마련된 궁전이다. 프라이드가 사는 궁전과는 다른 곳이고 상당히 떨어져 있다. 성안에는 왕거 말고도 이 나라의 상층부 사람이나 극소수의 귀족만이 살 수 있는 관이 있는데, 그에 비하면 가까운 편이긴 하지만 완전히 별개의 장소다.

그걸 듣고 아서는 안도의 한숨을 내쉬었다. 아서가 그렇냐고 웅얼거리자 앨런이 웃으며 아서의 어깨에 팔을 둘렀다.

"참 걱정도 팔자라니까! 세드릭 왕자가 프라이드 님을 노리는 게 아닐 수도 있잖아?"

아서는 어깨를 흔드는 앨런에게 몸을 맡긴 채 끙끙댔다. "그렇긴 하지만……." 하고 중얼거린 아서는 세드릭의 심정이 어떨지 상상했다. 프라이드에게 구원받고 프리지아 왕국과 동맹까지 맺어 소중한 하나즈오 연합왕국을 지켜 낸 왕자의 심정을…….

프라이드 님을 좋아하지 않을 이유가 없잖아.

상상하니까 오히려 더 침울해졌다. 만약 세드릭도 프라이드를 좋아한다면 두 사람의 감정은 서로 통한다는 뜻이다. 그 말은 즉…….

"역시 치사해……."

아서가 얼굴이 벌게져서 다시 한마디를 중얼거린 것이 이번에는 세 기사의 귀에 닿았다. 세 사람은 아서가 왜 그렇게 세드릭을 적대하는 것도 아니고 특별하게 여기는지 몰랐다. 다만 아서의 머릿속에서는 상상이 사실로 확정된 듯했기에 지금은 그저 아서의 등과 어깨를 두드려 줄 따름이었다. 하지만…….

"세드릭 왕자라……."

"뭐……."

앨런이 작게 중얼거림과 동시에 칼럼을 보았다. 칼럼 역시 앨런과 눈을 마주 보았다. 풀 죽은 아서를 달래던 에릭도 두 사람이 시선을 교환하는 걸 눈치챘으나 둘이 작게 웃으며 술잔을 입가로 가져갔기에 그대로 고개만 갸웃거리고 끝냈다.

앨런과 칼럼은 생각했다. 말을 나누지 않아도 서로 무슨 생각을 하는지 대충 예상이 갔다.

——세드릭 왕자가 노리는 건…… 무조건 티아라 님 아닌가.

——아무리 봐도 세드릭 왕자는 티아라 님에게 연심이 있는 것 같던데.

그런 말을 술과 함께 목구멍으로 넘겼다. 부하와 동료 일에 눈치가 빠른 칼럼은 물론이고 사람을 많이 만나 본 앨런도 세드릭의 노골적인 연심을 훤히 꿰뚫고 있었다.

"난 역시 프라이드 님의 약혼자 후보가 더 궁금한데……."

"그놈은 세상에서 제일 행복할 게 분명해."

"아니, 그러니까 전 그 얘기를……!" 하고 아서가 끙끙대는 동안에도 앨런과 칼럼은 대답하지 않고 술을 들이켰다. 세 사람의 얼굴을 번갈아 보던 에릭이 마지막으로 쓴웃음을 지으며 "그래도."라고 중얼거린 뒤 한숨을 내쉬었다.

"결국 '저희에게' 가장 중요한 건 두 분의 마음 아닐까요."

차분하면서도 밝은 에릭의 말에 세 기사는 말없이 고개를 힘차게 끄덕였다.

정치적인 요인이 얽혔다 해도 자기 나라의 왕녀가 미소 지으며 누군가의 반려가 된다면 기사이자 그 사람을 사모하는 자로서…… 더할 나위 없이 기쁜 일일 테니까.

너한빛의 장 있어야 했던 기사와 의붓 남동생의 한 장면

"소문……?"

이미 자정이 넘은 심야에 기사들이 잡담을 나누고 있었다. 왕거에서는 호화로운 파티가 열리고 있으나 그들에게는 아무것도 없었다. 노후화가 진행되는 연습장에서 눈앞에 펼쳐진 건 진수성찬이 아니라 많은 양의 붕대와 소독액, 약뿐이었다. 모든 기사의 얼굴에서 피로가 엿보였고 아직 낫지 않은 상처에 그냥 붕대를 감고 넘기려는 기사도 있었다. 상처를 치료하는 특수 능력자가 부족해서 의사나 7번대의 응급조치조차 받기 힘든 게 현재 상황이었다.

제대로 마중 나오는 사람도 없어서 임무를 마친 기사가 적은 인원의 소대원끼리 기사단 연습장으로 돌아왔다. 중상자는 구호동에서 특수 능력자의 치료를 받고, 경상자는 한 군데에 모여 지급된 붕대와 약으로 서로를 치료했다.

"아, 어디까지나 소문인데 말야. 매일 밤 왕거 쪽에서 남자의 비명 소리가 들려온대. 소문으로는 여왕의 취미가 사람을 괴롭히는 거라던데 그것 때문에 정기적으로 나라에서 젊은 남자를 납치해서 헌상한다나."

"나도 들어 봤어. 그 남자는 하룻밤 만에 못쓰게 돼서 어딘가에

버려진다더라고."

"난 한 달쯤 버틴다고 들었는데. 한 달 동안 계속 여왕의 고문을 받다가 마지막엔 누구든 제발 죽여 달라고 빌게 된대……."

"내가 듣기론 괴롭힘받는 게 납치된 남자가 아니라……."

"그쯤 해 둬. 왕족의 안 좋은 소문을 누가 듣기라도 하면 불경죄로 문책받는 걸로는 안 끝날 테니까. 기사단장님 귀에 들어가면 큰일 난다."

어느 기사가 점점 퍼지던 소문 이야기를 중간에 가로막았다. 여왕에게 노골적으로 적의를 드러내면서도 위엄 있게 발언한 그 기사의 풍채에 일부 기사는 자연스럽게 입을 다물었다. "실례했습니다." "내일을 대비해서 빨리 자자." 하고 서로 대화를 나누며 붕대를 다 감은 기사부터 자리를 떠났다.

자리를 떠나던 기사 중 한 명이 이야기를 멈춘 기사의 어깨에 손을 올렸다. 선배 기사의 위로에 고개를 숙인 그 기사는 붕대를 다 감은 몸에 다시 갑옷을 둘렀다.

그 모습을 바라보던 또 다른 기사는 지난날의 누군가를 떠올리며 입을 움직였다.

"넌 항상 엄격하고 올곧구나, 아서."

"선배 기사께 주제넘은 짓을 하는 게 아닌가 싶었습니다만, 아버지랑…… 닮아 보였겠죠."

사과하며 다시 고개를 숙인 아서에게 기사는 "그 상황에서는 부대장인 네가 제일 위였어."라고 대답하며 어깨를 두드렸다. 선배 기사가 어깨에서 손을 내리자, 아서는 재빠르게 갑옷 위로 단복을 고쳐 입었다. 그리고 붉은 얼룩이 군데군데 남은 옷을 걸

치고 일어섰다.

"저번에 기사단장님께 들었습니다. 예전 기사단장님과 전 부단장님은 여왕에게 거역하다가 처벌받으셨다고."

아서는 짧게 깎은 은발을 휘날리며 차분한 표정으로 앞을 바라봤다. 그 말에 기사는 고개를 살짝 떨궜다. 당시의 그에게 그 둘은 동료이기도 했다.

"케네스 부단장님은…… 기사단장님처럼 이전 기사단장님과 부단장님을 아십니까?"

"그래. 둘 다 우수한 기사였어. 그 두 사람과 어깨를 나란히 할 기사는 지금 기사단에는…… 아니, 전성기의 기사단에도 얼마 없었을 거다. 그 정도로 훌륭한 기사였어."

부단장의 이야기를 듣고 아서는 잠시 사색에 잠겼다. 당시 신병이었던 아서는 둘과의 접점이 거의 없었다. 하지만 기사의 위엄으로 가득 찬 두 사람을 멀리서 봤던 것은 기억났다.

그렇게 훌륭한 기사도 여왕의 방식에 의문을 품었던 건가…….

이전 기사단장과 부단장이 처벌받았을 때 많은 기사가 그 사실을 받아들이지 못하고 몹시 분개했다. 두 사람이 죽고 난 뒤에도 나쁘게 이야기하는 기사는 단 한 명도 없었다. 그 직후에 새로 취임한 게 현재의 기사단장과 부단장이다.

여왕은 다음에 또 모반을 허용했다가는 그에 걸맞은 벌이 기사단을 기다릴 거라고 엄포를 놓았다.

"물론 네 아버지도 훌륭한 기사였다."

부단장의 말에 아서는 가슴이 욱신거렸다. 감사하다고 대답은 했지만 기억 속에서는 반발밖에 못하던 어리석은 과거의 자기만

이 아른거렸다.

"그건 그렇고."

아서는 화제를 전환하려고 입을 열었다. 이번 임무보다 훨씬 더 고통스러운 역할을 짊어졌을 부단장을 위로하듯이.

"여왕의 탄생제는 어떠셨습니까."

늦은 밤, 기사단장 해리슨과 함께 파티를 끝마친 부단장 케네스는 피곤함이 짙게 밴 다리로 임무에서 복귀한 기사들을 위로하려고 구호동을 방문했다. 케네스는 아서의 질문을 듣고 애매한 표정으로 쓴웃음을 짓더니 "아마 네가 상상한 것과 같을 거다."라고 대답했다.

여왕이 프리지아 왕국을 지배하기 시작한 뒤로 참가한 내빈의 수가 눈에 띄게 줄었다.

물론 여왕의 반감을 살까 봐 무서워서 무조건 출석하는 자도 많다. 파티의 규모와 장식은 계속해서 쓸데없이 화려해졌으나, 그럼에도 전 여왕 때와 비교하면 내빈은 줄기만 했다. 지금의 여왕에게 얼마나 인망이 없는지는 누구라도 알 정도였다.

그걸 아는 아서도 케네스의 말뜻을 바로 눈치챘다. 상층부 사람과 귀족들은 매년 여왕의 반감을 사지 않으려고 벌벌 떨었고, 다른 나라의 왕후 귀족은 멀지도 가깝지도 않은 관계를 유지하려 했다.

"그리고…… 올해도 티아라 왕녀와 레온 왕자는 불참했어."

슬슬 이 방도 닫자며 케네스가 열쇠를 집어 들었다. 아서는 대답하며 '레온 왕자'라는 말을 홀로 곱씹었다.

레온 왕자. 여왕의 약혼자. 아직 결혼하진 않았지만 실질적으로는 부군이며 2년 전부터 왕거에 살고 있는 아네모네 왕국의 전 왕자다.

그러나 레온 왕자가 약혼해서 프리지아 왕국에 온 뒤로 그 사람을 본 자는 거의 없다. 확실한 이유는 모르지만 차기 부군임에도 공무를 도우려 하지 않고 그저 국민의 세금만 축내는 이름뿐인 왕자라고 온 국민이 수군거렸다. 프리지아 왕국으로 이사 올 예정이었던 날에도 늦었고 드디어 성에 도착했나 싶더니 차기 부군의 책임조차 다하지 않고 방에만 틀어박혀 있으니 그런 말을 듣는 게 당연하다.

세간에는 타고난 미모를 살려서 여왕의 노리개가 되었다느니 사실은 여왕을 홀려서 이 나라의 주도권을 쥐고 있다느니 심지어는 이미 죽은 게 아니냐느니 하는 소문까지 나돌았다.

차라리 진짜로 죽었으면 좋겠네. 그러는 게 이 나라에 훨씬 더 도움이 될 텐데…….

아서는 그 생각을 입 밖으로 내지 않고 가슴속에만 담아두었다. 국민을 위해 몸을 갈아서 일하는 기사인 아서에게 왕족의 역할을 다하려 하지 않는 레온 왕자라는 인물은 모멸의 대상이었다.

티아라 왕녀는 여왕의 시샘 때문에 멀리 떨어진 탑에 오랫동안 갇혀 있다고 들었다. 본인의 의사와 상관없이 바깥 세계와 단절된 티아라 왕녀에게는 동정심이 들었다. 하지만 레온 왕자는 다르다.

국민의 세금으로 생활하는 왕족이 아무것도 안 하고 그저 풍족한 생활만 누리려 하다니. 국민의 일원으로서 보자면 그야말로 그 여왕과 아주 잘 어울리는 멍청한 부군이었다.

7년 전 기사단 기습 사건 때, 신병 합동으로 연습할 예정이었던 아네모네 왕국은 약속한 시간이 되어도 프리지아 왕국에 도착하지 않았다. 그래서 현장을 확인하고 보고하려던 기사단장인 아서의 아버지가 신병을 이끌고 갔다가 영영 돌아오지 못하게 됐다.

그러나 아네모네 왕국은 죄를 인정하지 않았다. 오히려 프리지아 왕국으로 가려고 떠났던 아네모네 왕국 기사단이 전멸한 것까지 프리지아 왕국 책임으로 떠넘겼고 그 때문에 쓸데없는 분쟁까지 일어났다. 새로 화평을 맺은 뒤, 그 증거로 여왕과 레온이 약혼했다.

아서는 기사단이 아버지와 많은 기사를 잃고 쇠퇴하는 계기를 만든 아네모네 왕국에 좋은 인상을 가질 수 없었다. 그곳의 제1왕자인 레온에게도 마찬가지였다. 게다가 그 증오스러운 여왕의 반려라니, 모멸과 혐오가 질척하게 몸속에 들러붙었다. 그 감정은 아마 평생 사라지지 않을 것이다.

"……."

끝으로 문을 잠그고 열쇠를 보관 장소에 돌려놓은 아서는 구호동 앞에서 케네스에게 인사했다. 부단장실로 돌아가는 케네스와 달리 아서는 이대로 잠시 본가에 돌아갈 예정이었다. 혼자서 작은 음식점을 운영하는 어머니를 돕기 위해서다. "수고하셨습니다." 하고 아서가 고개를 들자, 케네스는 무슨 말을 하기보다는 아서의 어깨에 손을 올렸다. 그리고 보는 눈이 없는지 주의하며 아서의 귓가에 살며시 얼굴을 대고 속삭였다.

"방심하지 마라. 이 나라 어딘가에서 우리 얘기를 듣고 있을지도 몰라. 넌, 너만은…… 칼럼이나 앨런처럼 되지 말아다오. 네 아버지를 위해서라도…….”

최대한 작게 줄인 목소리로 그렇게 전한 케네스는 얼굴을 떼더니 눈이 휘둥그레진 아서에게 복잡한 표정을 지었다. 그리고 그 이상은 아무 말도 하지 않고 아서의 등을 밀며 연습장 문까지 배웅했다.

“역시…… 부단장님도 아버지 일이 신경 쓰이시는 건가.”

가는 길에 아서가 머릿속으로 생각하던 것이 입 밖으로 흘러나왔다. 주력부대에 처음 들어갔을 때부터 가끔 이렇게 돌봐주는 기사나 몰래 조언하며 마음 써 주는 선배 기사가 여럿 있었다. 순직한 기사단장의 아들인 아서를 걱정하는 것임을…… 그때 아버지를 구하지 못한 데 대한 참회임을 아서 본인도 알고 있었다.

“기사단에는 책임이 없어. 나도 알고는 있는데…….”

결국 난 어디까지나 죽은 전 기사단장의 아들일 뿐인 건가…….

아무리 공적을 쌓아도 실력을 갈고닦아도 똑같았다. ‘전 기사단장의 아들’ 이라는 경력을 가진 아서를 모든 기사가 먼 존재로 여겼다. 기사들은 ‘아서’ 라는 이름으로 부르면서도 가식적인 미소만 지었다. 이젠 너무 익숙해졌지만 기사들은 당연하다는 듯이 아서를 ‘기사’ 가 아니라 ‘유족’ 으로 보고 있었다.

거기까지 생각한 아서는 혼자 고개를 저었다. 전부 자기가 자초한 일이라며 스스로를 질타했다.

짧은 머리도 말투도 행동거지도 전부 아버지를 따라 한 거잖아.

어릴 적에는 아서도 약해 빠진 채로는 절대로 기사가 될 수 없음을 알고 있었다. 노력이 헛되지 않았는지 기사가 되는 데 성공했다. 그리고 당시에 아버지가 소속된 것과 같은 1번대에 들어가더니 마침내 인원이 줄던 기사단에서 부대장에 임명되기까지 했다.

"조금만 더 가면 돼."

입대 시험에서는 아깝게 수석을 놓쳤다. 남은 방법은 이제 많지 않다. 서임식과 축하회에서는 다른 기사들의 시선이…… 특히 기사단장인 해리슨의 시선이 항상 아서에게 쏠려 있어서 처음 인사할 때 외엔 여왕에게 쉽게 다가갈 수조차 없었다.

하지만 부 기사대장의 다음 자리는 기사대장이다. 대장급 인물 중에서 가장 우수한 공적을 남기면 기사단장, 부단장과 함께 왕족의 식전에도 참가할 수 있다.

"아버지의…… 원통함을, 그날의 진의를 반드시……."

기사로서 개인적인 원한을 품으면 안 된다는 건 알아. 아버지의 죽음과 그림자에 사로잡혀 있는 나는 기사 실격이라는 것도 알아. 그래도 나는…….

"그 녀석을……."

"아아~ 시시한 파티였어."

한 여자가 걸어갔다. 물결치는 진홍색 머리칼을 손가락으로 만지작거리며 진심으로 시시하다는 듯이 중얼거렸다.

호화로운 장식과 형형색색의 꽃, 고급스러운 술과 요리. 성 밖에 사는 국민의 생활수준으로는 생각도 못할 만큼 사치의 끝을 달린 파티. 그 파티는 전부 오늘의 주역이기도 한 그녀가 요청한 대로 열렸다.

그러나 그녀도 바보는 아니다. 내빈이 해마다 줄고 있다는 것도 연회장 안에서 큰 소리를 내는 사람 한 명 없이 무척 조용했다는 것도 다 안다. 파티가 열리는 와중에도 그녀는 왕좌에 앉아 약간의 요리와 와인만 깨작대며 재미없다는 듯이 다리만 꼬았다. 그녀 역시 내빈에게 예의를 다하거나 내빈을 즐겁게 할 마음은 추호도 없었다.

"아, 이제 안 따라와도 돼 스테일."

등 뒤로 계속 따라오던 섭정에게 손끝만 움직여 물러나라고 명령한 그녀는 뒤도 돌아보지 않고 구두 소리를 울리며 걸었다. 자기 방과는 다른 방향으로 나아가는 여왕에게 섭정은 처음으로 입을 열었다.

"어디로 가시는지요. 여왕 폐하."

무표정한 얼굴에서 낮고 억양 없는 목소리가 흘러나왔다. 안경 안쪽에 있는 칠흑색 눈동자는 탁했고 마치 인형처럼 입 외에는 얼굴 근육이 전혀 움직이지 않았다.

스테일의 말에 여왕이 다리를 멈췄다. 앞만 보고 걷던 여왕이 한 박자 쉰 후 천천히 스테일에게 몸을 돌렸다. 실룩거리는 추한 미소와 함께…….

"몰라서 묻니? 당연히 귀엽고 사랑스러운 약혼자를 만나러 가는 거지."

일그러진 얼굴로 입꼬리가 찢어질 듯이 웃는 여왕을 스테일은 겁도 없이 바라봤다. 스테일이 무감정한 눈빛으로 실례했다고 짧게 대답하자, 여왕은 자기가 어디로 가는 중인지 떠올랐는지 깔깔대며 자리에서 떠나갔다. 아까와는 완전히 다른 사람처럼 가볍게 스텝까지 밟으며 신이 나서 걷는 모습을 보고도 스테일은 안색 하나 바꾸지 않았다.

또 레온 왕자에게 분풀이를 하나…….

고개를 든 스테일은 여왕의 등이 안 보일 때까지 그 자리에 우두커니 서서 작게 한숨을 내쉬었다. 약혼한 레온이 딴사람처럼 변해서 방에만 틀어박힌 뒤로 여왕이 가끔 이렇게 레온의 방에 직접 찾아간다는 걸 스테일은 잘 알았다. 거기서 무슨 일이 벌어지는지도…….

여왕이 아네모네 왕국 국민을 성에 있는 고문실에서 갖고 놀다가 죽인 것도 알았다. 당시에 쓰이지 않던 그 방을 준비한 것도 여왕이 바라는 대로 레온을 '유혹한' 국민 모두를 그 방에 수용시킨 것도 스테일이 했으니까.

레온이 그날을 기점으로 마음이 병들어 완전히 정신이 나갔다는 것도 여왕이 틈만 나면 그런 레온의 상처를 헤집는다는 것도 스테일은 전부 알았다. 하지만…….

뭐, 그 녀석의 주의가 티아라한테 쏠리지 않으면 그만이지.

스테일에게는 어찌 되든 상관없는 일이었다. 그저 여왕의 창끝이 의붓 여동생인 티아라를 향할까 봐 걱정될 뿐이었다. 그래서 아까도 여왕이 티아라한테 무슨 짓을 하러 가려는 건 아닌지 걱정돼서 직접 질문했다. 그리고 여왕의 목적이 티아라가 아님을 확인한 시점에서 흥미는 사라졌다.

레온 역시 죽기보다 괴로운 지옥을 맛보니까 불쌍해.

그래. 마음으로는 그렇게 생각한다. 매일 밤 레온의 비명이 방에서 흘러나올 때, 왕거 안에서 그 소리를 들은 자들의 입에서 여왕에 관한 무시무시한 소문이 퍼져 나갔다. 여왕이 레온의 방에 들어가자마자 울려 퍼지는 비명에 여왕이 레온의 아름다운 외모를 높이 사서 애완동물처럼 키운다느니, 울분을 풀려고 살아있는 인형으로 만들었다느니…… 애초에 비명소리가 들린다는 것 자체가 그냥 소문일 뿐이고 실제로는 레온이 여왕과 뜨거운 시간을 보내며 내는 신음소리라느니 하는 소문까지, 왕궁 안의 위병과 시녀 사이에서는 온갖 억측과 소문이 오갔다.

그러나 스테일은 그 소문을 바로잡으려고도 레온이 실제로 어떤 취급을 받는지 알리려고도 하지 않았다. 그렇기는커녕 레온을 돌보는 시녀를 엄하게 입단속하고 여왕의 뜻에 따라 사실이 새어 나가지 않게 손을 썼다.

긴 복도에서 여왕의 모습이 완전히 사라지자 스테일도 다리를 움직였다. 스테일은 발걸음을 돌려 여왕과는 반대 방향으로 걸어가며 생각했다. 어차피 다 난봉꾼 짓을 한 데 따른 업보라고…….

여왕의 기분이 상한 계기가 된 사건. 제1왕자인 레온은 프리지아 왕국에 방문하기 전날 밤 성 밖에서 국민들과 진탕 술을 마셨다. 난봉꾼 왕자라는 소문은 원래부터 알았다. 여왕과 결혼하기 전에 마지막 자유를 만끽하고 싶었던 건지 아니면 단순히 앞뒤 안 가리고 쾌락을 추구한 결과인 건지는 모른다. 스테일도 그 이상은 직접 알려 하지 않았다.

아무 영양가 없이 끝난 아네모네 왕국과의 분쟁과 전쟁. 그것을 풀기 위해 필요했던 혼인. 쓰레기 같은 난봉꾼 왕자와 악마 같은 악덕 여왕이라니, 둘이 진심으로 잘 어울린다 싶었다. 아네모네 왕국 입장에서도 귀찮은 놈을 처리할 수 있고, 프리지아 왕국 입장에서도 악마의 욕정을 풀 산 제물이 생겨서 양국에 있어 원만한 혼인이 될 터였다.

그걸 저 쓰레기가…….

레온이 쓸데없이 주색에 빠지는 바람에 겨우 조용해지던 양국 사이에 다시 균열이 생기기 시작했다. 여왕이 아네모네 국민을 갖고 놀다 죽이는 '정도'로 만족해서 다행이지, 하마터면 프리지아 국민까지 다시 전쟁에 끌어들일 뻔했다.

왕족의 특권을 휘두르며 자기 욕구만 우선한 왕족의 수치. 그 욕구 때문에 많은 여자를 울렸던 업보가 돌아온 것이라 여기는 스테일이 보기엔 이것도 당연한 결과였다.

방으로 돌아간 스테일은 방문을 닫고 커튼과 창문이 닫힌 걸 확인한 뒤 불을 껐다. 칠흑에 휩싸인 뒤에야 안심한 듯이 크게 한숨을 내쉬었다. 그리고 검은 안경테를 손가락으로 치켜올리며 아까 오는 길에 고민했던 걸 떠올렸다. 그때, 마치 타이밍을 재기라도 한 것처럼 어딘가에서 익숙한 비명이 흘러나왔다.

"아아아아아아아아아아악……! 싫어, 싫어어어어! 더 이상 사람은, 사람은, 사람은……! 아아아아아아아아아아아아아아아아아!"

처음에는 짜증이 났던 이 절규도 지금은 거슬리는 잡음에 불과했다. 같은 왕궁 안에 있어서 그런지 소리가 창문 너머로 들어왔고, 가끔은 여왕의 웃음소리가 들리기도 했다. 처음에는 진짜 고문이라도 하는 건지 순수하게 궁금해서 순간이동으로 훔쳐보러 간 적도 몇 번 있었고, 여왕의 시중으로 동행한 적도 있었다. 그러나 여왕은 한 번도 직접 손대지 않고 말로만 힐난했다. 오히려 스테일 눈에는 여왕이 자기 손을 더럽히지 않고 말로만 상대를 괴롭히는 데 즐거움을 느끼는 것처럼 보였다.

"지금은 이 소리도 제법 듣기 좋아."

스테일은 목소리를 낮추고 입꼬리를 끌어올리며 웃었다. 그 시커먼 미소가 어둠 속으로 녹아들었다. 레온의 비명이 들리는 동안에는 스테일의 소중한 사람이 여왕의 손에 놀아나지 않을 수 있다.

끝으로 한 번 심호흡을 한 스테일은 순간이동 했다. 눈앞의 풍경이 변하더니 칠흑 같던 어둠 속에서 불이 켜진 공간으로 장소가 바뀌었다. 스테일은 시야에서 한 사람을 포착하기도 전에 여왕에게는 절대로 내지 않을 온화한 목소리로 입을 열었다.

"정말이지…… 또 책을 읽느라 밤을 새우려고? 티아라."

"오라버니!"

소파에 앉은 여자가 일어서서 신이 난 목소리로 기쁘게 외치며 스테일의 곁으로 달려왔다. 스테일에게 있어 유일무이한 존재이자 유일한 가족이다.

"얌전히 잘 기다리고 있었어? 오늘은 만나러 오는 게 늦어서 미안해."

스테일은 나지막이 웃으며 티아라의 머리를 쓰다듬었다. 부드러운 금발이 손가락 사이로 빠져나갈 때마다 스테일은 몸에서 쓸데없는 힘도 같이 빠져나가는 것을 느꼈다.

"아니야, 오라버니가 매일 만나러 와 줘서 기뻐."

은방울 같은 목소리를 듣자, 아까까지 들었던 추한 절규의 흔적이 깨끗이 씻겨 나갔다.

"오라버니야말로 안 피곤해? 오늘은 프라이드 님의 탄생제였잖아. 분명 바빴을 텐데."

"괜찮아. 무사히 끝났어. 어서 널 보고 싶었어……."

스테일이 그렇게 말하며 자기보다 키가 작은 티아라의 얼굴을 내려다보자 포근한 미소가 돌아왔다. 가녀린 몸을 꼭 끌어안으니 티아라가 "매일 일하느라 수고가 많아."라고 하며 등에 부드럽게 팔을 둘렀다.

나의 유일한 빛.

스테일은 품속에서 티아라를 확인하며 티아라만은 반드시 지켜 내겠다고 생각했다.

티아라의 16세 생일까지 앞으로 8개월 남았다. 그 뒤에 티아라는 시집을 가서 이 나라를 떠난다.

여왕의 손이 닿지 않는 먼 땅으로…….

스테일은 티아라와 떨어져야 한다는 사실에 가슴이 무척 아팠다. 이웃 나라 정도라면 시집간 뒤에도 순간이동 해서 만나러 갈 수 있지만, 그보다 먼 곳일 경우 여왕의 허락 없이는 여왕에게서 멀어질 수 없다. 티아라를 두 손으로 느끼지 못하는 건 너무나도 큰 손실이다. 하지만 이대로 여왕이 있는 이 나라에 계속 머무는 것보다는 훨씬 안전했다. 무엇보다 그렇게 하면 티아라는 이 탑에서 해방되어 자유로워진다. 스테일은 티아라의 행복을 위해서라면 자기가 어떻게 되든 상관없었다.

딱 하나 걱정되는 게 있다면 티아라의 약혼자를 결정할 권리가 여왕에게 있다는 점이었다. 이렇게 티아라를 멀리 떨어진 탑에 가둬 놓은 여왕이 여동생에게 좋은 상대를 마련할 리가 없었다. 스테일은 자기가 어떻게든 티아라를 지키겠다고 다짐하며 팔에 힘을 줬다.

여왕이 적당히 고른 상대가 운 좋게 착한 사람이면 괜찮다. 그렇지 않으면 무슨 수를 써서라도 그 남자와 떼어 놓겠다고 결심했다. 노예로 전락한 몸으로 쓸 수 있는 수는 전부 다 써서라도 반드시.

"오라버니……?"

팔에 힘이 들어가자 티아라가 불렀지만 스테일은 피곤하다는 핑계로 한참 동안 티아라를 꽉 껴안으며 반드시 지켜 내겠다고 맹세했다.

이름뿐인 부군, 레온 아도니스 코로나리아. 그자는 여왕의 울분을 풀어 주는 장난감이다.

레온을 사육하기 시작한 뒤로 여왕은 지금까지 국민에게서 얻던 쾌락을 레온 한 명에게 얻는 경우가 늘었다.

만약 여왕이 이대로 티아라에게서 흥미를 잃으면 귀찮은 약혼자 선정은 섭정인 스테일에게 맡길지도 모른다. 그렇지 않더라도 레온을 갖고 노는 동안에는 지금처럼 티아라에게 여왕의 손길이 뻗치지 않을 것이다. 멀리 떨어진 탑보다 훨씬 가까운 곳에 최고의 장난감이 생겼으니까.

저번에 차이넨시스 왕국을 침략하고 서시스 왕국을 지배하게 된 후부터 여왕의 기분도 좋아졌다. 요안 전 국왕과 세드릭 왕자라는 새로운 장난감을 손에 넣었기 때문이다.

부디 이대로 계속 여왕의 희생양이 되어다오, 레온. 네 불행이 티아라의 행복으로 이어지거든.

레온이 괴로워하면 괴로워할수록 티아라의 평온이 보장된다.

국민 역시 여왕의 표적이 되는 일이 줄어든다. 욕구에 몸을 맡긴 채 쾌락을 탐하고 여자를 울리고 왕족의 규율을 소홀히 한 업보다. 더럽혀진 왕자에겐 깨끗한 티아라를 위해 썩어가는 역할이 딱 맞는다.

이왕이면 최대한 오랫동안, 아예 여왕이 죽을 때까지 나가떨어지지 말고 질리게 하지도 말고 계속 살아남으라고 속으로 기도했다. 부군에게 주어진 그 넓고 호화롭고 편안한 감옥에서 영원히 괴로움에 발버둥 치며 그 여자를 즐겁게 하는 노리개로 살아가라고 진심으로 빌었다.

모든 건 우리 나라 국민과 나의 소중하디소중한 티아라를 위해서다.

제2장 소외된 왕녀와 수락

"어, 어어어어어언니! 큰일이에요!"

탄생제 다음 날 아침. 보기 드물게 당황한 티아라의 부산스러운 목소리와 발소리가 방 밖에서 들려왔다.

마침 오늘 도착한 편지를 다 읽고 크게 기지개를 켜려고 했을 때였다. 갑자기 들린 티아라의 목소리에 내 뒤에서 대기 중이던 근위기사 아서와 에릭 부대장이 문 쪽을 돌아보았다. 문 앞에서 근위병 잭이 놀란 듯이 문에 손을 올렸다. 복도에서는 "무슨 일이십니까?!" "프라이드 님은 지금……." 하고 당황한 티아라를 걱정하는 듯한 위병의 목소리가 들려왔다.

"어서 와, 티아라. 무슨 일이야?"

들어와도 된다고 말하자 천천히 문이 열렸다. 티아라가 약간 다급한 기색으로 갑자기 찾아와서 미안하다고 사과하며 내 옆으로 달려왔다.

요즘 티아라는 자기 탄생제에서도 뭔가를 발표하거나 행사를 열고 싶은지 질베르 재상과 상담했고 가끔은 어머님과도 의논했다. 지금도 그 의논이 끝나서 돌아온 참인 듯했다.

"그…… 잠깐 현관으로……! 오라버니도 거기 있어요!"

입을 삐끔거리며 "아무튼 대단해요!" 하고 열심히 호소하는 티아라를 보고 난 고개를 갸웃거리며 방 밖으로 나왔다. 그 순간 뭔가 달콤한 향기가 코끝을 스쳤다.

전속 시녀 마리와 롯테를 데리고 근위기사들과 함께 방을 나왔다. 티아라는 내 손을 붙잡고 빠르게 걸어가면서 자기를 진정시키듯이 어깨를 들썩이며 얘기했다.

의논이 끝나고 내 방으로 오는 도중에 현관 쪽에서 익숙한 목소리가 들렸고, 그에 이끌려 보러 갔더니 크고 놀라운 것이 도착해 있었다고 한다.

티아라의 이야기를 들은 난 크고 놀라운 것이라는 말에 바르가 또 지나가던 도적이나 인신매매 집단이라도 우리 성에 잡아 왔나 싶었다. 그런데 현관에 도착하고…….

압도당했다.

"누님, 수고하셨습니다."

"어엉? 빨리 왔네, 주인."

이미 아침부터 베스트 숙부님과 함께 섭정 업무를 돕던 스테일과 날카로운 안광과 흉악한 인상, 짙은 갈색 머리와 눈동자, 갈색 피부인 남자가 그곳에 있었다. 바로 우리 나라의 배달부 바르다. 역시 배달 업무차 방문해서 기다리고 있던 모양이다. 수많은 장미에 파묻힌 채…….

"스테일, 바르, 저기, 이건……."

나도 모르게 입을 떡 벌리고 멍하니 멈춰 섰다.

옆에서 티아라가 "대단하죠?" 하고 기쁜지 신이 난 목소리로 말했다. 아서와 에릭 부대장도 나와 똑같이 눈이 휘둥그레져서 입을 벌렸다.

"아네모네 왕국의 레온 왕자가 보낸 선물이라고 합니다. 누님의 생일 축하 선물……이 아니라 맹우로서 주는 우호의 증거라더군요."

스테일이 레온이 쓴 듯한 서신과 카드를 들고 나를 바라봤다. 서신은 아직 안 뜯어 본 것 같으니 아마 카드에 쓰인 내용을 읽었거나 바르 일행에게 들은 거겠지. 바르가 머리를 벅벅 긁으며 "공짜 술 좀 마시러 갔다가 아침부터 이 꼴이다."라고 내뱉었다.

그러고 보니 왜 스테일과 바르가 같이 있는 거지? 산더미 같은 장미가 너무 현실감이 없어서 그쪽을 먼저 신경 쓰긴 했는데.

스테일의 말에 따르면 어젯밤 파티가 끝나고 왕거에 묵었던 먼 나라의 왕후 귀족들을 베스트 숙부님과 함께 배웅하고 돌아오는 길에 마침 배달을 하러 우리 성을 방문한 바르 일행과 마주쳤다고 한다. 그리고 너무나 수상쩍은 배달물을 보고 베스트 숙부님에게 바르 일행과 동행하다가 지정한 시간까지 나에게 돌아오겠다고 허락을 받은 모양이었다.

"천하의 베스트 숙부님도 놀라셨습니다. 이렇게나 많으니 말이죠……."

스테일이 쓴웃음을 짓자, 나도 메마른 웃음소리를 흘렸다. 그러실 만하다고 대답하며 다시 한번 산더미 같은 장미를 보았다. 현관 안으로 들여놓은 장미는 넓은 통로를 꽉 채울 만큼 많은 양이었다. 어디 장례식이라도 열리나 싶을 정도…… 아니, 거의 실내 장미 화원 수준이었다. 게다가 다듬어서 꽃다발로 만든 게 아니라 아예 뿌리에 흙이 묻은 그대로 통째로 뽑아서 가져왔다. 곧장 어머님에게 정원에 장미를 심어도 되냐고 여쭤봐야겠다는 생각이 들었다.

이미 위병과 시녀가 어느 정도 옮겨서 진열했지만, 다 진열할 수가 없어서 결국 통로 전체가 산더미 같은 장미에 파묻혔다.

"온통 꽃향기로 가득 찼네요……."

아서가 멍하니 내뱉자 에릭 부대장은 코를 가볍게 문질렀다. 바르는 혀를 차며 "차라리 쓰레기장의 악취가 낫지."라고 중얼거렸다. 나한테는 좋은 향기지만 스테일을 제외한 다른 남자들에게는 조금 힘들지도 모른다.

여기저기 뻗친 검은 머리의 소년 케멧이 "저한테는 좋은 향기예요!"라며 웃자 갈색 머리의 소녀 세펙이 "나도." 하고 장미에 파묻힌 통로를 고개만 움직여 둘러보았다. 바르와 함께 배달부 업무에 협력하는 두 사람은 아네모네 왕국에서 꽃을 운반해 올 때 실컷 봤을 텐데도 막상 이렇게 꽃 속에 파묻히자 새삼스럽게 압도된 듯했다. 게다가 이건 평범한 장미가 아니었다.

전부 아름다운 파란색 장미였다.

이전 생에서도 쉽게 볼 수 없었던 꽃이다. 그런데 왠지 어딘가에서 본 기억이 있는 것 같은데……. 물론 이전 생에서도 진짜 파란색 장미는 본 적이 없다. 수수한 인생에 그렇게 멋진 이벤트가 있었다면 절대로 잊지 않았을 테니 그렇다면 남은 건…….

"누님, 여기요."

스테일이 다가와 서신과 카드를 건넸다. 티아라가 "뭐라고 쓰여 있나요?!" 하고 옆에 딱 달라붙었다. 먼저 카드부터 티아라에게도 보이게 열어 내용을 읽었다.

'우호의 증거로 보냅니다. 프라이드 로열 아이비 제1왕녀에게

맹우 레온 아도니스 코로나리아가.'

레온의 아름다운 필체로 이렇게 적혀 있었다. 어젯밤에도 아네모네 왕국으로부터 생일 축하 선물을 받은 참인데 연달아 선물을 받다니 뭔가 미안했다. 다음으로 서신을 들고 봉투를 열었다. 마찬가지로 레온이 직접 쓴 서신을 읽고서…… 조금 놀랐다. 생일 선물을 못 보내는 대신 이걸 보낸다는 메시지와 함께 이 장미에 관한 다양한 설명이 적혀 있었다. 게다가…….

"나랑 아서, 만약 괜찮다면 다른 사람들도 다 받아 줬으면 한다는데?"

"저 말입니까?!"

아서가 전혀 예상치 못했다는 듯이 자기를 가리키며 외쳤다. 스테일이 내 옆으로 다가오며 아서에게 "뭐 짚이는 거 있어?" 하고 물었다. 아서는 뭐라 말할 수 없는 표정으로 이마에 손을 대고서 "이……일단은……." 하고 쥐어짜 내듯이 말했다.

"그러고 보니 어젯밤 탄생제에서 레온 왕자랑 뭔가 얘기했었지?"

에릭 부대장이 기억났다는 듯이 툭 내뱉자 아서는 말없이 고개를 두 번 끄덕였다.

"뭐랬더라…… 다들 기뻐할 거라고…… 말씀하셨는데…… 설마 진짜로……!"

아서는 매우 당황한 기색이었다. 뭐, 아네모네 왕국의 제1왕자가 주는 장미 선물이라니 쉽게 받을 수 있는 게 아니긴 하다. 맹우인 나라면 몰라도 다른 영애였다면 분명 비명을 지르며 기뻐했을 것이다. 마치 깜짝 프러포즈 같은 선물이니까.

"그건 그렇고……."

나는 다시 한번 편지를 훑어보았다. 아까 본 적 있는 것 같다 싶던 게 그런 이유였나 하고 쓰여 있는 설명을 다른 사람들에게도 읽어주었다.

"아네모네 왕국이 원산지인 파린 장미래. 원래 희귀한 품종인데 대량 재배에 성공해서 앞으로 각국에 수출할 예정인 신상품이라는 모양이야."

바로 사업을 추진하다니 역시 최대 무역 국가답네. 게다가 이거라면 무조건 크게 성공하겠는걸.

"이 장미의 줄기를 꺾어서 운명의 상대에게 주면 장미가 파란색에서 빨간색으로 변한다는 일화가 있대."

어느새 남자 무리가 나와 장미를 번갈아 보기 시작했다. 너무나도 분명한 시선을 느끼고 나도 웃고 말았다. 어제 약혼자 후보를 발표했는데 오늘 이런 선물이 도착했으니 여러 생각이 들 만도 하다.

티아라가 "정말 멋져요!" 하고 눈을 반짝이며 말했다. 그래. 티아라는 무조건 좋아할 줄 알았어. 나도 티아라에게 맞장구를 친 뒤 "자, 다들 와서 받아 가요." 하고 모두에게 말했다. 곧장 내 방에 장식할 몫을 흙째 나누려는 전속 시녀 마리와 롯테에게도 꼭 가지고 가라고 전하자 둘은 매우 기쁜 듯이 눈을 반짝였다. 역시 여자에게 이런 선물은 기쁜 법이지.

나도 이렇게 일화를 읽고 나서 장미를 보니 아무리 진정하려고 해도 심장이 두근거렸다. 예쁘고 향기도 너무 좋고 맹우인 레온이 준 간접적인 생일 축하 선물이어서 그렇기도 하지만, 이 장미

꽃은 나에게 무척 특별했다.

"이봐, 주인. 우리도 가져가도 되지?"

갑자기 바르가 말을 걸었다. 그쪽을 돌아보니 케멧과 세펙이 이미 자기네도 그 '다들' 에 포함됐다는 걸 알아채고 장미로 손을 뻗고 있었다. 가시를 만지기 전에 바르가 손으로 막긴 했지만…….

내가 물론이라고 답하자 바르는 그 자리에서 눈을 굴려 모두를 둘러보았다. 나도 그에 이끌려 주위를 둘러보니 모두 자기 근처에 있는 장미와 나를 말없이 번갈아 보고 있었다. 모처럼 흙째 가져온 장미를 꺾는 게 아쉬워서 그러나?

확실히 이렇게 예쁘게 피었으니 꺾기 아쉬운 마음도 뼈저리게 이해가 간다. 뿌리째 흙이랑 같이 가져가도 되지만 그러면 옮기기 힘들겠지. 차라리 정원사한테 부탁해서 다른 사람들 몫의 꽃을 다듬어 달라고 할까? 아니, 하지만 그러면 이 장미의 장점이……. 그런 생각을 하고 있을 때, 내 쪽을 보고 있던 근위기사들과 스테일의 안색이 바뀌는 게 눈에 들어왔다. 왜 그러나 싶어 시선을 따라 등 뒤를 가볍게 돌아보니…….

바르가 장미 한 송이를 꺾어 나에게 내밀고 있었다.

갑작스러운 상황에 놀라면서도 받아들자 순식간에 장미가 파란색에서 진홍색으로 변했다. 마치 마법처럼 새빨갛게 물드는 모습에 시선을 빼앗겼다. 신기하네. 정말 예쁜 빨간색이야.

이거라면 무조건 반응이 좋을 테니 여자에게 주는 선물로도 정말 좋겠다……. 거기까지 생각하다가 왠지 다들 반응이 없다는 걸 깨달았다. 모처럼 장미 색이 예쁘게 변했는데 나 혼자 감동하다니. 나만 어린애인 것 같아서 부끄러워졌다.

그러나 고개를 들어 보니 에릭 부대장과 티아라는 얼굴이 새빨갰고, 마리와 롯테는 눈이 휘둥그레져서 입가를 가렸으며, 잭도 눈을 부릅뜨고 이쪽을 바라보고 있었다. 모두 놀라긴 한 것 같아서 안심했다. 어째선지 아서와 스테일은 얼굴이 창백해져서 굳어 있었지만……. 특수 능력의 소유자인 두 사람이 설마 장미 색이 변하는 정도로 그렇게 기겁할 줄은 몰랐는데. 가장 나이가 어린 케멧과 세펙은 태연하게 "예쁘네요!" "바르! 나도 줘!" 라고 소리치는데 말이지. 끝으로 당사자인 바르를 올려다보니 나와 똑같이 주위의 반응을 살피고 있었다. 히죽거리며 무척 짓궂게 웃는 게 어쩐지 몹시 즐거워 보였다.

"그래서? 주인은 그 장미를 누구한테 줄 거야?"

바르가 그렇게 내뱉으며 나를 보지도 않고 다른 사람들을 향해 히죽거리자, 나는 고개를 갸웃거렸다. 누구한테 줄 거냐니? 지금도 이렇게 모두에게 나눠 주고 있는데? 뭐, 이 자리에 있는 사람들 말고 다른 사람들을 꼽으라면…….

"앨런 대장님이랑 칼럼 대장님, 가능하다면 어머님과 아버님, 베스트 숙부님에게도 드리려고요. 웬만하면 기사단에도 한 송이 정도는 통째로 기증하고 싶고 질베르 재상님에게도 흙째로 가져다드리고 싶어요."

이건 부인인 마리아도 분명 기뻐할 테고, 딸인 스텔라도 눈을 반짝일 게 틀림없다. 오히려 질베르 재상이 마리아와 스텔라에게 로맨틱하게 장미를 건네주는 광경을 보고 싶을 정도다. 기사단장과 부단장도 부인이 있다고 들었는데, 그쪽에게도 흙째로 선물할까?

"줄기부터 자르면 전부 빨간색으로 변하니까 모두에게 다 뿌리째 주고 싶지만……. 역시 통째로 들고 가기는 너무 크……."

"그, 그런 건가요?!"

갑자기 도중에 말이 끊겼다. 그쪽을 보니 아서가 휘둥그레진 눈으로 나를 보고 있있다. 에릭 부대장과 스테일도 내 말을 흘려듣지 않겠다는 듯이 나에게 시선을 고정하고 있었다. 역시 다들 신기한 파란색인 상태로 가져가고 싶었나 보다.

"그래. 피부에 닿았다가 떨어지면 빨간색이 되거든."

"누…… '누구에게 받아도' …… 말입니까……?!"

이번에는 아서 대신 스테일이 물었다. 눈을 부릅뜬 스테일은 상당히 진지한 표정이었다. 에릭 부대장은 홍조가 약간 가신 얼굴로 나를 바라봤다. 그때…….

"하하하하하하하하하하하하하하하!"

갑자기 바르의 웃음소리가 폭발했다. 놀라서 돌아보니 바르는 배를 부여잡은 채 아서, 스테일, 에릭 부대장을 가리키며 웃고 있었다. 뭐가 그렇게 웃긴지 등을 둥글게 구부리고 못 참겠다는 듯이 폭소했다. 도중에 몇 번인가 숨을 헐떡이는 게 괴로워 보였지만 그럼에도 웃음이 멈추지 않는 듯했다. 웃음소리가 계속되는 동안 손가락질받은 남자들은 얼굴이 새빨개져서 바르를 노려보았다. 큰일이야. 온화한 에릭 부대장까지 주먹을 떨잖아!

스테일이 "넌 알고 있었냐?!" 라고 고함치자 바르는 겨우 웃음이 멎었는지 가쁜 숨을 몰아쉬며 스테일을 바보 취급하듯 씨익 웃었다.

"레온한테 아주 귀에 딱지가 앉을 만큼 들었거든! 네놈들의 얼빠진 면상을 본 것만으로도 얘기에 어울려 준 보람이 있네."

또 상대방을 불쾌하게 하는 미소를 지으며 바르가 한 명씩 찬찬히 둘러보았다. 그러더니 보란 듯이 두 송이 장미의 줄기를 연이어 꺾어 세펙과 케멧에게 건넸다. 두 사람의 손에 넘어간 순간 파란 장미가 빨갛게 변했다. 세펙과 케멧이 기쁘게 환성을 질렀다.

"나한테도 명령권이 있다는 걸 잊진 않았겠지……?"

얼굴이 새빨개진 스테일이 단전에서 끓어오르는 듯한 낮은 목소리로 읊조렸다. 심지어 아서까지 손을 꺾어 뚜둑 하는 소리를 냈다. 순식간에 살기를 감지한 세펙이 바르 옆에 서서 임전 태세를 취했고, 티아라가 황급히 달려와 말렸다. 케멧 역시 당황하면서도 세펙의 손을 단단히 붙잡았다.

"뭐야, 왕자님도 나한테 장미가 받고 싶은 거야?"

바르 혼자서 아랑곳하지 않고 도발하듯이 스테일을 바보 취급하는 미소로 응했다. 그 말이 나온 직후 스테일의 살기가 더욱 거세졌다.

"어……언니는 장미 색이 변하는 이유를 아셨던 거예요?"

"그래. 레온이 보낸 서신에 꽃에 관한 일화부터 꽃의 설명까지 전부 쓰여 있었거든."

티아라가 세펙을 달래며 질문을 던지자, 나는 레온이 보낸 서신을 펼쳐 보였다. 전부 소리 내서 읽었다가는 목이 아플 만큼 장미에 관한 일화부터 돌보는 법과 번식 방법, 지금껏 알려진 생태까지 자세히 적혀 있었다. 신기하게도 꽃을 꺾은 뒤 줄기 부분에서 느껴지는 온도가 잠시라도 변하면 빨갛게 바뀐다고 한다.

혹시 다들 색이 변한다니 말도 안 되는 소리라고 여겼나? 그렇다면 갑자기 색이 변해서 놀라는 것도 어쩔 수 없지. 그렇게 여기며 레온이 적어 준 장미의 생태와 일화를 전부 빠르게 설명했다. 생태는 둘째 치고 관련된 일화가 제법 설레는 러브 로맨스였다.

간단히 말하자면 한 여신에게 첫눈에 반한 젊은이가 파란 장미를 바치며 "제 인생을 당신과 함께하고 싶습니다."라고 고백했더니 여신의 가슴에 사랑의 불꽃이 붙으며 장미 색도 빨갛게 물들었다는 이야기다. 역시 이런 꽃에 관한 스토리는 대부분 사랑 이야기구나.

거기까지 설명하자 티아라도 납득했는지 천천히 고개를 끄덕였다. 일화를 들은 근위기사들과 스테일의 얼굴이 더욱 달아올랐다. 나도 일화라고는 하지만 남의 연애담을 내 입으로 떠드는 건 상당히 부끄러웠다. 참고로 나는 이 파란 장미를…….

전생에서 플레이했던 게임에서 봐서 알고 있다.

어디서 봤나 했더니 전생에 했던 게임 '너한빛'에 나왔었다. 아마 게임의 첫 번째 시리즈에서 나왔을 때는 성의 정원에 심어 놓았던 희소종 장미였던 것 같다. 꽃의 일화를 아는 티아라에게 모든 공략 대상이 살며시 장미를 건네는 장면이 한 번은 꼭 있었다. 장미가 빨갛게 물들자 건네받은 티아라와 건네준 공략 대상의 얼굴이 동시에 발그레해지는 모습은 게임에서도 손꼽히는 명장면……이었을 것이다. 아마도.

하지만 잘 생각해 보니 어떤 사람에게 받아도 장미가 빨간색으로 변하는 시점에서 '운명의 상대' 같은 게 있을 리 없다. 레온이 한 설명과 방금 바르가 준 장미를 봐도 그냥 연인의 일화일 뿐이다.

티아라는 뭔가 고민하는 듯한 자세를 취하더니 자기의 전속 시녀에게 정원에서 가지치기용 가위를 빌려와 달라고 부탁했다. 그러다 이미 마리가 가지러 갔다는 얘길 듣더니 신이 나서 기대된다고 말했다. 그러는 동안에도 바르는 히죽거리며 또다시 스테일과 근위기사들에게 시비를 걸었다.

"왜 그래? 너희 주인님한테 장미를 선물할 놈은 아무도 없는 거냐?"

전 나중에 정원사나 성의 사용인들이 다듬어서 장식할 거라서 필요 없거든요!

나한테 부려 먹히는 하인 취급을 받은 게 열받았는지 세 사람 다 장미와 나를 번갈아 보더니 얼굴이 새빨개졌고 결국 바르를 노려보았다.

"바르! 우리 몇 송이까지 가지고 가도 되는 거예요?!"

"바르, 더 가져가자! 이만큼 많이 있으니까 괜찮지?"

한 송이로는 부족한지 케멧과 세펙이 번갈아 가며 바르를 잡아당기면서 호소했다. 바르가 귀찮다는 듯이 둘을 보고 얼굴을 찌푸리더니 "꽃 같은 걸 들고 다녀서 뭐에 쓰게?"라고 쏘아붙였다. 방해만 된다고 주장하는 바르에게 세펙이 "어차피 능력을 써서 운반할 거니까 상관없잖아!"라며 눈을 부라렸다.

스테일과 근위기사들은 그런 세 사람을 아직도 노려보고 있었다. 저 정도로 화난 걸 보니 세펙과 케멧이 없었다면 스테일과 아서는 장미를 흙째 집어 들어 바르에게 던졌을지도 모른다.

그때 마침 마리가 정원사에게 빌린 가지치기용 가위를 한 손에 들고 왔다. 정원사도 이따가 금방 올 거라고 했다. 그리고 곧장 사람들에게 장미를 나눠 주기 위해 몇 송이를 자르려고 한 순간.

"앗, 잠깐만 마리!"

갑자기 티아라가 끼어들었다. 무슨 일인가 했는데 티아라는 마리에게서 가위를 넘겨받더니 나한테 가지고 왔다. 어딘가 기시감이 드는 환한 미소를 지으며…….

"모처럼 멋진 장미를 받았잖아요! 어차피 빨갛게 변할 거라면 언니가 여기 있는 모든 분들에게 직접 나눠 주시는 게 좋을 것 같아요!"

나는 티아라가 건네는 가위를 받아 들었다. 그리고 바르에게 받은 장미를 잠시 롯테에게 맡긴 뒤 대신해서 가위를 들었다. 분명 장미는 레온이 주는 거긴 하지만 일단 선물 받은 사람은 나니까 내가 대표로 나눠 주는 게 더 좋을지도 모른다. 레온이 모처럼 최고의 장미를 선물했으니 나도 제일 좋은 상태일 때 모두에게 주고 싶다. 물론 모든 사람한테 꽃다발이 될 만큼의 양을 잘라 줬다간 내 손이 남아나지 않을 테니 한 사람당 한 송이씩 주는 게 한계겠지만…….

티아라의 말에 동의한 나는 곧바로 장미 분재로 다가갔다. 가까이에 있는 장미를 한 송이 집으려는데, 에릭 부대장이 "잠시만요!" 하고 당황한 기색으로 달려왔다.

"이걸 쓰세요. 손이 가시에 찔리면 큰일이잖습니까……!"

에릭 부대장은 약간 창백해진 얼굴로 자기 장갑을 벗더니 나에게 내밀었다.

에릭 부대장은 "이런 거라서 죄송합니다……!" 하고 면목이 없다는 듯이 사과했다. 정말로 나를 걱정해 주는 것 같았다.

"고맙습니다, 에릭 부대장님. 감사히 쓸게요."

나는 미소를 지으며 바로 장갑을 꼈다. 자기 장갑을 왕족에게 빌려주는 게 황송했는지 입을 꾹 다문 채 긴장해서 얼굴이 달아오른 에릭 부대장은 어깨에 힘이 단단히 들어가 있었다. 조금…… 아니, 많이 헐렁했지만 튼튼한 기사용 장갑은 끼고 있는 것만으로도 무척 안정감이 들었다. 손 크기는 비교해 본 적이 없긴 하지만 이런 사이즈가 딱 맞다니 역시 남자란 대단하네. 그게 아니라 내 손이 너무 가냘픈 건가? 새삼스럽게 그렇게 생각했다. 왠지 손이 큰 사람은 좀 부럽단 말이지.

"죄송합니다. 너무 크십니까……?!"

걱정스럽게 묻는 에릭 부대장에게 난 그렇지 않다며 고개를 저었다.

"에릭 부대장님 손은 크고 멋지다 싶어서요. 저랑은 완전 다르네요. 멋있어요!"

역시 남자 것이라는 느낌이 드는 커다란 장갑을 낀 내 두 손을 보여 주었다. 그러자 에릭 부대장의 얼굴이 조금씩 빨개졌다. 뭐 하면 안 될 말이라도 했나? 아니면 왕족한테 칭찬받아서 쑥스러운가? 혹시 에릭 부대장이 자기 손이 큰 걸 신경 쓰는 사람이라면 미안한 짓을 했는걸.

나는 곧장 장미 한 송이를 가위로 싹둑 잘랐다. 내 손 안에서 아직 파란색을 유지하는 장미를 확인한 후 눈앞에 있는 에릭 부대장에게 건넸다.

"여기요, 에릭 부대장님."

에릭 부대장이 침을 삼키는 소리가 들려왔다. 눈앞에서 장미가 빨갛게 물드는 순간을 앞두고 긴장한 모양이었다. 역시 에릭 부대장도 색이 변하는 장면을 보는 게 기대되는 건가 싶어서 웃음이 나왔다. 나는 웃으며 장미를 받기를 기다렸다.

에릭 부대장은 조심스럽게 장미를 건네받았다. 내가 손을 뗀 순간 파란 장미가 빨갛게 변했다. 어째선지 장미를 받은 에릭 부대장의 얼굴까지 몹시 빨갛게 물들었지만…….

"가……감사합니다……!"

장미 한 송이를 양손으로 들고 고개를 숙이는 걸 보니 아무튼 아주 기쁘다는 건 알겠다.

뒤이어 한 송이를 더 잘라서 이번에는 티아라에게 건넸다. 가시가 있으니 조심하라고 말하자 티아라는 머뭇거리면서도 장미를 받아 들었다. 눈앞에서 색이 변한 순간, 티아라가 "꼭 마법 같아요!" 하고 생글거리며 환하게 웃었다. 역시 여성향 게임의 여주인공이야. 장미를 들고 있으니 마치 한 폭의 그림 같네.

다음으로 한 송이씩 잘라서 케멧과 세펙에게 건네주었다. 이미 바르한테 받은 것까지 포함해서 총 두 송이를 양손으로 들게 된 둘은 장미 색이 변하는 순간 아까와 똑같이 기뻐했다. "예쁘다!" "감사합니다!" 라면서 신이 나서 두 송이를 한꺼번에 움켜쥐는 걸 보고 나까지 기분이 좋아졌다. 잡다가 가시에 찔릴 것 같아서 위험해 보이긴 하지만…….

정원사가 오면 꽃다발로 만들어서 보내주겠다고 하자 케멧과 세펙은 꽃다발보다도 자기네가 직접 장미를 잘라 보고 싶다고 졸랐다. 받기만 하지 않고 주는 것도 해 보고 싶은 마음이 이해가 가서 정원사와 함께 자르면 괜찮다는 조건을 붙여서 승낙했다.

"여기요, 바르."

나는 다시 한 송이를 잘라서 내밀었다. 그러나 바르는 굳게 팔짱을 낀 채 무표정으로 나를 노려보며 움직이지 않았다.

"필요 없어요?"

고개를 갸웃거리며 묻자 바르는 혀를 크게 차더니 마지못해 장미를 받아 들었다. 색이 변하는 순간조차 시선을 피하며 안 보길래 장미가 갖기 싫은가 싶었다. 장미 향기도 싫어하는 듯했고 케멧과 세펙에게도 필요 없다고 말했었지. 나는 걱정돼서 "딱히 필요 없으면……." 하고 말을 걸었으나 받자마자 바로 등을 돌린 바르는 대답 대신 손을 흔들더니 통로 벽 쪽으로 가 버렸다.

케멧과 세펙은 따라가고 싶어 하는 기색이었지만 가위를 쓸 차례를 기다리느라 제자리에 있었다. 예전에는 절대로 바르랑 안 떨어지려고 했었는데 성장했구나 싶어서 나도 모르게 감개무량했다.

계속해서 한 송이씩 잘라 마리와 롯테, 잭, 티아라의 전속 시녀에게도 건네주자 모두 무척 기뻐하며 멋진 반응을 보였다. 이렇게 기뻐하는 걸 보니 모든 기사와 성 사람들에게 마구 나눠 주고 싶은 마음이 들었지만…… 역시 손이 아팠다. 내일 근육통이 있겠다는 생각을 하며 난 한 번 더 가위를 움직였다.

"자, 아서."

딱딱히 굳은 채 스테일 옆에 서 있는 아서를 불러 장미를 들고 팔을 뻗었다. 자신이 지명받자 한순간 어깨를 움찔거린 아서는 내 눈앞까지 달려왔다. 어째선지 이미 긴장했는지 얼굴이 약간 빨갰다. 아까도 그러던데, 장미가 그렇게 무섭나?

내 앞에 설 때도 온몸이 굳은 아서를 보고 고개를 갸웃거렸다.

전생이었으면 카메라가 영혼을 흡수하는 상상을 하는 타입이 아니었을까 생각하며 다시 장미를 건넸다. 손을 떨며 조심스럽게 장미에 손을 가져가는 아서가 왠지 귀여워서 그 손 위로 내 손을 살며시 겹쳤다.

"프, 라이드 님?!"

아까 지명했을 때보다 더 격하게 어깨를 들썩인 아서가 외쳤다. 꽃이 물어뜯는 것도 아닌데 왜 이렇게 놀라는 건지 의아해하면서도 나는 웃어 주었다.

"괜찮아. 아주 예쁘게 색이 변할 거야."

"예, 예, 예?!"

딸꾹질이라도 하듯이 똑같은 말을 반복하며 목소리를 높이는 아서와 손을 겹치고 함께 장미를 부드럽게 잡았다. 장미와 천천히 가까워질수록 움찔거리는 아서의 손을 붙잡은 나는 반대쪽 손으로 장미를 떼어냈다. 손과 닿았던 부분의 온도가 변하면서 파란 장미가 빨간색으로 예쁘게 변했다.

"어때? 예쁘지?"

나는 새빨갛게 빛나는 장미를 확인하고 아서의 손을 놓은 뒤 웃으며 올려다보았다. 아서는…….

얼굴이 장미보다 새빨갛게 물들어 있었다.

아서는 한 손으로 입가를 움켜쥐듯이 가리고서 새빨간 얼굴로 나와 장미를 바라보고 있었다. 그렇게 무서웠나? 아니면 억지로 장미를 만지게 해서 그런가? 아서의 이름을 부르자 이번에는 온몸을 크게 떨더니 "옙?!" 하고 대답했다. 벌벌 떨다가 들고 있는 장미가 부러지진 않을지 걱정될 만큼 몸에 힘이 잔뜩 들어간 게 겉으로도 느껴졌다.

"앗…… 아니, 그…… 너무 예뻐서 그만…… 너……넋을…… 잃었습니다……."

얼굴의 홍조가 불타듯이 진해지던 아서는 목소리까지 점점 작아졌다. 결국 시선마저 피하는 걸 보고 장미 색이 변한 게 어지간히 마음에 들었구나 싶어서 또 기분이 좋아졌다.

"마음에 들었다니 기뻐."

안도의 미소를 짓자 아서는 눈이 휘둥그레져서 나를 보았다. 그리고 입을 굳게 다문 채 말없이 몇 번이고 고개를 끄덕였다. 그렇게 마음에 들면 분재째 집에 보내겠다고 제안했으나 "왕족이 직접 집으로 선물을 보내주시겠다니, 황송해서 어찌 받겠습니까!"라는 대답과 함께 거절당하고 말았다.

하지만 이건 레온이 아서한테 주는 선물이기도 하다고 설득해서 결국 기사단 연습장에 돌아갈 때 분재째 들고 가기로 타협했다. "오늘 밤 당장 집에 짊어지고 가겠습니다!"라는 아서의 기운찬 선언에 나도 웃으며 고개를 끄덕였다. 역시 기사야. 이 정도 무게는 거뜬한가 보네.

어차피 스테일이 기사단 연습장에도 기증할 거니까 같이 옮기겠다고 했지만 아서는 "내 몫은 내가 옮길게."라며 딱 잘라 거절했다. 정말 아서다운 대응이었다.

나는 두 사람의 대화에 미소를 지으며 마지막으로 장미 한 송이를 더 잘랐다.

"자, 스테일."

내가 장미를 들고 스테일에게 손을 내밀자 아까까지 아서와 평범하게 대화를 나누던 스테일이 순식간에 눈을 부릅뜨고 나를 보았다.

뭔가 내키지 않는 듯한 기색으로 다가오는 스테일은 어째선지 어깨가 살짝 움츠러들어 있었다. 그러고 보니 스테일도 아서와 똑같이 장미 색이 변하자 화들짝 놀랐던 게 떠올랐다. 스테일은 마치 기름이 안 발린 로봇처럼 뻣뻣하게 내가 든 장미에 손을 뻗었다. 가만히 기다리자 스테일은 천천히 장미를 움켜쥐었다. 아서만큼 긴장하진 않았지만 눈을 부릅뜨고 입을 꾹 다문 스테일은 보기 드문지라 조금 신기했다. 심지어 상대는 식물인데.

나도 모르게 장미와 함께 스테일을 바라보았다. 나와 스테일이 같이 잡고 있는 장미는 아직 파랬다. 처음에 잡았던 부분에서 손을 떼면 빨갛게 변하는 구조인데, 다른 부분을 같이 잡아서 온도가 변해도 빨개지지는 않는다는 걸 깨달았다. 결국엔 여성향 게임에서 유래된 아이템이니 그렇게 되도록 교묘하게 설정되었나 하고 남 일처럼 생각했…….

"저…… 저기, 누님……?"

멍하니 있는데 갑자기 당황한 듯한 스테일의 목소리가 들려왔다. 응? 하고 올려다보니 뺨이 살짝 달아오른 스테일이 안경 너머에 있는 칠흑색 눈동자로 날 보고 있었다.

"그, 왜…… 그러십니까……? 계속 손을 안 놓으시길래……."

보아하니 내가 아무리 기다려도 손을 놓질 않으니 장미의 색이 변하지 않아서 초조해진 모양이었다. 안 그래도 장미를 상대로 긴장한 기색이 역력한 스테일에게 미안한 짓을 했다. 미안하다고 사과하며 손가락을 살며시 떼자 곧바로 장미가 새빨갛게 물들었다.

계속 기다리면 과연 장미가 빨갛게 변할까 시험하고 싶었다는 어린애 같은 소리는 절대로 못한다. 왠지 스테일 상대로는 여동생처럼 구는 내가 부끄러워졌다. 이것도 누나가 응석부리는 거라고 생각하려나 싶어서 "그냥……." 하고 쑥스럽게 웃은 뒤 입을 움직였다.

"왠지…… 놓기 좀 아쉬워서."

펑. 갑자기 스테일의 얼굴이 폭발했다. 대체 무슨 일이지? 감기라도 걸렸나 싶을 만큼 순식간에 장미보다 더 빨리 얼굴이 빨개진 스테일을 보고 놀란 나는 그만 "스테일?!" 하고 소리를 질렀다.

"죄……죄송합니다. 잠이 좀 부족한 것뿐입니다."

상체를 휘청거린 스테일이 곧장 자세를 바로잡더니 검은 안경테를 치켜올리며 대답했다. 역시 어젯밤 탄생제 때문에 피곤한 건가? 그러고 보니 오늘도 스테일이 이른 아침부터 베스트 숙부님과 내빈을 배웅했다는 게 떠올랐다.

"괜찮아? 좀 쉬는 게 좋겠어. 내빈은 이미 다 돌아갔지? 그럼 베스트 숙부님께 얘기해서 빨리 휴식을……."

"괘, 괜찮습니다! 잠시, 진짜 그냥 우연입니다! 그리고 내빈도 아직……!"

걱정을 끼치긴 싫은지 장미를 한 손에 들고 뒷걸음질 치는 스테일에게 나도 한 걸음 다가가며 거리를 좁혔다. 말로는 괜찮다면서 얼굴이 더 빨개졌잖아. 열이 나는 거면 아서한테 만져 달라고 해야겠는걸! 스테일의 새빨간 목덜미에 손을 가져다 대자 내 손이 차가웠는지 엄청난 기세로 펄쩍 뛰어오름과 동시에 하던 말을 멈췄다.

역시 뜨겁다. 내 손을 함부로 뿌리칠 순 없었는지 스테일의 움직임이 로봇처럼 멈췄다. 깜짝 놀라게 한 건 미안하지만 내 손이 차갑다면 이대로 열을 식혀야겠다 싶어 스테일의 목에 계속 손을 대고 있었다. 그런데 입을 일자로 꾹 다문 스테일의 체온은 전혀 내려갈 기색이 없었다.

"프라…… 누님……."

열이 너무 올라서 또 현기증이 나는지 스테일이 우물거리며 말을 흐렸다. 그러다 한계에 다다를 만큼 얼굴이 새빨개지더니 눈을 질끈 감았다. 설마 급병인가 했을 때.

"자……장미가 찌부러지겠습니다……!"

쥐어짜 내는 듯한 스테일의 목소리를 듣고 정신이 번쩍 들었다. 목에 대고 있던 손을 떼고 황급히 한 걸음 물러나 스테일이 든 장미를 보았다. 아차, 이렇게 가까운 거리인데 장미를 전혀 생각 못했다.

"미안해!"

사과하며 장미를 확인하니 언뜻 보기엔 꽃잎 한 장 흐트러지지 않은 듯해서 안도했다. 스테일은 "아닙니다."라고 짧게 대답하며 엄청난 속도로 다시 나에게서 세 걸음 정도 떨어졌다. 그렇게 장미를 사수하고 싶었나? 필사적으로 어깨를 들썩이며 손등으로 입술을 가린 스테일은 아직 안색이 붉었다. 하지만 아까보다는 훨씬 나아진 것 같았다. 조금 안심하며 한 번 더 괜찮냐고 묻자 스테일은 짧게 고개를 끄덕이고 자기야말로 실례했다며 오히려 내게 사과했다.

"이따가 마지막 내빈을 배웅하고 나면 바로 방에 장식하겠습니다. 다음에 만나면 레온 왕자에게도 감사 인사를 해야겠군요."

스테일이 정신을 다잡듯이 숨을 한 번 고르고 말하자, 아서와 에릭 부대장도 고개를 격하게 끄덕였다. 티아라가 "다음에 만나는 게 기대되네요!" 하고 웃어서 나도 마주 웃었다.

"오래 기다리셨습니다!"

그때 마침 정원에서 정원사 일행이 찾아왔다. 각자 가지를 치거나 꽃다발을 만드는 데 필요한 도구를 양팔 가득 안고 있었다. 정원사 일행은 곧바로 장미를 각 장소에 나눌 준비와 이 자리에 있는 사람들에게 선물할 꽃다발을 만들기 시작했다. 내가 나눠 준 한 송이뿐인 장미도 다른 장미와 함께 꽃다발에 넣어 달라고 부탁하려 했으나 어째선지 꽃을 나눠 받은 모든 사람이 거절했다. 어차피 빨갛게 변하면 다 똑같은 장미인데 따로 둘 필요가 있나 싶었지만, 결국 십수 개의 장미 꽃다발과 별개로 내가 나눠 준 장미도 시녀들이 한 송이씩 포장하게 되었다. 왠지 정원사에게도 시녀에게도 일을 늘린 것 같아서 미안하네…….

"이제 잘라도 돼요?!"

케멧과 세펙이 목소리를 높였다. 둘 다 장미를 잘라 보고 싶어서 몸이 근질거리는 모양이었다. 나는 한 정원사에게 옆에 붙어서 가르쳐 달라고 부탁했다. 세펙은 정원사가 약간 거북한지 케멧의 어깨를 붙잡긴 했지만, 그래도 둘 다 장미를 예쁘게 잘랐다.

이제 어머님, 아버님과 기사단 연습장에 전해주기만 하면 일단락되나…… 싶었는데 문득 의문이 떠올랐다. "그러고 보니……." 하고 운을 뗀 나는 스테일에게 물었다.

"아까 말했던 마지막 내빈이 누구야?"

어젯밤 탄생제도 끝난 지 한참 됐다. 원래라면 진작 모두 돌아갔을 시간대인데.

내 의문을 듣고 티아라도 의아하다는 듯이 고개를 갸웃거리자 "음…… 그게……." 하고 스테일의 목소리 톤이 살짝 낮아졌다. 안색이 원래대로 돌아오는 걸 넘어서 시커먼 기척까지 슬쩍 느껴져서 불온해 보였다.

스테일이 뒷말을 마저 꺼내려던 순간 현관문이 천천히 열렸다. "실례하겠습니다!" 하고 들어온 위병이 우리를 보고 다시 한번 인사했다.

"방금 하나즈오 연합왕국의 왕제 전하께서 오셨습니다……! 여왕 폐하께서 허락하셨다기에 지금 여기로 안내해 드리려던 참이었습니다!"

위병 역시 직접 부르러 가기도 전에 현관에 모여 있는 우리와 만날 줄은 예상치 못한 듯했다. 안내해도 괜찮겠냐며 이쪽의 안색을 살피는 위병에게 나는 고개를 끄덕였다. 세드릭도 이미 마차에서 내렸는지, 내 허락을 받은 위병은 빠르게 세드릭을 부르러 나갔다.

"실은 사정이 있어서 하나즈오 연합왕국만 아직 체류하고 있습니다."

아까 하던 이야기를 계속하듯이 스테일이 낮은 목소리로 내뱉었다. 스테일은 예전에 있었던 쿠키 사건의 전말을 알게 된 뒤로 아직도 세드릭에게 화가 나 있는 듯했다. 아서와 에릭 부대장도 마리와 롯테에게 각자 장미를 맡기더니 내 뒤에 자세를 잡고 대기했다.

"주인. 객실 안 쓸 거면 잠시 빌린다."

바르가 매우 싫다는 표정으로 현관을 노려보며 안쪽으로 들어가려 했다. 그 직후 어째선지 스테일이 기다리라고 한마디를 던졌다. 왕족의 명령에 따라 움직임을 멈춘 순간 바르가 짐승처럼 송곳니를 드러냈으나 스테일은 꿈쩍도 하지 않았다.

"기뻐해. 하나즈오 연합왕국의 제2왕자와 만나게 해 줄 테니."

오히려 아주 무섭게 웃으며 이렇게 선언했다. 아무래도 아까 바보 취급했던 걸 복수하는 듯했다.

웃기지 말라고 고함친 바르가 이를 갈더니 있는 힘껏 내 쪽을 돌아보았다. 아마 나에게 허락을 받으려는 모양이었다. 그러나 그보다 문이 다시 열리는 게 더 빨랐다.

"갑자기 방문하게 되어 죄송합니다. 프라이드…… 제1왕녀 전하, 스테일 제1왕자 전하…… 티아라…… 제2왕녀 전하……."

산더미 같은 장미보다 먼저 티아라를 발견한 세드릭이 문 너머에서 나타나자마자 얼굴을 새빨갛게 물들였다. 그리고…….

"크윽…… 크아아아아아아아아아아아아악! 너 이 자식…… 기억해 둬라, 망할 왕자!"

바르가 납작 엎드렸다. 세드릭이 나타난 순간 얼굴을 한껏 찌푸림과 동시에 양팔 양다리를 바닥에 딱 붙인 채 굳었다. 원래 죄인이었던 바르가 형벌로 맺은 예속 계약의 효과다.

예속 계약 자체는 '주인의 명령에 따른다' 는 단순한 내용뿐이지만, 거기서 비롯해 주인의 이름을 이용해 다양한 계약을 명령했다. '왕족의 명령에 따라라.', '왕족 앞에서는 경의를 표해라.' 라고도 명령했다. 그 결과 지금 바르는 왕족인 세드릭에게 경의를 표하는 뜻으로 강제로 엎드리게 되었다.

어떻게든 저항하려고 팔다리에 힘을 주고 있지만 당연하게도 자기 의지로 어찌할 수 있는 게 아니다. 바르가 어깨에 짊어졌던 포대 자루가 쓰러지며 안에 들어 있던 모래가 흘러나왔다.

"프라이드, 그 사람은……?"

티아라에게 시선을 고정했던 세드릭은 다짜고짜 큰절을 하며 분노로 울부짖는 바르를 보고 표정을 바꿨다. 언동이 일치하지 않는 바르가 신기하다는 얼굴이었다.

"이 사람은 바르. 우리 나라에서 일하는 배달부야. 뭐, 사정이 좀 있어. 세드릭, 이 사람한테 무례를 허락해도……."

"아뇨, 누님. 그러기엔 아직 이릅니다. 바르도 이렇게 성심성의껏 세드릭 왕자 전하께 경의를 표하고 있지 않습니까."

세드릭에게 무례를 허락받으려던 나를 스테일이 웃으며 말렸다. 오랜만에 보는 스테일의 시커먼 미소가 아주 완벽하게 게임 속에 등장하는 속이 시커먼 스테일과 겹쳐 보였다. 나도 모르게 어깨가 움찔 떨렸다. 예속 계약에서는 왕족의 명령이 절대적이긴 하지만 바르의 주인인 내 명령이 최우선이다. 내가 허락하면 스테일의 명령도 세드릭에게 경의를 표시하는 것도 전부 무효화된다. 그래서 스테일이 나를 제지한 것이다.

아서와 에릭 부대장도 아까 그 소동으로 바르에게 화가 났는지 말리려 하진 않았지만 웃지 못할 상황을 마주하자 쓴웃음조차 못

짓고 바르와 스테일을 번갈아 보았다. 아서도 세드릭 앞에서는 스테일을 말리기 어려워 보였다. 케멧과 세펙이 바닥에 납작 엎드린 바르에게 "왜 그래요?" "뭐 하는 거야?" 라고 하면서 달려가 고개를 갸웃거렸다.

"오라버니도 참. 유치한 짓 좀 그만해!"

"공교롭게도 이 녀석 눈엔 나보다 연상인 아서나 누님도 아직 애송이로 보이는 것 같더군."

티아라가 화를 냈으나 스테일은 완고하게 팔짱을 끼며 그렇게 선언했다. 티아라가 오라버니는 무시하고 허락하라고 나에게 말하려 했지만 도중에 스테일이 등 뒤에서 티아라의 입을 막았다. "우웁?!" 하는 소리와 함께 눈을 크게 깜빡인 티아라가 스테일의 팔을 붙잡으며 화를 냈다. "웁~! 우웁~!" 하고 팔을 버둥거리며 스테일을 공격하는 티아라는 정말 귀여웠다. 그런데 세드릭은 그 모습을 보더니 어째선지 당장에라도 굴러떨어질 만큼 눈이 휘둥그레진 채 굳었지만. 또 한 번 귀여운 티아라를 보고 반했나 싶었는데, 오히려 홍조는 가라앉고 있었다. 나는 세드릭의 반응을 보고 궁금해서 왜 그러냐며 팔을 찔렀다.

"분명…… 스테일 왕자 전하는 티아라의 의붓 오빠였지……?!"

세드릭이 소곤거리며 질문해서 내가 그렇다고 답했다. 그러자 이번에는 "난 또다시……! 터무니없는 선전포고를 한 건가……?!" 하고 혼자서 머리를 끌어안았다. 또 질풍노도 시절의 흑역사라도 떠올렸나? 도중에 "이길 수 있을 것 같지가 않아……!"라고 한탄하는 듯한 혼잣말까지 들려왔다. 진짜 바쁜 사람이네……. 그때 마침내 바르가 나에게 분노에 찬 포효를 내

질렀다.
"이봐 주인!"
"저기, 스테일? 바르도 반성……은 안 하겠지만 보복은 이만하면 충분하지 않아……?"
"프라이드 제1왕녀 전하께서 그렇게 말씀하신다면야."
바르가 고함치며 도움을 구해서 내가 설득을 시도하자 스테일은 싱긋 웃으며 대답함과 동시에 티아라의 입을 막던 손도 떼어냈다. 뒤이어 어서 하라고 재촉하듯이 바르를 손으로 가리켰다. 그 직후 티아라가 볼을 잔뜩 부풀리며 스테일의 귀를 쭉 잡아당겼다.
이번엔 정말 세드릭에게 확인을 받은 나는 바르에게 "세드릭에게 무례를 범하는 걸 허락할게요."라고 말했다. 그 말을 듣자마자 벌떡 일어선 바르가 살기가 담긴 날카로운 눈빛으로 스테일을 쏘아보았다. 송곳니 같은 이를 드러내는 게 진짜 이대로 물어뜯기라도 할 기세였다.
"기억해 둬라. 망할 애송이 왕자."
"뭐야. 세드릭 왕자랑 만나고 싶다고 하지 않았나?"
"누가 왕족 따위랑!"
바르가 세드릭 앞에서 소리를 지르자 케멧과 세펙이 진정시키려는 듯이 함께 팔을 붙잡고 잡아당겼다. 세드릭은 갑자기 태도가 완전히 바뀐 바르에게 압도됐는지 주춤거렸다. "왕족을 상대로…… 무시무시한 태도로군……."이라고 중얼거리길래 네가 남 말 할 처지냐고 한마디 하려다가 입을 꾹 다물었다.
바르와 그 양옆에 있는 세펙과 케멧을 바라보던 세드릭은 숨을 삼켰다.

"혹시 소문으로만 들었던 레온 왕자의 하인인가!"

하인이라니? 도대체 무슨 얘기인가 싶어 들어 보니 아무래도 바르와 세펙, 케멧이 방위전에서 국민들을 구조하며 돌아다닐 때, 레온과 함께 있는 모습을 본 사람들이 그렇게 판단한 모양이었다. 확실히 왕자님 옆에 있으면 누구라도 그렇게 생각하겠지.

국민들에게 들은 생김새와 아이들을 데리고 있다는 점까지 완벽하게 일치한다고 목소리를 높이는 세드릭에게 바르가 "누가 그런 놈의 하인이란 거냐."라고 짧게 받아쳤다. 세드릭은 뒤이어 구조해 준 데 대한 감사 인사를 하려 했으나 바르는 몸을 홱 돌리며 거부했다. 아마 레온 때처럼 별로 친해지고 싶지 않은 듯했다.

세드릭이 다가가려 하자 바르는 세펙과 케멧의 어깨에 양팔을 둘러 끌어당겼다. 그러더니 포대 자루 안에 있던 모래를 조종해 세드릭과 자기 사이에 얇고 넓은 벽까지 만들기 시작했다. 그러자 세드릭은 처음 보는 모래 벽에 신이 나서 달려갔다. 바르가 거부하거나 말거나 전혀 신경도 안 쓰는 기색이었다.

"윽……! 하나즈오의 제2왕자?"

잠시 후 벽 너머에서 바르의 중얼거림이 들려왔다. 갑자기 모래 벽이 스르륵 무너지며 발밑으로 흩어졌다. 이에 세드릭도 놀라 한 걸음 물러났다.

바르는 무너지는 모래 너머에서 매서운 눈빛으로 세드릭을 노려보았다. 케멧과 세펙이 바르에게 딱 붙어 "하나즈오?" "왕자 전하라면……." 하고 소곤거렸다.

그것을 본 스테일은 또다시 사악한 미소를 지었다.

"네놈이 그……."

매섭게 번뜩이는 바르의 안광에 세드릭이 몇 걸음 더 물러났다. 한 번도 바르를 만나 본 적 없는 세드릭은 영문을 모를 테지. 절대적인 기억력의 소유자인 세드릭은 바르와 초면이라는 확신이 있기에 더욱 그럴 것이다. 완전히 뱀에게 찍힌 개구리 신세가 된 세드릭이 더 이상 못 움직이겠는지 등을 젖혔다. "프라이드, 이 사람은 대체 누구……." 세드릭이 내게 그렇게 물으려던 순간,

모래가 뾰족한 바늘처럼 변하더니 단숨에 세드릭에게 뻗어나갔다.

바르 일행의 발밑에 있던 모래가 눈 깜짝할 사이에 날카로워졌다. 모래로 만들어진 바늘 다발 하나하나가 세드릭을 노리듯이 만들어졌다. 두 근위기사는 순식간에 몸을 내밀었으나 나는 너무 갑작스러운 상황을 마주하고 멍하니 입만 벌리고 있었다. 다른 사람에게 폭력을 가하면 안 된다는 예속 계약의 효과 덕분에 모든 바늘은 세드릭의 눈앞에서 멈췄다.

찔렸다가는 장미 가시보다 훨씬 더 위험한 물체가 나타나자 세드릭은 몇 초 뒤 비틀거리며 바늘 다발 앞에서 한 걸음 물러났다. 예속 계약의 효과가 없었다면 분명 바르는 방금 세드릭을 죽였을 것 같은데……. 이거 아무리 봐도 국제적인 문제로 불거질 일 아닌가……?

한 박자 늦게 그 사실을 깨달은 나는 황급히 소리쳐 바르를 불렀다. 바늘 다발이 다시 스르륵 무너지며 모래로 돌아갔다. 혀를 찬 바르는 "이 멍청한 왕자가." 하고 중얼거리더니 이번에는 벽을 만들지 않고 모래를 포대 자루에 집어넣은 뒤 바닥에 주저앉았

다. 그러나 안광은 여전히 세드릭을 매섭게 노려보고 있었다.

"미……미안해 세드릭. 방금 저지른 무례를 사과할게. 하지만 바르는 나와 맺은 계약 때문에 절대로 위해를 가할 수 없으니까 안심해……! 설명하려면 좀 길긴 한데!"

나는 완전히 멍해진 세드릭에게 달려갔다. 역시 무례를 허락하지 말아야 했나? 그러는 동안에도 세드릭의 시선은 바르에게 고정되어 있었다.

"아니야…… 다친 곳도 없으니 괜찮아……."

입만 움직여 대답한 세드릭은 역시 깜짝 놀랐는지 핏기가 가셔서 안색이 창백했다. 그럼에도 상황을 정리하려는 듯이 말을 이었다.

"저 사람, 나한테…… 아니면 하나즈오 연합왕국에 뭐 원한이라도 있어……?"

"음식이나 훔쳐 먹는 바보 같은 망할 애송이 왕자가."

나는 아직도 으르렁대며 살기를 드러내는 바르의 이름을 불러 다시 꾸짖었다. 왜 거기서 겨우 사그라지던 불에 기름을 붓는 건데! 연이은 무례한 발언에 놀랐는지 세드릭도 "뭣……?!" 하는 외마디 외침 말고는 아무 말도 하지 않았다.

"바르! 잠시 입 좀 다물고 있어요!"

하는 수 없이 바르의 입을 막은 뒤 세드릭의 팔을 잡아끌었다. 일단 세드릭을 바르와 떨어뜨리기 위해 "우선 객실로……." 하고 말을 걸었는데…… 묘하게 팔이 뜨거운 걸 알아차렸다.

의아해서 팔을 붙잡은 상태로 세드릭의 얼굴을 올려다보니 완전히 새빨갰다. 입을 손으로 가린 채 푹 숙인 머리 위로 김이라도 나올 기세였다. 설마 또 티아라가 시야에 들어왔나 싶었는데, 티아라는 세드릭의 시선과는 다른 방향에 있는 스테일 옆에 서 있었다. 대체 왜 그러나 싶어서 잡아끌던 손에서 힘을 풀고 세드릭의 얼굴을 다시 들여다보았다.

"미……미안, 하다……!"

아차차…….

세드릭이 홍당무처럼 빨개진 이유를 눈치채고 나도 모르게 입꼬리를 경련하듯이 움찔거리며 웃음소리를 흘렸다. 또 그 병이 도진 모양이다. 느닷없이 얼굴이 시뻘게져서 사과하는 세드릭을 보고 바르뿐만 아니라 그 자리에 있던 모든 사람의 눈이 휘둥그레졌다.

"세드릭? 서서 얘기하기도 좀 그러니까 일단 객실로 갈까?"

이미 익숙해진 나는 세드릭을 객실로 끌고 가려고 있는 힘껏 팔을 잡아당겼다. 홍당무가 돼서 어쩔 줄 모르는 세드릭은 다리를 움직이긴 했지만, 머릿속으로 자기가 저질렀던 짓을 반복해서 떠올리고 있는 게 틀림없었다.

세드릭을 끌고 가는 나를 아서와 에릭 부대장, 잭이 뒤따랐다. 나는 시녀와 정원사 일행에게 장미를 맡기고 티아라와 스테일에게도 말을 걸었다. 스테일은 몹시 언짢아하는 티를 내면서도 웃으며 응했다. 티아라는 세드릭 옆에 있는 나에게 가까이 오긴 거북한지 지금은 스테일과 딱 붙어 걸었다. 세드릭에게서 숨듯이 스테일의 등 뒤에 붙어서 따라오는 게 귀여웠다.

"죄, 죄송하지만 프라이드 제1왕녀 전하, 바르 공과 그 일행인 저 아이들도 동행시켜 주시겠습니까……."

세드릭이 빨개진 얼굴을 손으로 가리며 더듬거리는 목소리로 나에게 요청했다. 어느새 또 존댓말로 돌아오고 말았다. 뒤를 돌아보니 바르가 불쾌하다는 듯이 입을 다물고서 나를 노려보고 있었다.

'잠시' 라고 했으니 내버려두면 알아서 말할 수 있겠지만 세드릭이 요청하니 어쩔 수 없지. 살짝 불안하긴 했지만 바르 일행도 같이 데려가기로 했다. 내가 바르 일행을 부른 순간, 바르가 '왜 나까지, 웃기지 마!' 라고 말하는 것처럼 얼굴을 찌푸렸다. 뭐, 모든 불만은 객실에서 들을게. 케멧과 세펙도 각자 한 손에 파란 장미 한 송이, 다른 쪽 손에 빨간 장미 이렇게 총 네 송이를 들고 바르의 뒤를 따라왔다. 가시 때문에 아플까 봐 걱정됐지만 잘 보니 파란 쪽은 정원사가 줄기를 자르기 전에 손이 닿는 부분에 있는 가시를 전부 제거한 듯했다.

스테일과 티아라, 아서와 에릭 부대장까지 시녀가 예쁘게 포장한 장미 한 송이를 손에 들고 있거나 옷이나 벨트에 끼워 놓은 상태라 조금 재미있는 집단이 됐다.

"그 일은 진심으로 죄송합니다……!"

객실 문이 닫히자마자 세드릭이 우리에게 깊이 고개를 숙였다. 새빨갛게 달아오른 얼굴로 사죄하는 세드릭을 보고 바르는 기분 나쁘다는 듯이 눈살을 찌푸렸다. 계약 때문에 아직 말이 안 나오는지 세펙과 케멧 옆에 선 바르는 말 대신 온몸으로 거부감을 나타냈다. '그 이상 다가오지 마' 라고 말하듯이 벽으로 물러난 바르의 포대 자루에서 모래가 나와 바르와 세드릭 사이에 선을 그으며 굽이쳤다.

"그때는…… 귀공들을 위해 만든 요리였을 줄은 꿈에도 몰랐습니다……! 프라이드 제1왕녀 전하께도 여러 가지로 큰 폐를 끼쳤습니다……! 왕족인 제가 부끄러워해야 할 행동이었다는 건 알고 있습니나……!"

말하는 동안에도 세드릭의 눈동자 속 불꽃이 소용돌이쳤다. 호흡이 가쁜 게 거의 숨넘어가기 직전이었다. 에릭 부대장도 세드릭의 이런 모습을 보고 눈썹을 치켜올리며 상체를 살짝 뒤로 젖혔다.

아서와 스테일도 예전의 거만한 모습과는 달라져서 상당히 놀랄 줄 알았는데, 어째선지 둘 다 뭐라 설명할 수 없는 표정으로 입을 떡 벌리기만 할 뿐 그렇게 놀란 것 같진 않았다.

티아라가 세드릭과 멀어진 내 등 뒤로 자리를 옮기길래 그쪽으로 고개를 돌리니 볼을 부풀린 채 세드릭을 노려보고 있었다. 티아라 역시 아직 화가 안 풀린 듯했다. 사과받는 것과 용서하는 건 전혀 다른 문제니까 어쩔 수 없다.

"으음, 세드릭. 이렇게 된 이상 그냥 설명할게."

보는 눈이 없는 객실로 이동하자마자 바르에게 90도로 허리를 숙이는 세드릭을 보고 나도 포기한 채 말을 꺼냈다. 내 쪽으로 시선을 돌렸다가 티아라가 시야에 들어온 세드릭은 얼굴이 더 빨개졌다.

"일단 그때 만들었던 요리랑 쿠키 말인데, 그거 자체는 바르를 위한 게 아니라……."

"앗, 누님……! 그, 우선 바르가 화난 경위만 설명하면 되지 않겠습니까. 요리랑 쿠키가 누굴 위한 것이었는지는 누님의 개인적인 사정이니까요."

당황한 듯이 소리친 스테일이 웃으며 제안했다. 아무래도 그 쿠키가 스테일을 위한 쿠키였다는 걸 들키기 싫은 듯했다. 눈만 살짝 움직여 그 뒤에 선 아서를 보니 있는 힘껏 입을 앙다문 채 몇 번이나 고개를 작게 끄덕이고 있었다. 보아하니 아서 역시 비밀로 하길 원하나 보다.

두 사람이 싫다니 하는 수 없지. 나는 만들 예정이었던 과자에 바르 일행을 위한 것도 섞여 있었다는 얘기만 간추려서 세드릭에게 설명했다. 그것만으로도 내 설명을 얌전히 듣고 있던 세드릭의 얼굴에서 핏기가 가시며 창백해졌다. 이걸 보니 스테일과 아서 얘기를 안 해서 다행이다 싶었다. 지금의 세드릭에게 그런 말을 했다간 졸도할지도 모른다. 내가 티아라와 함께 단둘이 쿠키와 요리를 만들었다는 걸 알면 풀이 죽거나 질투할 것 같지만. 그러고 보니 아까 세드릭이 스테일과 티아라가 의붓 남매인지 확인했던 건…….

"거듭…… 죄송합니다……! 아아아아아악……!"

세드릭이 두통이라도 오는 양 머리를 부여잡고 소리를 질렀다. 온 힘을 다해 사과하는 세드릭을 보고 있자니 왠지 나까지 쓴웃음이 나왔다. 또 세드릭의 흑역사가 늘어난 듯했다. 기억력이 너무 좋아도 고생한다는 걸 뼈저리게 느꼈다.

세펙과 케멧은 이미 화가 풀렸는지 아니면 세드릭에게 흥미가 떨어졌는지 말없이 바르만 올려다보았다. 그리고 바르는…….

"……."

완전히 불쾌하기 짝이 없다는 얼굴로 세드릭을 노려보고 있었다. 입가를 움찔거리는 게 마치 왕자를 상대로 처음 보는 생물이라도 발견한 듯한 표정이었다. 바르는 내 시선을 눈치챘는지 손가락으로 자기 입을 가리키며 나에게 명령을 풀라고 부탁했다. 또 터무니없는 짓을 할까 봐 걱정됐지만 지금은 바르가 무슨 말이라도 해야 이야기가 진행될 것 같았다.

바르에게 발언을 허락하자 숨을 토해내더니 짧게 "성가셔."라고 내뱉었다. 그러더니 들개라도 내쫓듯이 세드릭에게 손을 흔들었다.

"사과하든 말든 내 알 바 아냐. 나한테 상관하지도 가까이 오지도 마. 네놈과의 인연은 눈곱만큼도 없으니까."

바르는 진심으로 진저리가 난다는 듯이 세드릭을 보며 얼굴을 불쾌함으로 한껏 일그러뜨렸다. 어지간히도 엮이기 싫은가 보다. 당연히 반 죽여 놓겠다는 말이라도 할 줄 알았는데, 그보다는 왕족인 세드릭과 엮이는 것 자체를 피하고 싶은 듯했다. 바르의 말을 듣고 세드릭은 "알겠습니다……."라고 풀 죽은 목소리로 답했다. 세드릭이 많이 침울해하는 것 같은데 바르는 세드릭뿐만 아니라 왕족과 기사 상대로는 대부분 이렇게 대한다는 걸 나중에 알려 줘야 하나.

"프라이드. 그건 그렇고 아까 말한 계약이란 건 뭐야?"

용서받진 못했어도 제대로 사과하고 나니 침착함을 조금 되찾았는지 세드릭이 다가와 목소리를 낮추고 물었다. 통로에서 내가 했던 발언이 마음에 걸린 듯했다. 지금은 세펙과 케멧도 있어서 자세히 말할 순 없기에 바르가 나와 한 계약 때문에 남에게 무례도 위해도 가할 수 없다고만 간단히 속삭였다. 예속 계약까지는 설명하지 못한지라 눈을 잠시 깜빡거리던 세드릭은 "하지만……." 하고 입을 뗐다.

"우리 나라 국민을 구한 사람이 프라이드의 호의를 무용지물로 만든 나한테 예의 차릴 필요는 없잖아. 나한테는 계약이 무효되는 걸로 해 줘."

"뭐라고?!"

우리보다 먼저 바르가 소리를 질렀다. 싫다는 듯이 얼굴을 찌푸리며 "나한테 상관하지 말라는 말 못 들었냐? 이 멍청한 왕자!"라고 고함쳤다. 확실히 상관하지 않을 거면 무효로 할 필요도 없긴 하지.

"명령이 해제되면 이 자리에서 날 때려도 돼."

세드릭이 그렇게 받아치자마자 바르가 바로 항의를 멈췄다. 그게 아주 불길했다. 바르라면 망설임 없이 때릴 거라고 단언할 수 있다. 심지어 세드릭이 그렇게 말하니까 스테일과 아서까지 눈빛이 살짝 변했어! 설마 세드릭이 얻어맞길 기대하는 건가? 꼭 그렇게까지 물리적으로 호소해야겠냐고!

"전…… 괜찮다고 생각해요. 언니도 레온 왕자한테는 어느 정도 허락하셨잖아요."

설마 지금껏 대화에 참가하지 않던 티아라까지 끼어들 줄이야! 그 목소리가 들린 순간 세드릭의 어깨가 약간 들썩였지만 시선을 피하며 어떻게든 얼굴이 빨개지는 건 막은 듯했다.

진지하게 고민한 결과, 그렇게 해서 세드릭의 직성이 풀린다면 괜찮지 않을까 싶어 최종적으로는 세드릭을 다치게 하지 않는 정도, 예를 들자면 밀친다든가 혹이 안 생길 만큼만 때린다든가 멱살을 붙잡는다든가 하는 정도까지만 허락하기로 했다. 아무리 그래도 남들 앞에서 그랬다간 문제가 되니 우리 말고 다른 사람들 앞에서는 하지 말라는 조건을 붙여서. 그렇게 특수한 상황은 거의 없겠지만…….

"이봐, 주인. 용건이 끝났으면 우린 돌아간다. 이번에는 배달할 서신 없지?"

무척 진이 빠진 듯한 바르의 목소리에 그쪽을 보니 케멧의 머리에 손을 올린 채 포대 자루 속에 모래를 집어넣고 있었다. 그러다 손을 떼고 자기 머리를 긁적이더니 이만 돌아가겠다는 듯이 포대 자루를 고쳐 들었다. 케멧과 세펙도 바르의 움직임에 맞춰 일어섰다. 둘은 빨간색과 파란색 장미 총 다섯 송이를 각자 양손으로 움켜쥐고서 "장미 감사합니다!" "소중히 여길게요!"라고 말했다. 장미를 전하러 온 것뿐인데 어쩌다 보니 너무 오래 있었다. 조금 미안하게 됐다고 생각하며 나도 문으로 가는 길을 비켜 주었다.

"네, 이번엔 괜찮아요. 다음 배달 때 다시 부탁할게요. 케멧, 세펙도 다음에 또 보자."

"케멧? 세펙? 그런 나이로는 안 보이는데……."

세드릭의 말에 바르가 무시무시한 기세로 뒤를 돌아보았다. 그리고 경악했는지 눈을 부릅뜨고서 태연하게 고개를 갸웃거리는 세드릭을 바라봤다. 세펙과 케멧도 놀랐는지 눈을 동그랗게 뜨고 세드릭과 바르를 번갈아 보았다.

"어……? 아, 혹시 바르 공은 그 나라 출신인가? 확실히 외모의 특징도 잘 들어맞는군. 나도 직접 만나는 건 처음이지만…… ££££££££££££££?"

세드릭이 도중부터 알 수 없는 언어로 바르에게 말을 걸기 시작했다. 아주 당연하다는 듯이 말하길래 한순간 버그라도 발생한 줄 알았다. 나도 들어 본 적 없는 언어였다. 스테일도 모르겠는지 눈살을 찌푸렸다. 바르는 알까 싶어 그쪽을 봤으나 바르도 모르는지 험악한 표정으로 세드릭을 노려보고 있었다. 다만 날카로운 눈은 경악해서 휘둥그레져 있었다.

세드릭은 바르의 반응을 보고 오히려 의아하다는 얼굴로 "발음이 이상했나?" 하고 묻더니 이번에는 잠시 고민하듯이 턱에 손가락을 대고 미간에 힘을 주었다. 내가 놀라며 세펙과 케멧은 두 사람의 이름이라고 알려 주자 세드릭은 눈이 살짝 동그래지더니 실례했다고 둘에게 사과했다.

"과연, 숫자로 된 이름인가. 생각지도 못했지만 괜찮군. 분명 뭔가 기념할 만한 의미가 있는 숫자겠……."

"으아아아아아아아아아아아아아아악! 입 다물어! 망할 애송이!"

바르가 갑자기 절규했고, 그와 동시에 포대 자루에서 모래가 뱀처럼 튀어나왔다. 세드릭에게 날아간 모래는 순식간에 세드릭의 입을 막았다. 바르는 무척 동요한 기색으로 숨을 헐떡였다. 기분 탓인지 갈색인 얼굴이 조금 빨개진 것 같았다. 딱 입만 모래로 막힌 세드릭은 일단 코로 숨은 쉴 수 있는 모양인지 처음엔 눈이 커졌지만 그 뒤엔 신기하다는 듯이 입가를 손끝으로 두드렸다. 허락을 내리자마자 바로 세드릭한테 권리를 행사한 바르에게 평소 같으면 뭐라 했겠지만 지금은 아무 말도 할 수 없었다. 아니……

말이 나오지 않았다.

나는 멍하니 바르를 바라봤다. 아서와 스테일도 나와 똑같이 입을 벌리고 굳어 있었다. 티아라와 에릭 부대장은 오히려 우리의 반응이 의아한 듯했지만 왜 그러는지 이 자리에서 설명할 순 없었다.

"바르……."

어떻게든 벌어진 입을 필사적으로 의식해서 움직이고 바르를 불렀다. 아주 저기압으로 변한 바르가 내 쪽을 보며 "어엉?! 상관없으니까 묻지 마!"라고 거칠게 소리쳤으나 상관없을 리가 없었기에 물어볼 수밖에 없었다. 내 표정을 본 바르도 이변을 깨달았는지 한쪽 눈썹을 올리며 왜 그러냐는 듯이 얼굴을 찌푸렸다. 하지만 뭐가 이상한지까지는 모르는 눈치였다. 뚫어져라 날 쳐다보는 바르에게 나는 눈짓으로 한 점을 가리켰다. 바르도 내 시선을 따라 뒤를 돌아보고는…… 얼어붙었다.

그곳에는 장미를 '양손으로 움켜쥔' 케멧이 있었다.

케멧은 세펙과 함께 멍하니 바르를 올려다보고 있었다. 겨우 상황을 이해한 바르의 심정을 반영하듯이 특수 능력으로 조종하던 모래가 무너졌고, 세드릭의 입을 덮고 있던 모래도 바닥으로 떨어졌다. 그래. 케멧을 만지지 않은 상태로 '케멧의 특수 능력 없이' 자유자재로 조종하던 모래가 말이다.

"일단 며칠 더 체류해 줘야겠어, 바르."

정신을 차린 듯한 스테일이 한숨을 내쉬며 중얼거렸다. 그 말을 들은 바르도 그 뜻을 이해하고 작게 신음을 흘리며 제자리에 힘없이 주저앉았다.

"귀찮아……."

이제 몸에 과부하가 왔는지 낮은 목소리로 그렇게 내뱉은 바르는 고개를 푹 숙였다.

일단 바르가 어떻게 케멧 없이 모래를 조종했는지 상황을 파악해야 한다는 스테일의 제안을 받아들여 질베르 재상을 부르기로 했다. 저번에 케멧의 특수 능력을 알아차린 사람이 질베르 재상이었으니 제일 먼저 그 사람의 의견을 듣는 편이 좋을 듯해서 세드릭이 돌아가고 질베르 재상이 올 때까지는 바르도 기다리게 되었다.

"그래서…… 바르 공은 정말로 괜찮은 거야?"

"괜찮아. 그만큼 많은 양의 장미를 운반하느라 좀 피곤한 것뿐이야. 신경 안 써도 돼."

자기가 또 쓸데없는 소리를 했나 싶어서 방구석에서 고개를 숙인 바르를 걱정스럽게 바라보던 세드릭에게 대답했다. 세드릭은 아직도 조금 신경 쓰는 기색이긴 했지만 일단은 알았다고 대답했다. 뒤이어 소파에 앉으라고 권유하자 순순히 앉았다.

실제로 거짓말은 아니다. 바르는 짐을 운반한 뒤이기도 하고, 레온네에서 공짜 술을 마셨다고 했으니 아마 밤을 새웠겠지. 레온도 차기 국왕이 해야 할 공부라든가 무역 때문에 매번 늦게 잔다고 했었으니 일정이 끝난 뒤에 마시기 시작했다면 두 사람이 술판을 끝낸 시간은 분명 늦은 밤이거나 새벽이리라.

"그러고 보니 저 장미는 뭐야……? 파란 장미는 처음 봤는데. 심지어 색도 변하는 건가."

장미를 본 세드릭은 중얼거리며 매우 흥미롭다는 듯이 장미에 시선을 고정했다. 아마 게임에서도 세드릭과 아서만 파란 장미 일화를 몰라서 티아라가 알려 줬었던가. "마음에 들면 몇 송이 가져갈래?" 라고 묻자 세드릭의 눈이 단숨에 반짝였다. 그래도 되냐고 어린애처럼 웃으며 묻길래 나도 그만 웃음이 나왔다.

"곧 아네모네 왕국에서 수출할 예정이래. 잔뜩 받았으니까 많이 가져가도 상관없어."

'아무리 그래도 묘목째 가져가는 건 무리겠지만.' 하고 생각하며 알려 주자 세드릭은 "아니, 그건……." 하고 고개를 저었다. 역시 마차에 싣기엔 불편하려나 싶었는데 뜻밖의 대답이 돌아왔다.

"아네모네 왕국에서 수출할 물건이면 앞으로 그 나라의 자금원이 될 수도 있다는 소리야. 레온 왕자 전하께 직접 받은 거면 소중히 보관하겠지만 프리지아 왕국에…… 프라이드에게 보낸 선물이면 우리 나라에 재배 가능한 상태로 가지고 갈 마음은 없어. 그 장미는 레온 왕자가 동맹국인 프리지아 왕국에 선물한 거잖아."

세드릭이 그 정도는 자기도 안다며 지극히 정상적인 답변을 하자, 나는 허를 찔렸다. 정말 이런 면에서는 똑 부러지는구나 싶어서 감탄했다. 역시 매너 외에도 많은 걸 공부하는 모양이다. 랜스 국왕과 요안 국왕도 참 기쁘겠다고 생각하다가 문득 깨달았다.

"그러고 보니 세드릭. 오늘은 왜 온 거야? 국왕 폐하는 같이 안 오셨어?"

들어오자마자 한바탕 소동이 일어나는 바람에 잊고 있었다. 원래는 왜 하나즈오 연합왕국만 아직 안 돌아갔는지 물어보려 했었지. 세드릭도 이제야 떠올랐는지 "아아!" 하고 목소리를 높였다.

"형님과 형은 여왕 폐하와 차후에 있을 무역 건에 관해 회담 중이야. 아무리 그래도 편도로 10일 거리는 너무 머니까 앞으로도 당분간은 들를 때마다 의논하는 자리를 마련하게 될 것 같아."

그렇구나. 그래서 그동안 혼자 심심하니까 왔다는 건가. 아니, 그냥 잠깐이라도 티아라를 보고 싶었을 뿐이려나. 세드릭이 티아라를 힐끗 쳐다본 순간 티아라가 재빨리 스테일 뒤로 쏙 숨었다. 그 반응에 세드릭은 풀이 죽었는지 어깨를 떨궜다. 왠지 좀 불쌍하다…….

"하지만 내 입장에서도 마침 잘됐어. 사실은 프라이드, 너한테 긴히 부탁할 게 있어."

세드릭은 자세를 고치고 날 똑바로 보며 말했다. 망설임 없는 눈동자 속 타오르는 불꽃에서 강한 의지가 느껴졌다. 무슨 부탁인가 싶어서 다음 말을 기다리는데 세드릭은 스테일과 그 뒤에 있는 티아라 쪽을 잠시 보더니 얼굴을 살짝 붉혔다. 하지만 바로 마음을 다잡듯이 혼자서 머리를 짧게 여러 번 흔들었다.

"너랑 서신을 교환하고 싶어."

서신……? 그러니까 편지를 교환하고 싶다는 건가? 살짝 놀라서 앵무새처럼 방금 들은 말을 되풀이하는 나에게 세드릭은 힘차게 고개를 끄덕였다. 왜 티아라가 아니라 나랑 하겠다는 거지? 티아라랑 편지를 교환하고 싶다고 했으면 이해가 됐을 텐데. 내가 의문스럽게 여기는 동안에도 세드릭은 말을 이었다.

"제1왕녀인 네가 매일 산더미처럼 많은 서신을 받는다는 건 알아. 그래서 미리 너한테 허락을 구하려고 왔어."

겨우 편지 좀 보내겠다고 직접 사전에 허가를 구하러 오다니. 정말로 예의범절을 맨 처음부터 공부한 모양이다.

"딱히 상관은 없는데……. 나랑 주고받는 걸로도 괜찮다면."

스테일 일행에게 안 보이게 몸의 각도를 바꾸고 세드릭을 보며 티아라를 눈짓했다. 그런데 어째선지 스테일과 아서 쪽에서 숨을 삼키는 소리가 들려왔다. 세드릭에게는 '네가 편지를 교환하고 싶은 상대는 저쪽이잖아?' 라는 의도가 전해졌는지 고개를 살짝 숙인 세드릭의 얼굴이 다시 빨개졌다.

그래도 침을 한 번 삼키며 견딘 세드릭은 "그래." 하고 대답했다.

"프라이드 제1왕녀 전하. 당신이기에 부탁하는 겁니다. 여기서 말하긴 좀 그렇군요. 서신으로 제 의지를 제대로 전하고 상담하고 싶습니다."

도대체 무슨 일일까. 객실에는 우리밖에 없는데도 말 못 할 일이라니. 또 말투가 정중해진 세드릭에게 일단 알겠다고 하자 세드릭은 안도한 듯이 한숨을 내쉬었다.

"감사합니다. 프리지아 왕국에도 나쁘지 않은 이야기라고…… 저는 생각합니다. 서신은 귀국한 뒤 머지않아 보내겠습니다. 부디 잘 부탁드립니다. 그리고 스테일 제1왕자 전하."

갑자기 화제가 나한테서 스테일에게로 옮겨 갔다. 스테일 쪽을 보니 느닷없이 화제가 바뀌어서 놀랐는지 눈썹이 올라가 있었다. 짧게 대답한 스테일은 세드릭을 똑바로 바라봤다.

"차기 섭정인 당신에게도…… 폐를 끼치게 될지 모릅니다. 하지만…… 부디 서신을 확인한 다음에 긍정적으로 검토해 주시면 좋겠습니다. 이상입니다."

세드릭이 예의 바르게 고개를 숙이자 스테일은 눈을 완전히 부릅떴다. 잠깐 왠지 무서운 기척이 느껴지긴 했지만 스테일은 세드릭에게 미소를 짓더니 "알겠습니다."라고 답했다. 신경이 쓰여서 아서 쪽을 돌아보니 아서는 어깨가 약간 경직된 채 스테일을 보고 있었다.

뒤이어 세드릭이 자연스럽게 "괘……괜찮으시다면, 티아라 제2왕녀 전하……." 하고 용기를 쥐어짜 말을 걸었으나 티아라가 "됐어요!" 하고 말하는 도중에 칼같이 끊어 버렸다. 세드릭은 "그렇습니까." 하고 바로 물러났지만 목소리가 매우 시무룩해진 것 같았다. 나는 세드릭의 정신을 붙잡기 위해 어떻게든 대화를 이어 나갔다.

"그러니까……! 맞다. 서신을 교환하는 거라면 바르한테 부탁하자. 바르라면 금방 전달할 거야."

그 제안에 바르가 "어엉?!" 하고 다시 고함을 질렀다. "난 저 멍청한 왕자랑 엮이는 것만은 사절이야!"라며 날뛰었으나 세드릭은 전혀 신경 쓰는 기색 없이 오히려 신이 나서 바르를 보았다.

"그러고 보니 아까 '배달부'라고 했었지. 방위전에서도 엄청난 속도로 구조와 운송을 했다고 들었는데…… 어떻게 했는지 자세히 들려줄 수 있을까?"

다시 내 쪽을 보며 소파에 앉은 세드릭은 몸을 앞으로 내밀며 들을 준비가 다 됐다는 자세를 취했다. 분명 게임에서도 박식한 티아라에게 자기가 모르는 지식을 이것저것 알려 달라고 부탁하는 장면이 있었지. 장미 일화도 그렇지만 지금까지 읽었던 책 이야기라든가 먼 나라의 이야기라든가 추억 이야기라든가.

배달부는 우리 나라의 독특한 직업이니 궁금해할 만하다. 배달부에 관해 간단히 설명하려는데 스테일이 "괜찮으시면 제가 자세히 설명해 드리겠습니다." 하고 나섰다. 질문을 받은 건 나니까 안 그래도 되는데 스테일은 "어제도 세드릭 왕자에게 그와 관련된 얘기를 했었거든요."라며 미소 지었다. 그러고 보니 어제도 의외로 오래 대화를 나누던데 둘 사이가 조금 좋아지기라도 했나?

"감사합니다. 스테일 제1왕자 전하. 어젯밤 탄생제에 이어 이야기를 들을 수 있어서 기쁩니다."

"아뇨. 당치도 않습니다."

세드릭에게 미소를 지으며 대답한 스테일이 바르 일행의 업무를 자세히 설명하기 시작했다. 세드릭 역시 자기가 모르는 일에는 아주 관심이 많은지 한동안 스테일과 대화를 계속했다. 세드릭은 의외로 스테일을 잘 따르는 것 같다. 아마 자기보다 머리가 좋은 사람은 처음 만났겠지. 게다가 스테일도 세드릭의 재능은 알고 있다. 둘이 친해진다면 나야 기쁘다. 분명 게임에서는——아아, 스테일이 세드릭을 엄청나게 싫어했던가. 귀여운 여동생 티아라의 약혼자로 나타났으니 당연하다. 심지어 나중에 티아라의 목숨을 노리고 있었다는 것까지 밝혀져서 더욱 싫어하게 된다. 최종적으로 세드릭 루트에서는 티아라의 행복을 위해 두 사람을 응원하지만.

설명은 스테일에게 맡기고 나는 소파 등받이에 몸을 기댔다. 그러자 뭔가 떠올랐는지 세펙과 케멧이 "아!" 하고 소리를 지르더니 내 앞으로 달려왔다.

"주인님! 생일 축하드려요!"

"열여덟 살 생일 축하드려요! 앞으로도 케멧이랑 바르를 잘 부탁드립니다!"

아무래도 아까 스테일이 한 말을 듣고 내 생일이었다는 게 기억난 모양이다. 아마 레온이 장미를 맡길 때부터 알고는 있었으리라. 기뻐진 내가 소파에서 몸을 일으켜 둘에게 고맙다고 하자 이번에는 시야 끄트머리에서 벽에 기대어 있던 바르가 몸을 일으켰다.

"그러고 보니 주인. 네 약혼자 후보는 누구야?"

뭐뭐뭐뭐뭣……?! 갑자기 바르가 내뱉은 폭탄 발언에 나도 모르게 어깨가 들썩였다. 이런 터무니없는 화제를 왜 그리 가볍게 던지는 건데! 내가 무심코 자리에서 벌떡 일어나자 바르가 하품을 하며 "뭐?"라고 받아쳤다. 뭐냐니, 그건 내가 하고 싶은 말이거든요!

케멧과 세펙도 그 얘긴 알고 있었는지 '아, 맞다!' 라는 얼굴을 하고 서로를 마주 보았다.

바르는 당황하는 내 반응이 유쾌했는지 아까까진 뚱해 있던 표정이 생생하게 살아났다. 그러더니 "자매가 쌍으로 제법인데." 라며 기분 나쁜 미소까지 지었다. 레온이 알려줬나? 아니, 그게 아니더라도 어제 발표 이후로 이미 나라 전체에 이야기가 퍼졌을 거야!

"약혼자 후보가 셋이라. 동시에 여러 남자를 거느리다니 대단한데 주인."

바르는 날 시험하듯이 히죽거리며 놀리느라 신이 나 보였다. 나는 입술에 힘을 꽉 주고 노려보았으나 바르의 웃음만 더욱 부채질할 뿐이었다. 양옆에서 장미를 든 세펙과 케멧이 내 대답을 기다리듯이 눈을 깜빡였다. 모두의 시선이 신경 쓰여서 살짝 둘러보니 티아라도 약혼자 후보를 떠올렸는지 얼굴이 빨갰다. 스테일은 나를 바라보고 있었다. 아서와 에릭 부대장 역시 궁금한지 얼굴이 약간 빨갰고, 나와 눈이 마주친 순간 고개를 돌렸다. 세드릭마저 부척 궁금하다는 듯이 말없이 눈동자 속 불꽃을 불태웠다.

"윽…… 야, 약혼자 후보에 관해선 말 못해요. 티아라조차 제 약혼자 후보는 모르고, 저도 티아라의 약혼자 후보가 누군지는 몰라요. 아버님과 어머님, 섭정인 베스트 숙부님만 아시는 1급 기밀 사항이거든요."

모두에게 알려 주기 위해 바르를 보면서 목에 힘을 주고 또박또박 선언했다. 말하면서도 얼굴이 점차 뜨거워지는 게 느껴졌다. 지금 볼을 닦으면 분명 손바닥이 축축할 것이다.

다른 사람들은 포기했는지 어깨에서 힘을 빼고 고개를 작게 끄덕였지만 바르는 내 반응이 재밌는지 계속 히죽거렸다. "우리가 아는 놈이야?" "그럼 왕녀님이랑은?" "레온이냐?" "어느 나라의 왕자야?" 하고 내 안색을 살피며 일일이 캐물었다. 내가 말 못한다는 대답으로 일관하면서도 체온이 오르고 눈썹이 움찔거리는 걸 즐기는 듯했다.

농락만 당하는 게 짜증 나서 "진짜로 누군지 알고 싶어요?" 라고 강한 말투로 되묻자 바르는 "아니, 누가 됐든 똑같아." 하고 가볍게 받아치며 또 웃었다. 정말이지. 왜 이렇게 사람을 놀려대는 거야! 심지어 계약 때문에 바르가 하는 말이 진심임을 알기에 더 화가 나서 콧구멍이 벌렁거렸다.

"난 누가 됐든 상관없지만, 다른 놈들은 그렇지도 않나 본데?"

바르는 낄낄대며 턱짓으로 방에 있는 나와 티아라 외의 모든 사람을 가리켰다. 아무도 항의하지도 부정하지도 않았다. 모두가 시선을 피해서 마치 내가 나쁜 짓이라도 한 것 같은 기분이 들었다. 세드릭마저 티아라의 약혼자 후보가 궁금한지 얼굴이 발그레해져서 고개를 숙인 채 입을 꾹 다물고 있었다. 그런 표정 지은들 나도 모른다니까!

약혼자 후보 이야기는 티아라와 함께 들었지만, 그때 나와 티아라의 후보 리스트는 따로 나뉘어 있었다. 선택했을 때도 종이를 가린 상태로 어머님과 아버님께 제출했다. 티아라는 아무 말도 안 했고, 나도 어머님에게 한 가지만 확인한 후 아무것도 안 물어봤다.

"주인이 두 번째 약혼을 하다니. 이번에는 안 도망치게 조심 좀 해 봐."

'나한테 야반도주를 권유한 장본인이 뭐라는 거야!' 하고 소리치고 싶은 마음을 꾹 누르고 바르를 노려보자 입꼬리를 한쪽만 끌어올린 미소로 받아쳤다. 이 사람, 다 알고 말하는 게 분명해!

세드릭이 "두 번째……?"라고 중얼거리길래 그쪽을 돌아보자 아무것도 아니라며 당황한 표정으로 고개를 저었다. 그러고 보니 세드릭은 내가 예전에 했던 약혼에 관해 모르나? 뭐, 그렇게 공공연히 떠들고 다닐 얘기가 아니긴 하지.

똑똑. 갑자기 노크 소리가 날아들었다. 질베르 재상이 왔나? 내가 대답하자 익숙한 목소리가 문 너머로 들려왔다.

"하나즈오 연합왕국의 서시스 국왕 랜스와 차이넨시스 국왕 요안입니다. 저희 동생을 데리러 올 겸 프라이드 제1왕녀 전하, 스테일 제1왕자 전하, 티아라 제2왕녀 전하께 인사도 드릴 겸 왔습니다."

랜스 국왕이었다. 아무래도 어머님과 이야기가 끝난 모양이다. 그 목소리를 들은 순간 세드릭이 소파에서 일어섰다. 내가 입실을 허락하자 위병이 문을 열었고, 랜스 국왕과 요안 국왕이 객실로 들어왔다. 그때 바르가 생각나서 그쪽을 돌아보니 이미 케멧과 세펙과 함께 모래 벽 안에 틀어박혀 있었다. 객실과는 전혀 어울리지 않는 벽이었지만 숨을 수만 있으면 뭐든 상관없는 듯했다.

들어오자마자 인사한 랜스 국왕과 요안 국왕에게 세드릭이 다가가며 "생각보다 늦었네." 하고 말을 걸었다. 랜스 국왕이 말없이 언짢은 표정을 짓자 세드릭은 왜 그러냐며 고개를 갸웃거렸다. 요안 국왕이 부드럽게 웃으며 랜스 국왕의 어깨에 손을 올렸다.

"세드릭이 또 프라이드 왕녀 전하께 무례를 범하진 않았을지 걱정했거든. 그렇지? 랜스."

요안 국왕이 쿡쿡 웃자 세드릭의 얼굴이 빨개졌다.

"그런 짓은 두 번 다신 안 해!"

화가 난 듯이 소리를 지른 세드릭이 아차 싶어 곧장 우리를 돌아보았다. 실례했다며 얼굴이 빨개져서 고개를 숙이는 세드릭을 본 나는 또 웃음이 나왔다. 그러고 보니 결국 세드릭은 티아라와 대화를 거의 못한 것 같은데 괜찮으려나. 아니면 약혼자 후보 얘기가 나와서 빠르게 포기……한 것처럼은 안 보이는데. 다만 세드릭에게 여전히 쌀쌀맞은…… 오히려 예전보다 더 냉담해진 티아라의 모습은 이미 세드릭에겐 마음이 없다는 의사를 표명하는 듯 보였다. 지금도 스테일 뒤로 물러난 티아라는 세드릭은커녕 두 국왕과 우리에게도 안 보일 정도로 얼굴을 숨기고 있었다. 그걸 알아차린 두 국왕도 어딘가 쓴웃음과 닮은 복잡한 표정을 지었다. 랜스 국왕이 분위기를 환기하듯이 헛기침을 했다.

"세드릭이 또 폐를 끼치진 않았습니까?"

"아뇨. 덕분에 즐거웠어요. 밖까지 배웅해 드릴게요."

작게 웃으며 대답한 나는 곧바로 세 사람을 객실 밖으로 안내했다. 바르 일행을 발견하기라도 하면 여러모로 큰일이고, 장미도 나눠 주고 싶다. 질베르 재상을 기다리는 동안 현관까지만 배웅하는 건 문제없겠지.

장미 얘기를 하자 "그 장미는 아네모네 왕국에서 온 선물이었군요." 하고 랜스 국왕이 흥미롭다는 듯이 답했다. 요안 국왕도 "현관으로 들어오자마자 아름다운 광경에 압도됐습니다."라며 미소를 지었다.

"괜찮으시면 두 분께도 몇 송이 드릴게요. 저에게 소중한 동맹국의 국왕 폐하시잖아요."

세드릭도 꼭 받아 가라고 권유하자 두 국왕 모두 공손하게 감사 인사를 했다. 내 옆에서 스테일도 "지금쯤 꽃다발이 몇 개 더 완성됐을 겁니다." 하고 웃으며 말했다. 어째선지 스테일의 등에 딱 달라붙은 티아라는 말없이 고개만 숙이고 있었지만……. 평소 같았으면 신이 나서 대화에 끼어들었을 텐데 무슨 일일까? 물결치는 금발에 가려져서 얼굴이 전혀 안 보였다. 실례지만 세드릭이 무슨 짓을 한 건 아닌지 잠깐 의심했으나, 세드릭 역시 몇 번이나 걱정스럽게 티아라를 힐끔거리며 돌아보았다. 뒤이어 세드릭은 결심한 듯이 입술을 꽉 깨물었다.

"실례하겠습니다. 티아라 제2왕녀 전하, 혹시 저 때문에 기분이

상하신 건…….”

“아무것도 아니에요! 그냥 좀 피곤해서 그래요!”

보기 좋게 1초 만에 거절당했다. 어깨를 들썩이며 토끼처럼 펄쩍 뛰어오른 티아라는 세드릭과 멀어지려는 듯이 스테일의 옷에 매달렸다. 놀라울 정도로 거부 반응을 보이자 세드릭은 약간 충격받은 표정으로 굳어 버렸다. 세드릭이 무슨 짓을 저지른 걸로 착각했는지 랜스 국왕과 요안 국왕도 한 손으로 얼굴과 입을 가리고 고개를 숙였다. 오해라는 뜻을 담아 내가 둘에게 사과하자 “아닙니다…… 당치도 않습니다.” 하고 두 국왕이 거의 동시에 똑같이 대답했다.

현관에 도착하니 이미 마리와 정원사 일행이 장미 꽃다발을 많이 만들어 놓은 상태였다. 들고 갈 수 있도록 작게 다듬어 놓은 것도 있어서 이거라면 뿌리째 가볍게 가지고 갈 수 있겠다 싶어서 안심했다.

장미 색이 변하는 것도 보여 주고 싶었기에 나는 다시 한 송이씩 장미를 잘라 랜스 국왕, 요안 국왕, 세드릭에게 건넸다. 의외로 가장 놀란 사람은 랜스 국왕이었다.

“꽃다발의 장미는 왜 빨간색이지?” 하고 고개를 갸웃거리던 랜스 국왕은 나에게 받은 장미가 빨갛게 변하자 “오옷?!” 하는 감탄사를 흘리며 순간적으로 얼굴까지 뒤로 젖혔다. 세드릭은 아까 설명을 들어서 알고 있었고, 요안 국왕은 빨간색과 파란색 장미를 보고 예상했던 모양이지만 둘 다 장미보다는 랜스 국왕의 반응을 보고 크게 웃었다.

요안 국왕은 원래 장미 같은 꽃을 좋아했는지 눈앞에서 색이 변하는 걸 보고 기쁘게 미소를 지었다. "예쁘네요."라고 중얼거리며 부드럽게 웃는 얼굴은 잠깐이지만 여자로 착각할 만큼 아름다웠다.

세드릭 역시 얘기를 듣고 기대했는지 내가 장미를 건네기 전부터 눈을 반짝였다. 그리고 손가락을 떼고 장미의 색이 변하는 순간까지 눈 하나 깜빡이지 않았다. 내가 마음에 들었다니 다행이라고 하자 세드릭이 꼭 마법 같다며 새빨갛게 물든 장미를 바라보았다. 그러다가 도중에 뭔가를 고민하듯이 턱에 손가락을 대고 미간을 살짝 찌푸렸다. 왜 그러나 했는데 세드릭의 시선이 다른 방향으로 행했다. 바로 스테일 뒤에 숨은 티아라에게로…….

등 뒤에 숨은 티아라를 지켜 주려는 건지 웃으며 세드릭을 쳐다보는 스테일의 눈빛이 조금 날카로웠다. 세드릭도 그걸 눈치채고 바로 눈을 피했다. 아까까지는 사이가 좋아 보였는데, 역시 스테일은 세드릭의 연심도 다 알아챈 건가?

"티아라한테 주고 싶었어?"

"윽!"

세드릭에게만 들리게 속삭이자 얼굴이 알기 쉽게 달아올랐다. 그럴 줄 알았지. 나를 똑바로 바라보는 세드릭에게 이번엔 소리 없이 입만 움직여서 '건네주는 것 정도는 괜찮잖아?' 라고 전했지만 세드릭은 입을 꾹 다물고 고개를 작게 저었다. 얼굴이 더 달아오르기 시작한 걸 보니 아무래도 건네주긴커녕 직접 대화하는 것조차 아직 무리일 듯했다.

나한테는 더 엄청난 무례를 범했으면서, 라는 말이 목구멍까지 올라왔다. 하지만 세드릭이 또 수치심 때문에 괴로워할 게 뻔히 보여서 참았다. 정말 그건 무지에서 나오는 무모함이었구나 싶어서 오히려 감개무량해졌다.

결국 티아라는 계속 스테일의 등 뒤에서 나오지 않았고, 여동생을 사랑하는 스테일도 계속 티아라를 수호하는 바람에 세드릭은 장미를 건네지 못한 채 어깨를 떨구고 돌아가게 되었다. 불쌍해라……. 뭐, 이 장미 자체는 우리 성의 정원에서도 몇 송이 키울 예정이니 앞으로 우리 나라에 올 예정이 있다면 이번이 아니더라도 기회는 있을 것이다. 최소한 약혼자 후보가 확정되기 전에 줄 수 있으면 좋을 텐데. 티아라가 약혼자 후보를 확정하고 나면 장미를 건네주는 짓은 도저히 못할 테니까.

“이번에 초대해 주셔서 감사합니다. 저희 아네모네 왕국의 식전에도 꼭 와 주십시오.”

“프라이드 제1왕녀 전하, 다시 만날 날을 기대하겠습니다.”

랜스 국왕과 요안 국왕이 차례로 나에게 손을 내밀며 인사했다. 세드릭도 두 사람의 등 뒤에 서서 나와 스테일, 티아라에게 인사했다. 계속 스테일 뒤에 숨어 있던 티아라도 인사할 때는 제대로 앞으로 나왔다. 마지막 순서가 세드릭이어서 그런지 랜스 국왕과 인사를 나눌 때부터 여러 가지로 어색해 보였지만 그래도 웃으며 악수를 나눴다. 역시 우리 나라의 제2왕녀다. 물론 세드릭 때는 화가 난 표정으로 입을 삐죽거렸지만…….

끝으로 정원사 일행이 만든 장미 꽃다발도 나눠 주니 셋 다 기쁘게 받았다. 랜스 국왕도 아주 마음에 들었는지 “저희 왕국도 꼭 레온 왕자에게 수출해 달라고 부탁해야겠습니다.”라고 말했다.

그리고 진짜로 헤어지는 마지막 순간. 마침내 세드릭이 결심한 듯이 입을 열었다.

"프라이드, 스테일 왕자 전하…… 티아라. 또 만날 날을…… 기대하고 있을게."

마침내 세드릭은 티아라에게 존댓말도 쓰지 않고 이야기했다. 얼굴이 또 새빨개진 세드릭은 그러는 것만으로도 한계였는지 이마에 땀까지 흘렸다. 랜스 국왕과 요안 국왕도 세드릭의 온 힘을 다한 노력을 알아차렸는지 희미하게 웃었고, 마지막으로 셋이서 고개를 숙였다.

마차를 타고 떠나는 세 왕족을 배웅하는데, 티아라가 내 옆에 서더니 손을 꽉 잡았다. 평소보다 힘이 많이 들어간 손길을 느끼고 고개 숙인 티아라의 얼굴을 들여다보니 웬일인지 눈살을 찌푸리고 있었다. 화가 난 걸까 아니면 예전에 헤어질 때 들었던 맹세가 떠올라서 부끄러운 걸까.

"전…… 저 사람이 싫어요."

다만…… 마지막으로 나에게 작게 중얼거린 그 한마디는 기분 탓인지 평소보다 조금 더 부드럽게 들렸다.

"세드릭……. 너 이번에는 티아라 제2왕녀한테 무슨 짓을 한 거냐?"

랜스가 덜컹거리는 마차 안에서 낮은 목소리로 물었다. 질문을 들은 순간 세드릭은 삐진 듯이 창문 밖으로 고개를 돌렸다.

"아무 짓도 안 했어. 아무것도…… 못했어."

조용히 중얼거리던 세드릭의 목소리가 갑자기 낮아졌다. 턱을 괴고 등을 웅크린 세드릭을 보고 요안은 작게 웃었다. 랜스의 맞은편에 앉은 요안은 앞쪽에 있는 세드릭에게 손을 뻗어 금발을 부드럽게 쓰다듬었다.

"참았다는 뜻이야?"

"아냐……. 그냥 내가 겁먹은 거야. 사실은 그 자리에서 장미를 바치고 싶었어."

하지만 그러지 못했다고 읊조린 세드릭은 장미를 쥔 손에 힘을 살짝 주었다가 가시에 찔리겠다는 요안의 말에 의식적으로 힘을 뺐다.

"티아라를 노리는…… 연적에 이길 수 있을 것 같지가 않아."

세드릭의 말을 듣고 두 국왕이 기침을 했다. 특히 랜스는 사레라도 들렸는지 그 후에도 계속 콜록거렸다. 겨우 진정한 랜스가 "야……약혼자 후보 말이냐……?!" 라고 물었지만 세드릭은 대답하지 않았다. 그 대신 깊은 한숨만이 흘러나왔다.

레온 아도니스 코로나리아 제1왕자와 스테일 로열 아이비 제1왕자.

세드릭보다 훨씬 우수하고 프리지아 왕국의 신뢰도 두터우며 방위전에서도 엄청난 지휘 능력과 국력을 보인 아네모네 왕국의 레온. 레온은 티아라를 칭찬했을 뿐만 아니라 티아라가 약혼자로 바람직하다는 투로 말했다.

어릴 때부터 티아라와 함께 살면서 가장 가까운 남자이기도 한 스테일. 우수한 차기 섭정. 몇 번이나 스테일의 등 뒤에 숨으며 망설임 없이 그 등에 의지하는 티아라의 모습이 세드릭의 눈에는 마치 연인 사이인 것처럼 보였다. 방위전 전후로도 둘이 아주 친밀하게 지내는 광경을 수도 없이 목격했다.

레온 왕자라면 이웃 나라 간의 결속을 강화하기에 더할 나위 없겠지.

상념에 젖은 세드릭은 창밖을 바라보며 고민했다. 만약 티아라가 레온을 사랑한다면 세드릭이 끼어들 여지는 어디에도 없겠지.

하지만 만약 스테일 왕자를 사랑하고 있다면 티아라는…….

티아라가 프리지아 왕국의 제2왕녀라는 사실을 떠올린 세드릭은 가슴이 아팠다. 눈을 감고 하염없이 티아라만을 생각했다. 자기가 보아 온 티아라의 모습을 하나하나 머릿속에서 끄집어내며 언젠가 했던 말과 광경을 선명하게 회상했다.

"역시 내가 해야 할 일은 변하지 않았어."

혹시 티아라가 그 두 왕자 중 누군가를 좋아한다 해도…….

마차 안에서 계속되는 형들의 질문 세례를 흘려들으며 세드릭은 혼자서 입속으로 중얼거렸다.

"죄송합니다. 프라이드 님. 오래 기다리셨습니다."

객실로 돌아가자 질베르 재상이 방 안에서 기다리고 있었다. 길게 찢어진 하늘색 눈에 그와 같은 색의 긴 머리를 어깨 높이에서 한 갈래로 묶어 늘어뜨린 우리 나라의 재상이다. 방구석을 보니 바르 일행은 아직도 벽 안쪽에 틀어박혀 있었다. 질베르 재상도 눈치챈 것 같았지만 일부러 그대로 두는 건지 모래 벽을 눈짓하며 쓴웃음을 지었다.

질베르 재상이 왕족은 아니지만 바르는 재상과 대화하고 싶지 않은 듯했다. 뭐, 그냥 벽 너머로 돌아가면 대화할 수 있긴 하지만.

"죄송해요. 질베르 재상님. 바쁘신 와중에 불러낸 주제에 오히려 기다리게 해서."

아무래도 길이 엇갈렸나 보다. 우리가 방에 들어오기 전부터 소파에 앉지도 않고 기다린 모양이라 더 미안했다. "아뇨, 당치도 않습니다."라고 웃으며 대답한 질베르 재상은 아서가 든 물건을 발견하고 눈이 살짝 커졌다.

"호오, 파란 장미라니 신기하네요. 오늘 아침에 아네모네 왕국에서 화물이 도착했다는 얘기는 들었습니다만."

"네. 레온이 보낸 거예요. 다른 사람들한테도 나눠주라고 쓰여 있었으니 괜찮으시면 질베르 재상님께도 드릴게요."

내가 마리아와 스텔라에게 전해 달라고 말하자 아서가 장미를 분재째 질베르 재상에게 건넸다. 정원사 덕분에 팔로 안아 들 수 있는 크기가 된 파란 장미 분재를 질베르 재상은 정중히 받아 들었다. 꺾으면 빨간색이 된다는 것도 설명하자 "그게 정말인가요?"라며 품 안의 파란 장미와 우리가 든 빨간 장미를 번갈아 보더니 이해했다는 듯이 고개를 끄덕였다.

"마리아와 스텔라도 아주 기뻐할 겁니다. 감사합니다. 벌써 기대되네요."

환하게 웃는 질베르 재상에게 나도 미소로 응했다. 그 둘에게 건네준 다음 어떤 반응을 보였는지 꼭 알려 달라고 부탁하자 물론이라며 웃으며 대답했다.

“좋아해 주셔서 다행이에요! 그럼 전 먼저 방으로 돌아갈게요!”

질베르 재상의 반응에 기쁘게 미소를 지은 티아라가 밝은 목소리로 한 걸음 물러났다. 스테일이 괜찮냐고 물었지만 티아라는 좀 피곤하다며 웃었다. 아까도 세드릭이 말을 걸었을 때 피곤하다고 했었고, 장미가 도착하고 나서 놀라랴 날 부르러 오랴 피로가 쌓였는지도 모른다. 오늘도 질베르 재상과 어머님, 아버님과 탄생제 개최와 관해 상담하느라 바빠 보였으니까. 객실이 아니라 자기 방에서 쉬고 싶을 만큼 피곤하다니까 걱정돼서 티아라를 바라보자 내 시선을 눈치챘는지 괜찮다며 양손을 작게 움켜쥐었다.

“바르 쪽은 언니랑 오라버니한테 맡길게요!”

웃으며 그렇게 말한 티아라는 모래 벽을 눈짓했다. 아무래도 우리가 케멧과 바르 일을 세드릭에게 숨기려 한 걸 신경 써 준 듯했다. 그러고 보니 티아라도 케멧의 특수 능력을 모르지 참. 솔직히 티아라에게는 털어놓아도 될 것 같긴 하지만 케멧의 너무나도 중대한 특수 능력을 아는 사람은 최대한 적은 편이 좋은 것도 사실이다.

“질베르 재상님께 장미를 나눠 드린 걸로 전 만족했어요!”

그렇게 단언한 티아라는 질베르 재상에게 인사한 후 문으로 걸어갔다. 모래 벽 뒤에서 고개를 빼꼼 내민 세펙과 케멧이 티아라의 이름을 부르며 장미를 쥔 채 “또 봐요!” “푹 쉬세요!” 하고 손을 흔들었다. 문이 닫히기 직전에 그 목소리를 들은 티아라도 기쁘게 손을 마주 흔들었다. 역시 티아라야. 정말 모두에게 사랑받는구나.

방을 나간 티아라에 이어 아서와 에릭 부대장에게도 근위병 잭과 함께 방 밖에서 대기해 달라고 부탁했다. 사실 아서는 사정을 알아서 문제될 게 없지만 에릭 부대장만 밖으로 내보내긴 미안해서 '왕족의 기밀 사항'을 핑계로 자리를 비켜 달라고 했다.

"그럼 프라이드 님, 본론이 뭔지 여쭤봐도 되겠습니까?"

문이 닫히고 잠시 후 질베르 재상이 조용한 음색으로 입을 열었다. 나는 고개를 끄덕이고서 방구석을 향해 말했다.

"바르. 당신과 케멧, 세펙도 대화에 참가해 주세요."

주인인 내 말에 드디어 바르가 모래 벽을 해제했다. 벽에 기대어 앉은 바르는 불쾌하다는 눈빛으로 이쪽을 바라봤다. 그 옆에 선 케멧이 바르의 팔을 꽉 붙잡고 있었다.

"역시 저들에 관한 문제였군요." 하고 질베르 재상이 예상했다는 듯이 중얼거렸다. 객실에 들어왔는데 세 사람이 있었을 때부터 어느 정도 짐작은 했을 것이다. 스테일이 나 대신 현재까지 알아낸 사실을 질베르 재상에게 순서대로 설명했다.

케멧 없이도 발동할 수 있게 된 바르의 특수 능력. 지금까지 바르는 케멧의 능력 증폭 특수 능력 없이는 토벽과 돔밖에 만들지 못했다. 그런데 갑자기 케멧을 만지지 않고도 가지고 있던 모래를 조종해 세드릭의 입을 막은 것이다. 과거의 바르였다면 절대로 불가능했을 일이다.

질베르 재상은 스테일의 이야기를 듣고 살짝 놀란 표정을 지었지만 잠시 고민하듯이 미간을 찌푸리더니 지금도 가능하냐고 바르 일행에게 물었다. 바르는 가볍게 혀를 차며 귀찮다는 듯이 느릿느릿 일어서서 케멧과 한 걸음 떨어졌다. 뒤이어 특수 능력을 사용하자 바닥에 흩어져 있던 모래가 뱀처럼 가늘게 모이더니 포대 자루 속으로 재빠르게 빨려 들어갔다. 역시 케멧의 힘이 없어도 능력을 다룰 수 있게 됐다.

그 모습에 "호오……." 하고 중얼거린 질베르 재상은 "케멧이 올해로 열 살이었죠?" 하고 바르 일행에게 확인받은 뒤 유력한 두 가지 가설을 세웠다.

첫 번째는 바르의 특수 능력이 변동했을 가능성이다. 케멧의 증폭 능력을 수도 없이 이용하는 동안 바르가 특수 능력을 사용하는 법과 감각을 익히면서 그대로 능력에 영향이 갔다는 설이다.

두 번째는 케멧의 특수 능력이 변동했을 가능성이다. 케멧의 특수 능력이 성장해서 바르와 항상 닿지 않아도 능력을 증폭시킬 수 있게 됐다는 설이다.

케멧의 증폭 능력은 매우 희귀한 힘이라 전례가 없다. 게다가 특수 능력 자체가 우리 나라에만 존재하는 독자적인 것이라 밝혀지지 않은 부분이 많다. 둘 다 가능성은 반반이라 질베르 재상과 스테일의 제안을 취합해 바르 일행에게도 조금만 협력해 달라고 했다.

우선 케멧의 특수 능력이 성장했는지 확인하려고 스테일의 특수 능력이 증폭되는지 시험했다. 하지만 2년 전과 변함없이 실패했다. 의외로 케멧과 제법 친해진 스테일이었으나 특수 능력을 사용해도 능력 폭에 변화는 없었다.

뒤이어 세펙도 바르와 똑같이 케멧 없이 특수 능력을 쓰게 했다. 이쪽도 그다지 변화는 없었다. 바르와 케멧이 말하길 처음보다는 위력이 늘었다는 모양이지만, 케멧의 특수 능력의 영향이라기보단 단순히 세펙 본인의 능력이 성장했다고 여겨지는 범위였다.

즉, 케멧이 특수 능력을 발동할 수 있는 상대는 여전히 바르와 세펙뿐이며, 케멧을 만지지 않고도 특수 능력을 쓸 수 있는 사람은 바르 한 명밖에 없다는 뜻이다. 그걸 알아낸 시점에서 세펙은 약간 분한 듯이 "내가 케멧이랑 더 오래 있었는데!" 하고 바르를 때렸다. 끝내 "맨날 바르만!" 하고 발까지 밟으려 하는 통에 마침내 바르도 발을 뒤로 빼며 "내가 알 바냐!"라며 고함을 질렀다. 하지만 왜 세펙이 아니라 바르만 능력이 증폭됐는지는 여전히 수수께끼다. 역시 케멧이 아니라 바르에게 기인했을 가능성이 더 큰 걸까?

우리가 의논할 때도 바르와 세펙이 능력을 시험할 때도 케멧은 멍한 기색이었지만, 질베르 재상의 제안을 들은 순간 처음으로 표정이 살짝 굳었다.

"그렇다면 남은 확인 방법은…… 바르가 평소처럼 문제없이 특수 능력을 쓸 수 있는 동안 잠시 케멧과의 접촉을 끊는 걸까요."

만약 시간이 경과함에 따라 바르가 다시 토벽밖에 만들지 못한다면 케멧의 특수 능력이 성장했다는 뜻이다. 반대로 아무리 시간이 지나도 바르가 자유자재로 특수 능력을 사용한다면 바르 본인이 성장한 것이거나, 혹은 케멧의 특수 능력이 '증폭'이 아니라 '진화' 시키는 계통의 능력이었을 가능성도 생긴다. 그걸 확인하려면 일단 바르가 성장한 특수 능력을 케멧 없이 얼마나 유지하는지 얼마나 오래 쓸 수 있는지 알아내야 한다. 아직 근처에 있는 모래를 조종하는 정도로만 능력을 썼으니 크게 힘을 사용하면 어떻게 될지 알 수 없다.

스테일도 어느 정도 찬성했는지 필요하기 전까지는 케멧과의 접촉을 삼가라고 바르에게 명령했다. 나도 그동안에 뭔가 알게 되면 보고하러 오라고 바르에게 전했다. 바르는 얼굴을 찌푸리면서 혀를 차고 몇 번이나 귀찮다고 중얼거렸지만 일단 건성으로 대답했다. 다만 케멧은 조금 불안한 듯이 우리와 바르를 번갈아 바라보았다. 세펙이 그걸 눈치채고 왜 그러냐고 묻자 표정과 똑같이 불안함에 흔들리는 목소리가 흘러나왔다.

"저기……! 혹시 제 힘이 필요 없어져도 전 바르랑 세펙이랑 같이 있어도 되는 거죠……?!"

아무래도 바르의 특수 능력 자체가 성장했을 경우 배달부 일에서 자기만 제외되진 않을지 걱정되는 모양이었다. 확실히 바르 혼자서 배달부 일을 할 수 있다면 케멧과 세펙은 자기 나라에 두고 위험한 배달부 업무에 동행시키지 않는 것도 하나의 방법이다. 특히 케멧은 아직 열 살도 안 된 어린애니까. 하지만…….

"엉? 능력을 알기 전부터 끈질기게 날 따라다닌 놈이 뭔 소리야. 애초에 세펙은 너 없인 싸울 수도 없잖아."

아주 당연하다는 듯이 대답한 바르는 짜증 섞인 눈빛으로 위에서 케멧을 노려보았다. 확실히 케멧의 특수 능력 없이는 세펙의 물줄기를 발사하는 공격도 위력이 나오지 않는다. 남에게 위해를 가할 수 없는 바르에게 세펙의 힘은 꼭 필요하다. 그 말을 듣자마자 케멧의 얼굴이 확 밝아졌다. 세펙도 케멧과 바르와 떨어진다는 선택지는 존재하지 않았는지 부드럽게 웃으며 장미를 쥔 두 손을 케멧의 양어깨에 올렸고, 케멧은 기쁘게 바르에게 달려갔다.

"그럼 앞으로도 계속 같이 있어도 되는 거죠?!"

"어엉?! 너희가 나한테서 떨어질 생각이 있기나 해?!"

바르는 펄쩍 뛰어서 장미를 든 채 평소처럼 자기에게 매달리려는 케멧을 피했다. 우리의 명령대로 접촉하지 않으려는 바르에게 케멧이 "맞아요! 쭉 같이 있을 거예요!" 하고 목소리를 높였다. 세펙도 같은 말을 반복했다. 만약 세펙이 케멧 없이 전투할 수 있었다 해도 아마 바르는 본인들이 원하는 한 계속 데리고 다녔을 것이다. 케멧과 세펙을 하층민 거주지에 두고 이 나라를 떠나라고 하면 분명 배달부 일을 그만두겠지.

일단 우리도 케멧과 세펙에게 다시 한번 부탁한 뒤 세 사람에게 일주일 동안 우리 나라에 머무르라고 전했다. 그래야 바로 보고하러 올 수 있기도 하고, 마침 일주일 동안은 배달할 것도 없으니 대기 휴가라는 형태도 겸했다. 바르는 시종일관 여러모로 성가시다는 듯이 혀를 찼지만 케멧과 세펙은 납득했다. 그럼에도 바르는 기분이 최악인 듯했다.

"특수 능력 파악과 은폐는 케멧을 지키기 위한 것이기도 해."

스테일이 그렇게 말하자 지금껏 가장 크게 혀를 차는 소리가 돌아왔다.

케멧의 특수 능력이 어떤 것이든 본인이 제어하거나 마음대로 쓸 수 없는 한 은폐하긴 쉽지 않다. 하지만 케멧의 특수 능력이 알려지면 많은 사람이 노릴 테니 최소한 성인이 되기 전까지는 비밀로 해야 한다. 바르도 그 점은 이해하는지 이의는 없어 보였다.

"그러고 보니 너희, 그 장미는 언제까지 들고 있을 거냐?"

프라이드 일행에게 허락을 받고 성문을 나온 후 문이 닫히는 것을 곁눈질로 확인한 바르는 한숨을 내쉬었다. 그와 동시에 케멧과 세펙에게 질문을 던졌다. 둘 다 왼손에는 빨간 장미 꽃다발, 오른손에는 파란 장미 한 송이가 들려 있었다. 처음 장미를 잡은 뒤로 한 번도 손을 놓지 않았다. 정원사가 가시를 제거한 줄기 부분을 단단히 움켜쥐고 있었다.

둘은 서로 마주 보더니 바르에게 파란 장미를 천천히 내밀었다.

"엉……?"

바르는 자기도 모르게 발을 멈추고 무슨 속셈이냐는 듯이 케멧과 세펙을 노려보았다. 두 사람도 그에 맞춰 멈춰 섰지만 그럼에도 바르에게 장미를 내민 손은 내리지 않았다.

"바르가 주인님한테 장미를 받았잖아? 그러니까 우리한테도 받아야지."

"저도 세펙한테 주고, 세펙도 저한테 줬어요! 이렇게 하면 모두 똑같아요!"

세펙의 단호한 선언에 케멧도 뒤따라 말했다. 둘은 바르를 보며 반대쪽 손에 쥔 빨간 장미 네 송이를 자랑스럽게 치켜들었다.

두 사람의 말에 바르는 두 송이의 파란 장미를 바라봤다. 그리고 품 안에 집어넣었던 빨간 장미 한 송이를 꺼냈다. 그 장미와 눈앞에 있는 파란 장미를 이유도 없이 번갈아 보더니 잠시 망설이다가 말없이 파란 장미를 한 송이씩 받아 들었다. 오래 잡고 있는 동안 파란 상태를 유지하던 장미는 바르의 손에 넘어간 순간 바로 새빨갛게 물들었다. "예쁘지?" "예쁘네요!" 하고 외치는 둘의 목소리에 바르는 미간을 찌푸리면서도 장미의 색이 변하는 광경을 바라보았다. 빨간색이 된 장미를 프라이드에게 받은 장미와 합쳐 한 손으로 움켜쥐자 세펙과 케멧의 미소가 한층 더 반짝였다.

——색이 변하는 건 이미 질리도록 봤어.

프라이드가 그 자리에 있던 모든 사람에게 장미를 나눠 줄 때 색이 빨개지는 순간은 몇 번이나 봤다. 하지만 어째선지 둘에게 받은 장미가 빨갛게 변하는 모습에서 눈을 뗄 마음이 들지 않았다.

——꽃 같은 건 나랑 안 어울려.

꽃을 좋아하는 취향 따윈 없다. 오히려 화단의 꽃을 짓밟고 다녀도 이상하지 않은 바르에게 장미를 받을 필요는 전혀 없었다. 한꺼번에 움켜쥔 세 송이의 장미는 이젠 어느 게 누구한테 받은 건지도 알 수 없었다. 하지만 그래도 딱히 상관없다고 생각하며 바르는 장미를 바라봤다. 마지막으로 두 사람에게로 시선을 떨군 바르는 환한 미소가 돌아오자 성가시다는 듯이 얼굴을 찡그렸다.

——귀찮아.

그러나 돌려줄 마음도 버릴 마음도 들지 않았고, 오히려 어떻게 이 장미를 보관해야 할지 고민이 들었다. 바르의 장미가 세 송이, 케멧과 세펙이 가진 게 각각 네 송이. 프라이드와 바르에게 받은 것, 자기가 직접 자른 것, 서로에게 잘라 준 것까지 다 합해서 네 송이인 듯했다. 그 네 송이가 둘의 손안에 '한데 모여 있다' 는 사실에 자기도 왜 그러는지 모르겠지만 묘하게 쑥스러웠다.

"바르도 하나 더 있었으면 똑같이 네 송이였겠네요."

"지금이라도 하나 더 받으러 갈래?"

바르의 시선을 눈치챈 케멧과 세펙이 미소와 함께 질문했고, 그제야 자기 행동을 자각한 바르는 단칼에 거절했다. "괜찮겠어요?” “모처럼이니까 똑같이 맞추면 더 좋잖아.” 라고 쫑알대는 두 사람을 무시하고 걸어갔다. 둘의 목소리를 흘려듣는 바르의 머릿속에서는 세드릭이 한 말이 짜증 날 만큼 끝없이 되풀이되고 있었다.

‘과연, 숫자로 된 이름인가. 생각지도 못했지만 괜찮군. 분명 뭔가 기념할 만한 의미가 있는 숫자겠…….’

세펙과 케멧에게 이름을 지어 준 게 바르 본인이라는 사실이 프라이드 일행 앞에서 밝혀질 뻔한 것만으로도 얼굴이 뜨거워지고 심장이 세차게 뛰었다. 설마 두 사람의 이름의 유래가 알려지게 될 줄은 상상도 못했다.

“또 성가신 왕족이 늘었군…….”

바르는 자기 피의 반쪽이 어느 나라에서 왔는지는 전혀 관심이 없었다. 이름의 유래가 알려진 것 자체도 상관없었다. 애초에 대충 지은 이름이었으니까. 다만 그 이름이 바르가 직접 지은 것이라는 사실과…….

‘분명 뭔가 기념할 만한 의미가 있는 숫자겠…….’

바르는 프라이드에게 세드릭을 향한 무례와 최소한의 폭력만을 허락받았다. 즉 왕족인 세드릭에게 ‘거짓말’을 할 수 없다. 그때 세드릭이 뒷말을 끝까지 다 했다면 바르는 왕족인 세드릭의 질문에 대답해야 했을 것이다. 지금의 바르에게는 그 질문을 부정할 수 있으리란 자신이 없었다.

두 사람이 바르와 만났을 때의 나이를 뜻하는 그 이름을…….

분명 당시엔 대충 지은 이름에 지나지 않았다. 누가 물어봐도 의미 같은 건 없다고 단언할 수 있었다. 그런데 어째선지 지금은

'세펙' 에서도 '케멧' 에서도 숫자 이상의 무언가가 느껴져서 견딜 수가 없었다. 거북하고 기분 나쁘지만 도저히 바꾸기 싫었다.

도대체 왜, 언제부터 둘의 이름이 숫자를 가리키는 것 이상의 의미를 가지게 됐는가. 아무리 고민해도 납득이 가는 해답은 떠오르지 않았다. 그때 문득 약 2년 전에 프라이드가 했던 말이 떠오른 바르는 자연스럽게 혀를 찼다. 인정하기 싫어서 머리를 벅벅 긁으며 얼버무렸다. 바르는 자기에게 그렇게 토악질 나오는 감정이 있다고는 생각하고 싶지 않았다. 두 사람은 물론이고 자기가 지은 이름에도 의미가 생긴 게 몹시 귀찮고 소름이 돋았다.

바르는 세펙이 일곱 살, 케멧이 세 살 때 만났다. 그렇게 여겼던 바르가 지금은 단순히 '만난' 게 아니라 '만날 수 있었다' 고 느끼게 됐다는 사실이 그저…….

"불쾌해."

바르가 혀를 차며 짜증스럽게 내뱉자 두 사람이 동시에 되물었다. 아무것도 아니라고 대답하니 그 이상은 추궁하지 않았다. 장미를 한 손으로 난폭하게 쥔 바르는 반대쪽 손을 뻗어 장미 다발을 든 세펙의 팔을 적당히 붙잡았다. 그러자 이번에는 세펙이 바르와 보조를 맞추며 케멧에게 손을 뻗었다.

역시 둘이 스스로 놓기를 바라기 전까지는 아직 이 손을 놓고 싶지 않다. 진부한 표현을 빌리자면 설령 지옥 끝까지 간다 해도.

'가족' 이란 정말 성가시다고 생각하면서도 바르는 그 짜증 나는 생각을 입 밖으로 내지 않고 가슴속에만 넣어 두었다.

'제 인생을 부디 당신과 함께하고 싶습니다.'

바르의 특수 능력이 다시 원래대로 돌아간 건 그로부터 겨우 이틀 뒤의 일이었다.

“뭐라고오오오오오오오?! 약혼자 후보라고오오?! 뭔데 그게!”

소리를 지른 남자는 여우처럼 가느다란 눈을 희번덕거렸다.

온 대륙에 퍼지는 소식을 1초라도 더 빨리 전하려고 대국에서 말을 타고 달려온 사자가 새에 편지를 묶어서 날렸고, 편지로 소식을 전달받은 남자는 표정을 찌푸리고 날카로운 눈빛으로 하인에게 얼굴을 들이댔다. 하인은 어디까지나 편지만 읽었을 뿐인데도 그 남자는 마치 하인이 편지의 내용을 결정하기라도 했다는 것처럼 온몸으로 힐난하고 협박했다. 편지를 읽던 하인은 그것만으로도 안색이 창백해져서 사죄를 되풀이했으나, 도중에 읽기를 멈추는 것 역시 불경죄기 때문에 떨리는 목소리로 편지를 끝까지 읽었다.

그건 프리지아 왕국 제1왕녀의 탄생제에서 발표된 약혼자 후보 제도를 설명하는 편지였다.

심지어 후보는 모두 발표 당일, 식전 회장 안에 있다고 여왕이 직접 선언했다는 사실에 남자는 오른쪽으로 넘긴 진보라색 머리를 마구 헝클어뜨렸다. 이후에 외출할 일이 있어 방금 막 머리카락 끝까지 손질한 머리가 사방으로 흩어지며 굽이쳤다. “웃기지 마!” 고함친 남자는 발치에서 구두를 닦던 노예의 머리를 아무 이유 없이 걷어찼다.

“왕녀가 둘에 각각 약혼자 후보가 셋이면 합쳐서 여섯 명이나 되는데 거기에 왜 라지야 제국 사람이 안 들어가는데! 대국의 왕녀라면 대륙의 황태자를 넣는 게 일반적이지 않아?!"

그렇게 말씀하셔도……라고 말하려던 하인은 입술을 깨물며 참았다. 말대꾸로 들릴 수 있는 말은 죽어도 못한다. 상대는 자국인 라지야 제국의 황태사니까.

라지야 제국. 수많은 나라를 침략해 수중에 넣고 노예 생산과 함께 번영을 누린 최대 노예 생산 국가. 아쉽게 하나즈오 연합왕국을 놓치긴 했지만 그 대신 프리지아 왕국과의 화평을 성립시켰다. 그 황태자가 바로 지금 의자 위에서 괴성을 지르고 있는 아담이다.

아담 보르네오 네펜데스. 프리지아 왕국 왕녀와의 약혼을 노리던 아담에게 이보다 더 불쾌한 보고는 없었다. 예전에 화평 교섭을 할 때 분명 프리지아의 여왕에게 약혼 의사를 타진했었다. 그런데 후보 발표와 함께 아담이 선택받을 가능성이 완전히 사라졌다.

분개한 아담은 막 잔을 바꾸러 온 여자 노예의 얼굴을 자연스럽게 후려갈겼다.

"아~ 짜~증~나~! 잘도 저질렀겠다, 그 망할 할망구! 후보들을 전부 죽여 버려!"

"예!"

아담은 짜증내며 욕만 뱉었지만, 부하들이 할 수 있는 대답은 긍정뿐이었다. 그들은 지금 당장 사자에게 명령하겠다고 전한 뒤 더 이상 일에 휘말리기 전에 신속하고 정중하게 자리를 벗어났다. 약혼 방법도 기간도 어느 왕녀의 후보인지도 확인할 필요가 없다. 황태자가 명령한 이상 그 명령을 가장 정확하고 빠르게 수행해야만 한다. 나머지는 자기보다 지위가 낮은 부하의 책임으로 돌리면 그만이다.

부하가 도망치듯이 떠난 뒤에도 짜증이 가라앉지 않은 아담은 의자 위에서 다리를 버둥거렸다. 얻어맞은 여자 노예가 흘린 와인을 닦으러 모인 두 노예의 등에 자기 다리가 부딪히는 것도 신경 쓰지 않았다.

"이쪽이 모처럼 못생긴 왕녀를 받아 주겠다는데 거절하다니, 대체 뭐 하는 놈들이냐고! 안 그래?!"

아담은 짜증을 발산하려고 또다시 일부러 노예를 짓밟았다. 아무리 부조리한 폭력을 당해도 노예에게 저항한다는 선택지는 없었다. 그저 머리를 조아리며 주인의 체벌을 견딜 뿐이었다. 노예는 최소한 긍정한다는 뜻이라도 전하려고 고개를 끄덕였으나, 아담은 처음부터 그들이 동의하거나 말거나 전혀 관심이 없었다.

"애초에 기간이 너무 악의적인 거 아니냐고! 안 그래? 초대장에 적힌 날짜는 늘 우리가 일정이 있는 날이었잖아!"

화평을 맺었을 때, 다시 만날 날을 기대하겠다고 약속한 대로 지금까지 몇 번인가 초대장이 왔었다. 그러나 초대한 날짜마다 전부 다른 일정이 있었다. 그중 한 번이라도 초대에 응할 수 있었다면 왕녀와 접점을 만들었을지도 모른다. 라지야 제국은 그러기 위해서라면 얼마든지 프리지아 왕국의 초대를 우선할 작정이었으나, 지정된 날짜가 하나같이 절대로 뺄 수 없는 일정이 있는 날뿐이었다. 일부러 노린 게 아닌지 의심될 정도로 똑같은 일이 반복됐지만 라지야 제국의 일정을 프리지아 왕국에 알렸던 적은 없었다. 설마 간첩이 있는 건 아닐까 싶어 아담이 고문에 가까운 방법을 써서 색출하려고 했던 것도 한두 번이 아니다. 심지어 아담 쪽에서 먼저 초대했지만 그마저도 거절당해 결국 지금까지 접점 하나 갖지 못한 채 결정타를 얻어맞고 말았다.

"제길! 죽어! 제길! 제길! 쓰레기 자식! 죽어!"

발길질로 화풀이를 해 대는 아담의 기분이 어느 정도 진정되기까지는 장장 30분이 걸렸다.

그동안 황태자의 방에 들어가려는 사람은 한 명도 없었다.

"프라이드. 또 세드릭 왕자가 보낸 편지입니까?"

스테일이 휴식 시간을 맞아 내 방을 방문했을 때였다. 금방 끝나니 기다리라며 소파에 앉으라고 권유했으나, 뒤를 돌아보자 스테일은 가만히 선 채 이쪽을 바라보고 있었다.

"응. 세드릭의 답장이 빨리 와서. 나도 질 순 없잖아."

웃으며 대답하자 스테일에게서 "무리하시지 않아도 괜찮습니다."라는 배려의 말과 함께 애매한 미소가 돌아왔다. 걱정해 줘서 고맙다고 말한 나는 다시 펜을 놀렸다.

저번에 세드릭에게 서신을 교환하고 싶다고 부탁받은 지 한 달이 되었다. 세드릭 일행이 하나즈오 연합왕국으로 돌아가고 2주일 정도 지났을 때 바르에게 배달을 부탁했더니 세드릭은 곧장 나에게 편지를 보냈다. 심지어 내용을 읽고 깜짝 놀란 내가 바로 답장을 써서 바르에게 맡기자…… 역시 금방 답장이 돌아왔다.

결국 케멧의 보강 능력이 필요해진 바르에게는 요즘엔 따로 배달물이 없다는 이유로 나와 세드릭의 편지 교환만 부탁하고 있다. 아직 정확히는 모르겠지만 아무래도 전생의 물건으로 비유하자면 케멧이 전원이고 바르가 배터리인 관계인 듯했다. 그리고 이틀 동안 계속 전원과 연결이 끊기면 배터리가 바닥난다. 물론 아직 원리나 원인은 전혀 밝혀지지 않았지만…….

다만 질베르 재상이 말하길 이게 바르에게만 적용되는 이유는 케멧의 성장이나 심리 상황에서 비롯됐을지도 모른다고 한다. 시험 삼아 케멧에게 그 내용을 설명하고 세펙과 바르의 차이를 물어봤더니 역시나 명확한 대답이 돌아왔다. 나도 질베르 재상도 납득했지만…… 장본인인 바르와 세펙은 상당히 불만스러워 보였다.

바르는 "그런 게 된 기억은 없거든." 하고 얼굴을 찌푸렸고, 세펙은 "나도 제대로 ──는데!" 하고 케멧의 팔을 붙잡고 흔들었다. 뭐, 바르가 부정한들 내 눈에는 명백히 그렇게 보였고, 세펙도 화를 내는 것치고는 어딘가 기뻐 보였다. 케멧도 그걸 아는지 두 사람의 대답에도 쑥스럽게 웃었다. 최종적으로는 세펙이 "케멧은 맨날 바르만 좋아해!" 하고 바르에게 물줄기 공격을 하는 것으로 마무리됐다.

일단 현상 유지를 위해 세 사람은 배달을 재개했다. 그러나 바르도 하나즈오와 우리 나라를 연속해서 왕복하는 데에는 넌더리가 났는지 "그렇게 편지를 교환하고 싶으면 아예 서로 데려와 주지."라고 제안하기까지 했다. 아무리 그래도 홀로 왕자를 유괴하는 건 심각한 사건이고, 날 공개적으로 몇 번씩 만나러 왔다간 오해를 불러일으킬 테니 당연히 거절했다.

처음엔 바르도 울분을 풀듯이 도중에 시비를 건 도적이나 납치범을 붙잡아서 기사단에 던지고 가곤 했으나 그조차도 다 사냥해서 사라지자 스트레스가 더욱 늘어난 듯했다. 옛날엔 오히려 붙잡아 오는 걸 귀찮아했으면서…….

동맹을 맺기 전에는 몇 번을 방문해도 문전박대를 당했기에 바르도 배달하기 싫다는 표정을 지었었지만 지금은 반대의 이유로 하나즈오 연합왕국에 배달하러 가기 싫어했다. 프리지아 왕국의 사자라는 점과 방위전의 구출 활동을 기억하는 국민들 때문에 엄청나게 주목받고 환영받는다나 뭐라나. 그냥 눈에 띄기만 하면 모르지만 아주 호의적으로 대하는 사람도 많아서 바르 왈 귀찮단다. 그런 것치고는 만날 때마다 서시스 왕국 국민에게 술과 음식을 선물 받거나 대접받는 것 같지만……. 케멧도 "좋은 사람들뿐이에요!"라고 했다. 다만 세펙은 바르와 마찬가지로 아직 익숙하지 않은 듯했다. 바르가 세드릭과 접촉하는 걸 싫어하는지라 세드릭이 배려해서 서신은 직접 주지 않고 위병을 통해 전달한다고 했다. 국왕이 어머님께 보내는 서신도 같이 맡을 때는 알현실까지 가야 하지만, 세드릭의 서신만 있을 땐 성안에 들어가자마자 위병이 맞아 주는 때도 늘어난 모양이었다. 덕분에 그 뒤로는 편지를 맡겼을 때 바르의 기분도 비교적 괜찮아졌다.

3일 전 요안 국왕의 탄생제에 축하 선물을 보낼 때는 바르 일행이 차이넨시스 왕국까지 갔다 왔다. 온 나라가 떠들썩한 축제 분위기라서 국민들이 더 달라붙는 바람에 큰일이었다고 한다. 바르 입장에선 차이넨시스 왕국 국민이 자기한테 더 공손해서 싫다나.

요안 국왕의 탄생제에는 나도 가고 싶었지만 왕복 일정 문제로 이번엔 어머님과 베스트 숙부님, 호위 기사단만 방문했다. 아직 성인이 되려면 7개월이 남은 티아라는 국외 사교계에는 나갈 수 없기에 어쩔 수 없었다. 나와 보좌인 스테일은 요안 국왕의 탄생제가 있고 9일 뒤에 우리 나라의 중요한 명절이 있어서 갈 수 없었다. 특수 능력을 쓰면 여러 명이 시간을 단축해서 이동할 수 있지만 몹시 눈에 띄기 때문에 최소한의 인원인 어머님과 베스트 숙부님만 방문하기로 했다. 그래도 역시 왕족 전용 마차로 최대한 눈에 안 띄게 특수 능력을 써서 이동했다. 그렇게 하지 않으면 어머님과 베스트 숙부님이 우리 나라 명절에 나라를 비우는 대참사가 일어나니까. 이럴 때마다 여왕이란 참 힘들겠다 싶었다.

"참고로 세드릭 왕자와의 편지 내용은 예전과 변함없는 것인지……? 주제넘은 질문입니다만……."

스테일이 머뭇거리며 질문하자 나는 잠시 펜을 멈췄다. 그쪽을 보니 스테일이 진지한 눈빛으로 날 보고 있었다. 스테일은 나와 세드릭이 상담한 내용도 알고 있다. 물론 세드릭이 희망한 것이기도 하다. 어머님에게 말씀드리기 전에 차기 섭정인 스테일의 의견도 듣고 싶다고 요청해서 내가 스테일에게 물어보았다. 역시 전례가 없는 탓인지 스테일은 험악한 표정을 지었다. 그래도 결국 "나쁜 이야기는…… 아닌 것 같습니다."라고 말했다. 어째선지 매우 불만스러워 보이긴 했지만 그 뒤로도 가끔 상담에도 응해 주곤 했다.

스테일의 질문에 아서와 칼럼 대장도 궁금한 기색이었다. 두 쌍의 눈이 지긋이 날 바라보았다. 티아라도 편지 내용이 궁금한지 고개를 갸웃거리며 책에서 시선을 뗐다. 최근엔 탄생제 개최에 참고하려고 하나즈오 연합왕국에 관해 알아보는 듯했다. 다만 세드릭과 편지를 교환할 마음은 여전히 없어 보였다.

이 편지 교환에서 나온 이야기가 정식으로 결정되면 모두에게 하루빨리 알려 주고 싶다. 지금은 세드릭의 이야기에 내가 세세하게 질문을 퍼붓기만 하는 단계이자, 서로 탐색하는 단계이기도 하다.

"응. 세드릭과 얘기가 정리되고 나면 정식으로 어머님과 다른 사람들에게도 말할 수 있을 거야."

그때까지 기다려 달라고 세 사람에게 부탁하자 바로 고개를 끄덕였다. 어째선지 유일하게 내용을 알고 있는 스테일만이 약간 복잡한 표정으로 "정식……." 하고 중얼거렸다. 역시 제1왕녀가 뱉는 정식이라는 말은 차기 섭정인 스테일에겐 의미가 큰 모양이다.

"다음 주에 스테일의 탄생제에도 와 준다고 했으니, 그때까지 전부 정리되면 좋겠네."

쓴웃음을 지으며 애매하기 짝이 없는 목표 기한을 내뱉자, 당황했는지 스테일의 표정이 또 흐려졌다.

다음 주엔 스테일의 생일이 기다리고 있다. 그날은 우리 나라의 중요한 명절 중 하나다. 그때를 위해 어머님과 베스트 숙부님은 지금 마차를 타고 최대한 서둘러 우리 나라로 돌아오고 있다.

스테일은 베스트 숙부님이 안 계시는 동안 질베르 재상과 함께 일한다고 했다. 싸우진 않을지 무척 걱정되지만, 두 사람 말로는 전혀 문제없다나. 티아라의 16세 탄생제도 이제 얼마 안 남았고, 올해는 특별한 명절이 있어서 기쁘다……고 여기고 싶다.

거기까지 생각한 순간 펜을 쥔 손에 힘이 과하게 들어갔다.

티아라의 16세. 다시 말해 시집갈 나이! 상대가 누군지는 나도 모르지만 분명히 탄생제에도 초대되겠지! 티아라의 약혼자가 확정되기까지는 1년이나 남았지만, 그 사실이 떠오를 때마다 괴로웠다.

티아라는 나와 달리 타국의 왕족에게 시집갈 테니까.

즉 지금처럼 매일 만나긴커녕 1년에 몇 번 만나기도 힘들어진다는 뜻이다. 벌써 쓸쓸해 해봤자 나만 힘들어질 뿐이니 최대한 떠올리지 않으려고 해도 무슨 일만 있으면 어쩔 수 없이 떠올렸다. 사실 무척 쓸쓸하다. 생각날 때마다 가슴에 구멍이 뻥 뚫린 듯한 감각과 심장이 두근거리는 위화감이 밀려오며 울고 싶어졌다. 벌써부터 이러니 내년에는 엉엉 울지도 모른다. 차라리 레온과 결혼한다면 빈번하게 만날 수 있을지도 모르지만…… 언니의 전 약혼자의 나라로 시집가는 건 무리겠지.

티아라는 탄생제 개최 기획 때문에 바빠서 별로 신경 쓰지 못하는 기색이고, 스테일도 다른 사람들도 모두 평소와 똑같아 보였다. 예전부터 정해진 일이니 이제 와서 뭐라 한들 어쩔 수 없다. 어라…… 하지만……. 거기까지 생각하다가 지금껏 펜을 세게 움켜쥔 채 전혀 움직이지 않았음을 사실을 깨달았다.

'안 돼, 지금은 침울해져 있을 때가 아니야. 모처럼 스테일이 바쁜 와중에 시간을 내서 와 줬잖아.' 하고 자세를 고치고서 앞을 보았을 때.

노크 소리가 날아들어서 다시 의자에 앉은 채 뒤를 돌아보았다. 내가 대답하자 문 너머에서 "실례합니다, 프라이드 님. 근위기사

업무를 교대하러 왔습니다."라는 앨런 대장의 목소리가 들렸다.

근위병 잭이 문을 열었고, 앨런 대장과 에릭 부대장이 들어왔다. 시계를 보니 벌써 교대할 시간이었다. 인사와 인수인계를 마친 아서와 칼럼 대장이 내일도 잘 부탁드린다며 우리에게 고개를 숙였다. 그때, 스테일이 아서를 불러세웠다.

"아서, 이 뒤는 휴식 시간이었지? 대련하러 따라와."

스테일은 자기 손바닥에 주먹을 부딪치며 선언했다. 스테일의 몸에 뭔가 시커먼 기운이 감돌고 있었다. 스테일도 탄생제가 가까워져서 여러모로 긴장과 스트레스가 쌓인 걸까?

아서가 약간 내키지 않는 듯한 얼굴로 동의하자, 스테일이 웃으며 나에게 인사했다. 나도 아직 답장을 다 쓰려면 먼 것 같으니 기다리게 하지 말고 먼저 보내는 게 낫겠지. 스테일의 귀중한 휴식 시간은 유효하게 활용돼야 하니까.

스테일과 아서, 칼럼 대장이 나간 뒤 나는 다시 펜을 놀렸다. 세드릭의 서신에는 최대한 빠르게 답장해야 한다. 바르 일행에게도 오늘 밤 편지를 가지러 오라고 부탁했으니 시간이 없다. 바르는 한 번 명령받은 이상 절대로 기한보다 일찍 오지 않지만 정해진 기한에는 무슨 일이 있어도 오니까. 우리 나라의 미래를 위해서도 제1왕녀인 내가 제대로 이야기를 정리해야 한다.

"그래서…… 왜 화가 난 건데 스테일!"

금속이 격렬하게 부딪치는 소리가 울려 퍼지는 와중에 아서는 검으로 내 공격을 가볍게 막았다. 순간이동을 써서 등 뒤를 노렸으나 아서는 역시 찰나의 판단으로 자세를 고쳤다. 오랫동안 검술 대련을 했더니 다음엔 내가 어떤 수로 올지 점점 예상하는 듯했다. 물론 이런 게 가능한 사람은 아서뿐이겠지만…….

나는 아서가 만날 때마다 온갖 기술을 익혀 오는 통에 움직임도 행동도 읽을 수가 없다. 항상 진화하는 이 녀석의 무시무시함은 대련 빈도가 줄면서 더욱 피부에 와닿았다. 아직도 근위기사와 기사단장, 질베르와 대련한다고 들었는데, 그 사람들도 아마 나와 비슷한 생각을 할 것이다. 역시 기사대장으로 승진한 것도 이해가 간다.

"화풀이할 거면…… 그 전에!"

순간이동으로 몇 번이나 위치를 바꾸며 공격을 반복하는 나를 보고 아서가 이를 악물었다. 까드득 하는 소리가 들린 순간, 내가 순간이동으로 도착한 곳에 주먹이 날아왔다. 갑옷 너머라고는 하나 명치에 있는 힘껏 공격이 들어왔다. 어떻게든 깊이 들어오기 전에 뒤로 뛰어 피했지만 온몸에 충격이 전해져서 등을 둥글게 말고 버텼다.

"하고 싶은 말이 있으면 그냥 하라고!"

그렇게 고함친 아서 역시 어느새 무척 초조해진 게 눈에 띄었다. 내가 연습장에서 옷을 갈아입고 나오자마자 공격했기 때문만은 아닐 테지. 자세를 바로잡고 노려보자 내가 말을 꺼내기도 전에 아서가 먼저 "지금 말 안 하면 억지로 실토하게 할 거다!"라고 으박질렀다. 제1왕자인 나한테 이렇게까지 말하는 사람은 이 녀석뿐일 거다.

"조금…… 화가 난 건 인정해."

땀을 닦으며 대답하자 아서가 곧장 "조금은 무슨." 하고 차갑게 쏘아붙였다. 그러는 너도 화나지 않았냐고 받아치고 싶었지만 그랬다간 절대로 결론이 나지 않을 게 눈에 훤해서 관뒀다.

아서에게는 세드릭 왕자가 프라이드의 약혼자 후보 자리를 노릴 거라는 얘기는 안 했다. 나는 3년 전 레온 왕자 사건 때도 이 녀석에게 불필요한 걱정과 의심을 심었던 전적이 있다. 만에 하나라도 또 똑같은 오해로 소동을 일으키기는 싫었다. 아서에겐 어디까지나 확실한 정보만 전해야 한다. 안 그래도 남의 가식적인 연기에 민감한 아서에게 쓸데없는 고민거리를 주고 싶지 않다. 그래서 앞으로도 아서에겐 확실한 정보만 말할 것이다.

"다음 주에 있을 내 탄생제는 제법 규모가 큰 행사가 될 거야."

"그야 그렇겠지. 네가 성인이 되는 날이잖아. 온 나라가 축하하고 있다고, 나도 그렇고."

아서는 나에게 똑바로 검을 향했다. 이 나라 남자는 17세부터 성인으로 인정받고 결혼도 할 수 있다.

"내 탄생제에는 당연히 하나즈오 연합왕국도 참가해. 단, 요안 국왕의 탄생제가 있어서 초대받는 건 세드릭 왕자뿐이야. 지금쯤 어머님과 마찬가지로 특수 능력자의 도움을 받아 우리 나라로 오고 있겠지."

요안 국왕과 랜스 국왕은 행사가 끝난 다음 날에도 뒤처리 및 화평이나 동맹을 맺으려는 다른 나라와의 대담, 교섭과 같은 일정 때문에 어머님과 함께 우리 나라로 오긴 어려웠다. 그래서 내 탄생제에 참가하는 것도 불가능했다. 그래서 왕제인 세드릭 왕자만이라도 보냈다. 솔직히 좀 복잡한 기분이지만…….

프라이드와 티아라의 약혼자 후보는 각 3명. 그리고 선택하기 한층 더 쉽게 만들기 위해 앞으로 둘에게는 많은 식전과 파티에서 약혼자 후보와 만날 기회가 주어진다. 다시 말해 식전과 파티에 많이 초대받는 사람일수록 약혼자 후보일 가능성이 높다는 뜻이다. 물론 이번 요안 국왕과 랜스 국왕처럼 어쩔 수 없는 이유로 약혼자 후보가 결석하는 경우도 아예 없진 않겠지만, 거의 매번 초대받는다고 봐도 되겠지.

그리고 세드릭 왕자는 이번에도 초대받았다. 물론 새로 생긴 동맹국의 사람이니 초대받는 건 당연하다. 하지만…… 아무리 해도 그것 말고 다른 이유가 있을 거라고 의심하게 된다.

"뭐…… 세드릭 왕자도 지금은 꽤 멀쩡해졌잖아? 네가 용서 못 하는 것도 이해는 간다만, 축하하러 오는 거라면 상관없잖아."

날 나무라는 아서의 눈동자는 말과는 반대로 흔들렸다. 이 녀석도 혹시 세드릭 왕자가 프라이드를 좋아하는 걸 눈치챘나? 그렇게 생각한 순간 입이 쓸데없이 미끄러졌다. 아서 앞에서는 나도 모르게 진심이 흘러나온다.

"그래. 난 세드릭 왕자가 누님에게 저지른 수많은 무례도 요리와 쿠키 사건도 용서 안 했어. 그런데 아직 한 번도 세드릭 왕자를 못 때려 봤고, 네가 때리는 것도 못 봤다고."

그런 놈이 이대로 부군 후보라도 된다면 나도 아서도 평생 세드릭에게 보복할 수 없다. 분명 화가 난 이유는 그것뿐이다. 그것 말고는 달리 화낼 이유가 없다. 내 말을 듣고 아서는 살짝 몸을 떨었으나 바로 정신을 다잡듯이 "나도 그 마음은 알지."라고 중얼거렸다.

그러더니 내 생각을 읽기라도 한 것처럼 아무 맥락 없이 질문을 던졌다.

"있잖아……. 3년 전에 프라이드 님의 약혼자로는 어떤 놈이 좋겠냐고 너한테 물어봤을 때 기억해?"

아서는 대놓고 묻긴 껄끄러운지 내 눈을 피하며 에둘러 질문했고, 나는 검을 든 채 팔짱을 꼈다. 그때 일은 당연히 기억한다. 레온 왕자와 프라이드의 약혼이 취소되는 게 확정되고, 숙소에 있는 짐을 마차에 싣고 있을 때였다. 스스로의 감정에 혼란스러워져서 머리를 끌어안은 나에게 아서가 질문을 던졌었고, 나도 망설임 없이 대답했다.

'다음 약혼자로는 어떤 놈이 좋을 것 같아?'

'청렴결백하고 전과도 누굴 배신한 적도 여성 편력도 없고 누님을 진심으로 사랑하고 누님과 레온 왕자처럼 자기 나라를 아끼고 나와 질베르보다 머리가 좋고 너보다 센 남자라면 생각해 볼 수도 있지.'

아서는 기준치가 너무 높다며 웃었지만 마지막엔 자기도 그렇다며 동의했다.

그때 했던 말을 한 글자도 빠짐없이 그대로 들려주는 동안에도 아서는 나와 눈을 마주치지 않았다.

"그래서 그 조건을…… 어느 정도 달성하면 합격하는데?"

이 녀석은 대체 무슨 말이 하고 싶은 거지? 세드릭 왕자가 그 조건에 거의 부합한다는 뜻인가? 하지만 세드릭이 청렴결백하다고 하기엔 프라이드에게 이런저런 무례를 너무 많이 저질렀다.

지능 면에서 보면 '신의 아이' 라는 이명이 붙을 만큼 천재인 모양이지만 전투 실력은 당연히 아서가 훨씬 더 좋다. 그 조건을 달성하는 비율도 6할 정도밖에 안 된다.

"최소한 9할은 되어야지."

"그래……."

그렇게 중얼거린 아서의 눈빛이 아직도 흔들렸다. 대체 왜 그러는데? 엄격한 조건임은 자각하고 있지만 어디까지나 나 혼자 내건 조건이다. 그리고 프라이드가 세드릭 왕자를 약혼자 후보에 넣든 넣지 않았든 다른 약혼자 후보가 그 조건에 한참 못 미칠 수도 있으니…… 잠깐, 다른…… 약혼자 후보?

"아서. 너 대체 뭘 숨기는 거야?"

내가 확신을 가지고 추궁하자, 아서의 어깨가 크게 움찔거렸다. "아, 아니 딱히." 하고 말을 흐리며 얼굴까지 굳었다. 그래. 이 녀석은 남의 연기에는 민감하지만 정작 자기는 거짓말도 연기도 못하지. 내 연기를 눈치채는 사람은 아서와 티아라, 프라이드 정도지만 아서의 연기는 누가 봐도 눈치챌 수 있다. 조금만 찌르면 표정부터 다 티가 난다.

"호오…… 그렇군. 너, 그걸 언제 알게 됐지?"

"아니, 알게 됐다고 할지…… 처음부터 느낌이 왔다고 할까."

"과연. 역시 너도 뭔가 정보를 가지고 있는 거로군."

한번 가볍게 떠봤더니 바로 낚였다. 아서는 이번엔 정말 당황하며 자기 입을 막았다. 오랜만에 아서를 상대로 낚시를 성공한 게 재밌어서 미소를 지으며 한 걸음 다가갔다. 그러자 아서는 뒤로 한 걸음 물러났다.

"왜 그래? 다른 사람도 아닌 나한테 비밀이라도 있는 거야?"

"너도 프라이드 님이랑 세드릭 왕자가 주고받은 서신 내용은 안 알려 줬잖아!"

궁지에 몰린 아서가 저항하려는 듯이 받아쳤다.

분명히 나도 프라이드에게 들은 서신 내용을 아서에게도 티아라에게도 말 안 해 주긴 했다. 극비사항이기도 하고 아서에게 쓸데없는 걱정을 끼칠 수도 있기 때문이다.

"누님이 입단속을 하셨거든. 너도 지금껏 나한테 물어보지 않았잖아?"

"그렇게 말한다면 나도……!"

아서가 뭐라고 하려다가 입을 멈췄다. 이 녀석에게도 입단속했나? 뭐, 누가 그랬을지는 대충 상상이 간다. 이 이상은 절대로 입을 열지 않을 것이다. 그렇다면 우선 하나만 확인해 두자.

"그렇구나. 축하해 아서. 네가 누님의 약혼자 후보 중 한 명이었을 줄은 몰랐어."

"뭐라고! 머……멍청한 소리 마! 내, 내가 그럴 처지가 아니라는 건 네가 제일 잘 알잖아!! 왜, 왜 그런 얘길……!"

얼굴이 새빨개진 아서는 검을 난폭하게 좌우로 휘두르며 소리를 질렀다. 아무래도 아닌가 보군. 그렇다면 유력한 정보를 가지고 있다는 뜻인가. 약혼자 후보 중 한 명이나 두 명, 혹은 전부 다 알 수도.

평정을 잃은 아서를 바라보며 나는 고개를 여러 번 끄덕였다. 이 녀석이 내게 비밀을 지킬 수 있을 것이라 생각한 것부터가 큰 착각이다.

"잘 알았어. 그러면…… 여기선 남자답게 승부해서 결판 내자."

계속해서 허둥대는 아서에게 검을 겨눴다. 아직 머리가 뜨거워서 제대로 대응을 못하는 기색이긴 했지만 아서는 얼빠진 얼굴을 하고도 반사적으로 내게 검을 치켜들었다. 뒤늦게 "무슨 뜻이야?"라고 묻길래 진심 어린 미소와 함께 대답했다.

"여기엔 너랑 나밖에 없어. 단판승부다. 상대를 먼저 때리거나 땅에 쓰러뜨리는 쪽이 이기는 거야. 내가 이기면 네가 숨기는 사실을 털어놔야겠어. 네가 이기면 서신의 내용을 알려 주지."

내가 빠르게 일방적으로 선언하자 아서가 진심이냐며 눈을 크게 떴다. 뭐, 그런 반응을 보일 만도 하지. 내가 프라이드가 말하지 말라던 기밀을 털어놓겠다고 한 것도 놀랍지만, 그 전에 이 승부는 기사인 아서에게 압도적으로 유리하니까.

"네가 이기면 물어볼지 안 물어볼지는 네 마음대로 해. 나도 두 번 다시 언급 안 할 테니까. 단 내가 이기면 난 무조건 물어볼 거야. 네가 싫어하든 말든 뭐라고 하든 꼭 실토하게 할 거라고. 알겠지?"

더는 도망칠 곳이 없다고 판단했는지 아서가 침을 꿀꺽 삼키더니 고개를 끄덕였다. 이러면 됐다. 아서는 자기 손으로 약속을 깰 놈이 아니니까.

내 미소를 보고 뭔가 낌새를 느꼈는지 아서는 단숨에 집중하며 검을 들었다. 당연히 내가 순간이동을 쓸 것도 상정했겠지.

서로 검을 겨눴다. 그리고 호흡을 가다듬고 잠시 침묵한 뒤 신호도 없이 동시에 앞으로 뛰쳐나갔다.

그리고 20초 후…….

"치사하잖아!"

승패가 결정된 연습장에 아서의 포효가 울려 퍼졌다.

제3장 차기 섭정과 탄생제

"저기, 아직이야? 후훗…… 아아…… 슬프네……."

악마의 웃음소리가 들렸다. 내가 잘 아는 목소리다.

차가운 바닥과 간소한 벽에 기대어 앉은 나는 빛도 닿지 않는 이곳에서…… 그저 때가 오기만을 기다렸다. 시간의 흐름을 잊을 만큼…… 아주 오랫동안 하염없이. 눈을 뜨면 그곳에는 변함없이 어둠뿐이었다.

여긴 어디지……? 아아…… 그래. 나는……. 이제 시간의 흐름은커녕 내 존재조차 희미해진 기분이었다. 참으로 꼴사나운…… 하지만…… 나에게 딱 맞는 최후가 아닐까.

"듣고 있어? 슬슬 솔직해질 마음이 드셨나? 듣고 있냐니까~. 정말이지, 스테일이 열일곱 살이 된 건 알지? 이제 드디어 당신의 자리를 완전히 빼앗은 거라고. 저기……."

악마의 날카로운 목소리를 한 귀로 흘리며 생각했다. 나는 누구지…… 내 이름은 뭐지. 머리를 쥐어짜며 떠올리려고 애썼다. 아아, 이제 조금만 더, 겨우 여기까지…… 생각했는데.

철썩!

창살 너머에서 차가운 물이 흩뿌려졌다. 한순간 숨을 멈추고 고개를 돌리자 "꺄하하하하!" 하는 인간의 웃음소리가 아닌 듯한 해맑은 소리가 울려 퍼졌다.

"좋은 아침이야. 이제 정신이 좀 들었으려나? 후훗…… 어때?"

악마가 웃었다. 찢어질 듯이 입꼬리를 끌어올리며 눈동자를 보랏빛 화염으로 기이하게 빛냈다. 절대적인 우위와 지배권을 내세우듯이 비웃은 그 악미는…… 잊고 있던 내 이름을 불렀다.

"베스트 숙부님."

베스트……. 아아, 그래. 그게 내 이름이었지. 돌이킬 수 없는 잘못을 저지른 내 이름.

눈앞에 있는 소녀의 이름을 부르자 그 여자의 입꼬리가 더욱 찢어졌다. 그리고 제자리에서 가볍게 스텝을 밟으며 "다행이다. 아직 말할 수 있나 보네." 하고 신이 나서 떠들었다.

"저기, 베스트 숙부님. 스테일의 탄생제가 끝나고 지친 몸에 채찍질을 하면서까지 조카가 특별히 만나러 왔잖아? 그러니 좀 더 기뻐해 봐. 후훗."

이 나라의 여왕이 나지막이 웃었다. 볼품없이 변한 전 섭정인 나를 창살 밖에서 바라보며.

"베스트 숙부님. 귀엽고 사랑스러운 조카의 부탁 좀 들어줄래? 안 그러면 당신의 부인도 그리고……."

"소용없어…… 나한테 그 협박은 안 통한다고 몇 년도 더 전에 말했을 텐데."

우위를 점하려는 그 여자에게 단호하게 선언했다. 그 여자는 눈썹을 살짝 움찔거렸으나 다시 입꼬리를 끌어올렸다. 그리고 "그랬었지."라고 가볍게 대답하더니 마음을 다잡은 듯이 말을 이었다. 이 감옥에 갇힌 지 얼마 안 됐을 때도 똑같은 말로 나를 협박했다. 하지만 그 협박은 이제 나한테 통하지 않는다. 설령 눈앞에서 나와 친한 인물을 희롱하며 죽인다고 해도…… 나는 별로 동요하지 않을 것이다.

"나 참, 내 부탁을 들어주는 게…… 그렇게 어려워? 난 그냥 숙부님이랑 같이 사이좋게 지내고 싶은 것뿐인데."

"'예속 계약'과 맞바꿔서 말이냐? 몇 년이 지나든 내 대답은 변하지 않아. 내 특수 능력을 네 것으로 만들 생각은 없어."

부군이었던 알버트가 죽고, 로자가 죽고…… 아직 어렸던 그 여자가 여왕이 되었다. 그 후 여왕의 권한으로 날 섭정 자리에서 끌어내리고 여기에 가뒀다. 여왕 자리를 이어받은 뒤에도 나 혼자 그 여자의 모든 언동을 지적하고 부정했기 때문이다. 그 여자가 날 존경해서 다른 사람처럼 처형하지 않고 가둬 놓기만 한 건 아니다. 그 여자는 내 특수 능력을 원했다.

또 몇 년이 지나자 예속 계약까지 맺으려 들었지만 나는 한사코 거부했다. 예속 계약을 맺으면 지금보다 인간답게 생활할 수 있고 바깥 공기도 쐴 수 있겠지. 그러나 그건 용서받을 수 없는 짓이다.

"넌 잘못됐어."

나는 이 나라의 여왕에게 똑똑히 선고했다. 그 여자는 치켜 올라간 입꼬리만 겨우 유지한 채 다시 눈썹을 움찔거렸다.

"난 널 몇 번이든 영원히 훈계할 거다. 그게 로자도 알버트도 못 했던…… 내 마지막 역할이니까."

나만큼은 용서하지 않을 것이다. 질베르는 아직도 부군의 공무를 재상 업무와 겸임하고 있다고 들었다. 질베르가 그 여자에게 굴복한 대신 자기 손으로 국민을 최대한 많이 구하겠다면, 나는 굴복하지 않고 이 목숨이 다할 때까지 설교하겠다. 마침내 입을 다문 그 여자에게 선고한 지금처럼. 날 찾아올 때마다 수도 없이 되풀이했던 말을 몇 번이고.

"넌 잘못됐어. 이런 통치는 오래 못 갈 거다. 네 인생보다 더 빨리 붕괴할 테지. 그리고 넌 이미 돌이킬 수 없는 곳까지 와 버렸어."

그녀는 힐을 신은 다리로 내 감옥을 걷어찼다. 그러나 나는 개의치 않고 말을 이었다.

"난 널 위해 이 특수 능력을 쓰지 않을 거다. 누군가를 이 이상 괴롭게 만들 바에야 난 기꺼이 이곳에서 스러지겠다. 그게 왕족인 내 긍지다."

내가 말을 마치자 그 여자는 끝내 "바보 아냐?!" 하고 소리를 질렀다.

"내가 모처럼 써 주겠다잖아! 당신 같은 하급 귀족이 감히 나 같은 왕족의 피랑 똑같은 게 흐른다고 생각하지 말라고!"

짜증스럽게 외치는 목소리에 눈을 감았다. 아, 그런가. 난 하급 귀족 출신이었지.

"네가 포기하고 날 죽이는 게 먼저일까, 아니면 시대에 흐름에 따라 네가 토벌되어 내가 여기서 나가는 게 먼저일까. 어느 쪽이든 너나 나 중 한 명이 살아있는 한——."

"이제 됐어, 베스트 숙부님. 어차피 당신이 살아 있단 걸 아는 사람은 우리뿐이니까. 근데도 아직 안 질렸다 이거지?"

그 여자는 손가락을 깨물듯이 입으로 가져가더니 이를 세우고 숨을 들이쉬며 휘파람을 불었다. 삐이이이이이익…… 하는 소리가 울리며 내 고막을 뒤흔들었다. 다음 순간, 내 조카이기도 한 스테일이 나타났다. 양자로 거둬졌을 때부터 스테일의 눈빛은 항상 공허했다. 무표정하게 나와 그 여자를 바라본 스테일은 "부르셨습니까." 하고 한마디로 물었다. 그 여자가 무슨 명령을 내릴지는 나도 스테일도 이미 알고 있었다.

"평소랑 똑같아. 숙부님이 솔직해지게 만들어 봐. 죽이면 안 된다? 나의 아주 사랑스러운 숙부님이니까."

씨이이이이이익. 나를 보며 웃은 그 여자는 또 오겠다는 말만 남긴 뒤 스테일에게 이 자리를 맡기고 떠나갔다. 콧노래 사이로 구두 소리가 울렸다. 낡은 문이 열렸다 닫히며 다시 밀폐된 공간으로 돌아왔다.

여왕의 명령대로 옆에 있는 검과 채찍을 보관하는 장소로 발걸음을 옮기던 스테일은 날 보더니 멈췄다. 어딘가 망설임이 느껴지는 눈빛에 일부러 내가 먼저 물었다.

"왜 그러지, 스테일. 지금의 나를 안 죽게 하긴 어려우냐?"

"전 이번에 추상적인 명령밖에 안 받았습니다. 이대로 그냥 떠나도 어차피 여왕은 몇 주일 뒤에나 당신을 다시 찾아오겠죠. 굳이 다치게 하지 않아도……."

"여왕은 '평소랑 똑같이' 라고 말했어. 만에 하나라도 보러 오면 어쩔 거냐. 너한테 불똥이 튈 텐데."

자비를 베풀려는 스테일에게 일부러 꾸짖듯이 내뱉었다. 그러자 스테일은 어깨가 살짝 경직되더니 날 똑바로 바라봤다. 난 구속된 양팔과 양다리를 한번 풀었다가 다시 모으며 쩔렁거리는 쇳소리를 냈다.

"넌 나에게 자비를 베풀 필요가 없어. 넌 우리의 피해자니까.

우리가 어린 너에게서 모든 걸 빼앗은 거다…….”

옛날의 나처럼 스테일 역시 자기의 특수 능력을 원한 왕가의 양자가 되었다. 그때 당시 스테일이 얼마나 양자가 되길 거부했는지는 질베르에게도 들었다. 그럼에도 나는 스테일에게 아무것도 해 주지 못했다. 난 혼자서 과거를 버리고 항수와 고독과 추억에서 도망쳤고, 스테일은…… 지금까지도 고통받고 있다.

스테일은 말없이 검을 들었다. 내가 그거면 됐다고 말하자 공허했던 표정이 처음으로 어둡게 흐려졌다.

“네가 행복하길 바랐다. 과거에 내가 로자와 알버트를 만난 것처럼…….”

나도 스테일을 똑바로 올려다보았다. 당시 왕거 안에서 설 자리도 없었던 나를 로자와 알버트가 받아들여 주었다. 그래서 난 모든 것을 국민과 그 둘에게 바칠 수 있었다.

감옥의 자물쇠가 열렸다. 식사를 넣어 줄 때만 열리는 문 안으로 스테일이 발을 들였다. 손에 날카로운 칼날을 쥐고 한 걸음씩 나에게 다가왔다.

“티아라는…… 잘 지내느냐?”

“네. 여전히 저 멀리 떨어진 탑에서 바깥 세계의 추악함은 모른 채 평온하게 살고 있습니다. 아직 여왕은 관심을 보이지 않아요.”

그 말에 진심으로 안도했다. 다행이다. 아직 티아라는 무사하구나. 그것만으로도 나는 구원받았나.

“그렇군.” 하고 한숨을 내쉰 순간 스테일의 손이 떨리기 시작했다. 검 끝이 바닥에 살짝 닿으며 끼기긱 하는 소리를 냈다. 대체 무슨 일이지? 이제 스테일은 사람을 다치게 하는 일에도…… 죽이는 일에도 완전히 익숙해졌을 텐데.

고개를 들었지만 깜깜해서 잘 안 보였다. 내 눈이 이미 쇠약해진 탓도 있겠지. 나는 수갑을 흔들며 왜 그러냐고 물었다. 수갑도 족쇄도 손발에 채워졌을 뿐 바닥과 연결되진 않았다. 이젠 거의 제대로 움직이지도 않는 다리로 스테일에게 한 걸음 다가가자…… 스테일의 토로가 귀에 닿았다.

"당신이…… 있어 줬다면……."

꾹 참는 듯한 목소리였다. 무표정했던 스테일이 지금 어떤 얼굴을 했는지는 모른다. 나는 스테일에게 아무것도 인계하지 못한 채 갇혔다. 그 뒤로 스테일은 줄곧 감에만 의지하며 지금의 섭정 자리를 짊어졌을 것이다.

"질베르는 어떻지? 지금도 건재한가?"

거듭되는 내 질문에 스테일은 말없이 고개를 끄덕였다. 제대로 일하고 있냐고 묻자 "우리 나라의 누구보다도……." 하고 북받치는 듯한 대답이 돌아왔다. 다행이다. 질베르도 스테일의 힘이 되어 주는 모양이다. 거기까지 확인한 나는 문득 시간이 꽤 지났음을 깨달았다.

"스테일. 슬슬 서두르거라. 아직 할 일이 많이 남았잖느냐. 언제까지고 나와 있을 만큼 한가하지 않을 텐데. 섭정 업무가 얼마나 많고 힘든지는 내가 누구보다 잘 안다."

그렇게 말하자 스테일이 이를 악무는 소리가 들려왔다. 지금 이렇게 내게 검을 휘두르는 것을 망설이는 스테일에게…… 아직 인간다운 마음이 남아 있다는 사실에 안도했다.

스테일이 심호흡을 하더니 이번엔 정말 천천히 검을 치켜들었다. 여왕의 명령대로 나에게 상처를 입히기 위해. 하지만 나는 몇 번이고 그 칼날을 받아낼 것이다.

검을 내려치기 직전에 나는 중요한 사실을 떠올렸다. 스테일의 이름을 부르자 검을 치켜든 자세 그대로 움직임이 멈췄다.

"생일…… 축하한나."

"감사합니다……."

이를 악무는 소리가 오늘 들었던 그 어떤 소리보다 크게 귓가에 닿았다. 그 후 기어들어 갈 듯한 목소리로 대답이 돌아왔다. 모처럼 맞은 생일에 스테일이 내 피로 더러워져야 한다는 게 참으로 애석하다.

그리고 마침내 칼날이——.

드르르르륵!

"앗……?!"

갑자기 몸이 심하게 떨려 잠에서 깼다. 눈을 떠 보니 책상 앞에서 서류와 펜을 들고 있었다. 고개를 숙인 채 잠들었던 모양이다.

"죄송합니다. 베스트 숙부님, 저 때문에 깨셨습니까?"

고개를 들고 멍하니 있는 나에게 익숙한 목소리가 들려왔다. 시선을 돌리자 내 조카가 눈을 살짝 동그랗게 뜨고 날 보고 있었다. 실수로 책장에서 떨어뜨렸는지 발치에는 책 여러 권이 흩어져 있었다.

"아니…… 미안하다, 스테일. 아무래도 깜빡 졸았나 보군……."

“무리도 아닙니다. 어제 막 어머님과 귀국하셨으니까요. 괜찮으시면 옆 소파에서 좀 쉬십시오. 나머지는 제가 하겠습니다.”

나에게 미소 지은 스테일은 떨어뜨린 책을 한 권씩 들어 먼지를 털고 원래 있던 책장에 돌려놓았다. 나도 모르는 사이 내 어깨에 모포가 걸쳐져 있었다. 아마 내가 잠든 사이 스테일이 걸쳐 준 듯했다.

어제 로자와 귀국해 세드릭 왕자를 질베르에게 맡긴 뒤에도 오늘 있을 탄생제를 위해 해야 할 일이 산더미처럼 많았다. 그런데 설마 이 내가 업무 중에 졸 줄이야.

“아니, 괜찮다. 그보다 스테일, 너야말로 준비해야 할 시간 아니냐?”

오늘의 주역이기도 한 스테일에게 그렇게 묻자 “그렇죠.” 하고 밝은 대답이 돌아왔다. 날 도와 일한 지 2년이 지났지만 정말 믿기지 않을 만큼 훌륭하게 업무를 소화하고 있다. 스테일이라면 차세대 섭정으로서 나무랄 데가 없다.

나는 그런 생각을 하며 무의식적으로 책상 서랍과 그 옆에 있는 서류 선반을 눈으로 확인했다. 그러는 동안에도 스테일은 다음 서류를 정리했다.

“그래도 앞으로 30분은 도울 수 있습니다. 절 위한 파티인 만큼 제가 할 수 있는 일은 다 해야죠.”

“그런 건 신경 안 써도 된다. 오히려 미안하구나, 탄생제에도 손을 빌리게 돼서.”

원래 본인의 탄생제 때만은 자기 준비에만 집중할 수 있게 하고 싶었다. 그러나 아침 일찍부터 스테일이 돕겠다고 나섰고, 나도 일손이 부족하기도 해서 의지하고 말았다. 하인 열 명보다 스테일 한 명이 훨씬 더 업무에 도움이 되니까.

"아뇨, 당치도 않습니다. 저도 오랜만에 베스트 숙부님과 일할 수 있어서 기쁠 따름입니다."

나는 생글거리며 말하는 스테일에게 쌉게 맞장구쳤다. 뒤이어 항상 쓰는 서류 선반을 확인하고서…… 확신했다.

"스테일. 내가 자는 동안 오늘 밤 초대객 리스트를 찾아봤지?"

스테일의 움직임이 멈췄다. 입으로는 "그럴 리가요."라고 여전히 웃으며 받아쳤으나 나는 개의치 않고 한숨을 내쉬었다. 서류는 잠들기 전에 확인했을 때보다 약간 더 기울어 있었고, 서랍 속 미세한 틈새는 깨끗하게 메워져 있었다. 스테일은 예전부터 나에게 이번 파티의 초대객 리스트를 보여 달라고 요청했었다. '내빈' 이 아니라 '초대객' …… 다시 말해 실제로 올 수 있는 자가 아니라 우리 쪽에서 꼭 와 달라고 초대한 자의 리스트를 말이다.

"차기 섭정인 제1왕자가 좀도둑 같은 짓 말거라. 열일곱 살이면 어린애가 한 짓이라고 웃어넘길 수도 없어."

"죄송합니다……."

포기하고 고개를 숙이는 스테일에게 나는 다시 크게 한숨을 내쉬었다. 예전이라면 스테일에게도 초대객 리스트를 문제없이 보여 줄 수 있었지만, 프라이드와 티아라의 약혼자 후보가 발표된 뒤로는 나 혼자서 관리하고 있다.

스테일은 똑똑하다. 앞으로 있을 파티와 식전의 초대객 리스트를 전부 확인하면 약혼자 후보를 대부분 예상할 것이다. 옛날부터 프라이드와 티아라를 몹시 아끼던 스테일이 그런 걸 알고 의식하면 이후 섭정 업무와 부군 업무 공부에도 분명히 지장이 가겠지.

"나 참, 아침부터 참 열심히 한다고 감동했더니만……. 나한테 소파에서 쉬라고 권유한 것도 그래서였나."

내가 잠들면 당연히 리스트를 찾기도 쉬워진다. 스테일이라면 내가 없는 동안에 특수 능력을 써서 방에 숨어들 수도 있다. 스테일이 조금 당황한 듯이 "아뇨, 그게, 저는 정말로……." 하고 변명했지만 나는 서류를 훑어보며 일부러 차갑게 내뱉었다.

"그렇게 오해받아도 어쩔 수 없어. 다음에 또 이러면 앞으로 내 방에 들어오는 것도 금지할 거다."

잠시 간의 침묵 후 스테일이 사과했다. 나는 일부러 눈길도 주지 않고 대답했다. 차기 섭정이 될 자가 사욕을 위해 직권을 남용하다니 안 될 일이다.

서류를 정리하며 그런 생각을 하다 보니 스테일에게 설교하는 듯한 말까지 늘어놓고 말았다.

"네가 프라이드와 티아라에게 관심을 조금만 덜 가졌더라면 처음부터 리스트는 물론이고 둘의 약혼자 후보를 알려 줄 수도 있었을 텐데 말이지……."

이마를 짚으며 혼잣말을 하듯 중얼거리자 스테일이 신음했다. 나도 아직 피로가 덜 풀렸나. 말이 좀 지나쳤단 걸 깨닫고 이야기를 끝냈다.

"그건 그렇고 질베르는 어떻지? 부군 업무도 순조롭게 진행되는 중이냐?"

"아…… 네, 물론입니다. 덕분에 요 며칠 동안 많은 공부가 됐습니다."

그럼 다행이라고 답했으나 스테일은 아직도 아까 한 말이 마음에 걸리는지 나를 가만히 바라봤다. 손이 멈췄다고 지적하자 서둘러 들고 있던 서류를 선반에 진열하기 시작했다.

"질베르도 우수한 재상이야. 너도 이 기회에 친분을 좀 쌓아 보거라."

"알겠습니다……."

약간 웅얼거리는 목소리는 어딘가 불만족스럽게 들렸다. '마지못해' 동의한 듯한 목소리를 듣고 시선을 돌리자 스테일의 부루퉁한 얼굴이 보였다.

몇 년 전까지 질베르는 프라이드를 모질게 대하는 버릇이 있었다. 지금은 그랬던 게 거짓말처럼 태도가 바뀌었지만, 스테일이라면 아직도 그 점을 마음에 두고 있을지도 모른다.

"스테일…… 이제 열일곱이잖느냐. 더 어른스럽게 굴어야지."

스테일은 예전부터 티아라, 특히 프라이드에 관한 일에는 언동이 과해지는 면이 있었다. 2년 전에 레온 왕자가 약혼자로 발표됐을 때도 어째선지 묘하게 냉정했다. 레온 왕자가 연회장에 나타났을 때부터 주의를 기울이는 것처럼 보이기도 했다. 아직 레온이 프라이드의 약혼자임을 몰랐던 스테일이 말이다. 그래서 이번에 프라이드와 티아라에게 약혼자 후보에 관해 설명할 때도 스테일의 주의를 확실하게 돌리기 위해 수를 쓸 수밖에 없었다.

나도 모처럼 맞은 스테일의 생일에 이런 설교를 할 마음은 없었는데 말이지. 정신을 차리고 보니 스테일은 풀이 죽었는지 손을 움직이는 속도가 평소보다 느려진 상태였다. 하필이면 오늘 이렇게까지 잔소리를 할 줄이야.

"스테일. 이제 됐다, 슬슬 방으로 돌아가거라. 탄생제를 준비해야지."

내 말에 스테일은 시계를 확인하고 고개를 끄덕였다. 그리고 나에게 인사하고 빠른 걸음으로 문을 열려고 했을 때, 나는 스테일을 불러 세웠다. 조금 의아한지 눈이 휘둥그레진 스테일에게 제대로 칭찬을 해 줘야겠지.

"이렇게 짧은 시간에 서류를 잘 정리했구나. 수배 확인과 배치 지시도 정확해. 내빈과 하인, 호위의 인원수도 아직은 틀린 부분이 없어. 네 덕분에 살았다."

모포도 고맙다고 하고 말을 마치자 스테일이 입을 꾹 다물고 나를 똑바로 마주 보고 섰다. 리스트를 찾고 있던 건 분명하지만, 그걸 감안하고도 내가 부탁한 일을 정확하게 마무리한 것이다. 지시만 해 놓으면 안심하고 맡길 수 있을 만큼.

"과거의 질베르는…… 솔직히 내가 미처 파악하지 못한 부분도 크지. 책임은 나에게도 있다. 그러니 혼자서 끙끙대지 말거라."

그때는 나도 프라이드를 대하는 질베르의 태도만 지적할 뿐 그 외엔 참견하지 않았었다. 질베르는 옛날부터 비밀을 숨기는 데 능숙해서 섣불리 참견했다간 건드리면 안 될 상처를 후벼 파게 됐기 때문이다.

"프라이드와 티아라의 약혼자 후보 건도, 나 역시 제도를 만들고 후보를 선정할 때 충분히 둘을 배려하려고 노력했다. 두 번 다시 그런 실수를 범하지 않기 위해. 뭐, 한 번 실수한 우리를 신뢰하긴 어렵겠지만 말이다."

그렇게 말하자 스테일은 무의식중이었는지 "아뇨, 그렇지는……." 하고 대답했다. 내 시선만 보고 입을 다문 스테일은 그저 주먹만 움켜쥐었다.

"거기다 네가 그 정도로 프라이드와 티아라를 아끼는 건 너희의 숙부로서 기쁘다. 네가 다정한 사람이라는 것도 잘 알아."

그렇기에 스테일이 왜 리스트를 보고 싶어 했는지 나도 대강 짐작이 갔다. 그리고 알려 주면 안 되겠다고 판단했다.

끝으로 "그리고." 하고 입을 떼며 펜을 움직이던 손을 멈췄다. 내가 웬일로 칭찬해서 그런지 살짝 쑥스러운 표정으로 입꼬리가 올라간 스테일과 마주 보았다.

"생일…… 축하한다."

그 순간 잠깐이지만 스테일의 눈이 반짝였다. 놀란 듯이 숨을 삼키고 머리를 뒤로 젖힌 스테일은 눈을 여러 번 깜박거리길 반복했다.

17세 생일. 그날은 스테일에게 특별한 날이기도 하다. 처음 성을 방문했을 때는 겨우 일곱 살이었던 스테일이 벌써 열일곱 살이 되었다. 프라이드와 티아라에게 사랑받고 친구도 생기고 제1왕자로서도 유명해져서 훌륭한 차기 섭정으로 성장하고 있다.

"감사……합니다……."

내 예상치 못한 말을 듣고 당황한 기색의 스테일은 평소와 다르게 말을 더듬었다. 조금 칭찬하고 축하했을 뿐인데 이렇게나 황송해하다니, 평소에 칭찬을 너무 안 했나 싶어서 반성했다. 하지만 역시 너무 칭찬하는 것도 좋지 않다. 한 번 더 나에게 깊이 고개를 숙인 스테일은 천천히 문을 열고 방에서 나갔다. 스테일의 발소리를 확인한 나는 다시 펜을 놀렸다.

내 조카인 스테일의 탄생제. 평소보다 대규모로 열리는 이번 탄생제에는 화평을 맺은 나라도 많이 초대됐다. 그래서 그 라지야 제국을 초대할 수밖에 없었으나, 운 좋게도 그날은 어렵다며 축하 선물과 함께 거절하는 답장이 도착했다. 그 나라만 안 오면 분명 아무 문제 없이 진행될 것이다. 그것과는 별개로 오늘의 그것이 조금 불안하긴 하지만. 그에 대처하려면 예상 밖의 사태에 대비해 철저한 대책을 준비해 둘 필요가 있다.

스테일 로열 아이비. 내 뒤를 잇기 위해 매일 노력을 아끼지 않는 그 사람에게 보다 좋은 날을 만들어 주려면 최선을 다해야 하니까.

"하아……."

휘황찬란한 연회장에 압도된 나는 한숨을 내쉬었다. 그러자 옆에 있던 에릭 부대장님이 "이런 데서 한숨을 쉬는 건 무례한 짓이야." 하고 귓가에 속삭였다. 죄송하다고 사과한 뒤 다시 앞을 보았다.

오늘은 스테일의 탄생제다. 항상 당연하다는 듯이 대화하던 저 녀석이 이렇게 많은 사람에게 축하받는 모습을 보면 역시 왕자라는 걸 매년 실감한다. 나도 스테일에게 매년 축하 선물을 보내지만, 솔직히 그때마다 이런 걸 보내도 되는지 무척 고민된다. 이렇게 둘러보는 것만으로도 무척 호화로운 선물이 가득해서 눈앞이

어질어질해졌다.

스테일의 탄생제에선 젊은 여자들의 눈빛이 약간 무서워진다. 특히 올해는 범상치 않다. 16세 이하의 여자들이 스테일과 한마디라도 나누려고 지금도 눈을 번뜩인다.

프라이드 님과 티아라도 주역이 아닐 뿐 여느 때처럼 인기가 많다. 지금도 많은 왕자와 영식이 말을 걸고 있다. 저들 중에 프라이드 님의 약혼자 후보가 있을지도 모른다고 생각하니 가슴이 조금 욱신거렸다.

"그건 그렇고 기사단장님 쪽도 바빠 보이네……. 어떡할래? 저 안으로 들어갈래?"

에릭 부대장님이 살짝 떨어진 곳에 있는 아버지 일행을 바라보며 중얼거렸다. 나와 에릭 부대장님은 아버지와 기사들이 마실 술을 가지러 갔는데, 돌아와 보니 모든 기사가 내빈에게 둘러싸여 있고 잔도 이미 받은 상태였다. 엄청난 수의 내빈이 기사단장, 부단장, 대장급 사람들과 얘기하려고 바글바글하게 모여 있었다. 나도 저기로 들어가면 바로 누군가한테 붙잡히리란 걸 알 수 있었다.

내가 말없이 고개를 저으며 거절하자 에릭 부대장님이 작게 웃었다. 그리고 "스테일 님한테 인사하러 갈 때 합류할까."라며 나를 눈에 안 띄는 위치로 인솔해 주었다. 저런 대화의 장에는 별로 익숙하지 않기에 도망칠 수 있게 도와줘서 정말 고마웠다. 프라이드 님은 어떻게 저런 일을 매번 해내시는 걸까 하고 진심으로 감탄했다. 벽에 살짝 기댄 채 앞을 보니 아주 작지만 프라이드 님이 보였다. 다른 내빈에게 거의 파묻혀 있다시피 했지만 틀림없이 프라이드 님이었다.

"프라이드 님과 티아라 님의 약혼자 후보는 과연 누굴까……"

한숨을 내쉬며 중얼거린 에릭 부대장님은 양손에 술잔을 들고 있으면 눈에 띈다며 한쪽 잔을 단숨에 들이켰다. 나도 한쪽 잔을 비우려고 바로 입으로 가져갔다. 빈 잔을 웨이터에게 건넨 우리는 둘이서 잠시 내빈을 바라보았다. 아마 그 사람도 이 안에 있겠지…….

"스테……. 그 녀석이 몇 명 정도 가능성 있는 사람을 알려 주긴 했습니다, 프라이드 님 쪽만이지만."

내 말에 에릭 부대장님이 나에게 귀를 기울였다. 저번에 스테일에게 져…… 함정에 빠져서 그걸 털어놓은 후 반칙을 쓴 걸 사죄하는 뜻으로 스테일이 알려 주었다. 어차피 매번 파티와 식전에 초대되는 사람들이라 누구나 눈치챌 수 있을 거라고 했다.

"대다수가 예전에 칼럼 대장님이 말씀하신 분들이었지만요."

미리 그렇게 덧붙이자 에릭 부대장님이 쓴웃음을 지었다.

야부란 왕국 공작 가문의 장남, 베로니카 왕국의 제2왕자, 라일락 왕국의 제1왕자. 프리지아에선 공작 가문의 장남이 둘, 후작 가문의 장남이 하나. 그 사람들이 프라이드 님과 가장 적극적으로 교류를 가지고 식전과 파티에도 자주 초대된다고 했다. 대부분이 족보를 거슬러 올라가면 프리지아 왕족과 혈연 관계이기도 하다는 듯했다. 나도 근위 임무를 할 때나 이런 식전 같은 곳에서 몇 번인가 본 적이 있는 사람들이었다. 엄청 친해 보이는 사람은 거의 없었지만. 우리한테 수상쩍은 미소를 지은 사람도 두 명 정도 있는데 최소한 그 사람들만은 아니길 빈다. 그리고 마지막으로 하나즈오 연합왕국의 왕제…….

"그중에 가장 친한 건 하나즈오……란 말이지."

에릭 부대장님은 고개를 크게 갸웃거리며 세드릭 왕자의 이름만 묘하게 생략해서 말했다. "전부 예상일 뿐이지만요."라고 덧붙이자 "나도 알아." 하고 가볍게 웃은 에릭 부대장님은 프라이드 님과 그 주변을 바라보았다.

에릭 부대장님이 저기에 있는 사람이 우리 나라의 후작, 그 옆에 있는 술잔을 든 사람이 라일락 왕국의 제1왕자라고 찾아낸 순서대로 알려 주었다. 얼굴을 확인하니 역시 모두 몇 번인가 본 적 있는 사람들이었다.

프라이드 님도 티아라도 약혼자 후보가 정식으로 발표되려면 아직 멀었다. 하지만…… 프라이드 님의 약혼자 후보 중 두 명은 이미 내 안에서 확정됐다. 한 명은 틀림없이 세드릭 왕자다. 프라이드 님이 바, 반하셨……다면 고르지 않을 이유가 없다. 하나즈오 연합왕국의 제2왕자이자 왕제고 실은 아주 우수한 사람이다. 왜 그런 사람이 처음에는 그렇게 멍청한 짓만 했는지는 모르겠지만.

그리고 나머지 한 명은…….

"아, 찾았다! 저기 있네."

에릭 부대장님이 잔을 가볍게 치켜들며 시선 너머를 가리켰다. 나도 뒤쫓아 고개를 들자 확실히 그곳에 있었다. 다른 내빈도 평소와 다른 그 사람을 발견하고 눈이 휘둥그레졌다. 주변이 조금 소란스러워지자 프라이드 님도 눈치챘는지 그쪽으로 고개를 돌리더니 놀라서 입을 벌렸다. 아무래도 프라이드 님 역시 이런 상황은 예상 못했는지 당황한 기색으로 그 사람에게 걸어갔다. 뭐,

놀랄 만도 하지. 아마 프라이드 님도 저분이 설마 평소랑 다른 옷차림으로 올 줄은 몰랐을 테니까.

'청렴결백하고 전과도 누굴 배신한 적도 여성 편력도 없고 누님을 진심으로 사랑하고 누님과 레온 왕자처럼 자국을 아끼고 나와 질베르보다 머리가 좋고 너보다 센 남자라면 생각해 볼 수도 있지.'

그때 스테일이 했던 말을 떠올렸다. 세드릭 왕자한텐 들어맞지 않는 부분도 있지만 저분은…….

그새 프라이드 님이 그분 앞에 도착한 참이었다. 멀리서 보니 티아라도 몹시 놀란 눈치였고, 스테일도 알고 있었다곤 해도 역시 시선을 뗄 수가 없는 모양이었다.

"엄청나게 눈에 띄네요……."

"그야 당연하지……. 약혼자 후보가 있다는 게 발표된 뒤에 저러면 아무리 바보라도 알겠다."

에릭 부대장님이 약간 우스운 듯이 쿡쿡거렸다. 아버지 쪽을 보니 역시나 기사들을 둘러싸고 있던 내빈까지 모두 뒤를 돌아보고 있었다. 왕족의 식전에서 잠깐이지만 주목을 한 몸에 받고 있는 그분을 보고 나는 무심코 감탄사를 흘렸다.

"칼럼 대장님…… 진짜 대단하다……."

칼럼 보르도 공자. 프리지아 왕국 백작 보르도 경의 차남. 기사단 사람 중에서도 출신과 가정 교육 환경이 격이 다른 엘리트 중의 엘리트다. 우수한 성적으로 14세에 기사단에 입단해 2년 후에 수석으로 주력부대에 들어갔으며, 당시 최연소로 3번대 기사에서 기사대장으로 단숨에 승진했다.

매년 왕족의 식전과 파티에는 기사단장과 부단장, 전년도에 가장 우수한 성적을 낸 기사대장이 초대된다. 칼럼 대장님은 대장으로 취임한 뒤 매년 그 최우수 기사대장으로 선발됐다. 기사들의 인망도 두텁고 실력도 좋고 뛰어난 특수 능력도 가지고 있고 작전 지휘도 완벽하고 무척 강하고 멋있고 인격자다. 그러니 스테일이 말한 조건의 9할은 여유롭게 충족한다.

평소와 같은 기사 단복이 아닌 예복 차림을 보는 건 나와 에릭 부대장님도 처음일지도 모른다. 멀리서 봐도 얼굴이 새빨개진 칼럼 대장님이 당황한 표정으로 프라이드 님과 대화를 나누고 있었다. 게다가 프라이드 님도 얼굴이 빨갰다. 약혼자 후보란 게 누가 봐도 뻔하니 당연하겠지. 아버지와 클라크, 칼럼 대장님 대신 최우수 기사로 초대된 앨런 대장님까지 반쯤 웃으며 그 광경을 보고 있었다.

약혼자 후보가 발표되고 일주일 뒤의 일이었다. 갑자기 집에서 호출을 받은 칼럼 대장님이 기사단장인 아버지의 허락을 받고 귀가했다. 그리고 다음 날 칼럼 대장님은 정식으로 기사단에 휴가 신청을 냈다. 바로 스테일의 탄생제 날에 말이다. 근위기사 임무가 예정되었던 나와 에릭 부대장님은 그렇다 치고, 칼럼 대장님은 최우수 기사로 초대받았는데 그날 휴가를 신청해서 모두 놀랐다. 칼럼 대장님은 "아버지가 몸이 안 좋아지셔서 내가 급하게 대리를 맡게 됐어."라고 했다. 하지만 그다음 날에 여왕님의 호출을 받은 아버지가 그 어느 때보다 혼이 나간 몰골로 기사단 연습장으로 돌아왔다. 그 모습을 본 칼럼 대장님이 엄청난 기세로 사과했고, 그 후에 칼럼 대장님의 휴가 신청이 '특별 휴가' 로서 통과되었으며 그 대신 두 번째로 점수가 높은 앨런 대장님이 최우수 기사로 스테일의 탄생제에 가게 됐다. 이 시점에서 이미 일부 기사는 눈치챘다고 한다. 아버지가 직접 기사단에 칼럼 대장님이 한동안은 '집안 사정' 으로 가끔 특별 휴가를 받게 될 거라고 공지했다. 거기서 대부분의 기사가 알아차렸다.

칼럼 대장님의 집안은 기사단에서도 엘리트로 유명하지만 가문은 형이 이어받을 예정이었다. 그런데 이제 와서 기사대장인 칼럼 대장님한테 가문 일을 돕게 하는 건 너무 이상했고, 실제로 지금까지 그런 적은 한 번도 없었다. 심지어 아버지가 여왕님에게 호출된 직후에 '특별 휴가' 를 쓰다니 왕족이 엮인 게 분명했다.

그리고 프라이드 님의 근위기사로 초대된 나와 에릭 부대장님, 앞으로 칼럼 대장님 대신 출석할 앨런 대장님은 칼럼 대장님과 함께 아버지와 클라크에게 불려 갔다.

"이미 눈치챘을지도 모르지만 일단 탄생제 당일에 참가할 예정인 너희에게는 보고하마."

말하기 껄끄러운 듯한 아버지의 말투, 반쯤 웃는 클라크의 표정, 점점 빨개지는 칼럼 대장님의 얼굴을 보고 우리도 확신했다.

"칼럼은 앞으로 한동안 '가문의 의향' 으로 식전 같은 곳에는 기사가 아니라 '보르도 경' 의 차남으로 초대받게 됐다. 그래서 스테일 님의 탄생제에서도 만나게 될 거다. 몸이 안 좋은 가주의 대리로 말이다. 알겠나?"

모두 그 자리에서 고개를 끄덕였다. 나만 얼굴이 뜨거워진 게 아니라 에릭 부대장님도 마찬가지였고, 앨런 대장님은 아버지와 클라크 앞이라 참고는 있었지만 웃음을 필사적으로 억누르느라 입술과 어깨가 부들거렸다.

앨런 대장님은 아버지에게 허락을 받고서 아주 즐거운 듯이 칼럼 대장님에게 팔을 두르며 "내 말대로였지?" 하고 히죽거렸다. 그 직후 머리에 주먹이 꽂혔지만…….

표면상으로는 몸이 안 좋은 보르도 경의 대리라지만 이런 시기에 그런 입장으로 참가하다니 누가 봐도 의도가 뻔하다. 스테일도 내 얘기를 듣고 무척 놀랐다. 하지만 초대객 리스트는 베스트 섭정님이 가지고 있어서 정말로 단순히 대리인지 처음부터 초대받았는지는 스테일도 모른다고 했다.

평소에는 기사로 참가하는 칼럼 대장님의 평소와 다른 출석에 낌새를 알아차린 내빈들이 아버지와 클라크, 앨런 대장님에게 이야기를 듣기 위해 줄줄이 다가왔다. 장래에 부군이 될지도 모르는 사람보다는 그 주위에 있는 기사들이 질문하기 더 쉬울 테니까. 나는 얼굴이 새빨간 칼럼 대장님과 필사적으로 대화하고 있는 프라이드 님을 바라보며 생각했다.

흠잡을 데 없는 사람이란 게 진짜 있구나…….

어쩌다 이렇게 됐지……?!

인사를 반복하며 끝없는 고민에 빠졌다. 일주일 전부터 몇 번을 고민하든 같은 결론에 도달했음에도 또 고민했다.

"이것 참, 설마 보르도 경의 대리로 오실 줄은 몰랐군요. 보르도 경은 좀 괜찮습니까?"

백작 가문 중 한 사람이 내 얼굴을 들여다보았다. "네, 그럭저럭……."이라고 대답은 했지만 이마에서 땀이 배어 나왔다. 몸 상태고 뭐고 일주일 전부터 너무 흥분해서 나도 형도 골머리를 앓을 정도였다.

아버지와 어머니는 백작 가문이라는 자기의 지위에 긍지를 가지고 있다. 성 근처와는 조금 먼 땅의 백작령을 다스리는 아버지와 어머니 입장에서 이번 이야기는 당연하게도 눈이 돌아갈 이야기였다.

이번 약혼자 후보에 관해 제일 처음 알게 된 사람은 아버지와 형이었다. 여왕님이 직접 왕궁까지 호출해서 설명하셨고, 아버지가 그 자리에서 즉답했다고 한다. 나와는 아무런 의논도 하지 않고……. 아니, 설령 의논했다고 해도 고작 백작 가문이 왕족의 구혼을 거절할 수 있을 리가 없었겠지만.

우리 저택으로 돌아온 아버지는 바로 사자를 보내 나를 불렀다. 모처럼 외부에 들키지 않게 신경 써 주신 여왕님의 배려를 물거품으로 만들어 버릴 만큼 대놓고! 처음엔 아버지가 몸이 안 좋다느니 어머니가 위독하다느니 하길래 서둘러 돌아갔더니만 저택 안은 환희로 흘러넘치고 형만이 머리를 감싸 쥐고 있었다.

"미안하다, 칼럼……. 사실 네게 영향이 안 가게 하고 싶었는데."

형은 우수하고 성실한 사람이었다. 백작 가문의 장남으로서 받은 기대에도 보답해 문제없이 가문을 이끌고 있다. 내가 기사가 되고 싶다고 했을 때도 응원했던 좋은 형이다. 형도 나와 비슷하게 원체 왕족이나 가문의 이름값에 집착하는 스타일이 아니라서 기뻐 날뛰는 아버지와 어머니를 보고 골치가 아픈 듯했다. 사실은 왕거에서 바로 날 데리러 가겠다는 아버지를 달래서 저택으로 돌아간 다음 적당한 이유를 대고 불러내도록 배려해 준 것도 형이었다.

형이 둘이서 차분하게 대화하자며 몰래 아버지보다 먼저 날 자기 방으로 안내한 뒤 설명했다.

내가 프라이드 님에게 약혼자 후보로 지명받았다는 걸.

평소에는 엄격하고 조용한 아버지와 어머니가 왜 그렇게 알 수 없는 기행을 보였는지 납득이 됐다. 왕족이 지명한 것도 모자라 부군 후보라니. 귀족에게는 더할 나위 없이 영광스러운 일이다. 이 사실만으로도 결국 부군이 되지 못한다 해도 상당한 명예가 주어지는 거나 마찬가지다. 하지만…….

프라이드 님의 지명? 내가 이 세상에서 단 세 명뿐인 약혼자 후보 중 한 명이라고?

이 사실에 머릿속이 복잡해서 한 시간 가까이 정신을 놓고 있었다……고 나중에 형이 말해 주었다. 프라이드 님에게 선택받은 게 얼마나 명예롭고 뜻깊은 건지 생각할수록 머리가 멍해졌다. 물론 나도 안다. 그분이 왜 나를 선택하셨을지는 대강 짐작이 간다. 그럼에도 물밀듯 밀려오는 부끄러움과 희미한 기쁨에 열기가 식지 않았다.

"그래서 말인데…… 칼럼. 실은 아버지가……."

한 시간이 지나 내가 겨우 대화할 수 있게 되자 형이 무겁게 입을 열었다. 왕족은 앞으로 있을 식전 같은 곳에서 내가 지금까지

처럼 최우수 기사로 참여하길 바란다고 했나 보다. 당연하다. 그러지 않으면 숨기는 의미가 없으니까. 그러나 아버지는 그것을 거절했다고 한다. 아무리 비밀이라도 보르도 경으로서 약혼자 후보로서 만나 뵈려면 그에 걸맞은 차림새를 갖춰야 한다면서. 그 결과 지금까지 아버지나 형이 참여했던 보르도 경의 자리에 내가 대리로 들어가는 식이 되고 말았다. 그나마 형이 아버지와 어머니가 외출하려는 걸 뜯어말리고 한동안 몸이 안 좋은 척하면서 집 밖에 나가지 말고 이 비밀을 엄수하라고 엄하게 한 소리했다. 원래 왕족이 가문에 알린 다음 약혼자 후보 본인에게 전달할지 말지는 각 가문의 의향에 맡기는 모양이지만 아버지와 어머니가 이렇게 된 이상 형도 나에게 말할 수밖에 없었다고 한다. 그냥 형만 알고 있으면 안 됐냐는 생각이 들었지만…….

굳이 건강 핑계를 댈 것도 없이 나를 대대적으로 보르도 경의 공자로 내세우는 방침으로 바꿨을 뿐이라고 주장하면 그만이라느니, 차라리 기사 같은 건 그만두고 역시 형의 보좌로 들어오지 않겠냐느니, 꼭 이 일을 우리 가문의 자랑거리로 퍼뜨리고 싶다느니 했다. 갑자기 내리쬔 태양 빛을 받고 흥분이 가시지 않는 듯한 아버지와 어머니에게 나도 한마디 하려고 했으나 그 전에 형이 먼저 "작작 좀 하세요!" 하고 나섰다.

"칼럼의 기사단 입대에 그렇게나 엄격한 조건을 걸었던 두 분이 또다시 칼럼의 인생을 쥐락펴락하겠다는 겁니까! 이 이상은 저도 칼럼도 양보 안 할 겁니다. 만약 이 사실이 밖으로 새어 나가거나 칼럼이 원치 않게 기사의 지위를 잃는다면, 저도 칼럼도 이 가문과는 연을 끊겠습니다. 보르도 가문은 두 분 대에서 끊길 각오를 해야겠군요!"

형에게는 옛날부터 신세만 진다. 예전에도 기사로서 공적인 자리에 아버지와 형과 같이 초대된 적이 있었는데, 그때도 형이 괜히 가족이라고 티 내지 말라고 아버지를 타일렀다. 나도 형 같은 사람이 되게 해 달라고 몇 번을 기도했는지 모른다.

형의 말에 아버지와 어머니도 겨우 흥분이 가라앉았는지 내가 약혼자 후보임이 알려졌을 경우 암살 시도가 들어올지도 모르니 비밀을 떠벌리는 걸 포기했다. 합의 끝에 나는 아버지의 대리, 때로는 집안일로 바쁜 형의 대리라는 식으로 참가하기로 했다. 형에게 공적인 자리에 나갈 기회를 뺏어서 미안하다고 사과했지만 형은 "솔직히 오히려 고마워. 아버지의 대리로 네가 있어 주는 편이 더 안심되기도 하고…… 나도 대화의 장은 별로 안 좋아하거든."하고 말했다.

그리고 기사단장님에게 가문 일을 도와야 한다는 이유로 휴가 신청을 냈다. 내 휴가는 줄지만 어떻게든 기사들에게 들키지 않기 위해서였다. 그러나 그다음 날 내 직속 상사인 기사단장님이 여왕님에게 호출됐다. 안 좋은 예감이 들었고, 돌아오신 기사단장님의 몰골을 보고 모든 걸 눈치챘다.

여왕님이 내 '휴가'에 관해 기사단장님에게 직접 설명하신 듯했다. 그 결과 내 휴가가 특별 휴가로 변경됐다. 가만히 생각해 보니 왕족이 부군 후보인 날 배려하지 않을 리가 없었다. 아버지가 쓸데없는 짓만 안 했어도 왕족과 기사단에 이렇게 폐를 끼칠 일은 없었을 텐데.

어디까지나 표면상으로는 몸이 안 좋은 아버지와 바쁜 형을 대신해 대리로 출석할 뿐이다. 다만 나에 관해 직접 질문 세례를 받게 될 앨런, 에릭, 아서에겐 기사단장님이 직접 설명해 주셨다. 나도 그 사람들이 아는 건 어쩔 수 없다 싶었다. 죽을 만큼 수치스러운 기분을 맛보긴 했지만……. 특히 앨런 그 녀석이 말했던 대로 사태가 흘러가서 더 부끄러웠다.

"칼럼 대장님……! 저기, 그…… 옷차림은……!"

프라이드 님이 날 발견하고 말을 걸어 주셨다. 지금까지 입었던 기사 복장이 아닌 이런 예복 차림으로 만나 뵙는 것만으로도 몸이 뜨거워졌다.

다른 내빈들의 눈도 있어서 "아버지가 몸이 안 좋으셔서 제가 대리로 오게 됐습니다."라고 전하자 프라이드 님이 뭔가 하고 싶은 말이 있는지 날 빤히 바라봤다. 지금은 그 시선만으로도 심장이 터질 것 같았다.

"저…… 칼럼 대장님…… 혹시…… 저 때문에……?"

날 올려다보며 불안한 표정으로 눈동자가 흔들리는 프라이드 님의 얼굴이 달아오르기 시작했다. 나에게만 들리게 작은 목소리로 한 질문에 나도 대답을 겨우 쥐어짰다.

"아뇨, 아버지의 강한 의향입니다……. 오히려 왕족분들께 여러 가지로 수고를 끼쳤죠."

정말이지, 아버지만 고집부리지 않았으면 평소와 똑같이 나도 기사로서 출석할 수 있었을 텐데. 부모가 저런 사람들이라 반대로 나와 형이 가문과 왕족에 관심을 안 가지게 된 거다.

프라이드 님은 확신에 찬 눈빛으로 눈을 부릅뜨며 당황한 듯이 목소리를 낮추고 말을 이었다.

"죄죄, 죄송합니다……! 설마 칼럼 대장님에게 이렇게까지 폐를 끼칠 줄은……!"

"아, 아닙니다! 당치도 않습니다. 근위기사 임무 중에 평소처럼 대해 주셔서 감사합니다. 그리고 표면상으로는 일단 몸이 안 좋은 아버지의 대리로 온 거니까요……."

아쉽게도 기사단 사람들은 대부분 눈치챘지만. 그걸 말할 수도 없는지라 미소를 지었으나 프라이드 님은 아직도 얼굴이 달아올라 있었다.

"저…… 저기…… 그, 이, 이이이이이번 일은……!"

"아, 알고 있습니다!"

눈 둘 곳을 모르고 허둥대는 프라이드 님에게 내가 먼저 말을 꺼냈다. 프라이드 님이 입을 살짝 벌리고서 발그레한 얼굴로 날 보는 바람에 심장이 다시 두근거렸다. 나는 주위의 눈을 확인한 뒤 더욱 목소리를 낮췄다.

"프라이드 님의 의향대로 전 얼마든지 보류하셔도 상관없습니다. 애초에 기사를 목표로 할 때부터 결혼할 마음은 없었으니까요. 프라이드 님의 마음이 정해질 때까지, 제 이름이라도 괜찮다면 얼마든지 빌려드리겠습니다."

커다란 눈동자가 휘둥그레진 프라이드 님은 입을 굳게 다문 채 눈도 깜빡이지 않고 날 지긋이 바라보았다.

그래, 나도 잘 안다. 프라이드 님이 나에게 호의 이상의 감정을 가지고 있다고 자만할 생각은 없다. 아마 이번 약혼자 후보 세 명을 정할 때 프라이드 님은 이미 마음에 둔 분이 있으셨겠지. 그래서 사정을 말하기 쉽고, 설령 2년이 넘게 연애가 진전되지 않고 결

혼까지 가지 못한다 해도 문제가 없으며 신뢰할 수 있는 상대를 고르신 것이다. 마지막에 약혼자로 선택되지 않는다 해도 그 세 명 안에 들어갔다는 것만으로도 더없이 명예로운 일이긴 하지만.

만약 프라이드 님이 세 후보 중에서 한 명을 추리시려는 거라 해도 나 같은 백작 가문의 차남이 선택받을 가능성은 없다.

"가……감사, 합니다……."

프라이드 님은 더듬거리며 내뱉더니 그대로 빨개진 얼굴을 살짝 숙였다. 긍정에 가까운 프라이드 님의 대답을 듣자 겨우 마음이 진정되었고…… 아주 조금이지만 가슴이 아팠다. 역시 프라이드 님은 마음에 둔 분이 있으신 모양이다.

일단 대화를 마무리한 나와 프라이드 님은 마지막으로 인사를 나눈 후 자리를 뒤로했다.

어떤 식으로든 프라이드 님의 행복과 평온을 지킬 수만 있다면 내 이름을 바치는 것에 망설임은 없다. 오히려 방위전에서 프라이드 님을 제대로 지키지 못한 나를 신뢰할 수 있는 상대로 선택해 주셨다는 사실이 너무 기쁘고 그것만으로도 가슴이 뜨거워졌다. 다만…….

"보르도 경, 방금 프라이드 님과 서 계신 모습이 아주 보기 좋던데요."

"그건 그렇고 칼럼 공자님, 프라이드 제1왕녀 전하와는 친하십니까……?"

"기사단 대장에 최우수 기사, 거기다 보르도 경이라니. 아내가 될 분은 참 행복하시겠습니다."

다만, 나를 프라이드 님의 반려가 될 자로 보는 이 눈빛과 말들을 들을 때마다 온몸이 간질거리고 답답해서 얼굴이 뜨거워지지 않게 억누르는 데 필사적이었다. 아무리 아버지의 대리일 뿐이라며 밀어내려 해도 그자들의 의심은 멈추지 않았다. 잘 어울린다, 사이좋아 보인다는 말을 들을 때마다 입발림이란 걸 알면서도 얼굴이 뜨거웠다. 그리고…… 솔직히 나 혼자만 온 힘을 다해 치장하고 온 것 같아서 부끄럽기 짝이 없었다.

지금까지 엄격한 아버지와 어머니 밑에서 자라면서 두 분이 내가 기사가 되는 걸 반대하고 여러 조건을 들이밀어도 원망한 적은 한 번도 없었다. 하지만 지금 이 순간만은…….

허영심 많은 아버지가 진심으로 원망스러웠다.

으아아아아아아아…… 어떡하지.

평소와는 다른 내빈의 수많은 시선을 받으며 얼굴이 새빨갛게 달아오른 칼럼 대장을 배웅한 난 울고 싶어졌다. 곧장 말을 걸어오는 다른 내빈에게 인사하면서도 머릿속은 칼럼 대장으로 가득했다. 내가 약혼자 후보 중 한 명으로 희망한 사람은 칼럼 대장이었다.

오늘까지도 근위기사 업무 중에 아무런 얘기가 없길래 아마 칼럼 대장 본인은 모르거나 굳이 언급하지 않는 건 줄 알았다. 그래서 스테일의 탄생제도 평소와 다름없이 흘러갈 거라고 생각했는데! 심지어 예복까지 입고 오다니!

기사 복장도 충분히 잘 어울렸지만 예복도 아주 잘 어울렸다.

솔직히 엄청 남자답고 멋있다. 칼럼 대장이 상류 귀족인 건 예전부터 알았지만, 이런 모습을 실제로 보니 정말 좋은 집안 출신이라는 게 실감됐다. 이렇게 머리부터 발끝까지 한껏 치장해서 오게 한 것만으로도 미안한데, 당연하게도 내빈의 시선을 한 몸에 받고 있었다. 스테일의 탄생제에 초대된 내빈은 무척 많아서 원래 같았으면 한 명 정도는 늘든 줄든 티도 안 났을 것이다.

하지만 이번만은 다르다. 약혼자 후보에 관해 발표한 뒤 처음 열리는 식전이기도 하고, 거기에 기사로서 매번 참여하던 칼럼 대장이 예복 차림으로 오면 자연스럽게 눈에 띈다. 특히 매번 초대되는 왕후 귀족분들의 눈에는 더 명백해 보이겠지! 전생의 게임이나 만화에서처럼 멋있게 변신한 모습을 보고 "저 멋진 분은 누구지?!" "어디서 본 적 있는 것 같은데……!" 하는 반응이 나오는 편리한 전개는 없었다. 이미 모든 사람이 칼럼 대장과 보르도 경이 동일 인물임을 눈치채고 말았다. 이건 분명히 내 탓이다. 심지어 물어보니 '아버지의 강한 의향' 이란다! 칼럼 대장의 가족까지 끌어들이고 말았잖아!

물론 제1왕녀의 약혼자 후보가 됐으니 가족이 놀라는 것도, 의향을 내비치는 것도 당연한 일이다. 어쩌면 그 칼럼 대장이 부모님께 '기사 단복 말고 이 복장으로 가거라!' 라는 말을 들었을 수도 있겠다 싶어서 더욱 미안했다. 이거, 내가 20대인 칼럼 대장을 몹시 피곤하게 한 듯한 느낌이 드는걸. 그런 짓 안 해도 칼럼 대장은 훌륭한 최우수 기사님인데, 굳이 귀족스러운 옷차림을 하게 할 필요는 없잖아!

'프라이드 님의 의향대로 전 얼마든지 보류하셔도 상관없습니다. 애초에 기사를 목표로 할 때부터 결혼할 마음은 없었으니까요. 프라이드 님의 마음이 정해질 때까지, 제 이름이라도 괜찮다면 얼마든지 빌려드리겠습니다.'

아아아아아아아아아아아아아아아아아아……. 그 말을 떠올리니 지금도 웃는 얼굴에 힘이 들어갔다. 쥐구멍이라도 있으면 들어가고 싶다. 왜냐하면 내가 그를 고른 이유는…….

"프라이드. 왜 그래? 혹시 몸이 안 좋아?"

갑자기 목소리가 들려와 정신이 번쩍 들었다. 어느새 손으로 얼굴을 부채질하고 있던 나에게 세드릭이 말을 걸었다. 그래. 지금이라면 예전 기억을 떠올릴 때마다 죽으려 하는 세드릭의 마음이 뼈저리게 이해된다. 일단 세드릭의 이름을 부르긴 했지만 한참 동안 아무 말도 나오지 않았다. 세드릭은 머리가 뜨거워서 멍해진 나를 걱정스럽게 들여다보았다.

"잠깐 바깥바람 좀 쐬고 올래? 필요하다면 상주하는 의사나 시녀를……."

"아냐…… 괜찮아, 고마워. 걱정 끼쳐서 미안해."

세드릭의 눈동자 속 불꽃은 아직 불안한 듯이 흔들렸다. 하지만 이제 날 상대로 이상하게 공손해지지 않아서 안도했다. 서신을 교환한 성과도 있는 듯했다. 세드릭의 정중한 말투를 고치려고 서신을 주고받을 때도 평소 말투를 쓰라고 지정한 보람이 있었다. 일상적인 내용이라도 좋으니 티아라와도 서신을 교환하다 보면 세드릭의 말투가 고쳐질지도 모른다. 내가 한 번 더 권유해 볼까? 하지만 싫어하는 사람과 서신을 주고받는 건 무척 고통스러울 텐데……. 다음에 슬쩍 물어보자.

"역시 아까 만난 칼럼 공 때문인가? 프라이드의 탄생제에서 봤던 보르도 경과 좀 닮긴 했는데, 설마 친족이었을 줄이야."

아무래도 세드릭 역시 칼럼 대장을 알아차린 모양이었다. 내가 짧게 맞장구치자 세드릭은 고개를 두어 번 끄덕였다.

"네 약혼자 후보가 칼럼 공이었다니 놀랐어. 하지만 집안도 나무랄 데 없고 인품도 좋은 분이니 그렇게 놀랄 일은 아닌가. 설마 이렇게 빨리 알게 될 줄은 몰랐는데."

"아니, 칼럼 대장님은 몸이 안 좋은 아버지의 대리로 오신 거야."

아무리 목소리를 낮췄다지만 여기서 긍정할 수는 없다. 어떻게든 평정을 가장하며 세드릭의 말을 정정하자 얼빠진 표정이 돌아왔다. 다행이다. 잘 얼버무렸…….

"그치만 아까 너랑 칼럼 공이 그렇게 얘기했잖아."

뭐라고?! 나도 모르게 어깨를 들썩이며 세드릭을 올려다보았다. 어리둥절한 세드릭의 표정에 오히려 내가 더 놀랐다. 방금 한 이야기를 들은 건가?! 하지만 서로 목소리를 최대한 줄이고 말한 거라 가장 가까이 있던 내빈도 못 들은 것 같았는데!

내 반응에 불온함을 느낀 세드릭이 잠시 침묵한 뒤 "미안. 혹시 그때 작게 말하고 있었어?"라며 미간을 찌푸렸다. 당연하지. 진짜 개미만 한 목소리로 말했다고!

거기까지 생각하다가 세드릭의 독순술 능력을 떠올렸다. 아마 멀리서 나와 칼럼 대장을 보고 평범하게 대화하는 중인 줄 착각했겠지. 훔쳐 들으려는 건 아니었다고 사과하는 세드릭을 보니 정말 재능 낭비가 극심하다 싶었다. 뭐라 하는지 들리지 않아도 입 모양이 시야에 들어오기만 하면 읽어낼 수 있는 건가. 다음부터 비밀 얘기를 할 땐 꼭 입가를 가리고 해야겠다. 이렇게 보니 세드릭은 적으로 돌리면 은근히 성가실지도 모른다.

다시 한번 나와 칼럼 대장의 대화는 비밀로 해 달라고 부탁하자 세드릭은 바로 승낙했다. "네 부탁이라면 손톱이 뽑히는 한이 있어도 지킬게."라는 말에 마음속으로 아무리 그래도 그 정도면 그냥 실토하라고 빌었다. 티아라에게 같은 말을 했다간 "그런 짓을 한들 곤란할 뿐이거든요!"라며 또 화낼 게 뻔하다.

"맞다, 티아라는? 티아라랑은 얘기했어?"

문득 가장 중요한 게 생각났다. 정확히는 얘기해 봤는지 아닌지보다 얼굴이 빨개지는 거랑 존댓말을 쓰는 버릇이 고쳐졌는지가 더 중요하다. 세드릭은 잠시 눈이 커지더니 입을 일자로 다물었다. 그리고 볼을 살짝 붉혔다. 또 실패했나 싶어 쓴웃음을 짓자 "하지만……." 하고 세드릭이 무겁게 입을 열었다. 가슴 앞에서 주먹을 꽉 쥔 세드릭은 나를 정면으로 바라보았다.

"다……다음엔 처음부터 평범하게 대화해, 보이겠어……! 불쾌하지 않도록……!"

힘차게 선언하는 세드릭의 모습을 보고 작게 감탄했다. 나날이 성장하는 세드릭을 보며 감동하고 있자니 왠지 내가 어머니가 된 것만 같았다. 아니지. 이 나이에 벌써 늙은이가 되다니 웃어넘길 일이 아니잖아. 랜스 국왕이 자기 나이보다 더 어른스러운 분위기를 풍기는 건 혹시 세드릭 때문이 아닐까 하는 생각이 살짝 들었다.

"힘내. 뭐…… 그래도 최소한 좀 더 친해지면 좋겠다."

이번에는 내 도움이 필요 없겠다고 생각하며 웃어 주었다. 오늘은 형들이 같이 오지 않아서 약간 걱정했는데 보아하니 괜찮을 듯했다. "그래." 하고 짧게 대답한 세드릭은 뭔가 떠올린 듯이 주위를 둘러보더니 주먹을 내리고 목소리를 낮췄다.

"전에 말한 그 건은…… 고마워. 내일 귀국하기 전에 알현할 기회를 달라고 여왕 폐하께도 부탁했어. 너랑 스테일 왕자 덕에 겨우 교섭할 수 있을 것 같아."

"정말 너에게는 신세만 지고 있습니다." 하고 말하는 중간에 또 이상하게 존댓말을 쓰는 세드릭을 말리며 난 고개를 저었다. 오히려 세드릭이 내일 이야기를 나눌 기회를 만들어 준 거다.

랜스 국왕과 요안 국왕은 아냐고 묻자 "물론이지."라는 대답이 돌아왔다.

"형님도 형도 처음엔 놀랐지만 찬성했어. 나도 이제야 제대로 된 형태로 우리 나라에 힘이 될 수 있을지도 몰라."

그렇게 말하며 미소를 지은 세드릭은 정말 한 치의 망설임도 없어 보였고, 무엇보다 무척 기뻐 보였다. 나도 응원과 함께 감사 인사를 했다.

"나도 고마워. 솔직히 막다른 길에 다다른 참이었거든. 설마 네가 먼저 제안할 줄은 몰랐지만……."

"스테일 왕자 덕분이야. 아주 총명하고 우수한 분이더라고. 머리도 좋지만 무엇보다 고찰력이 훌륭해. 차세대 섭정에 그분보다 걸맞은 분은 없을 거야."

뭔가 엄청나게 극찬받았다. 자랑스러운 동생이 칭찬받은 게 기뻐서 나도 모르게 웃음이 나왔다. 그 말을 꼭 본인에게도 해 달라고 했더니 세드릭은 "물론이지."라고 답했다.

"맞다! 늦어져서 미안하지만……. 스테일 제1왕자 전하의 생일을 축하드립니다. 형들이 참여하지 못해서 진심으로 아쉬워했습니다. 지금 이 자리에서 형들과 하나즈오 연합왕국의 의견을 대표해 축하 인사를 올립니다."

갑자기 존댓말로 바꾼 세드릭이 나에게 정중하게 인사했다. 이런 면은 아직 매뉴얼대로 하는구나 싶어서 조금 재밌었다. 나는 고맙다고 말하며 스테일을 눈짓했다.

"마침 기사단장님과 인사하나 보네. 티아라한테 인사한 다음엔 스테일한테도 인사할 거지? 오늘의 주역이니까."

마른침을 삼킨 세드릭이 과장스럽게 "그래……!" 하고 받아쳤다. 또 스테일을 화나게 만들지 않았으면 좋겠는데. 서신으로 스테일의 의견을 묻긴 했지만 답장은 내가 썼으니 스테일에게는 아직도 긴장할지 모른다. 마치 태어나서 처음 심부름을 가는 어린애 같은 뒷모습에 힘내라고 응원한 뒤 마지막으로 가볍게 등을 두드리고서 밀어 주었다.

쿠키 건에 대한 원한도 그렇고 업보가 많아서 힘들겠지만 세드릭이 사랑하는 티아라의 오빠이기도 한 스테일이다. 최소한 여동생에게 다가오지 말라는 협박을 듣지 않을 정도로는 친해졌으면 좋겠다.

앞으로를 위해서도.

"정말 죄송합니다, 스테일 님. 모처럼의 탄생제를…… 칼럼이 소란스럽게 만들었군요."

기사단장이 인사하더니 나에게 고개를 깊이 숙이며 사죄했다. 내 탄생제에 기사단장의 부하인 칼럼 대장이 주목을 받아서 사죄하는 것이었다. 나는 "아뇨, 당치도 않습니다."라고 웃으며 대답했다. 솔직히 그건 아무래도 상관없다. 문제는…….

"본인이 직접 이야기하겠지만 집안 사정으로 한동안 칼럼이 대리로 출석하게 됐다고 합니다."

어디까지나 대리 출석이라고 전하는 기사단장에게 짧게 맞장구친 나는 그 뒤에 서 있는 아서를 잠깐 쳐다봤다. 아서는 눈이 마주친 순간 어깨를 움찔거렸지만 그 이상 반응하는 건 참는 듯했다. 최소한 아서 역시 나처럼 다른 견해를 가진 듯 보였다. 그래서 시험 삼아 기사단장에게 물어보았다.

"섭정 업무 중에 들었는데, 칼럼 대장님이 이번에 특별 휴가를 받으셨다더군요……?"

"칼럼은 원래 기사로 참여할 예정이었던지라 배려를 좀 받았습니다."

일단 앞뒤는 맞는군. 칼럼 대장……. 설마 그자가 프라이드의 약혼자 후보였을 줄이야.

칼럼 대장이 보르도 경으로서 대리 출석한다는 얘기는 이미 듣긴 했지만 완전히 예상한 범위 밖이었다. 예전에 다친 프라이드가 앨런 대장과 칼럼 대장에게 책임을 물은 적이 있었는데, 그에 대한 속죄인가? 약혼자 후보로 만들면 최소한 프라이드가 그 일을 감사할지언정 원망하진 않는다는 의사를 표시할 수 있을 테니까. 아니면 단순히 내가 모르는 사이에 칼럼 대장에게 연심이…… 아니, 하지만 내가 아는 한 그런 기미는 없었는데. 뭐, 나도 연애 쪽에는 완전 문외한이긴 하지만…….

누구나 차별 없이 대하는 프라이드가 특별한 연애 감정을 내보이는 건 지금껏 본 적이 없다. 딱 한 번 의심한 사람은 레온 왕자 정도였다. 혹은 좀 무례하게 표현하자면 그냥 머릿수 채우기용인가?

만약 프라이드에게 정해 둔 상대가 있다면 그럴 수도 있다. 어머님이 지정한 후보는 세 명. 한 명을 정한 뒤 남은 자리를 융통성 있는 상대로 채웠을 수도 있으니까. 그렇다면 남은 두 명 중 진짜로 프라이드가 마음에 둔 후보가……. 하지만 칼럼 대장은 인품도 능력도 나무랄 데가 없다. 심지어 프라이드를 목숨 걸고 지켰다는 경위도 있다. 그라면 부군이 되어도 훌륭하게 직무를 다하며 프라이드를 지킬 것이다. 최소한 세드릭 왕자보다는…….

"스테일 님, 왜 그러십니까?"

부단장의 목소리를 듣고 단번에 현실로 돌아왔다. "괜찮습니다. 내빈이 끊이질 않아서 조금 피곤한가 봅니다." 하고 미소를 짓자 아서가 말없이 얼굴을 찡그리며 날 보았다. 역시 이 녀석에겐 숨길 수가 없다. 공식적인 자리에서 나를 쉽게 지적하진 못하겠는지 가만히 입을 다물고 노려보는 아서의 시선을 피해 다시 대화를 이어갔다. 왜지? 방금 왜 세드릭 왕자의 이름이 머리에 떠오른 거지?!

세드릭 왕자가 프라이드를 좋아하는 건 틀림없지만 프라이드의 마음이 어떨지는 모르잖아! 확실히 지금까지 거론된 가능성 있는 자들 중에선 비교적 친하긴 하지만……!

한 명이 칼럼 대장이니 다른 한 명도 프라이드와 친한 상대일지 모른다. 그게 프라이드가 진짜로 마음에 둔 사람이든 그냥 머릿수 채우기용이든 간에, 후보에 들어간 이상 그자는 세상에서 프라이드의 반려 자리에 가장 가까운 인물이 된다. 그리고 칼럼 대장은 보란 듯이 그중 한 명으로 선발됐다.

안 돼. 생각하다가 또 대화를 멈출 뻔했다. 칼럼 대장에게는 솔직히 아무런 불만도 없다. 단지, 단지…… 프라이드에게 그 정도로 신뢰받는다는 사실이 너무나도 부러워……!

게다가 어떤 이유로든 프라이드가 선택했다는 건 '결혼해도 좋다' 고 여겼다는 뜻이다. 이런 복 받은 사람 같으니……! 열일곱 살이나 돼서 이런 어린애 같은 감정을 느낄 줄은 몰랐는데. 베스트 숙부님이 관리하는 리스트만 확인하면 칼럼 대장이 보르도 경으로서 초대된 건지 확인할 수 있다. 그러나 리스트를 찾는 건 두 번 다시 허락되지 않는다. 한 번 더 베스트 숙부님께 들키면 정말로 방에 못 들어가게 될 것이다.

'차기 섭정인 제1왕자가 좀도둑 같은 짓 말거라. 열일곱 살이면 어린애가 한 짓이라고 웃어넘길 수도 없어.'

'스테일, 이제 열일곱이잖느냐. 더 어른스럽게 굴어야지.'

베스트 숙부님의 말씀이 마치 지금 이 순간을 예상하기라도 한 듯이 머릿속을 휘저었다. 아니, 오히려 베스트 숙부님이라면 예상했어도 이상하지 않다.

앨런 대장이 내 이름을 부르며 말을 걸었다. 아무것도 아니라고 대답하자 부단장이 "저흰 슬슬……." 하고 먼저 말을 꺼냈다. 신경 쓰게 해서 미안하다고 생각하며 나도 인사했다. 솔직히 기사단이 상대가 아니더라도 이대로라면 집중 못 하는 건 매한가지겠지만…….

나도 모르게 무의식적으로 아서를 바라봤다. 나와 눈이 마주친 아서가 잠시 눈을 동그랗게 뜨더니 다른 기사들을 둘러보았다.

"죄송합니다…… 전 스테일 님과 조금만 더 이야기를 나누고 가도 되겠습니까?"

내가 이래서 아직 '어른스럽게 굴어야지' 라는 말을 듣는 건가. 무의식적으로 아서에게 도움을 청했단 걸 자각하면서도 웃으며 "저는 그래도 상관없습니다."라고 덧붙였다. 상관없기는커녕 실제론 내가 부탁한 거나 마찬가지다.

기사들이 이해한 듯이 고개를 끄덕인 뒤 아서만 남기고 자리에서 물러났다. 아서는 웨이터에게 새로운 잔을 받으며 나와 마주섰다. 이번의 주역이기도 한 나와 대화하려고 다른 내빈도 많이 모여 있지만…… 뭐, 잠깐 정도는 기다리게 해도 괜찮겠지.

다시 나를 본 아서가 "그래서." 하고 작게 중얼거리며 천천히 입을 열었다.

"제가 말했잖습니까. 칼럼 대장님은 어디까지나 집안 사정 때문에 저러시는 겁니다."

"하지만 아서 공도 저와 같은 견해 아닙니까?"

"저는…… 뭐. 스테일 님과 달리 만사를 단편적인 사고로밖에 헤아리지 못하는 미숙한 인간이라서요."

"말솜씨가 꽤 능숙해지셨군요, 아서 공……."

"스테일 님 덕분이죠."

나보다 침착한 아서에게 살짝 짜증이 났다. 비꼬는 솜씨가 많이 늘었다고 말해 주고 싶지만 어차피 그래 봤자 내 덕이라고 받아치겠지. 오히려 방금 한 모든 말에 그런 의미가 담긴 게 분명하다. 이 자리에서 순간이동을 써서 아서를 내던져 버리고 싶었지만 꾹 참았다.

"아서 공은 어떻게 생각하십니까."라고 물어보자 침묵만이 돌아왔다. 역시 이 녀석도 복잡한 심경이긴 한 모양이다. 나도 굳이 그 이상은 묻지 않고 말없이 잔을 기울였다.

별생각 없이 시선을 옮기다가 마침 세드릭 왕자가 눈에 들어왔다. 이 각도에서는 티아라의 등밖에 안 보였지만 세드릭 왕자가 뭔가 열심히 말을 거는 중이라는 건 알 수 있었다.

세드릭 왕자는 나와 누님과는 제법 접점이 있지만 티아라하고는 방위전 때 말곤 이렇다 할 접점이 없었다. 심지어 티아라는 나에게도 세드릭 왕자 얘기만 나오면 "싫어! 몰라!"라고만 했다. 저 녀석이 사람을 그렇게 싫어하는 것도 별일이지만, 자기 언니가 당한 무례를 돌이켜보면 그럴 만도 하다. 나도 질베르가 과거에 저지른 짓을 아직 용서하지 않았으니까.

그러고 보니 티아라가 누군가를 이렇게 싫어하게 된 것도 내 영향은 아닐지 걱정된다. 웬만하면 티아라도 프라이드처럼 올곧게 자랐으면 좋겠는데. 티아라…….

프라이드만이 아니다. 티아라 역시 약혼자 후보 세 명을 정했다. 지금은 탄생제 개최 기획 때문에 질베르와 어머님, 아버님과 함께 바빠 보이지만 단순히 정신을 딴 데로 돌리려는 것처럼 보이기도 했다. 프라이드가 16세 탄생제 때 머릿속이 학교 제도를 설립하는 일로 가득했었던 것처럼 저 녀석도 일부러 다른 일에 정신을 집중시키는 게 아닐까.

차기 여왕인 프라이드의 약혼자 후보는 기본적으로 왕위 계승자가 아닌 왕족이거나 귀족일 확률이 높다. 그러나 티아라는 여왕이 될 프라이드의 왕위 계승권을 위협하면 안 되기 때문에 타국의 왕족이나 귀족에게 시집을 가야 한다. 단, 귀족과 결혼하면 무조건 신분이 내려간다. 당대 왕녀는 두 명밖에 없으니 왕족과 결혼하는 게 바람직하다. 무엇보다 타국의 왕족에게 시집가면 티아라가 프라이드의 왕위 계승권을 위협할 걱정이 확실하게 사라진다.

프라이드와 티아라는 나이가 가깝다. 하지만 혹여 여왕이 된 프라이드가 암살당한다 해도 티아라가 다른 왕족의 아내가 된 상태면 계승권은 얻을 수 없다. 그랬다간 프리지아 왕국을 그대로 타국에 바치는 거나 마찬가지니까. 혹시 만에 하나 그런 일이 벌어질 경우 어머님이 살아 계신다면 다시 어머님이, 프라이드에게 딸이 태어났다면 그 딸이, 둘 다 없으면 왕족의 피가 가장 짙은 자, 혹은 최우선 사항인 예지 능력을 각성한 자가 최종적으로 다음 통치자가 된다.

그렇기 때문에 우리 나라에서 여왕 외의 왕녀는 제1 왕위 계승자와 나이가 비슷할수록 타국 왕족에게 시집가는 경우가 많다. 티아라가 프라이드의 목숨을 노리는 건 절대로 있을 수 없는 일이지만 주위에서 의심할 가능성이 아예 없진 않다. 티아라를 원치 않는 일에 끌어들이고 소용돌이 속으로 끌고 가려는 놈들도 적지 않을 것이다. 그런 놈들에게서 티아라와 프라이드를 지키기 위해서는 역시 타국의 왕족에게 시집 보내는 편이 안전하다고 할 수 있다. 솔직히 쓸쓸하지 않다고 하면 거짓말이겠지만…….

나는 프라이드뿐만 아니라 티아라와도 함께 자랐다. 그 녀석이 함께 있어 주었기에 프라이드를 지탱할 수 있었다. 남매로 자라며 그 녀석의 다정함에 구원받은 부분도 크다. 나에게 티아라는 틀림없이 소중한 여동생이다.

프라이드의 반려가 될 자가 선택되고, 뒤이어 티아라도 시집을 가고…… 2년 후엔 나를 둘러싼 환경이 정반대로 변할 테지. 여동생 바보인 것처럼 들릴지도 모르지만, 내 욕심을 말하자면 티아라가 너무 먼 나라로는 가지 말고 최소한 인근 국가의 마음씨 착한 왕족과 결혼했으면 좋겠다. 더 솔직하게는 이웃 나라의 제1왕자인 레온 왕자에게 시집갔으면 좋겠지만 프라이드와의 약혼이 취소된 레온과 결혼하긴 어렵겠지. 본인들은 신경 쓰지 않더라도 외부에서 보면 원한이 뒤섞인 억측이 나올 게 뻔하다. 정말 아쉽다는 생각을 지울 수가 없다.

만일 레온 왕자가 당시에 프라이드의 약혼자가 아니라 약혼자 후보에 그쳤다면 티아라와 약혼해도 별로 문제가 되진 않았을 것이다. 공식적으로 발표하지만 않으면 후보가 누군지는 서로만 아니까. 프라이드에게 다른 약혼자가 정해져도 이상하게 보일 걱정이 없었을 텐데.

"약혼자 후보……."

또 같은 생각을 반복하기 시작했다. 안 되겠어. 칼럼 대장 일은 이미 마음의 정리를 완전히 끝냈었잖아. 그런데 실제로 보르도경으로서 프라이드와 나란히 선 모습을 보니 도저히……!

'네가 프라이드와 티아라에게 관심을 조금만 덜 가졌더라면 처

음부터 리스트는 물론이고 둘의 약혼자 후보를 알려 줄 수도 있었을 텐데 말이지…….'

또 베스트 숙부님의 말씀이……! 한 손으로 머리를 부여잡자 아서가 "밖으로 나갈까요?" 하고 물었다. 아니, 그럴 시간 없어. 당장 정신 똑바로 차리고 내빈과의 대화로 돌아가야 해. 보처럼 이 자리를 마련해 주신 베스트 숙부님의 얼굴에 먹칠을 할 순 없어!

하지만 이것만은 어쩔 수 없다. 프라이드는 내 전부다. 그리고 티아라는 소중한 여동생이다. 이 둘에게 관심을 가지지 말라니 불가능한 이야기다. 어머님, 아버님과 사이가 좋으신 베스트 숙부님도 그 정도는 아실 텐데. 애초에 관심이 없었으면 굳이 베스트 숙부님의 눈을 피해서까지 리스트를 찾으려 하지도 않았을 거라고!

나도 모르게 유리잔을 깨질 듯이 움켜쥐었으나 깨지기 전에 아서가 "바꿔 드릴까요?"라며 내 손에서 잔을 빼앗아 갔다. 내 빈 손을 바라보다가 뭔가 뜨거운 시선을 느끼고 고개를 들었다. 그러자 아까까지만 해도 티아라와 대화하던 세드릭 왕자가 나와 아서를 바라보고 있었다.

티아라와는 얘기가 빨리 마무리됐는지 내게 말을 걸 기회를 계속 노리고 있었던 듯한 세드릭 왕자에게 가볍게 인사했다. 눈이 마주쳤으니 별수 있나. 그냥 다른 내빈처럼 아서와 대화 중이라는 이유로 쫓아낼 수도 있지만…… 갑자기 세드릭 왕자에게 하고 싶은 질문이 생겼다.

"안녕하십니까, 세드릭 왕자 전하." 하고 이름을 부르며 나와 아서 사이로 오라고 손짓했다. 새 잔을 들고 온 아서는 약간 놀라서 나를 쳐다보았지만 어떻게든 말은 맞춰 주었다.

세드릭 왕자에게 생일 축하 인사를 받은 나는 고맙다고 답하며 적당히 대화를 이어갔다.

그러자 아서가 나와 세드릭 왕자에게 인사하며 뒤로 물러났다. 붙잡을까도 했지만 이 이상 있다간 나와 대화하길 기다리는 내빈에게 아서가 반감을 살 것이다. 나도 인사하자 세드릭 왕자도 "부디 나중에 잘 부탁드립니다." 하고 아서에게 인사했다.

아서의 뒷모습을 지켜본 뒤 다시 한번 세드릭 왕자와 인사를 나눴다. 대화 내용이 저번에 서신으로 주고받았던 내용으로 옮겨갔고, 세드릭 왕자의 입에서 또다시 감사 인사가 나왔다.

"모두 스테일 제1왕자 전하 덕분입니다. 아주 총명하고 우수한 분임을 새삼스럽게 실감했습니다. 명철하신 것은 물론이거니와 무엇보다 고찰력이 훌륭하시더군요. 차세대 섭정에 스테일 왕자 전하보다 걸맞은 분은 없을 겁니다."

활기차게 말하는 세드릭의 눈동자에 거짓이 없다는 건 나도 알 수 있었다. 감사하다고 대답하며 나도 세드릭 왕자에게 화제를 꺼냈다.

"저도 누님의 약혼자 후보는 전혀 모르지만, 그분께도 온 힘을 다해 헌신하고자 합니다."

"훌륭하십니다. 스테일 제1왕자 전하와 함께라면 분명 나랏일도 편안할 테죠."

이건 자기도 그럴 거라는 말을 돌려서 한 건가? 열이 오른 지금의 머리로는 아무리 생각해도 의심스럽게만 들렸다.

"그러고 보니, 세드릭 왕자 전하의 형님들께선 어떻습니까? 실례지만 아직 약혼 예정은 없으신지……?"

"예. 형들은 둘 다 아직 그럴 마음은 없다더군요. 최소한 나라를 개방하고 무역이 원활해질 때까지는요."

"그렇군요. 세드릭 왕자 전하는 두 폐하께서 빨리 상대를 찾길 바라십니까?"

세드릭 왕자는 눈이 살짝 커지더니 뒤이어 눈썹을 찡그렸다. 고민하듯이 턱에 손가락을 대고 있던 세드릭은 말을 쥐어짜듯이 "그건 말이죠……." 하고 입을 열었다.

"뭐, 제 경우엔 부끄럽게도 두 형에게 의지하기만 했던 면이 있으니까요. 스테일 왕자 전하도 이미 알고 계실 테지만 말입니다."

세드릭 왕자는 쑥스럽다는 듯이 웃었지만, 그가 랜스 국왕과 요안 국왕을 얼마나 잘 따르는지는 나도 안다.

"그러니 뭐…… 쓸쓸하다는 생각이 안 들 수는 없겠죠. 고작 몇 달 전까지만 해도 형들이 제 세상의 전부였으니까요."

세상의 전부. 그 말에 어딘가 친근감이 들었다. 역시 동생이란 소중한 형제자매를 그렇게 여기게 되는 법인가. 몇 달 전이라는 말에 그렇다면 지금은 형들이 전부가 아닌 건가 하는 의문과 함께 프라이드의 얼굴이 불쑥 떠올랐으나 애써 무시하며 뒷이야기를 재촉했다.

"하지만 형들이 행복해지길 바라는 마음이 더 큽니다. 설령 결혼하는 날이 내일이든…… 10년 후든 저는 상관없습니다. 형이 원하는 미래와 반려라면…… 저는 아무것도 바랄 게 없습니다."

그렇게 말하며 조용히 웃는 세드릭 왕자의 얼굴은 틀림없이 국왕을 형으로 둔 '왕제'의 얼굴이었다. 분하지만 그 덕에 나도 마음이 조금 정리됐다.

그래. 역시 누나와 여동생을 아끼는 건 어쩔 수 없는 일이다. 그 마음을 가지고 어떻게 움직이는지가 더 중요하다. 2년 전에도 난 그렇게 결심했다. 그 결심을 이루기 위해 지금도 이렇게 섭정 일과 겸해서 질베르에게 부군 일을 배우고 있지 않은가. 역시 아무 문제 없다. 설령 프라이드의 반려가 될 자가 칼럼 대장이거나…… 일억분의 일의 확률로 세드릭 왕자라고 해도 나는…….

"멋진 마음가짐이군요."

"감사합니다."

웃으며 대답한 세드릭 왕자는 주위를 둘러보며 나와 대화하려고 계속 기다리는 내빈을 확인했다. 그리고 고개를 숙였다.

"그럼, 전 이만 물러가 보겠습니다. 오랫동안 붙잡아서 죄송합니다."

세드릭 왕자에게서 예전보다는 평온해진 느낌을 받으며 나도 인사로 답했다. 세드릭 왕자는 떠나기 전에 마지막으로…….

"스테일 왕자 전하, 저는——."

뭣?! 잠깐, 뭐라고?! 세드릭 왕자의 예상치 못한 선언을 듣고 머리가 멈췄다. 그러나 세드릭 왕자는 내 반응을 알아차리기 전에 빠르게 떠나 버렸다.

잠깐, 웃기지 마. 그게 대체 무슨…… 그 말은 설마, 네가 프라이드의 약혼……?!

이 자리엔 어울리지 않는 발언이 목구멍까지 올라왔으나 입 밖으로 내뱉을 순 없었다. 내가 당황하거나 말거나 또다시 물밀듯이 밀려오는 내빈의 인사가 날 가로막았다. 더 이상 무시할 수는 없어서 상대해 주었으나, 머릿속에선 세드릭 왕자의 마지막 말만이 끊임없이 맴돌았다.

"안녕하십니까, 칼럼 공. 아니, 지금은 보르도 경이라고 불러야 할까요?"

파티가 중반에 접어들었을 무렵, 나는 많은 내빈에게 둘러싸인 칼럼에게 말을 걸었다.

일단 순서는 지키긴 했지만 나를 알아차린 내빈들이 조용히 물러났다.

"레온 제1왕자 전하……!"

칼럼이 눈을 동그랗게 뜨고 내 이름을 불렀다. 달아오른 얼굴과 땀이 흥건한 이마를 보니 상당히 피곤한 게 느껴졌다. 새 와인을 건네며 웃어 주자 또 긴장했는지 칼럼의 어깨가 흔들렸다. 역시 무척 피곤한 모양이다. 지금까지 프리지아와 아네모네의 식전에서 몇 번 만난 적이 있는데 이렇게까지 긴장한 건 처음 봤다. 마치 난생처음 식전에 참가한 듯한 긴장감이었다. "참 고생이 많아." 하고 나도 모르게 격려하는 말부터 꺼내며 인사했다. 당치도 않다고 답한 칼럼은 내가 건넨 와인을 한 모금 마시고 나서도 손가락이 살짝 떨렸다.

"프라이드 왕녀 전하 외에 다른 분과도 이미 인사를 마치셨는지요?"

프라이드와 이야기하는 건 봤지만 다른 왕족과도 인사했는지는 확인 못했다.

와인을 조금 남긴 칼럼은 긴장했는지 가볍게 숨을 내쉬며 스테일 왕자와 티아라 왕녀, 질베르 재상과는 인사를 마쳤다고 알려주었다. 내가 칼럼을 발견했을 땐 무척 많은 내빈에게 둘러싸여 있었는데, 왕족도 아닌 칼럼이 뿌리치기란 어려웠을 것이다. 오히려 여왕을 포함한 최상층부 사람 세 명과 인사를 마친 그 수완이 놀라웠다.

혼자서 그런 생각을 하는데, 칼럼이 "소란스럽게 해서 죄송합니다." 하고 나에게 사과했다. 아니라고 답한 나는 목소리를 낮추고 다시 웃어 주었다.

"그보다 약혼자 후보가 된 거 축하해. 너라면 나도 안심이야."

"아, 아닙니다……! 전 이번에 그저 아버지의 대리로 참여했을 뿐입니다……!"

역시 나한테도 숨기고 싶은지 당황하는 칼럼을 보니 무심코 웃음이 나왔다. "안 숨겨도 되는데."라고 중얼거리며 새빨간 귀에 조용히 속삭였다.

"괜찮아. 난 네 편이거든. 가문에 얽매이는 것도 참 힘들지?"

나는 그런 식으로 생각해 본 적 없지만 귀족도 가문의 이름값이라든가 위엄 확보, 허영심 같은 문제 때문에 여러모로 힘들다는 건 알고 있다. 최소한 지금껏 내가 알고 지낸 칼럼은 프라이드의 약혼자 후보가 됐다고 해서 호들갑 떨며 과시할 사람은 아니었다. 그렇다면 역시 가장의 의향인 거겠지.

내 말에 아직도 얼굴이 빨개져 있는 칼럼은 입을 꾹 다문 채 어깨를 크게 들썩이며 숨을 들이쉬었다. 뒤이어 고개를 깊이 숙이는 칼럼의 어깨를 여러 번 가볍게 두드렸다. 긍정하진 못해도 내가 이해해 준 것에 감사를 표하는 모습에 역시 그 프라이드의 근위기사 칼럼임을 실감했다.

칼럼이 천천히 고개를 드는 걸 기다리며 눈짓으로 주위를 둘러보았다. 당연하게도 많은 내빈의 관심이 나와 칼럼에게만 쏠려 있었다.

"기사분들한텐 안 갈 거야?"

"가고 싶은 마음은 굴뚝같지만…… 제가 가면 기사들의 부담만 쓸데없이 늘어날 겁니다. 사전에 양해도 구해 뒀습니다."

칼럼은 정말 배려할 줄 아는 사람이다 싶었다. 확실히 기사단은 지금도 많은 내빈에게 둘러싸여 있다. 아마 칼럼이 기사단 소속임을 아는 내빈에게 온갖 탐색을 당하고 있겠지. 그런 상황에 칼럼까지 갔다가는 사람들이 주역인 스테일 왕자를 제쳐두고 그쪽에만 몰릴 것이다.

흐응…… 하고 맞장구를 치며 기사들 쪽을 바라보니 마침 아서도 그 인파 속으로 뛰어드는 참인 듯했다. 아서는 저런 사교계의 대화에는 능숙하지 않을 텐데, 전부 다른 기사들에게만 맡길 수는 없다고 생각한 걸까. 그런 생각을 하며 나는 칼럼의 어깨에 살며시 손을 올렸다.

"그럼, 갈까."

"예……?!"

이해가 안 된다는 듯이 목소리를 높이는 칼럼에게 싱긋 웃어 주었다. 칼럼이 손에 든 잔이 흔들리는 바람에 하마터면 와인이 넘칠 뻔했다. 괜찮다고 웃으며 대답한 나는 칼럼과 적당히 이야기를 나누며 함께 스테일 왕자 쪽으로 걸어갔다. 스테일 왕자는 많은 내빈에게 둘러싸여 있었으나 바로 우리 둘을 발견하고 먼저 말을 걸었다.

약간 당황한 기색의 스테일 왕자도 아버지의 대리라는 칼럼의 말에 "그것참 힘드시겠군요."라며 웃었다. 짧게 인사를 마친 우리는 곧장 티아라에게 갔다.

내가 거의 반강제로 끌고 온 탓에 칼럼은 아직도 당황한 기색이 역력했다. 지금까지 직접 얘기한 적도 별로 없는 나한테 갑자기 끌려다니고 있으니 당연한 반응이리라.

티아라도 나와 칼럼이 함께 있는 것에 조금 놀란 표정을 지으며 이쪽을 보았다. 그와 동시에 주위 내빈이 날 보고 길을 열며 순서를 양보했다. 나는 왕족에게 가는 길이 너무나도 손쉽게 열려서 주눅이 든 듯한 칼럼에게 한마디 했다.

"넌 어디까지나 내 '일행' 이니까 아무 문제 없어."

그렇게 말하며 웃어 주자 내 의도를 눈치챈 듯이 칼럼의 눈이 조용히 커졌다.

티아라에게 시선을 옮긴 나는 칼럼의 어깨에 가볍게 팔을 두르고 사이좋게 걸었다. 인파가 갈라지며 티아라와 바로 인사를 나눌 수 있었다. 많은 남자 사이에 있던 티아라는 피곤한지 얼굴에 그늘이 살짝 드리워진 듯 보였다. 하지만 우리가 인사하자 다시 밝은 미소로 응대했다. "칼럼 대장님의 예복도 멋있어요!"라고 명랑하게 말한 티아라는 천천히 즐기다 가라며 우리를 배웅했다.

끝으로 질베르 재상을 찾았다. 가볍게 둘러보니 우리의 움직임을 알아차렸는지 재상이 먼저 다가오고 있었다. 질베르도 재상으로서 인사하러 다니느라 바쁠 텐데 이미 인사를 마친 우리의 움직임도 파악하고 있었다니 역시 대단하다 싶었다.

마치 우연히 만난 것처럼 "이거 레온 제1왕자 전하 아니십니까." 하고 인사하는 질베르 재상에게 나도 인사로 응했다. 칼럼도 뒤따라 인사했다. 질베르 재상은 아주 차분해 보였다.

"보르도 경에게도 잘 부탁드린다고 전해 주십시오. 칼럼 공자님은 근위기사로서도 우수한 분이라고 알고 있습니다. 보르도 경께서도 우수한 아드님이 둘이나 계셔서 참 자랑스러우시겠습니다."

"송구스럽습니다. 부디 앞으로도 아버지와 형을 잘 부탁드립니다."

"예, 물론입니다. '설령 소문의 진위가 어떻든' 칼럼 공은 저희의 소중한 프라이드 님을 지켜 주시는 우수한 근위기사이시니까요. 맡겨만 주시지요."

많은 의미가 담긴 듯한 마지막 말을 남기고서 질베르 재상이 웃었다. 길게 찢어진 눈이 수상쩍게 빛나며 조용한 음색이 우리를 낮게 훑고 지나갔다. 그 순간 차가운 공기가 뿜어져 나왔으나 나와 칼럼보다는 주위에 있는 내빈에게 발산한 듯했다. 질베르 재상 역시 프라이드의 근위기사이기도 한 칼럼이 필요 이상으로 노출되는 건 피하고 싶은 모양이다. 방위전 때부터 알고는 있었지만, 역시 질베르 재상은 좀체 속을 알 수 없는 사람이다. 질베르 재상과도 인사를 마치고 필요한 인물과 인사를 전부 끝낸 나와 칼럼은 계속해서 나란히 걸었다. 나에게 작은 목소리로 "레, 레온 왕자 전하……!" 라고 말하려는 칼럼에게 일부러 다른 화제를 꺼냈다.

“그건 그렇고 칼럼 공은 책을 좀 읽으십니까?”

“너와는 진득하게 대화한 적이 별로 없어서 말이야.”라고 목소리를 낮춘 채 말을 잇자 칼럼은 잠깐 되묻더니 고개를 끄덕이며 대답했다. 난 칼럼과 함께 장내를 걸으며 시녀에게 와인을 건네받아 색을 감상했다.

“저는 옛날부터 자주 읽었습니다. 다만 장서나 면학 관련 서적이 대부분이었던지라. 칼럼 공은 어떤 책을 읽으셨는지요?”

“저도 지금은 기사 관련 책을 많이 읽지만 가끔은 문학도 즐기곤 합니다. 장르는 따지지 않지만 선호하는 저자는…….”

역시 보르도 경의 공자야. 책에 관해서도 잘 아네. 게다가 지금도 기사로서 면학에 힘쓰다니 훌륭하군. 문학이라는 말을 들으니 나도 좀 설레는걸.

“그렇게 재밌다니 저도 읽어 보고 싶군요. 저희가 서적은 아직 거래하지 않는데, 역시 수요가 좀 있을 것 같군요.”

“네, 부디 읽어 보시길 바랍니다. 문학 쪽은 특히 계급과 관계없이 국민과 가까운 오락이니까요.”

오락이라는 말을 들으니 더욱 흥미가 일었다. 아네모네 국민이 새로운 즐거움을 얻는다면 아주 기쁠 것이다. 성 밖으로 나가서 국민과 같은 책 이야기를 하면 얼마나 재밌을까.

즐겁게 책 이야기를 나누며 칼럼을 한 곳으로 이끌었다. 칼럼도 어디로 가고 있는지 눈치챘는지 “레온 왕자 전하, 이쪽은…….” 하고 말을 흐렸지만 나는 개의치 않고 칼럼의 어깨에 올린 손을 놓지 않은 채 발걸음을 옮겼다.

기사단 사람들이 있는 곳으로.

"앗! 레온 제1왕자 전하…… 칼럼."

기사단장 로데릭이 한 쪽을 보며 입을 열었다. 기사들은 칼럼이 성에 들어온 뒤로 보르도 경으로 초대받았다는 것에 흥미와 관심을 가진 내빈에게 질문 공세를 받고 있었다. 그중에서도 가장 키가 크고 체격이 좋은 로데릭이 제일 먼저 내빈 사이에서 레온과 칼럼이 있음을 확인했다. 재빠르게 로데릭의 말을 주워들은 내빈들이 뒤를 돌아보았고, 왕족을 제외한 대부분이 레온에게 길을 열었다.

세계에서 손꼽히는 무역 대국의 차기 국왕. 제1왕자로서도 이름난 레온보다 지위가 높은 자는 기사들 주위에 모여든 집단 중에는 한 사람도 없었다. 애초에 칼럼과 프라이드에게 직접 물어볼 배짱도 없던 자들이다. 레온에게 길을 열기 위해 썰물처럼 물러나던 그 사람들은 칼럼과 레온이 같이 있는 이상한 광경을 목격하고 놀랐다.

"안녕하십니까, 로데릭 기사단장님. 아까 칼럼 공과 말이 잘 통해서 말이죠. 이대로 저도 합석해도 괜찮으실까요?"

부드럽게 웃는 레온에게 로데릭과 부단장 클라크도 허를 찔렸다. 물론이라고 대답하며 자리를 비우는 로데릭에게 레온은 고맙다고 말한 뒤 칼럼과 함께 망설임 없이 기사단 사이로 뛰어들었다. 왕자인 레온이 섞여 든 상태에서 기사들은 자연스럽게 잡담을 나누었다.

“근위기사 여러분의 활약은 저도 프라이드 제1왕녀 전하께 전해 들었습니다. 역시 로데릭 기사단장님이 키운 우수한 기사들이더군요.”

“송구스럽습니다. 아네모네 왕국과의 신병 합동 연습에선 매년 저희 신병들이 신세 지고 있습니다. 올해도 잘 부탁드립니다.”

“아네모네 왕국 기사는 최근 들어 무기를 잘 다루는 자가 늘었다고 들었습니다. 저희 기사들도 본받아야 할 점이 많더군요.”

“과찬이십니다.”

부단장 클라크의 말에 웃으며 기쁘게 대답한 레온은 비취색 눈동자를 다른 기사에게로 슬쩍 돌렸다.

“이거 참~ 진짜 인기 만점이네 칼럼. 역시 보르도 경이야.”

“지금은 그 말도 비아냥거림으로 들린다고, 앨런.”

“칼럼 대장님, 앨런 대장님, 잔 바꿔 드릴까요? 말을 많이 하셔서 목이 좀 마르실 것 같은데…….”

“아, 에릭 부대장님! 그거라면 제가 갔다 오겠습니다.”

“고마워, 아서.”

칼럼이 감사 인사를 하더니 그제야 힘 빠진 미소를 흘렸다. 마음을 터놓은 기사에게 둘러싸인 칼럼이 완전히 달라졌음을 레온도 한눈에 알 수 있었다.

칼럼에게 이곳은 연회장의 그 어느 곳보다 편안한 공간이었다. 겨우 숨을 제대로 들이마신 듯한 기분마저 들었다. 칼럼이 처음 주력부대 기사로서 식전에 참여했을 때보다 더 긴장했던 몸이 간신히 풀리는 듯했다. 그 모습을 확인한 레온은 혼자 작게 웃더니 갑자기 가볍게 손을 들었다. 로데릭과 클라크가 왜 그러냐며 레온의 시선 너머를 돌아보니, 아서가 있었다.

레온이 바로 옆에 있는 웨이터에게 빠르게 새 잔을 받아 온 아서를 향해 누구에게나 보이게 우아하게 손을 흔들었다. 아서뿐만 아니라 아서에게 말을 걸려던 내빈도 레온을 발견하고 조용히 한 걸음 물러났다. 아네모네 왕국의 제1왕자가 부르는 기사를 막을 수 있을 리가 없었다.

양손에 와인 잔을 든 아서가 무슨 용건이냐고 물었으나 레온은 부드럽게 웃으며 "그냥 불러봤을 뿐입니다."라고 답했다. 그에 짧게 맞장구를 친 아서가 고개를 갸웃거리며 앨런과 칼럼에게 잔을 건네자 레온이 "참 좋은 기사로군요." 하고 잡담을 나누듯 로데릭 일행에게 넌지시 말했다.

그 뒤로 한참을 대화하던 도중 클라크가 다른 내빈과 대화하지 않아도 괜찮냐고 물었다. 그러나 그 질문에도 레온은 "네. 전 이미 대화해야 할 분과는 다 마쳤거든요." 하고 나긋한 목소리로 대답할 뿐이었다.

"그럼 전 슬슬 가 보겠습니다."

탄생제가 막을 내리기 직전이 되자 레온이 웃으며 전했다. 그러자 약간 당황한 칼럼이 "레온 왕자 전하." 하고 말을 걸며 자기가 받은 배려에 감사하다고 전하려 했을 때였다.

"칼럼 공. 언제 또 같이 책 이야기를 해 주시겠습니까?"

레온이 부드러운 미소를 지으며 또다시 칼럼이 하려던 말을 가로막았다. 칼럼은 제1왕자의 예상치 못한 말에 목소리를 살짝 흐리며 "저라도 괜찮으시다면 기꺼이……." 하고 당혹스러운 기색으로 답했다.

만족스러운 대답에 레온은 어린아이처럼 조용히 웃었다. 그리고 다행이라고 중얼거리더니 이번엔 주위에 들리지 않게 목소리를 낮추고 칼럼의 귓가에 고개를 내밀었다.

"아무리 그래도 계속 이럴 수는 없겠지만, '전 약혼자' 인 나와 있는 동안엔 괜찮을 거야. 너희도 조금은 마음이 편해질 테고. 그렇지?"

레온이 경악해서 눈을 부릅뜬 칼럼에게 싱긋 웃었다. 평소의 차분하고 부드러운 미소와 달리 미리 준비했던 그 미소는 훨씬 더 계산적이었다.

'역시.'

칼럼은 레온이 웃으며 한 말에 확신이 들었다.

레온은 자기를 이용해 칼럼과 프라이드에 관한 소문을 들으려는 다른 내빈을 밀어내고 있었다. 게다가 칼럼이 인사 순회를 금방 끝날 수 있게 이끌고, 칼럼뿐만 아니라 이 자리에 있는 기사 여섯 명 모두 소문의 표적이 되지 않게 능숙히 막았다.

물론 지금도 칼럼을 포함한 기사들에게 말을 거는 내빈이 있었다. 하물며 아네모네 왕국의 왕자인 레온과 대화를 나누고 싶어 하는 내빈도 많았다. 하지만 아무도 칼럼과 프라이드가 어떤 사이인지, 칼럼이 약혼자 후보가 맞는지 물으려고 하지는 않았다. 설령 레온에게 직접 묻지 않더라도 프라이드의 '전 약혼자' 인 레온 앞에서 '현 약혼자 후보' 를 화제로 꺼낼 수 있을 리가 없으니까.

"왜, 저한테 그런 배려를……?"

칼럼이 신중하게 말을 고르며 작은 목소리로 물었다. 레온보다 칼럼이 나이가 훨씬 더 많지만 지위로 따지면 틀림없이 레온이 위였다. 그런 레온이 일부러 손을 빌려줄 이유가 없었다. 오히려 레온이 몇 번이나 칼럼에게 말을 걸면 소문 이야기를 좋아하는 귀족 중에서 레온이 프라이드의 약혼자 후보를 탐색하는 중이거나 압력을 가한다고 여기는 자가 나올 게 분명했다. 머리가 좋은 레온이 그것을 눈치채지 못했을 리가 없음을 칼럼은 알고 있었다.

레온도 그런 점까지 포함해서 질문한 것임을 깨닫고 신음하면서 잠시 고민하는 듯한 동작을 취하더니 웃었다.

"나는 프라이드의 우수한 '근위기사'와 대화하고 싶었을 뿐인데? 대화했던 내용을 누가 듣는다고 해도 전혀 부끄럽지 않아. 왜냐하면 난 너와 책 얘기밖에 안 했으니까."

레온은 시치미를 떼듯이 이야기하더니 짓궂게 웃었다. 그리고 웃음소리를 흘리며 난생처음 나쁜 짓을 한 어린아이 같은 눈동자로 칼럼을 보았다.

"프라이드에게 너희 기사들은 소중한 사람이야. 그러니 호기심 어린 눈빛과 악의로부터 조금이라도 너희를 지키고 싶은 게 당연하지 않겠어?"

레온은 여전히 목소리를 낮춘 채 기사 한 명 한 명에게 눈짓했다. 칼럼도 고개를 움직여 시선 너머에 있는 사람을 일일이 확인했다. 그리고 레온의 행동이 최종적으로는 프라이드를 위한 것임을, 다시 말해 약혼자 후보인 칼럼에게 안 좋은 풍문이라도 생기면 그게 그대로 프라이드에게 영향이 가기에 배려한 것임을 깨달았다. 이제야 레온의 뜻을 이해한 칼럼은 자기의 한심함 때문에 아네모네 왕국의 제1왕자인 레온에게 수고를 끼친 것에 다시 한번 사죄와 감사를 전하려고 고개를 숙——.

"그리고……."

……이기 전에 또 레온에게 가로막혔다. 칼럼이 숙이려던 고개와 이미 바닥으로 떨궜던 시선을 들자 레온의 부드러운 미소가 보였다. 레온은 다음 말을 기다리듯이 조용히 자세를 고친 칼럼의 적갈색 눈동자를 똑바로 바라보며 더욱 환하게 웃었다.

"2년 전 답례를 하고 싶었거든."

나직한 목소리로 속삭인 레온은 긴 검지를 세워 자기 입술에 살며시 갖다 댔다. 그 몸짓, 무엇보다 요염한 빛이 깃든 미소는 상대가 여자였다면 레온의 외모와 향기까지 어우러져서 얼굴을 붉히지 않고는 못 버틸 것이다. 칼럼조차 그 범상치 않은 기척을 눈앞에서 목격하고 한순간 몸이 굳을 정도였다.

'2년 전'. 그 말에 칼럼은 당시 동생들에게 함정에 빠졌던 레온을 프라이드와 함께 구출했을 때를 말하는 것임을 알아차렸다. 하지만…….

"말씀은 감사합니다만 레온 제1왕자 전하, 그때 저희는 프라이드 님의 지시하에 기사로서 당연한 일을 했을 뿐입니다. 결코 레온 왕자 전하께서 신경 쓰실 일이 아닙니다."

"상관없어. 다른 누군가가 명령해서 그러는 게 아니라 그냥 내가 감사하고 싶은 거니까."

냉정한 칼럼의 말을 레온이 가차 없이 받아쳤다. 그때 칼럼과 근위기사들은 그저 기사로서 당연한 일을 한 것에 지나지 않았다. 프라이드의 명령에 따랐을 뿐이라고 목소리를 낮춰서 설득하려고 시도했으나 레온은 미동도 하지 않았다. 키가 큰 레온은 기사인 칼럼과 머리 높이가 거의 비슷함에도 일부러 아래에서 올려다보는 듯한 자세로 칼럼에게 고개를 기울였다.

"오히려 한 번 감사한 정도로는 내 성이 안 풀리는걸. 아마 영원히 풀리지 않을 거야."

파란 머리칼이 흘러내리며 레온의 눈을 슬며시 가렸다. 그러나 머리카락 뒤로 언뜻 엿보이는 비취색 눈동자는 반론을 허용하지 않겠다는 듯이 강렬히 빛났다. 슬슬 가야겠다고 중얼거린 레온은 기사들에게서 한 걸음 떨어지더니 다시 한번 인사를 마친 후 아직 반이 남은 와인 잔을 가볍게 치켜들었다. 한 명 한 명과 눈을 맞추던 레온은 끝으로 요염하게 반짝이는 눈동자로 칼럼을 바라봤다.

"그러니 부디 제가 '만족할 때까지' 당분간 같이 '책 이야기'를 나눴으면 좋겠습니다…… 칼럼 공. 그럼 또 보죠."

부드럽게 웃으며 멀어지는 레온의 뒷모습에 칼럼은 마침내 할 말을 잃었다.

아네모네 왕국. 프리지아 왕국의 이웃 나라이자 동맹국. 거기다 레온은 프라이드의 맹우라는 입장이다. 아마 앞으로도 칼럼이 '보르도 경'으로서 출석해야 하는 식전에는 반드시 초대되겠지.

그리고 레온은 앞으로도 오늘처럼 자기 존재를 이용해서 몇 번이고 칼럼과 기사들을 바라보는 호기심 어린 눈빛을 막아낼 것이다.

"……."

이마에 손을 올리며 시선을 가린 칼럼은 그대로 고개를 숙였다. 지금껏 어떤 이상 사태에도 최대한 침착하고 정확하게 대처했지만 이 상황에서 당황하지 않기란 어려웠다.

아서가 “왜 그러세요?” 하고 제일 먼저 걱정스럽게 칼럼에게 말을 걸었다. 뒤이어 “레온 왕자랑 무슨 얘기했어?” “칼럼 대장님, 책 얘기로 얼마나 의기투합하신 거예요?” 하고 앨런과 에릭도 한마디씩 얹었으나 칼럼은 한동안 얼버무릴 수조차 없었다.

제1왕자가 일개 기사에 지나지 않는 그들을 위해 움직였다는 것만으로도 피곤한 칼럼의 사고를 마비시키기엔 충분했다. 끝내 칼럼의 입에서 순수하게 자기 심경을 토로하는 표현이 흘러나왔다.

“구세주다…….”

칼럼치고는 드물게 몸을 축 늘어뜨리며 고개를 떨궜다. 그러자 근위기사뿐만 아니라 로데릭과 클라크마저 걱정하는 말을 했다.

칼럼은 프라이드의 호위로 고작 단 하루, 레온 사건에 관련됐던 네 기사 중 한 명일 뿐이다. 그에 비해 레온은 앞으로 식전 같은 곳에 수도 없이 초대될 기사들을 위한 바람막이 역할로 보답해주었다. 너무나도 비싼 답례를 받은 칼럼은 당혹스러워 하며 마음속에 감사함을 쌓아둘 수밖에 없었다.

레온 아도니스 코로나리아. 아네모네 왕국의 차기 국왕이라고 소문이 자자한 제1왕자. 원래는 프리지아 왕국의 부군이 될 예정이었던 그 청년은 우아한 발걸음으로 자리에서 떠나갔다.

“수고하셨습니다. 베스트 섭정님.”

탄생제가 끝으로 접어들며 여왕인 로자가 마무리 인사를 하기 몇 분 전. 자기 역할이 일단락된 베스트가 내빈과의 인사를 마친 로자, 알버트에게서 몇 걸음 멀어졌을 때였다. 베스트는 새 술잔을 내미는 상대에게 손을 뻗어 잔을 건네받았다.

"그래. 질베르, 너도 수고했다."

받아 든 잔을 가슴 위로 치켜든 베스트는 웃지는 않아도 질베르와 눈을 똑바로 마주쳐서 격려에 응했다. 재상인 질베르 역시 많은 내빈에게 얼굴을 비치며 돌아다녔기 때문에 우아한 미소와 동작에 비해 베스트보다도 훨씬 많이 일한 셈이었다.

"칼럼 공자…… 칼럼 공 건은 저도 좀 놀랐습니다. 빨리 보르도경이 쾌차하셨으면 좋겠군요."

질베르의 우아한 미소를 보고 베스트는 미간을 살짝 찌푸리며 눈을 감았다. 눈치 빠른 질베르가 다른 내빈도 알아차린 것을 모를 리가 없었다. 질베르는 그 침묵이 최고의 대답이라는 듯이 미소를 유지한 채 말을 이었다.

"물론 저에게 진위를 확인할 권한 따윈 없습니다. 하지만 칼럼 공은 어쨌든 프라이드 님의 소중한 근위기사님 아닙니까. 저도 제가 할 수 있는 일을 최선을 다해 강구하려고 합니다."

절대로 떠보려는 게 아니라며 양 손바닥을 펼쳐 보이는 질베르에게 베스트는 조용히 한숨을 내쉬었다. "아무쪼록 알버트에게 폐는 끼치지 말도록 하게."라고 짧게 받아치자 질베르는 물론이라며 우아한 미소와 함께 대답했다.

"정말이지 네 적은 되고 싶지 않군……."

"저도 같은 의견입니다."

아직도 험악한 표정을 지은 베스트에 비해 항상 우아한 미소를 짓는 질베르의 모습은 그야말로 대조적이었다. 질베르는 베스트와 몸이 맞닿을 정도로 가까이 다가가 속삭였다.

"그러니…… 하나만 확인시켜 주시겠습니까. 지금부터 제가 언급하는 분들은 프라이드 님과 티아라 님의 약혼자 후보가 '아니라는' 걸."

질베르가 입을 거의 움직이지 않고 소곤거리자 베스트는 탄식을 내뱉었다. 그리고 옆에 있는 질베르가 아니라 연회장에 모인 내빈 한 명 한 명에게 시선을 옮겼다. 주위 내빈들 눈에는 질베르가 하는 말이 들리긴커녕 그저 두 사람이 나란히 서 있는 것으로만 보였다.

할 말을 마친 질베르에게 베스트는 두 번째 탄식을 내뱉으며 질베르의 이름을 부르고 바라보았다.

"네가 그렇게까지 말한다는 건 이미 눈치챘다는 거겠지?"

"안심하세요. 무슨 일이 생겨도 발설하지 않을 거니까요. 오히려 그 반대죠."

질베르는 과장되게 온몸을 움직여 인사했다. 그러자 머리카락이 흔들리며 길게 찢어진 눈이 베스트를 들여다보았다.

"부군 전하와는 이미 상담을 마쳤습니다. 하지만 폐하의 오른팔인 섭정님께도 허락을 받고 싶어서요."

뭘 허락받으려는 건지 묻지 않아도 베스트는 알 수 있었다. 이번 보르도 경 사건으로 칼럼이 명백한 약혼자 후보로 대두되었다. 보르도 경은 그것을 반겼으나 기사인 칼럼은 바라지 않았다.

당연하다. 칼럼은 단순한 귀족이 아니라 위험을 무릅쓰는 직무도 이행해야 하는 기사이며, 호위받는 측이 아니라 호위하는 측 사람이니까.

베스트는 마음속으로 그런 생각을 하며 신음했다. 칼럼은 일반적인 귀족보다 표적으로 삼고 암살을 계획하기 쉽다. 게다가 칼럼의 주변 사람도 기사다. 그러나 기사 칭호는 얻었어도 왕족은 물론이고 귀족보다도 신분이 낮은 자가 대부분이다. 귀족이나 다른 왕족이 꼬치꼬치 캐물으면 능숙하게 흘려넘기기도 어려울 것이다.

공표 여부와 그에 따른 후폭풍은 본인과 가문의 책임으로 두긴 했으나, 만에 하나라도 그게 약혼자 후보 본인이나 칼럼처럼 직무에도 지장을 초래한다면 바람직하지 않다. 새로 제정된 약혼자 후보 제도에도 지장이 갈 수 있다.

그리고 무엇보다 프라이드의 두 번째 약혼자 선출에는 더 이상의 실수도 분쟁도 용납되지 않는다. 그렇기에 왕족은 비밀리에 차기 부군 후보이기도 한 프라이드의 약혼자 후보를 도와야 한다. 설령 조금 교활한 수를 쓰는 한이 있더라도…….

질베르도 그것을 이해하고 입꼬리를 슬며시 끌어올렸다. 하늘색 눈동자가 수상쩍게 빛났다.

"정보 조작이라면 맡겨 주시죠."

마치 이미 전례가 있다는 듯한 절대적인 자신감을 풍기는 그 미소에 베스트의 등줄기가 살짝 서늘해졌다. 말없이 눈을 부릅뜬 베스트는 몇 초간의 침묵 후 팔짱을 꼈다.

"네 책임자는 알버트다. 내가 할 말은…… 없어."

"감사합니다. 오늘 중으로 부군 전하께도 여쭤보겠습니다."

웃으며 그렇게 말한 질베르는 다시 고개를 숙였다. 그러다 문득 시선을 느끼고 뒤를 돌아보니 로자 옆에 우두커니 선 알버트가 험악한 눈빛을 번뜩이며 질베르를 보고 있었다.

"그럼 실례하겠습니다."

미소 짓던 표정이 조금 난처하게 변한 질베르는 알버트에게 강제로 끌려 나가기 전에 스스로 물러났다.

여왕 로자의 폐막 인사를 끝으로 스테일의 탄생제는 막을 내렸다. 다양한 의심이 교차하는 와중에도 무사히 조카의 탄생제를 끝냈다는 사실에 베스트는 홀로 가슴을 쓸어내렸다. 그리고 그와 동시에…….

또각또각. 고급스러운 바닥에 발소리가 규칙적으로 울렸다.

여왕과 부군에게 보고를 마친 베스트는 제일 먼저 자기 집무실로 발걸음을 옮겼다.

——베스트는 이번 일로 다시 한번 생각했다.

문을 닫고 자물쇠를 잠근 뒤 방을 둘러보았다. 방을 나가기 전과 아무 변화가 없음을 확인하고서 어느 한 곳으로 이동했다.

——'다음'이 오기 전까지 반드시 뭔가 대책이 필요하겠다고.

질베르의 제안을 묵인한 것도 그래서다. 방금 로자와 알버트에게도 보고했다. 질베르의 속셈이 뭔지, 그리고 질베르가 어느 정도 눈치챘다는 것도.

——라지야 제국이 약혼자 후보의 정체를 알아내기 전에.

손을 뻗어 방의 어느 한 부분을 잡아당겼다. 베스트의 방을 빈번히 드나드는 스테일과 질베르조차 모르는 숨겨진 장소 중 하나다.

——이번처럼 큰 소동이 벌어지면 라지야 제국이 손을 쓸지도 모른다.

로자와 알버트의 허락하에 약혼자가 확정될 때까진 약혼자 후보임을 외부에 알리지 말라고 약혼자 후보들의 가문에 다시 한번 못을 박는 내용을 은밀하게 서신으로 보내기로 했다.

이렇게 약혼자 후보가 고작 한 명 드러난 것만으로도 내빈들이 크게 요동쳤다. 귀족이나 왕족이라면 호위를 붙이는 등 스스로를 지키기 위해 대처할 수 있겠지. 보르도 경처럼 가문 이름을 널리 알리고 싶어 하는 자도 많으리라는 건 예상했지만, 역시 조속히 바로잡아야겠다고 베스트, 로자, 알버트는 판단했다.

——특히 이번에는…….

서류를 들고 이번 초대객 리스트를 포함한 서류를 한데 모아 책상에 펼쳤다. 라지야 제국의 황제와 황태자도 초대객에 포함되었다. 만약 이번에 그들이 출석했다면 칼럼의 신변에 미칠 위험성을 더 심각하게 고민해야 했을 것이다.

그리고 오늘 소문이 나는 바람에 본격적으로 대책을 강구할 필요가 생겼다.

——프라이드와 티아라를 노리는 라지야 제국.

프라이드의 탄생제에 동맹국이 아닌 라지야 제국은 초대되지 않은 상태였기에 '이 자리에 약혼자 후보가 여섯 명 있다' 고 여왕은 단언했다. 라지야 제국은 후보자에 포함되지 않는다고 은연중에 선언한 것이다.

——표적이 될 수도 있는 약혼자 후보들. 그중에서도 프라이드의 '후보' 들은 조금 이색적이다.

베스트는 서류 중 한 장을 집어 들고 제일 위에 올렸다. 예전에 프라이드와 티아라에게 건넸던 약혼자 후보를 나열한 리스트다.

각각의 리스트에는 한 장에 세 군데에만 표시가 되어 있었다. 베스트는 프라이드의 리스트를 펼치고 약혼자 후보의 자세한 인적 사항을 다시 한번 눈으로 확인했다.

약혼자 후보는 로자, 알버트, 베스트가 선출했다. 그리고 프라이드가 고른 인물은…….

——칼럼 보르도.

백작 가문의 차남. 가족 구성은 아버지, 어머니, 형 한 명. 보르도 가문은 장남이 잇는다.

특수 능력 〈괴력〉을 보유했으며, 14세 때 최연소로 기사단에 입단했다. 게다가 신병이 된 지 고작 2년 만에 기사단 주력부대에 수석 입대했다. 3번대 기사대장, 부대장 자리가 동시에 비면서 당시 최연소인 20세에 기사대장으로 취임했다. 공적을 쌓으며 이후에는 매년 최우수 기사로 선출되고 있다.

제1왕녀 프라이드 로열 아이비의 근위기사이다.

——스테일 로열 아이비.

프리지아 왕국의 제1왕자. 가족 구성은 아버지, 어머니, 누나가 한 명, 여동생이 한 명(원래 가문에 친족은 어머니 한 명뿐). 서민 출신이지만 우수한 특수 능력인 〈순간이동〉을 보유했으며, 7세 때 왕족의 양자가 되었다. 차기 섭정으로 면학에 힘쓰며 우수한 두뇌로 두각을 드러내는 중이다. 현시점에서 부군 업무에도 손을 뻗으며 한층 더 도약하고 있다.

제1왕녀 프라이드 로열 아이비의 의붓 남동생이자 보좌이다.

——아서 베레스포드.

프리지아 왕국 기사단 8번대 기사대장. 가족 구성은 아버지, 어머니.
아버지가 같은 기사단의 기사단장이지만 둘 다 서민 출신이다. 특수 능력 〈식물 성장 보조〉를 보유했으며, 14세 때 최연소로 기사단에 입단했을 뿐만 아니라 신병이 된 지 고작 1년 만에 기사단 주력부대에 수석으로 입대했다. 19세 때 8번대 부대장으로 취임, 그로부터 약 1개월 만에 기사대장으로 취임했다. 칼럼 보르도의 최연소 기사대장 기록을 경신했다.
제1왕녀 프라이드 로열 아이비의 근위기사이다.
서민 출신이지만 차기 섭정인 제1왕자 스테일 로열 아이비와 13세 때부터 밀접한 친우 관계였다. 지식, 교양 면에서 불안한 점은 있으나 현시점에서 부군 업무를 습득 중인 스테일이 보좌한다면 가능하다고 여겨 특별히 프라이드 로열 아이비의 약혼자 후보 리스트에 추가했다.

칼럼 보르도 외에 다른 사람은 친족이거나 서민 출신이다.
외부에 알려지면 쉽게 노려질 수 있는 신분의 가문이다. 과거에도 공표하기 전에 약혼자의 정체가 새어 나간 결과 하급 귀족의 가문에 상류 귀족이나 타국의 왕족이 압력을 가한 사례 및 친족의 지위와 신변을 보장할 테니 약혼자 자리를 넘기라고 협박을 가하거나 미수에 그친 사례가 있었다.
베스트는 로자와 알버트의 부탁을 받고 스테일을 섭정 보좌로 교육하는 중이지만 본인에게는 알리지 않기로 정했다. 프라이드가 직접 알려 주면 어쩔 수 없겠지만 최소한 그 전까지, 혹은 프라이드가 단 한 명으로 후보를 좁힐 때까지는 알리면 안 된다고 판단했다. 모처럼 순조롭게 섭정 업무와 병행해서 부군 업무를 배우고 있는 스테일이 그 사실을 알면 동요해서 그 후의 배움에도 지장이 생길 게 눈에 훤했다.

뭐, 최소한 싫어하지는 않겠지만…….

베스트는 마음속으로 그렇게 확신하며 서류를 다시 원래 장소에 집어넣었다.

애초에 리스트에 스테일과 아서의 이름을 넣은 사람은 베스트였다. 이번에는 실수하지 않기 위해 단순히 정치적 요인이나 신분만 고려한 게 아니라 프라이드가 원하는 사람이자, 프라이드를 진심으로 좋아할 법한 인물을 포함시킨 결과였다. 그리고 그것은 보기 좋게 들어맞았다.

'이것만 확인하게 해 주세요. 이 약혼자 후보들은…….'

프라이드가 이 세 사람을 고를 때, 마지막에 왜 로자에게 그런 걸 확인했는지는 모른다. 어쨌든 스테일의 그것이 없었다면 도저히 불가능한 이야기였을 거라고 베스트는 생각했다.

조용히 한숨을 내쉬며 몇 초간 묵도하듯이 눈을 감았다.

스테일이 부군 업무를 도우며 막힘없이 섭정 업무를 병행하기에 가능한 인선이었다. 로자와 알버트에게는 과감한 인선이라는 말을 들었으나 그래도 설득하자 둘 다 납득했다. 프라이드가 원하는 인물이어야 한다고 생각한 베스트는 자기가 가장 힘들 것을 알면서도 후보 중 한 명으로 스테일을 추천했다.

중요한 건 어디까지나 이 나라와 국민, 그리고 프라이드의 완벽한 약혼이다.

베스트에게 가장 힘든 결과가 된다 해도 어쩔 수 없다. 프라이드, 조카인 스테일이 그런 결과를 바란다면 섭정인 자기가 망설일 이유는 전혀 없다. 오히려 양자 입장으로 왕족이 된 스테일이 부군이 되어 프라이드의 선택을 받아 곁에 설 수 있다면 숙부인 나는 행복할 따름이다.

"내 몸은 아직 건재해. 그러니 아무 문제 없어."

아내도 딸도 아들도 알아서 잘 지내게 된 지 오래다. 그리고 나는 아직 섭정으로 짧아도 10년은 더 일할 수 있다고 자부한다.

그러니 문제없다. 모든 건 프라이드가 선택할 일이다. 내 상황은 고민할 필요가 없다.

다행히 재상 질베르는 늙을 걱정이 없다. 문제는 섭정인 베스트뿐이다. 섭정으로 살아오며 스스로 과거를 버린 자기가 해야 할 일은 단 하나.

그 몸이 썩어 문드러질 때까지 자기의 천명을 다하는 것.

"조카 때문에 숙부가 휘둘리는 일은 흔하지."

자기 집무실을 바라보는 베스트의 얼굴에서 보기 드문 미소가 흘러나왔다. 원래는 베스트만의 방이었던 그곳에 지금은 스테일의 흔적이 군데군데 남았다. 스테일이 3년 가까이 매일 열심히 베스트를 따라 배워 온 결과다. 베스트의 뒤를 잇기 위해, 프리지아 왕국의 섭정이 되기 위해…….

그러기 위해 베스트 역시 자기가 가진 모든 것을 아낌없이 스테일에게 쏟아부었다. 만약 프라이드가 스테일을 선택한다면 그 노력이 전부 물거품으로 돌아간다는 것도 이미 각오한 바였다. 그렇게 되면 현재 베스트가 하고 있는 모든 고생도 거의 다 무의미해지겠지.

"이제 열일곱 살이 되었으니 네 의지로 선택하거라."

베스트는 성인이 된 스테일이 과거의 자기는 전혀 상상도 못했던 미래를 선택하는 것도 나쁘진 않겠다 싶었다. 그러니 지금 베스트가 고민해야 할 것은 약혼자 후보와 그 친족의 안전이다. 그러기 위해서라도 약혼자 후보의 정체는 끝까지 숨겨야 한다.

"그러려면 컨디션 관리도 업무 중 하나……겠지."

베스트에게 무슨 일이 생기면 스테일의 선택지도, 프라이드의 선택지도 줄어든다. 베스트의 후임은 스테일뿐이다. 만에 하나라도 베스트가 쓰러져서 공부가 부족한 스테일이 섭정 업무를 짊어지게 된다면 마음 편히 죽을 수 없을 것이다.

베스트는 방을 둘러보며 문단속을 마친 것과 물건의 위치를 확인한 뒤 불을 껐다. 그런 다음 천천히 문을 열며 위병에게 인사를 하고 방을 나왔다.

누구를 선택해도 상관없다. 칼럼 보르도든 아서 베레스포드든 스테일이든.

설령 스테일이 선택된다 해도 베스트가 고생하는 만큼 조카가 행복해진다면 괜찮다. 프라이드가 셋 중 단 한 명을 결정할 그날을 위해. 그리고…… 그 뒤를 위해서라도.

난 아직 늙어 죽을 수 없다.

"아서, 왜 그래?"

스테일의 탄생제로부터 3일 뒤. 오후가 지나 앨런 대장님, 칼럼 대장님과 교대한 나에게 프라이드 님이 걱정스럽게 말을 걸었다. 퍼뜩 고개를 드니 프라이드 님과 티아라가 나를 바라보고 있었다. 에릭 부대장님도 옆에서 날 들여다보고 있었다. 아차, 임무 중인데 너무 멍하니 있었네.

"죄송합니다. 괜찮습니다."라고 대답하며 자세를 고쳤다. 티아라가 무슨 일 있냐고 물었지만 아무것도 아니라고 답했다. 여기에 오기 전에 에릭 부대장님한테도 같은 질문을 들었으나 입막음을 당해서 사실대로 말할 수 없었다.

어째선지 오늘 아침, 어제 비번이라 집에 있던 아버지가 내게 한동안 집에 안 와도 된다고 했다. 기사단 연습장에서도 부모의 입장으로 말을 거의 걸지 않는 아버지가 갑자기 아침 댓바람부터 그렇게 말한 것이다. 어머니한테 무슨 일 있냐고 물어봤지만 아무것도 아니라는 말만 들었다. 아버지도 내 특수 능력을 알고 있으니 만약 병에 걸렸다면 분명 알려줄 텐데. 비번이었는데도 조금 피곤해 보이던 아버지가 걱정됐다.

"괜찮다면 됐지만……. 만약 피곤한 거면 말해 줘."

걱정스럽게 날 염려해 주신 프라이드 님이 앉은 채 다시 몸을 책상으로 돌렸다. 감사하다고 대답하자 프라이드 님은 또다시 뒤를 돌아보며 웃어 주시고 천천히 서신 위로 펜을 놀렸다. 그것은 세드릭 왕자에게 보내는 답장이었다.

프라이드 님은 한 달 전부터 세드릭 왕자와 편지를 교환하기 시작했다. 스테일의 말에 따르면 자세히 말할 수는 없지만 일상적인 대화가 아니라 진짜로 형식적인 내용만 적혀 있다고 한다. 그래도 일주일에 몇 번이나 프라이드 님과 서신을 교환할 수 있는 상대는 아마 세드릭 왕자 정도가 유일할 것이다. 너무 부럽다. 진지한 표정으로 답장을 쓰는 프라이드 님의 옆얼굴을 볼 때마다 어째선지 심장이 욱신거렸다.

세드릭 왕자는 이틀 전, 스테일의 탄생제 다음 날에도 혼자서 여왕님을 알현하느라 다른 내빈보다 늦게 귀국했다. 국왕 대리로서 뭔가 의논이라도 했는지, 서신을 교환하는 것 때문인지…… 아니면 프라이드 님의 약혼자 후보로서 할 얘기가 있었던 건지는 모르겠지만.

왠지 요즘 들어 여러 가지 일이 너무 많아서 머리가 점점 그걸 따라가지 못하는 것 같다. 방위전에서 이기고, 8번대 대장으로 승진하고, 해리슨 대장님과 결투하고, 프라이드 님과 아버지에게 대장 승진을 축하받고, 프라이드 님과 티아라의 약혼자 후보 제도가 발표되고, 칼럼 대장님이 프라이드 님의 약혼자 후보라는 걸 알게 되고. 이 모든 게 겨우 몇 달 동안 일어난 일이라는 게 아직도 실감이 안 난다. 차라리 이 모든 게 해리슨 대장님과 결투한 뒤로 기절한 내가 꾼 꿈이라고 하는 게 더 그럴듯하다.

칼럼 대장님이 약혼자 후보였고, 프라이드 님과 나란히 선 모습은 정말 한 폭의 그림 같았다. 스테일이 놀란 것도 이해는 가지만, 나는 놀란 것 이상으로 머릿속이 너무 복잡하고 혼란스러웠다. 지금도 그게 어떤 감정인지 잘 모르겠다. 심지어 약혼자 후보로 완벽한 칼럼 대장님이 있다고 해도 아마 프라이드 님은 세드릭 왕자를 좋……아하실 텐데. 그걸 생각하는 것만으로도 머리가 빙글거리며 어지러웠다.

기사단 사람들도 다들 칼럼 대장님이 약혼자 후보인 건 눈치챘지만 굳이 언급하지 않았다. 일단 가문의 사정인 걸로 되어 있기도 하고, 상대가 칼럼 대장님이라서 그런지 질투나 시기가 아니라 선망하는 눈빛이 더 강했다. 사정을 아는 근위기사를 포함해도 칼럼 대장님을 놀리는 사람은 앨런 대장님 정도였다. 탄생제 다음 날에는 혹시나 저번처럼 성 전체에 칼럼 대장님의 소문이 쫙 퍼지진 않았을지 걱정했다. 칼럼 대장님은 숨기고 싶어 했지만 탄생제에서 그 난리가 났으니까.

그런데 어째선지 실제로는 칼럼 대장님의 소문만 퍼진 게 아니었다. 다음 날 근위기사 업무를 보러 왕거에 들어서자마자 타국의 왕자나 귀족의 이름과 그 사람들에 관한 소문이 마구 들려왔다. 사실은 우리 나라 공작 가문이 후보라든가, 야부란 왕국의 공작 가문이 후보라든가, 라일락 왕국의 왕자가 후보라든가. 그 외에도 다양한 소문이 뒤섞여 있었다.

나도 성안에서 듣기만 한 거라 극히 일부밖에 모르지만, 어쨌든 칼럼 대장님 말고도 약혼자 후보와 관련된 소문이 도는 이가 많다 싶었다. 그때는 그냥 보기 힘든 귀족 차림을 한 칼럼 대장님이 모든 이의 눈에 띄었을 뿐이었나보다. 질베르 재상이 "역시 프라이드 님이십니다. 주목의 대상이시군요." 하고 묘하게 기분 나쁜 미소를 지었던 게 유일하게 신경 쓰이는 점이다.

칼럼 대장님은 자기의 소문이 희미해져서 가슴을 쓸어내렸다. 소문을 들을수록 어떤 귀족도 왕자도 다 그럴듯하게 후보로 느껴졌다.

"좋아, 다 썼다!"

펜을 놓은 프라이드 님이 크게 기지개를 켰다. 티아라가 "수고하셨어요, 언니." 하고 책에서 시선을 뗐다. 프라이드 님이 익숙한 손놀림으로 서신을 봉투에 넣으며 웃는 얼굴로 응했다.

"최근에서야 겨우 편지 쓰는 데 익숙해진 것 같아. 슬슬 쓸 필요가 없어지는 게 아쉬워."

분명 처음에는 서신을 쓰는 데 무척 시간이 걸렸었는데 요즘에는 별로 안 걸리게 됐다.

프라이드 님은 요령이 생겼다며 무척 기뻐 보였다. 저번에도 "이러면 다른 서신에도 매일 답장을 쓸 수 있겠어."라고 했었지만 스테일이 "아뇨, 역시 매일 두 자릿수 이상의 서신에 답장을 썼다가는 팔이 아플 테니 그러실 필요 없습니다." 하고 말렸다.

"바르가 올 때까지 시간도 좀 남았으니 잠시 바깥 공기나 쐬러 가자."

봉한 서신을 책상에 내려놓은 뒤 프라이드 님이 일어섰다. 티아라도 기쁘게 "좋네요!" 하고 책을 안고서 일어섰다.

프라이드 님이 뒤에 서 있던 나와 에릭 부대장님을 스쳐 지나가며 우리의 어깨를 가볍게 두드렸다.

"정원으로 가자! 분명 마음이 차분해질 거야."

그렇게 말하며 짓궂은 미소를 짓는 프라이드 님을 본 순간 심장이 뛰었다. 그 미소를 보고 내 몸 상태를 걱정해서 일부러 정원에 가자고 제안하셨음을 깨달았다. 황급히 감사하다고 대답하자 티아라가 나와 에릭 부대장님의 손을 잡아끌었다. 그러자 에릭 부대장님이 비어 있는 손을 내 등에 올리고 두드려 주었다. 이렇게 모두에게 걱정을 끼칠 만큼 심각한 얼굴이었나 싶어서 스스로가 조금 한심해졌다.

"정원에 꽃이 예쁘게 피어 있거든. 우리가 먼저 보고 케멧이랑 세펙한테도 알려 주자!"

하지만 진심으로 즐겁게 웃는 프라이드 님을 보니 가슴이 가벼워졌다. 알겠다고 답하고 나서야 자연스럽게 입꼬리가 올라가는 걸 스스로도 느꼈다.

"오라버니가 오는 것도 기대되네요!" 라며 웃은 티아라는 회랑으로 나가자 우리의 손을 놓고 프라이드 님의 품에 뛰어들었다. 손을 잡고 걷는 두 사람의 뒷모습을 바라보며 나와 에릭 부대장님도 따라갔다.

역시 이렇게 프라이드 님의 미소를 보면 안심이 된다. 내가 해야 할 일도, 결의도 전혀 변하지 않았음을 몇 번이고 확신할 수 있다.

나는 이분 곁에서 미소를 지켜 나갈 것이다. 지금 이분이 진심으로 웃어 주시는 것만으로도 나는 충분히 행복하다.

이분이 반려로…… 누구를 선택하든 간에.

"클라크. 역시 오늘 밤은……."

늦은 밤, 친우에게 이끌려 단골 술집에 온 기사단장 로데릭은 술잔을 들고 무겁게 입을 열었다. 평소 같았으면 단숨에 들이켰을 양이지만 오늘은 쉽게 넘어갈 것 같지 않았다.

"이제 와서 무슨 소리야, 로데릭."

자기 잔에 술을 붓고 병을 카운터에 올려놓은 부단장 클라크는 로데릭의 등을 세차게 두드렸다. 퍽, 하는 소리와 함께 술잔까지 흔들리며 가득 차 있던 술이 카운터로 잔뜩 흘러넘쳤다.

"네가 계속 그러고 있으니까 그렇지. 나한테도 말 못 할 정도라면 어쩔 수 없지만, 나른 기사들까지 눈치 보게 하면 어떡해? 일단 마셔, 마셔."

클라크가 어깨를 두드리자 로데릭은 하는 수 없이 술을 들이켰다. 꿀꺽꿀꺽 소리를 내며 단번에 술잔을 비운 로데릭은 잔을 카운터에 있는 힘껏 내려놓았다. 그러나 클라크가 바로 다시 술을 가득 따랐다.

"왜 그래, 친구. 비번에서 돌아온 뒤로 계속 그 상태잖아. 혹시 클라리사 씨한테 무슨 일이라도 있어……?"

클라크는 로데릭 옆에 앉아 술을 들이켜며 로데릭을 들여다보았다. 로데릭이 오늘 아침부터 상태가 이상했다는 건 기사들과 마찬가지로 클라크 역시 눈치채고 있었다. 심지어 아서마저 마찬가지였다. 그래서 이렇게 로데릭을 반쯤 강제로 술집으로 끌고 온 것이다.

아내인 클라리사의 이름이 나오자 로데릭의 얼굴이 더욱 흐려졌다. "설마 진짜야?" 하고 클라크가 몸을 내밀자 로데릭은 말없이 고개를 저었다.

"아니, 클라리사도 친척들도 아주 건재해. 가게도 문제없어……."

그렇게 말하며 다시 술잔을 비운 로데릭은 이번엔 자기 의지로 술을 따랐다. "그럼 됐지만……." 하고 클라크도 술을 한 모금 마셨다. 로데릭이 이 술집에서, 그것도 클라크에게 자세히 말해 주지 않는다는 건 '그럴만한 일' 이라는 뜻이다.

"그럼 부부 싸움이라도 했어?"

끝으로 가벼운 말투로 묻자 로데릭이 알기 쉽게 카운터에 이마를 내리찍었다. 쿵, 하는 낮은 소리가 울리고 클라크가 놀란 기색으로 "뭐야, 진짜로 싸운 거야?!" 하고 소리를 질렀다.

"아니…… 내가 일방적으로 혼났을 뿐이야……."

로데릭의 낮은 목소리를 들은 클라크가 뭔가 짐작했는지 웃었다. "그런 이유였냐."라며 위로하듯이 로데릭의 어깨에 팔을 두르고 가볍게 두드렸다. "클라리사 씨는 화나면 무서우니까." 하고 일단 마시라며 술 몇 병을 로데릭 앞에 늘어놓았다. 클라크의 말에 짧게 맞장구친 로데릭은 반쯤 포기한 듯이 몇 번이고 술잔을 채우고 비우길 반복했다.

"또 비밀이라도 들켰어?"

술을 마시며 밝게 묻는 클라크에게 로데릭은 "그런 셈이야."라고 떫은 표정으로 답했다. "그런 거였구만." 하고 웃은 클라크는 다시 술을 들이켰다. 그리고 안주로 나온 육포를 씹으며 고개를 푹 숙인 로데릭을 한동안 바라보았다.

로데릭은 친우인 클라크에게도 솔직하게 말할 수 없자 답답해서 씁쓸한 기분으로 술을 마셨다. 이렇게 술맛이 쓴 것도 오랜만이었기에 길고 깊은 한숨을 내쉬었다.

거짓말을 한 것은 아니다.

실제로 로데릭은 집에 돌아가자마자 아내인 클라리사에게 질문 공세를 받았다. 로데릭도 처음에는 무슨 일인가 하고 놀랐다가 클라리사가 손에 든 것을 보고 심장이 멎을 뻔했다. 손에는 왕족의 문장이 찍힌 봉투가 들려 있었다.

로데릭이 집을 비운 동안 도착한 서신이나 봉투를 아내가 대신 확인하는 건 별로 이상한 일이 아니다. 만약 그게 부고나 급한 내용이면 기사단 연습장에 알려 주러 오는 게 클라리사의 역할이기 때문이다.

그런데 이번에는 그게 안 좋은 쪽으로 작용하고 말았다. 이틀 전 성의 위병이 전한 서신. 기사단장인 남편 앞으로 온 그 서신을 망설임 없이 열어 본 클라리사는 할 말을 잃었다.

서신에는 클라리사의 아들인 아서가 제1왕녀의 약혼자 후보라는 것과 이 사실을 외부에 절대로 누설하지 말라고 못을 박는 내용이 적혀 있었다.

하는 수 없이 로데릭은 아내에게 자초지종을 밝혔다. 프라이드의 탄생제가 있고 며칠 뒤에 칼럼 일로 여왕에게 호출을 받은 로데릭이 들은 이야기는 부하인 칼럼이 프라이드의 약혼자 후보라는 것만이 아니었다. 여왕과 섭정의 입에서는 로데릭의 아들인 아서가 프라이드의 약혼자 후보로 선발되었다는 믿기지 않는 사실이 선고되었다.

기사단장 입장에서 부하가 둘이나 약혼자 후보가 된 것도 역대급으로 진귀한 상황인데, 심지어 그중 한 명이 자기 아들이라니. 너무나도 놀라운 사태에 로데릭은 알현을 마치고 기사단 연습장으로 돌아온 뒤에도 한동안 머릿속이 멍해서 비틀거렸다. 도대체 뭐가 어떻게 된 거지? 왜 그렇게 된 거지? 하고 수도 없이 고민했으나 결국 해답에는 도달하지 못했다.

클라리사도 로데릭의 말을 듣자마자 같은 의문을 반복했다. 그러나 당연하지만 로데릭도 프라이드 님의 뜻이라는 대답밖에는 할 수 없었다.

기사단장인 로데릭은 그럭저럭 괜찮은 지위와 훈장을 가졌지만 자기도 아내도 서민 출신이다. 게다가 아서는 부군은커녕 하급 귀족 수준의 교양조차 지니지 못했다. 그런 아서가 공교롭게도 이 나라 차기 여왕의 반려 후보로 선발됐다.

여왕과 섭정이 아서가 후보자로 포함된 경위를 설명하긴 했다. 또한 부군이 '어떤 인물이라도' 지탱할 수 있는 체제가 갖춰져 있다고도 선언했다. 물론 어디까지나 후보로 선발된 것이며 셋 중에 아서가 선택될지는 알 수 없다. 하지만 그 세 명 안에 선발됐다는 것만으로도 프리지아 왕국 국민에게는 감히 헤아릴 수조차 없는 영광이다. 상급 귀족이나 다른 왕족조차 누리지 못한 영광이 왜 서민의 피가 흐르는 자기네 아들에게 찾아온 건지, 로데릭과 클라리사는 놀라움과 기쁨을 아득히 뛰어넘어 의문만 들었다.

이야기를 끝까지 들은 클라리사가 아서는 아냐고 물었지만 로데릭은 고개를 저었다. 말할 수 있을 리가 없었다. 여왕에게 직접 전달받은 로데릭조차 아직도 당황스럽고 머릿속이 어지러운데, 프라이드의 근위기사라 매일 얼굴을 마주하는 아서에게 알렸다간 로데릭보다 더 당황할 게 뻔했다. 심지어 같은 약혼자 후보 중 한 명은 아서가 존경하고 따르는 칼럼이다. 전부 아서가 허둥댈 내용뿐이었다.

프라이드가 도대체 무슨 생각을 하는지 로데릭도 클라리사도 상상이 가지 않았다. 설령 따로 마음에 둔 약혼자 후보가 있다고 해도 남은 한 명을 굳이 아서로 채울 이유가 감이 안 왔다. 칼럼은 백작 가문이지만 아서는 부모의 집안조차 기준에 미달될 텐데.

"아서와 프라이드 님은 그냥 근위기사와 제1왕녀 사이인 거 맞지……?"

머릿속을 정리하느라 한참을 침묵하던 클라리사는 쥐어짜듯이 로데릭에게 물었다. 뭔가 켕기는 점은 없냐는 뜻의 질문을 듣고 로데릭은 틀림없이 그렇다고 답했다. 그러나 실제로는 그냥 근위기사와 제1왕녀의 관계가 아니다. 제1왕자 스테일과 친구인데다가 프라이드와도 7년 전부터 알고 지낸 사이이다.

클라리사는 아서가 프라이드를 왕녀로서 존경하는 건 알지만 그렇게 된 진짜 계기는 모른다. 그걸 설명하려면 7년 전 벼랑 붕괴 사건까지 덩달아 설명해야 하기 때문이다.

부부가 의논하는 데는 꼬박 하루가 걸렸고, 클라리사는 그동안 식당도 닫았다. 최종적으로는 아서를 포함해 그 누구에게도 절대로 말하지 말고 들키지도 말라는 로데릭의 부탁을 클라리사가 들어주었다. 도착한 서신은 로데릭이 가져가서 집에는 증거가 없다.

로데릭이 다시 기사단 연습장에 돌아갈 즈음에는 클라리사도 마음이 조금 정리됐는지 "아서는 당신과 똑같이 무조건 그런 쪽으로 둔할 줄 알았는데……."라고 중얼거렸다. 뺨이 살짝 발그레해진 아내를 보고 로데릭은 설마 생각을 너무 많이 해서 열이라도 나는 건 아닌지 걱정했다. 하지만 결국 "괜찮다니까." 하고 아내에게 등을 떠밀렸다.

둘이서 상담한 결과, 아서에게는 당분간 집에 오지 말라고 전했다. 앞으로 며칠만 있으면 클라리사의 마음도 완전히 정리될 것이다. 반대로 말하자면 '그' 클라리사조차 며칠은 생각할 시간이 필요하다는 사실에 로데릭은 이게 얼마나 큰일인지 새삼 깨달았다.

클라리사가 그렇게 골머리를 앓은 게 대체 몇 년 만인지…….

한숨을 내쉰 로데릭은 무의식적으로 술잔에 끊임없이 술을 붓는 자기의 오른손을 보았다. 클라크가 늘어놓은 술병 중 몇 병은 이미 비어 있었다.

"그렇게 많이 혼났어? 사과는 제대로 한 거야?"

"했어. 했는데…… 사과해서 끝날 일이 아냐."

지금까지처럼 걱정을 끼쳐서 울렸을 뿐이라면 그나마 나았을 텐데. 그런 생각을 하던 로데릭은 아내가 열이 날 정도로 뺨이 발그레해졌던 걸 떠올리고 사실을 숨긴 데에 약간의 죄책감이 들었다. 하지만 그렇다고 이렇게 크나큰 사태를 아내에게 떠안기고 싶은 건 아니었다.

두 사람의 신분으로 왕족의 구혼을 거절할 수 있을 리가 없다. 로데릭은 만약 아서가 이 일을 알게 되고, 혹시라도 마지막 한 사람으로 선택된다면 어떤 반응을 보일지 상상조차 되지 않았다. 기뻐할지, 황송하다고 거절할지조차 예상할 수 없었다. 다만 몹시 당황하리란 것만은 확실했다. 아서가 프라이드를 존경한다는 것 정도는 로데릭도 안다. 다만 약혼이나 결혼을 할 때 드는 감정은 별개다. 로데릭은 그런 미묘한 감정에 둔감할뿐더러 그것을 자각하고 있었다.

이런 건 나보다 클라크가 더 잘 알 텐데.

로데릭은 새로운 술병을 준비하며 클라크를 힐끗 쳐다보았다.

"그럼 성심성의를 다할 수밖에 없겠네." 하고 웃으며 술잔을 기울이는 클라크는 이제 겨우 두 잔째였다.

이 이야기를 클라크에게 한다면 좀 더 참고가 되는 의견을 들려주겠지만, 가족이나 다름없다고는 해도 그저 친구일 뿐인 클라크에게는 도저히 말할 수 없었다. 아내에게는 끝까지 숨기고 싶었지만 한편으로는 고민을 공유할 수 있는 사람이 생겨서 안도하기도 했다.

게다가 아서의…… 마음은…….

거기까지 생각하다가 마침내 의식이 흐려지기 시작했다. 로데릭은 혼자 사색에 빠져 있는 동안 너무 많이 마셨다는 것을 뒤늦게 알아차렸다. 이번에는 진짜 취해서 머리를 카운터에 처박은 로데릭을 보고 클라크는 "드디어 만취했군." 하고 중얼거리며 쿡쿡 웃었다. 고민이 있거나 우울해졌을 때는 만취할 때까지 마시게 하는 게 낫다는 걸 아는 클라크는 눈을 완전히 감은 로데릭을 조용히 바라보았다. 로데릭이 유일하게 취한 모습을 보이는 상대인 클라크이기에 아는 로데릭을 다루는 방법이었다.

뒤이어 두 번째 술잔을 단숨에 비운 클라크는 친우의 등을 두드렸다.

"너도 나도…… 나이를 먹었네."

옛날엔 더 많이 마실 수 있었는데, 라고 혼잣말처럼 읊조리며 클라크는 웃었다. 취기로 얼굴이 달아오른 친우를 슬슬 기사단 연습장으로 데려갈까 했지만, 너무나도 피곤에 찌든 잠든 얼굴을 보고 조금만 더 이대로 두자고 마음을 고쳤다. 클라크는 우람한 로데릭의 단복을 익숙한 손놀림으로 벗겨 만취한 로데릭에게

덮어 주었다. 클라크가 숙면에 빠진 친우를 곁눈질하며 한 잔 더 마실까 아니면 좀 약한 술로 천천히 이어 갈까 고민하고 있을 때.

갑자기 바스락, 하는 소리가 들려서 바닥으로 시선을 떨궜다.

"응……?"

뭔가 하고 보니 편지지였다. 봉투가 바닥에 떨어지면서 그 안에서 흘러나온 듯했다. 봉투는 받는 사람이 위로 가게 떨어져서 누가 보냈는지는 모르지만, 고급스러운 봉투와 편지지를 보니 상당히 신분이 높은 사람임은 짐작이 갔다. 클라크는 본 적이 없는 봉투였으므로, 로데릭의 단복에서 떨어진 것이리라. 받는 사람이 누구인지 보지 않도록 정중하게 봉투를 집어들고 그 다음으로 편지지를 주웠다.

다른 편지지는 떨어지지 않았는지 확인하며 반으로 접힌 그 편지지를 잡았다. 그리고 접힌 부분을 그대로 집어 들고 먼지를 털었을 때…….

"뭐라고……?"

무심코 혼잣말이 튀어나왔다. 그것을 본 순간 클라크는 자기의 뛰어난 시력을 저주했다. 편지지 뒷면으로 희미하게 보이고 말았기 때문이다.

'약혼자 후보', '아서' 라는 글자가.

일단 못 본 것으로 여기며 눈을 감은 클라크는 이번에야말로 편지지를 봉투에 살며시 넣었다. 하다못해 보낸 사람만은 절대로 보지 않게 주의하며 편지를 원래 있던 곳으로 추정되는 로데릭의 단복 안쪽 주머니에 돌려놓았다.

"친우여……."

클라크는 동정하는 뜻을 담아 잠든 로데릭의 등에 손을 올렸다. 칼럼의 특별 휴가 건으로 여왕에게 호출받은 날 이후로 로데릭이 이렇게 피폐해진 이유가 전부 이해됐다. 마음속으로 그런 거였나, 하고 중얼거렸다.

아마 아서는 이 사실을 모를 것이다. 그리고 로데릭의 이야기를 듣자 하니 클라리사 씨도 아주 최근에 알게 된 듯했다.

"그리고…… 나도 알면 안 되겠지."

상담이라도 해 주고 싶지만 아쉽게도 그럴 순 없다. 원래는 클라크가 알아선 안 되는 정보니까.

클라크는 로데릭의 등을 부드럽게 두드리며 피곤에 찌든 로데릭의 얼굴을 다시 한번 바라보았다. 놀랍게도 아들이 부군 후보에, 심지어 그 상대가 은인인 프라이드라니. 그리고 무엇보다…….

"로데릭, 넌 그런 거에 둔하니까 말이야……."

클라크는 어쩔 수 없다고 생각하며 턱을 괬다. 아마 로데릭 입장에서는 정말 뜬금없는 일이었겠지. 클라크는 '역시 프라이드 님이야!' 하고 한바탕 웃고 싶은 심정이었다. 오히려 아서를 위해 진심으로 축하하고 싶은 마음이 가득했다. 하지만 지금 홀로 고민에 빠진 친우 옆에서 그럴 수는 없기에 대신 세 잔째 술을 따랐다.

"아서와 칼럼이라. 나머지 한 명은…… 뭐, 순리대로라면……."

클라크는 나지막이 중얼거리며 멍하니 한 청년을 떠올리다가 멈췄다. 기사인 클라크가 더 이상 깊게 파고들 사안이 아니었다.

술잔의 내용물을 단숨에 들이켠 클라크는 빈 잔을 살며시 카운터에 내려놓았다.

"자, 돌아가자. 로데릭……."

클라크는 두 명분의 요금을 카운터에 올려놓고 로데릭에게 단복을 단단히 입힌 뒤 어깨를 빌려주었다. 완전히 만취한 로데릭이 또 헛소리를 중얼거렸지만 못 들은 척하며 끌고 갔다.

"정말…… 나이를 먹었구나…… 나도 너도."

자기 아들의 약혼 때문에 골머리를 앓을 만큼…….

클라크는 그런 생각을 하며 로데릭을 데리고 비틀대는 걸음걸이로 술집을 뒤로했다. 클라크는 로데릭이 몇 달 전에 아서를 이 술집에 데려왔었다는 것도 알고, 함께 어떤 미래를 그리고 어떤 이야기를 나눴을지도 예상할 수 있었다. 그렇기에 로데릭에게 지금 상황이 얼마나 복잡할지도 짐작이 갔다.

"아서에게도 칼럼에게도 기쁜 일이야. 그리고 슬픈 일이기도 하지……."

클라크는 다리는 움직이면서도 의식은 뚝뚝 끊기는 친우를 보며 웃었다. 뒤이어 숨소리만큼 작은 목소리로 읊조리며 하늘을 올려다보았다. 기사단 연습장으로 걸어가며 긴 숨을 내뱉었다.

"뭐…… 안심해."

이번에는 조금 큰 목소리로 중얼거렸다. 혼잣말을 할 때 정도로 목소리를 키운 클라크는 친우와 어깨를 나란히 한 채 홀로 하늘을 향해 입을 열었다. 어차피 로데릭에겐 들리지 않으니 오히려 그러는 편이 낫겠다고 생각하며.

"그때는 내가 같이 울어 줄 테니까."

설령 '둘 중 한 명이' 울게 된다 해도…….

마음속으로 혼자 아무도 모르는 약속을 맹세한 클라크는 하늘에 오도카니 떠 있는 달을 우러러보며 만취한 친우와 걸어갔다.

아직 오지 않은 미래를 생각하자 가슴이 조금 시렸다.

"하나 여쭤봐도 되겠습니까."

눈앞의 여왕에게 무릎을 꿇고 물었다. "뭔데?" 하고 가벼운 말투로 대답하는 여왕의 시선은 내가 아니라 방금 헌상한 보석에 가 있었다. 우리 '주' 에서 생산된 물건이다.

"여왕 폐하께 헌상할 때, 어째서 제가 직접 찾아뵈어야 하는 겁니까."

7개월 전, 차이넨시스 왕국을 가로채 '속주' 로 만들고 세드릭과 공모해 랜스와 나를 함정에 빠뜨린 추악한 여왕에게 물었다.

여왕에게 지배당한 뒤로 우리 나라와 문화를 전부 빼앗겼다. 이제 신에게 기도하는 국민은 거의 없다. 있다고 해도 발견되면 반역자로 붙잡혀서 노예로 수출된다. 처음에는 죄인을 노예로 수출하는 걸로 때웠지만 원체 크기도 작고 폐쇄적인 차이넨시스 왕국에는 죄인이 그리 많지 않았다. 초반에는 감옥에 갇힌 죄인, 그 다음에는 과거에 중죄를 저지른 전과자, 그다음에는 죄를 저지른 적이 있는 자. 수출하는 데 필요한 노예 수가 점차 부족해지면서 절도나 법규 위반 같이 사소한 죄를 저지른 자까지 노예로 수출하기 시작했다. 법규 위반, 즉 종교 활동을 단행하는 자까지 말이다. 라지야의 속주가 된 이상 신을 믿지 않는 그 나라의 문화에 맞춰야만 한다. 종교 활동이나 신에게 기도하는 행위를 한 자는 발견하는 대로 '위반자' 로 붙잡을 수밖에 없다. 이제 우리는 라지야 국민이니까.

그저 신에게 기도하며 희망을 바라는 행위가 어딜 봐서 죄란 말인가. 그 이유도 모른 채 신에게 기도하는 자들은 젊든 늙든 노예로 잡혀갔다. 나만 제외하고…….

"딱히 상관없잖아. 어차피 한가하면서 뭘 따져? 전 국왕님."

'전' 국왕. 그 말을 듣자 어디에 찔린 것처럼 가슴이 아파 왔다. 지금 나는 '국왕' 이 아니다. 어디까지나 속주의 총괄역이다. 이렇게 정기적으로 지정받은 양의 보석을 프리지아의 여왕에게 바치며 기분을 살피고 있다. 고작 그 이유만으로 우리 주를 떠나 편도로 10일은 걸리는 길을 왕복해야 한다.

국민이 필사적으로 발굴하고 장인이 열심히 정제한 보석을 여왕은 마치 돌멩이처럼 손안에서 굴리고 햇빛에 비추며 놀았다. 그리고 말문이 막힌 나에게 계속해서 떠들었다.

"그야, 모처럼 내가 살려 줬는데 얼굴도 제대로 못 보면 좀 아쉽잖아? 후후훗."

기괴하게 웃는 여왕은 내 눈에 더는 사람으로도 안 보였다. 처음으로 보석에서 나에게로 시선을 떨군 여왕은 끈적거리는 미소를 지었다. 그리고 보석이 질렸는지 옆에 서 있는 섭정에게 상자째 아무렇게나 내던지더니 턱을 괴고 보랏빛 눈동자를 황홀하게 빛냈다. 그 모습이 눈에 들어오는 것만으로도 구역질이 났다.

어째선지 여왕은 날 죽이지 않았다. 전 국왕인 나는 종교의 상징이기도 하다. 목을 쳐서 국민들 앞에 매달아야 모든 게 끝났다고 선고할 수 있는데도 불구하고 살려 놓았다. 총괄역으로 두기 위해 라지야에 손을 써서 나에게는 십자가를 소지하는 것도 허용할 뿐만 아니라 아예 의무로 지니게 했고…… 그 결과, 나는 신의 상징을 목에 건 채 신에게 기도를 바치는 국민을 노예로 전락시키는 꼴이 되었다.

그게 약소국인 주제에 대국에 칼날을 휘두른 나에게 내려온 업보였다.

"아…… 좀 더 보여 줘. 고개 좀 들어 봐. 너무 증오스러워서 참을 수 없는 상대에게 무릎을 꿇는 기분이 어때? 후훗…… 하하핫!"

여왕은 즐겁게 웃더니 왕좌에서 날 내려다보았다. 나는 분노와 증오를 마음속으로 억누르며 입안을 깨물었다. 피 맛을 느끼며 견디려고 해도 가슴속은 시커멓게 타들어 가며 탁하게 물들었다.

"감사하라고! 당신은 이렇게 훌륭한 성은 평생 눈에 담을 수조차 없었을 테니까."

이런 마왕의 본거지 같은 곳이 부러울쏘냐. 이 성은 국민의 피와 비탄으로 세워진 추한 욕망에 뒤덮인 무기물이다. 그런데 여왕은 자랑스럽게 양팔을 벌리고 마치 세상에서 가장 고귀한 장소라는 듯이 한껏 미소를 지었다.

내가 필사적으로 감정을 자제하며 무릎을 꿇은 채 올려다보자 여왕은 왕좌에서 천천히 일어섰다. 여왕은 감정을 억누르는 나를 재미없다는 표정으로 노려보더니 한 걸음씩 다가왔다.

"있잖아, 요안. 혹시 당신이 이 이상 비뚤어지지 않을 거라고 생각하는 건 아니지……?"

믿기지 않을 만큼 사악한 목소리를 듣고 숨을 삼켰다. 여왕이 한 말의 의미도 모르는데 심장이 한순간 멈췄고, 휘둥그레진 눈이 경련하며 감기지 않았다. 그러자 여왕의 입꼬리가 치켜 올라갔다. 온몸을 옥죄는 공포가 잔혹할 만큼 선명하게 느껴졌다.

여왕은 내 얼굴을 들여다보더니 턱에 손을 올렸다. 그리고 아래에서 손끝으로 턱을 들어 올려 내 얼굴이 여왕의 얼굴을 바라보게 했다. 아무런 저항도 하지 않는 날 보며 여왕은 또다시 황홀한 미소를 지었다. "예를 들어." 그 더러운 입술에서 천천히 말이 흘러나왔다.

"당신이 아주 싫어하는…… 너무나 증오하는 왕자님의 시중을 들게 된다면 어떨까?"

여왕의 말을 듣고 한 청년이 떠올랐다. 이 가슴에 추악함을 불러온, 기억에서 지우고 싶어도 지워지지 않는 배신자. 내 소중한 친우의 마음마저 망가뜨린 그의 남동생. 다시 증오에 지배당하며 시야가 새빨갛게 물들었다. 내 얼굴을 구석구석까지 살펴본 여왕은 만족스러운 듯이 넋을 잃고 환하게 웃었다.

"아, 그래. 그땐 당신한테 그 왕자의 옷을 갈아입히는 일을 맡겨야겠다. 죄 없는 소녀의 사랑을 배신하고 그 피로 더러워진 그 자의 옷과 몸을 당신이 직접 씻겨 주면 되겠네. 신성한 나라의 전 국왕한테 딱 맞는 일이야! 후훗…… 아하하하하하하하하핫!"

여왕이 무슨 상상을 한 건지 등을 젖히고 소리 높여 웃기 시작했다. 대체 무슨 소리를 하는 거지. 죄 없는 소녀? 사랑? 피로 더러워져? 상식을 벗어난 여왕의 망언인가.

"당신과 그 사람의 멋진 재회가 기대되네. 벌써 석 달 뒤가 기다려지는걸!"

여왕은 그렇게 말하며 내 하얀 머리를 쓰다듬었다. 당장 뿌리치고 싶은 욕망을 억누르고 순순히 여왕의 손길을 받으며 어깨에 힘을 줬다. 그것을 알아차린 여왕이 새빨갛게 칠해진 손톱으로 날 놀리듯이 내 목부터 어깨까지 긁으며 조소했다. 엄청난 불쾌감에 목소리가 새어 나갈 뻔한 것을 참으며 입안을 깨물었다.

"잊지 마. 당신은 고작 속주의 총괄역일 뿐이고, 나는 대국 프리지아의 여왕이라는 걸. 그리고……."

씨이이이이이이이이익. 이번에야말로 여왕의 입꼬리가 등골이 얼어붙을 만큼 기괴하게 치켜 올라갔다. 얼굴을 일그러뜨리며 웃는 여왕에게 싫어도 시선이 갈 수밖에 없었다. 단전에서 끓어오르는 듯한 낮은 목소리가 울렸다.

"당신은 그 왕자의 구두를 핥게 될 거야."

더없이 잔혹한 미소에 숨이 멎었다.

"왜 그래, 요안. 세드릭이 그렇게 마음에 걸려?"

멍하니 있는데 갑자기 누군가가 말을 걸었다. 익숙한 목소리에 고개를 들어 보니 랜스가 약간 걱정스러운 표정으로 날 보고 있었다. 아차, 살짝 정신을 놓았다.

성에서 기다리고 있을 세드릭을 떠올리다가 너무 깊게 생각에 빠졌나 보다. 이렇게 세드릭을 두고 오랫동안 자리를 비우는 건 처음일지도 모른다.

"아, 미안해 랜스. 떠나기 전에 조금 풀 죽었던 모습을 떠올렸더니 좀……."

"걱정할 필요 없어."

랜스의 말을 듣고, 내가 너무 지나치게 세드릭을 보호하는구나 싶어서 웃음이 나왔다.

나와 랜스는 오늘 파티에 초대됐으나 어떠한 이유로 세드릭을 하나즈오에 두고 왔다.

랜스가 쓴웃음을 지었을 때 마침 오늘의 주역이 다가왔고, 우리는 동시에 그 사람에게 말을 걸었다.

"오늘 이렇게 초대해 주셔서 감사합니다, 질베르 재상님."

손을 뻗어 질베르 재상과 악수를 나눴다. "저희야말로 와 주셔서 감사합니다."라며 미소를 짓는 질베르 재상에게 나와 랜스도 맞장구쳤다.

프리지아 왕국의 재상인 질베르 버틀러 공. 오늘은 그 사람의 생일 파티가 열리는 날이다. 방위전에서도 다대한 공헌을 세운 질베르 재상의 생일 파티에 우리 하나즈오 연합왕국도 초대받았다. 세드릭도 오고 싶어 했지만 나와 랜스가 거절했다.

그 안건에 관한 답장이 오기까지 이제 한 달 남았다. 우리는 이미 여러모로 꼴이 재밌어지고 있는 세드릭을 프리지아 왕국에 데려오긴 불안하다고 판단했다. 파티 회장이 성이 아니라 질베르 재상의 저택이긴 해도 초대객 중에는 예전에 세드릭이 많은 폐를 끼쳤던 프라이드 제1왕녀, 티아라 제2왕녀가 있기 때문이다. 그래서 세드릭도 오고 싶어 했던 거지만…….

"하나즈오 연합왕국의 국왕 폐하께서 와 주시다니 몸 둘 바를 모르겠습니다. 부디 천천히 즐기다 가시길 바랍니다."

우아하게 인사한 질베르 재상은 그렇게 말하더니 재빠르게 다른 내빈에게 인사하러 갔다.

역시 프리지아 왕국의 재상이라 그런지 내빈도 호화로웠다.

프라이드 왕녀와 티아라 왕녀뿐만 아니라 프리지아 왕국의 섭정과 여왕까지 초대됐다. 부군은 여왕 대리로 성에 있느라 불참한 듯했지만 그래도 아주 호화롭기 짝이 없었다. 기사들도 단순히 내빈으로 온 게 아니라 경비로 저택 곳곳에 배치되어 있었다. 안쪽에는 질베르 재상의 부인으로 보이는 아름다운 여자와 딸인 듯한 영애도 있었다. 그때 마침 그 소녀에게 프라이드 왕녀와 티아라 왕녀, 스테일 왕자가 말을 걸었다. 아무래도 셋 다 영애와 면식이 있는 모양이었다.

거기까지 지켜보다가 프라이드 왕녀가 우리를 발견했다. 그래서 서로 발걸음을 옮겨 약간의 쓴웃음을 주고받으며 인사를 나눴다.

"세드릭은 안 왔나 보네요."

프라이드 왕녀가 세드릭이 없는 걸 신경 썼다. "네, 그게……." 하고 몸이 안 좋아서 못 왔다고 전했다. 완전히 틀린 말은 아니라는 게 부끄러웠다.

"하지만 이렇게 랜스 국왕 폐하와 요안 국왕 폐하의 얼굴을 뵐 수 있어서 기뻐요."

프라이드 왕녀의 말에 티아라 왕녀와 스테일 왕자도 고개를 끄덕였다. 기분이 좋아지는 인사에 나와 랜스도 인사로 답했다.

"감사합니다. 저도 만나 뵙게 되어 기쁩니다. 프라이드 로열 아이비 제1왕녀 전하."

뒤이어 티아라 왕녀와 스테일 왕자와도 마찬가지로 이름을 언급하며 악수를 나눴다. 이렇게 프라이드 왕녀의 이름을 입에 올리기만 해도 가슴이 따뜻해졌다. 정말이지 그날 일어났던 기적이 아직도 믿기지 않는다. 우리의 지금 상황도…….

내가 인사하며 애매한 표정으로 웃자 프라이드 왕녀와 스테일 왕자가 동시에 시선을 주고받았다. 그러자 프라이드 왕녀가 죄송하다며 작은 목소리로 속삭였다.

"그 건은 저도 스테일도 아직 어머님께 결과를 못 들었어요."

"설마, 세드릭 왕자 전하는 그거 때문에 끙끙대다가 열이라도 나신 겁니까?"

""아뇨, 설마요.""

나와 랜스가 무심코 동시에 같은 말을 뱉었다. 티아라 왕녀는 그 건에 관해 모르는지라 우리의 대화를 듣고 고개를 살짝 갸웃거리면서도 웃었다. 세드릭이 없어서인지 저번보다 웃는 표정이 더 부드러워졌다. 그렇게 생각하니 더더욱 쓴웃음이 나왔다.

눈이 마주치자 티아라 왕녀는 쑥스러운 듯이 입술을 깨물며 고개를 숙였다.

"그건 그렇고 랜스 국왕 폐하, 요안 국왕 폐하. 드디어 금과 광물을 타국에도 수출하게 되셨다더군요. 소문은 익히 들었습니다."

스테일 왕자가 미소를 지었다. 역시 차기 섭정이다. 섭정과 마찬가지로 타국의 동향에도 정통한 모양이다. "네, 덕분입니다." 라고 답하며 우리도 근황을 전했다.

진작 동맹을 맺은 프리지아 왕국과는 먼저 조금씩 교역을 하고 있었다. 서시스 왕국의 금과 금 세공품, 차이넨시스 왕국의 보석. 프리지아 왕국과 동맹을 맺기 전부터 나라를 개방할 준비를 한 보람이 있었는지 지난주에 겨우 체제가 정리됐다. 프리지아 왕국의 협력과 중개, 질베르 재상과 베스트 섭정이 조언한 것도 컸다.

금맥과 탄광, 광산 개발 및 정기적인 생산에 필요한 인원 확보. 채굴부터 가공 및 수출까지의 동선 구축과 안정화. 랜스와 내가 국왕이 됐을 때부터 착실히 진행해 온 준비 절차다. 우리 나라의 최대 자원인 금맥과 광물. 이 넓은 세상에 있는 나라들과 대등한 위치에 서기 위해 자국의 이익과 국민의 일자리를 늘리고 사회에 환원할 수 있도록 궁리했다. 그리고 마침내 우리는 나라를 개방한다.

교역 조건을 대조한 뒤 거래가 성립되기만 하면 개방한 항구에 한 달도 지나지 않아 타국의 배가 방문할 것이다. 아네모네 왕국이나 동맹국인 프리지아 왕국만이 아니다. 세계와의 교역, 교류다.

"정말로…… 프리지아 왕국 여러분들 덕분입니다."

말을 할 때마다 감사함이 흘러넘쳤다. 나도 모르게 입가에 미소를 띠었다. 나와 랜스, 세드릭의 꿈이 이루어졌으니까.

"아니에요. 저희가 뭘요. 하나즈오 연합왕국의 노력과 폐하의 수완이 있었기에 이룬 성과죠."

프라이드 왕녀가 대답하며 우리를 보고 웃었다.

"그리고 감사 인사를 해야 하는 건 저희 쪽이에요. 하나즈오 연합왕국에서 생산한 고품질의 금과 보석을…… 파격적인 가격으로 거래해 주고 계시잖아요."

프라이드 왕녀는 목소리를 낮추고 나와 랜스의 표정을 살피더니 무언가가 떠올랐는지 얼굴의 핏기가 약간 가셨다. 그것을 본 스테일 왕자와 티아라 왕녀가 작게 웃었다.

"당치도 않습니다. 그 정도로 갚을 수 있는 은혜가 아니니까요."

랜스는 오히려 자기가 놀라서 즉답했지만, 프라이드가 미안해하는 것도 이해가 갔다.

나와 랜스, 하나즈오 연합왕국은 금과 보석의 운송 및 채굴부터 가공하는 데 드는 인건비를 포함한 필요 경비만 받고 프리지아 왕국에 수출하고 있다. 거의 무상으로 제공하는 거나 마찬가지다. 하지만 그건 우리 하나즈오 연합왕국이 먼저 제안한 것이었다.

그렇게 거래하기로 결정했을 당시엔 프리지아 왕국의 여왕과 섭정도 놀랐다. 그러나 이건 온 국민의 의지이기도 했다. 우리 나라의 자유와 국민의 목숨은 금이나 보석으로는 바꿀 수 없다. 우리가 가격을 그 이상 올리려 하지 않자 결국 극소량의 금과 보석만 정기적으로 거래하기로 서로 합의했다. 하지만 가공에 드는 수고와 장인의 기술과 시간을 빼면 사실상 서시스 왕국의 금맥과 우리 차이넨시스 왕국 광산의 자원에는 제한이 없다고 볼 수 있다.

서시스 왕국에는 땅을 파면 금이 나온다는 말까지 있을 정도다. 덕분에 백 년여의 시간 동안 하나즈오 내 금과 보석 가격은 많이 내려갔다. 그렇다 보니 프리지아 왕국에 금과 보석을 거의 무상으로 제공한다는 소식에 금과 보석 '만으로' 괜찮겠냐고 의문을 가지는 젊은 국민들도 있었다.

프리지아 왕국의 여왕과 거래가 성립된 뒤에도 프라이드 왕녀가 너무 싸다며 말리려 들었다. 하지만 "세드릭이 저지른 무례에 대한 배상금이라고 여겨 주십시오." 하고 거절하자 몹시 당황하다가 결국 승낙했다. 오히려 배상금치고는 한참 부족하지 않나 싶은데.

말을 하다가 문득 정신이 들어 저택의 연회장을 둘러보았다.

"오늘 밤엔…… 역시 프리지아 왕국 분들이 많이 초대됐군요."

랜스도 눈치챘는지 "그렇군." 하고 작게 중얼거리며 가볍게 주위를 둘러보았다.

이번 파티는 외교적 목적이 강한 왕족의 식전이 아니라 친목 도모 목적이 강한 질베르 재상의 생일 파티다. 새 동맹국인 우리는 초청됐지만 다른 나라 왕족 중에 초대받은 사람은 적었다. 프라이드 왕녀의 네 근위기사와 아네모네 왕국의 레온 왕자는 초대받았지만 그 외엔 모두 식전에도 초청될 법한 상류 귀족뿐이었고…… 처음 보는 내빈도 많았다. 세드릭이 있었으면 구체적으로 누구와 몇 번 만났는지도 알아냈을 텐데.

"네. 이번에 질베르 재상이 별로 접점이 없는 귀족과도 교류를 꾀하고 싶다고 해서 말입니다."

스테일 왕자가 지은 미소에서 어딘가 시커먼 패기가 뿜어져 나오는 듯한 기분이 들었다. 접점이 없는 귀족…… 다시 말해 상급 귀족만이 아니라 하급 귀족도 초대했다는 뜻인가. 역시 재상쯤 되면 국내에도 깊게 관여해야 하는 모양이다. 대국 안에서도 그렇게까지 발을 넓히다니 정말 범상치 않은 수완이다. 그러자 스테일 왕자가 내 안색을 읽었는지 웃었다.

"저도 최근에 최대한 많은 귀족과 깊은 교류를 나누고 싶었던 참이라 기쁘게 여기고 있습니다."

스테일 왕자의 미소와 반비례하듯 어째선지 프라이드 왕녀와 티아라 왕녀의 표정이 굳는 것처럼 보였다.

"훌륭하군요. 우리도 본받아야겠어, 요안!"

랜스가 감탄하는 목소리로 내 등을 두드렸다. 확실히 우리도 서로의 귀족과 국민이 교류를 나누는 장소를 더 많이 마련해야 할지도 모른다. 앞으로 나라를 개방하면 국민의 생활 역시 바뀔 거라는 생각에 웃으며 "그러게." 하고 대답했다. 나라만 개방한다고 끝이 아니다. 개방한 뒤에도 국민이 자기 나라의 생활을 타국에 이해받고 교류하며 이 세상이 어떻게 돌아가는지 느낄 수 있게 우리 왕족이 그들의 평온을 지켜야 한다. 무역, 교류, 신앙의 이해, 세계와의 결속, 치안 유지. 해야 할 일은 산더미처럼 많다. 게다가 로자 여왕으로부터 그 건에 관한 합의를 얻고 나면 더 바빠질 것이다. 하지만 지금은 그저 즐거워서…… 가슴이 두근거리는 우리가 있다.

드넓은 세계를 받아들인 우리가 있다.

제4장 무관심한 왕녀와 왕제

“슬슬 오겠군…….”

나는 한숨을 내쉬며 혼자서 작게 읊조렸다. “무슨 일이십니까.” 하고 질베르가 물었지만 나는 짧게 답하며 고개를 저었다. 정리를 마친 서류를 한데 모은 나는 가볍게 뒤를 돌아 서류 뭉치를 건넸다.

“여기요, 아버님. 왕도부터 주변 지역까지의 귀족을 조사한 자료입니다.”

아버님이 내 서류를 들고 팔락거리며 속독한 후 첫 장부터 천천히 읽기 시작했다. 오늘 나는 질베르의 지도하에 부군인 아버지의 보좌를 돕고 있다.

조사한 자료 중 첫 번째 항목의 정리를 끝내고 한숨 돌렸다. 옆을 보니 질베르는 이미 다음 조사 범위에 관한 신청서를 들고 아버님의 판단을 기다리고 있었다. 역시 손이 빠르다.

“최근 몇 년간 우리 나라의 치안이 많이 안정됐지만, 역시 그만큼 각 지역의 총괄역을 눈여겨봐야겠어. 각지의 백작 가문에도 주의해서 관리하라고 해야…… 하지만 유착이 생길 우려도…….”

“맞는 말씀입니다. 역시 시간은 좀 걸려도 위병이나 기사를 파견해서 비밀리에 조사시키는 게 제일 좋을 듯합니다. 일단 백작

이하급 가문을 모두 철저히 파악하라고 공작 가문에도 주의해 두겠습니다. 최소한 공작 가문과 온전히 신뢰할 수 있는 자들을 이용해 파악에 힘써 보죠."

조사서를 노려보며 화가 난 듯이 미간을 찌푸리고 있는 아버님에게 질베르가 말을 이었다. 아버님이 조사서와 눈싸움을 하며 왼손을 가볍게 들자 질베르가 기다렸다는 듯이 가지고 있던 서류를 건넸다. 그리고 "지금 공작 가문에 소식을 전달할 준비도 하겠습니다." 하고 우아하게 미소를 지으며 자리에서 한 걸음 물러났다.

"그럼 스테일 님. 일단 다시 한번 제 집무실까지 동행해 주시겠습니까?"

"네, 물론입니다."

나는 대답하며 아버님에게 인사하고 부군의 집무실에서 나왔다. 바로 옆에 있는 질베르의 집무실에 들어오자 질베르가 문을 닫았다.

"스테일 님, 죄송합니다. 베스트 섭정님 쪽 일도 바쁠 텐데 저까지 도움을 받아서."

"신경 쓸 거 없어. 베스트 숙부님 쪽도 어머님과의 최종 조정만 남았다고 말씀하셨으니까. 오늘 하나즈오 연합왕국이 방문하기 전에 빨리 끝내자고."

미안한 기색이라고는 조금도 없이 웃고 있는 질베르의 말을 끊고 공작 가문에 소식을 전할 준비를 시작했다.

"지당하신 말씀입니다."

온화한 목소리로 맞장구친 질베르는 책장에서 서신과 리스트를 꺼냈다.

"그리고…… 두 달 전에 발각된 안건은 나로서도 정말 분하기 짝이 없더군. 그런 놈들이 더 있다면 당장 제거하고 싶어."

그렇게 중얼거리다 보니 또 그 생각이 나서 오장육부가 뒤틀렸다. 약 두 달 전, 질베르가 입수한 정보를 토대로 조사한 결과 어느 남작 가문이 처벌받았다. 원래 들어온 정보도 상당히 명확하게 조사한 것이었지만, 질베르와 내가 더욱 철저히 조사하니 정말 역겨운 안건이었다. 설마 하급 귀족의 말단 중 말단, 심지어 통치하던 영지민에게 신뢰를 받던 남자가 뒤에서 그런 짓까지 저지르다니, 지금도 그걸 떠올리면 속이 메스꺼웠다.

질베르가 신속하게 손을 써서 처벌하긴 했지만, 우리 나라의 관리 체제를 재고할 필요가 있다는 게 어머님을 포함한 상층부 사람 모두의 공통된 의견이었다.

지난달에 열렸던 질베르의 생일 파티에서도 시험 삼아 왕도와 그 주변 지역을 총괄하는 하급 귀족을 초대해, 나와 질베르에 아서까지 동행해서 경고하며 넌지시 떠보았다. 물론 그 덕분에 수확도 제법 있었다. 앞으로는 공식적으로 자리를 마련해서 모든 귀족과 직접 얼굴을 마주할 수 있는 기회를 차례로 만들어 나갈 계획이다.

"저도 동의합니다, 스테일 님. 나라와 칭호의 그림자 뒤에 숨어서 손을 더럽히는 놈들은……."

"동족 혐오는 여전하군, 질베르."

질베르의 말을 가차 없이 끊자 쓴웃음과 함께 "옳은 말씀입니다."라는 대답이 돌아왔다. 남작 가문 건이 발각됐을 때도 한마디 했었는데 반응이 정말 볼만했다.

질베르 때도 그랬지만 역시 권력자가 나쁜 짓을 저지르면 발견하기도 어렵고 흔적조차 찾기 힘들다. 권력이 센 자만 그런 게 아니라 우리 왕족의 손이 닿는 범위 밖에 있는 자들도 발각되지 않는 경우가 많다.

질베르가 아는 정보상에게 얻는 정보도 뒷세계와 관련된 것이 대부분이다. 아서처럼 시커먼 속셈을 탐지할 수 있는…… 아니, 차라리 아서가 여러 명 있으면 우리도 편하게 조사할 수 있을 텐데. 역시 그런 건 불가능하겠지. 그래서 더욱 철저히 조사해야 한다.

"아, 그러고 보니 오늘 아침에 아네모네 왕국에서 사자가 왔습니다. 3일 후에 또 기사단에 화물이 도착한다더군요."

질베르가 문득 떠올랐다는 듯이 내뱉자, 나는 "또?"라고 대답했다. 3일 후가 무슨 날인지 차근차근 되짚어 보니 이번에는 에릭 부대장과 관련된 듯했다.

몇 달 전부터 레온 왕자는 근위기사의 생일 때마다 기사단 앞으로 물품을 보내고 있다. 맨 처음에 아서에게는 무기와 탄약. 앨런 대장에게는 식료품과 비상식이었다. 전부 '우호의 증거' 라는 말과 함께 대량으로 제공했다. 덕분에 안 그래도 나라에서 지원받는 비용이 많은 기사단은 무기까지 넉넉하게 얻으며 많이 윤택해졌다. 경비를 다른 데에 쓸 수도 없는 노릇이라 이렇다면 기사단의 규모를 확대하는 것도 가능하다고 아버님이 제안하셨다. 우리 나라 기사단은 매년 많은 입단 희망자가 나오지만 엄격한 시험 탓에 주력부대에 들어오는 기사는 극소수에 불과하다. 그래도 최근에는 사망자가 적어서 단원 수가 늘고 있다.

"이번에는 술이라던데요."라는 질베르의 뒷말을 들으니 화물이 도착하고 신이 나서 법석을 떠는 기사들이 떠올랐다. 에릭 부대장보다 앨런 대장이 더 기뻐하겠군. 아네모네가 취급하는 술은 종류가 다양하고 질이 좋은 게 많으니까.

다음번에는 에릭 부대장이 당황하는 걸 볼 수 있겠다고 생각하며 나는 손을 움직였다. 생일에 대량의 화물이 기사단에 도착할 때마다 당사자는 부담스러워하는 눈치였다. 처음에 아서의 생일에 대량의 무기가 도착했을 때 아서는 놀라는 걸 넘어서 아주 어쩔 줄을 모르며 풀이 죽어 있었다. "설마, 제가 재촉한 건 아니겠죠……!" 하고 자기 생일을 쉽게 알려 준 걸 후회했다. 아서에 이어 앨런 대장의 생일에도 화물이 도착하자 근위기사끼리 레온 왕자의 생일에 어떻게 보답해야 할지 진지하게 의논하기 시작했다.

레온 왕자는 신경 쓰지 않아도 되도록 일부러 '생일 축하 선물'이 아니라 '우호의 증거'로 기사단에 보낸 게 아닐까 싶은데. 그러면 어디까지나 기사단과의 '우호의 증거'일 뿐이고, 우리 나라와 우호 관계를 유지하고 싶다는 아네모네 왕국의 의사 표현으로도 이어진다. 그럼에도 근위기사들은 보답하지 않고는 견딜 수 없는 모양이다. 다음 달엔 분명 칼럼 대장의 생일이 기다리고 있을 텐데 그때는 대체 뭘 보낼까?

거기까지 생각하다가 문득 시계로 눈을 돌리니 제법 시간이 지나 있었다. 서둘러 일을 마무리하려고 의식을 다시 서류로 돌렸다.

"앞으로 몇 시간 후면 하나즈오 연합왕국의 마차가 올 겁니다. 세드릭 왕자와 만나는 것도 기대되네요."

아까 비아냥거린 데 대한 복수인지 질베르가 상쾌하게 웃으며 말을 걸었다. 내가 세드릭 왕자에게 복잡한 감정을 가진 걸 다 알고서 저러는 것이다.

"그러게."라고 대답하면서도 머릿속에는 오늘 열릴 회담이 스쳐 지나갔다. 세드릭 왕자의 제안과 프라이드의……. 뒤이어 내 탄생제에서 세드릭이 했던 말까지 떠올랐다. 냉정하게 판단하자면 우리 나라에서도 바라 마지않던 일이다. 그렇기에 나도 성심성의껏 협력을 아끼지 않았고, 어머님도 분명 오늘 회담에서 고개를 끄덕이시겠지. 하지만 그 녀석의 진짜 목적은 아마도…….

"……."

너무 깊게 고민하다 보니 어느새 손이 멈춰 있었다. 질베르가 불러서 서둘러 하고 있던 작업을 마무리했다. 이미 아버님에게 갈 준비를 마친 질베르가 미소를 지으며 "갈까요."하고 날 이끌었다. 마치 딸 스텔라를 보는 듯한 따스한 눈빛이 좀 짜증 났다.

뭐, 좋아. 나도 서류를 옆구리에 끼고 안경테를 한 번 올렸다. 열일곱 살이 된 날에 새로 맞춘 안경에는 이미 익숙해졌다. 나는 질베르의 뒤를 따라 서둘러 함께 방을 나왔다.

요 몇 달 동안 시간을 들여 프라이드와 티아라의 약혼자 후보일 가능성이 있는 귀족과 왕족을 최대한 철저히 조사했다. 덕분에 평정도 되찾을 수 있었다. 조사해 보니 꺼림칙한 냄새를 풍기는 남자는 없었다. 역시 베스트 숙부님과 아버님, 어머님이 엄선하신 결과겠지. 사실은 뒤에서 암약할 가능성도 아예 없지는 않지만, 그때는 내가 프라이드 대신 그자를 때려눕히면 될 일이다. 그리고 칼럼 대장의 인품은 믿을 만하다. 그럼에도 어째선지 가슴이 다소 답답하고 욱신거리지만……. 세드릭 왕자가 앞으로 어떻게 움직일 셈이든, 프라이드가 그중에서 누굴 선택하든 이젠 전혀 놀라지 않을 것이다.

"오래 기다리셨습니다, 아버님."

나는 이미 2년 전에 각오했으니까.

"죄송합니다. 저희 여동생 티아라가……."

나는 무심코 한숨을 내쉬었다. 눈앞에는 어머님과의 회합을 위해 일부러 발걸음 한 랜스 국왕, 요안 국왕, 세드릭이 나란히 서 있었다. 나도 제1왕녀로서 티아라와 함께 근위기사 아서와 에릭 부대장을 데리고 마중을 나왔다. 스테일은 질베르 재상을 돕는 중이라 하나즈오 연합왕국과 어머님의 회합이 끝날 무렵에는 휴식 시간을 얻을 수 있을 거라고 했다.

그리고 지금 세드릭은 벌써 고개를 푹 숙이고 있었다. "이쪽이야말로 미안해……."라고 중얼거리며 금색 머리칼을 늘어뜨려 얼굴을 가렸다. 두 국왕은 어깨에 손을 올리며 불쌍하다는 듯이 쓴웃음을 지었다. 그야 쓴웃음을 지을 만도 하지. 왜냐하면 세드릭과 인사를 마치자마자 티아라가 도망치듯이 방으로 돌아갔으니까.

그래. 이번에는 세드릭에게 미흡한 점이 없었다. 그건 나도 안다. 다만 지금까지의 행실이라 해야 하나, 첫인상이 그 모양이었으니 자업자득이라고 할 수 있겠지. 그래도 세드릭이 티아라를 얼마나 맹렬히 짝사랑하는 중인지 아는 입장에선 어쩔 수 없이 동정심이 들었다.

방위전…… 세드릭이 티아라에게 고백한 지 벌써 반년도 더 지났다. 그 후로 세드릭과 티아라는 식전 같은 곳에서 몇 번인가 얼굴을 마주쳤지만 아직 친구가 되는 길조차 멀어 보였다. 우리만 보면 얼굴이 빨개지는 세드릭의 버릇은 어느 정도 고쳤다. 그뿐만 아니라 티아라에게도 얼굴이 빨개지지 않고 평소처럼 말할 수 있게 된 듯했으나, 티아라는 아직도 화가 안 풀린 상태라 도저히 사이좋게 수다를 떨 수는 없었다. 한 번 도와줬을 때 말고는 둘이 대화하는 건 못 들었지만, 세드릭이 말하길 여전히 일방적이라고 한다. 심지어 스테일의 탄생제 때도 티아라의 기분을 상하게 했다나. 안 되겠어…… 생각하니까 더 불쌍해졌어. 누구도 차별하지 않고 친하게 지내는 천사 티아라가 일방적으로 거부하다니, 만약 내가 그랬다면 진작 울고도 남았을 거야.

"어머님이 왕궁에서 기다리고 계세요. 이따가 꼭 다시 이야기할 수 있으면 좋겠네요. 귀국하실 때 시간 괜찮으시면 얘기를 나눠요."

내 말에 두 국왕과 세드릭도 꼭 그러겠다며 고개를 끄덕였다. 이번에는 세드릭도 포함해 하나즈오의 왕족 셋과 어머님, 아버님이 참석하는 회담이다. 하인, 병사들과 함께 어머님께 가는 길을 안내받는 세 사람을 배웅한 뒤 티아라의 상황을 확인하려고 궁전으로 돌아갔다.

"죄……죄송해요, 언니……! 저는……!"

현관에서 실내로 들어가자마자 티아라가 파랗게 질린 얼굴로 맞아 주었다. 몹시 당황한 기색인 티아라의 곁으로 전속 시녀 카라와 첼시가 걱정스럽게 다가갔다.

아마 자리를 벗어난 뒤에 곧바로 무례한 짓임을 깨달았겠지. 일단 인사는 했고, 제대로 양해를 구한 뒤에 안으로 들어간 거니까 그다지 문제 될 건 없지만. 굳이 문제점을 찾자면 티아라가 상당히 노골적인 태도를 보인 바람에 세드릭을 피해 도망친다는 것을 누구나 알 수 있다는 것 정도다. 창백한 표정으로 사과하는 티아라를 보니 나도 모르게 웃음이 나왔지만 천천히 대답했다.

"아무도 화 안 났으니까 괜찮아. 방에서 얘기할까?"

티아라를 내 방으로 데려갔다. 익숙한 곳에서 편하게 있으니 티아라도 조금 진정됐는지, 내가 전속 시녀 마리에게 차를 부탁할 즈음에는 소파에 몸을 묻고 크게 심호흡을 하고 있었다. 여느 때와 같은 티아라의 모습에 아서와 에릭 부대장도 안도했다.

"뭔가 세드릭 왕자는 잘 모르겠어요."

방 안에서 티아라의 작은 목소리가 조용히 떠올랐다. 내가 옆에 앉아 "모르겠다고?" 하고 되묻자 티아라는 살짝 어리광을 부리듯이 나에게 기대며 고개를 끄덕였다.

아서와 에릭 부대장이 듣고 있으니까 직접적으로 표현할 순 없겠지만 하다못해 나한테 털어놓는 걸로 티아라의 기분이 조금이라도 진정되길 바라며 슬며시 이야기를 재촉했다.

"그 사람은…… 너무 이상해요."

잔뜩 부풀어 오른 티아라의 볼이 귀엽다. 화난 얼굴을 하고서 손은 얌전히 무릎 위에 올려놓은 채였다. 티아라의 말에 "뭐, 그렇긴 하지."라고 대답하고 나도 쓴웃음을 지었다. 확실히 세드릭의 태도는 매우 이상하다. 특히 나와 티아라에게. 그러니 아무것도 모르는 티아라가 당황할 만도 하다.

마리가 끓인 홍차를 카라가 조심스럽게 건넸다. 나도 내 전속 시녀 롯테가 주는 차를 고맙다고 말하며 받아 들었다.

"언니한테 그렇게 심한 짓을 했으면서 가끔 ……하고, 울보에 어리광쟁이면서 지금은 언니를 존경하고. 그리고…… 지금은 가끔 좀 짓궂어요."

작은 목소리로 뜨문뜨문 중얼거린 티아라는 뜨거운 홍차를 불어 한 번 식혔다. 고개를 끄덕거리며 티아라의 이야기를 듣던 나는 문득 마지막에 한 말에 의문이 들었다. 짓궂다고? 세드릭이 언제 그런 말을 했길래? 스테일의 탄생제 때인가?

설마 내가 모르는 사이에 세드릭이 무례라도 저지른 건지, 뭔가 나쁜 장난이라도 친 건지 물었지만 티아라는 고개를 저으며 알려주지 않았다. "무례한 짓을 한 건 아니에요. 하지만……."이라는 말만 흘리더니 그 후엔 찻잔에 살며시 입을 댔다. 데이지 않도록 조심스럽게 차를 마시는 티아라를 바라보며 나는 아서와 에릭 부대장에게 눈짓을 보냈다. 당연하지만 두 사람도 모르는 일인지 당황스럽다는 시선으로 날 보았다.

설마 세드릭은 좋아하는 아이에게 짓궂은 장난을 치고 싶어 하는 타입인가? 만약 그렇다면 내가 엄하게 주의를 줘야 하나 하고 살짝 진지하게 고민했다.

홍차를 한 모금 마신 뒤 받침대와 함께 컵을 테이블 위에 내려놓은 티아라는 내 어깨에 작은 머리를 가볍게 기울여 얹었다.

"하지만 아까는 제가 너무 실례했으니, 나중에 만나면 꼭 사과할게요."

크게 한숨을 내쉰 티아라의 어깨가 축 처졌다. 나는 마치 혼난 사람처럼 눈썹을 늘어뜨린 여동생의 머리를 부드럽게 쓰다듬었다. 세드릭이 오늘 우리 성에 오는 건 알고 있었지만 좀처럼 마음의 준비가 안 됐던 모양이다. 단순히 세드릭에게 고백을 받은 것도 그 이유 중 하나겠지만, 앞으로의 미래가 불안하고 걱정되기도 하겠지. 마음이 불안정해지는 것도 무리는 아니다. 앞으로 두 달만 지나면 티아라의 열여섯 살 생일이니까.

그렇다곤 해도 티아라의 약혼자 후보는 열일곱 살이 되어야 확정된다. 그러니 아직 1년 남았다. 하지만 열여섯 살이 되고 여자로 인정받으면 주위 환경도 완전히 변할 것이다. 열여섯 살이 된 티아라는 나와 스테일과 함께 나라 밖 사교 모임에 출석하는 횟수가 단숨에 늘 테지.

내가 열여섯 살이 됐을 땐 머릿속이 학교 제도로 가득해서 사소한 일……은커녕 약혼자가 있다는 것조차 잊었지만, 티아라는 그런 일이 없는 만큼 많은 생각이 드는 게 당연하다.

"괜찮아, 티아라. 나랑 스테일도 있고…… 모두가 네 곁에 있으니까."

티아라의 뒤통수에서부터 긴 머리칼과 등을 쓸어내렸다. 그리고 반대쪽 어깨에 손을 올리고 살며시 끌어당기자 티아라는 고개를 끄덕였다. 그래도 불안함이 치밀어 오르는지 나에게서 숨듯이 작고 가녀린 손으로 눈가를 훔쳤다. 그 후로 우리는 잠시 서로 기대어 앉아 시간이 지나길 기다렸다.

"오래 기다리셨습니다, 프라이드."

프라이드의 방을 노크하더니 숨을 약간 헐떡이며 스테일이 들어왔다. 문이 열리자마자 바로 스테일의 시야에 소파가 들어왔다. 거기에는 프라이드에게 기대어 앉은 티아라가 새근거리며 자고 있었다.

프라이드가 입가에 검지를 세움과 동시에 스테일도 목소리를 줄이려고 자기 입을 한 손으로 가렸다. 그 반응에 프라이드는 작게 웃으며 목소리를 낮추고 "수고했어, 스테일." 하고 인사했다.

그에 짧게 대답한 스테일은 발소리를 지우고 프라이드와 티아라에게 다가갔다. 프라이드의 어깨에 머리를 완전히 기댄 티아라는 입도 다물고 인형처럼 잠들어 있었다.

"죄송합니다. 제가 너무 오래 걸렸나요? 이대로 방 침대로 옮겨 드릴까요?"

"괜찮아. 깜빡 잠든 것뿐이니까. 이따가 랜스 국왕님께도 인사하고 싶다고 했어."

티아라의 금발을 부드럽게 쓰다듬으며 웃는 프라이드에게 스테일도 "그렇군요." 하고 미소를 지었다. 자고 있는 티아라의 앞머리를 손끝으로 들치고 들여다보니 스테일과 프라이드에겐 낯익은 잠든 얼굴이 보였다.

"방금 어머님과 하나즈오 연합왕국의 회합이 끝난 것 같더군요. 만약 약속했다면 슬슬 오시지 않을까 싶습니다. 그러니 깨우실 거면 지금입니다."

스테일이 웃으며 한 걸음 물러났다. 그에 맞장구친 프라이드는 티아라의 어깨를 살며시 흔들며 말을 걸었다. "티아라, 스테일이 왔어." 하고 다정하게 반복하니 조금씩 티아라의 눈이 뜨였다.

"음……? 언니…… 오라버니……!"

서서히 잠에서 깨어 깜빡거리며 눈을 뜬 티아라는 천천히 주위를 둘러보았다. 그 후 몸을 가볍게 일으키더니 자기가 언니에게 기대어 자고 있었다는 걸 깨닫고 사과한 뒤 스테일에게 시선을 던졌다.

"오라버니, 언제 왔어?"

"방금. 어머님의 회합도 끝났어. 슬슬 하나즈오 연합왕국 분들도 오실 거야."

'하나즈오' 라는 단어를 듣고 티아라가 움찔했다. 그걸 본 프라이드는 티아라가 곧 사과해야 한다는 걸 떠올렸나 싶었다.

"아직 안 왔으니까 괜찮아." 하고 프라이드가 티아라를 진정시키며 등을 쓰다듬었다.

"그러고 보니 그 안건은 무사히 가결됐다고 합니다."

"그렇구나. 다행이다!"

스테일의 말에 프라이드의 표정이 밝아졌다. 프라이드도 가결되리라고 믿긴 했지만, 그래도 스테일의 말에 안도했다. 가결됐으니 자기도 알아도 되겠다고 판단한 티아라가 궁금하다는 듯이 눈을 동그랗게 뜨고 언니와 오빠를 바라보았다. 두 사람이 이제 말해도 되겠다 싶어 마주 보고 고개를 끄덕였을 때…….

노크 소리가 둘을 가로막았다.

예민해져 있던 티아라가 갑작스러운 노크 소리를 듣고 작게 비명을 질렀다. 그러나 곧바로 위병임을 알아차리고 얼굴이 새빨개져서 죄송하다며 양손으로 입을 가렸다. 이 모습을 보고 뒤에서 있던 아서와 에릭이 살짝 쓴웃음을 지었다.

위병의 전언을 들은 근위병 잭은 열렸던 문을 다시 닫고 프라이드 일행 쪽을 돌아보았다.

"프라이드 님, 세드릭 왕제 전하께서 뵙고 싶다고 객실에서 기다리신답니다."

어째선지 하나즈오의 두 국왕 없이 세드릭 혼자 찾아왔다는 소식에 프라이드뿐만 아니라 그 자리에 있던 모든 사람이 의문을 품었다. 프라이드는 잭에게 대답하며 천천히 일어섰다.

"기다리게 해서 미안해, 세드릭."

객실에 들어가자마자 프라이드가 말을 걸었다. 그 옆에는 스테일이 있었고, 등 뒤로 티아라가 따라왔다. 마지막으로 두 근위기사가 방에 들어간 후 잭이 밖에서 문을 닫았다. 문이 조용히 닫히자 몸을 돌려 정면을 향한 세드릭이 입을 열었다.

"아니, 나야말로 너무 서둘렀어. 미안해. 형님들은 로자 여왕님과 좀 더 얘기하고 올 거야."

차분한 음색에 비해 이마에 땀이 옅게 밴 세드릭은 잠시도 의자에 앉지 않고 기다렸다. 프라이드가 다시 한번 소파에 앉으라고 권했으나 정중하게 거절하며 앉으려 하지 않았다. 인사를 마친 세드릭은 프라이드와 스테일 뒤에 숨어 있는 티아라가 신경 쓰였는지 옆으로 얼굴을 내밀었다.

쓴웃음을 지은 프라이드는 뒤에 숨은 게 티아라가 맞다는 뜻으로 고개를 끄덕였다. 스테일이 물러나듯이 바깥쪽으로 한 걸음 피했다. 고개 숙인 티아라의 움츠러든 등 뒤로 돌아간 프라이드는 티아라의 어깨에 살며시 손을 올렸다.

"티아라가 아까 일을 사과하고 싶대."

프라이드가 중개하듯이 부드럽게 말을 꺼냈고, 티아라도 고개를 숙인 채 끄덕였다. 스테일이 "사과라뇨?" 하고 되물었으나 프라이드가 웃으며 괜찮다고 답하자 스테일은 수긍하듯이 입을 다물었다.

티아라가 프라이드의 도움을 빌려 한 걸음씩 세드릭에게 다가가더니 드레스 소매를 살짝 움켜쥐었다. 그리고 긴장해서 희미하게 빨개진 얼굴로 분홍빛 입술을 우물거렸다.

"저기…… 아……아까는……."

"잠깐만!"

티아라의 사과를 가로막듯이 세드릭이 손을 내밀며 목소리를 높였다. 갑자기 끼어든 세드릭에게 티아라뿐만 아니라 프라이드도 놀라 고개를 들었다. 눈이 휘둥그레져서 세드릭을 바라보자 자기도 약간 당황했는지 먼저 말을 끊은 것을 사과했다.

"그…… 이건 내 바람이지만 지금부터 내가 하는 얘기가…… 당신의…… 네 뜻에 맞지 않는다면 그냥 잊어 줘. 그 대신 지금 당신이 사과하려는 일을 저도 잊겠습니다. 어떻습니까……?"

긴장해서 또 존댓말을 뒤섞어 얘기한 세드릭의 남성적이고 단정한 얼굴에는 고뇌와 각오가 배어 있었다. 뜬금없는 질문에 티아라는 눈을 수없이 깜빡이면서도 고개를 끄덕였다. 세드릭의 말을 이해했다기보다는 이 자리에서 아까 자기가 저지른 무례를 만회할 수 있다면 그걸로 됐다고 여긴 듯했다.

티아라의 대답에 안도하며 부드럽게 미소를 지은 세드릭은 눈으로 프라이드 일행을 확인했다. 그리고 살피듯이 "사람들 앞인데 괜찮겠어?" 하고 티아라와 프라이드에게 물었다. 프라이드와 티아라는 뒤를 돌아본 뒤 서로 눈을 마주 보았지만 곧장 고개를 끄덕였다. 근위기사도 스테일도 둘에게는 신뢰할 수 있는 상대였다.

두 사람이 동의하자 세드릭은 알겠다며 고개를 끄덕인 뒤 조용히 호흡을 가다듬었다. 그러다 숨을 토해 내고 가슴을 편 뒤 다시 숨을 깊게 들이마셨다. 그리고 방 안에만 울려 퍼지는 목소리로 나지막하면서도 단호하게 의사를 표현했다.

"티아라 로열 아이비. 날…… 네 약혼자 후보로 넣었으면 해."

"뭐라고?!"

제일 먼저 소리를 지른 사람은 스테일이었다. 스테일은 눈을 부릅뜨고 대체 무슨 소리냐는 표정으로 세드릭과 프라이드, 티아라를 번갈아 보았다. 남들 앞에서 고백하는 바람에 얼굴이 순식간에 새빨개진 티아라와 마찬가지로 그 뒤에 있던 프라이드도 온몸이 빨개져 있었다.

스테일이 "그게 무슨……." 하고 참지 못하고 입을 열려고 했을 때, 프라이드가 황급히 손을 뻗어 스테일의 입을 막았다. 그리고 경직된 티아라의 등 뒤에서 스테일의 등 뒤로 이동했다. 입이 막힌 것보다 프라이드의 손이 자기에게 닿은 것에 더 놀란 스테일은 몸이 굳어 버렸다.

세드릭은 경직된 티아라에게 조금 당황하면서도 말을 이었다.

"방금 로자 여왕 폐하께서 허가하셨고…… 공표하는 것도 허락받았어. 앞으로 하나즈오 연합왕국과 프리지아 왕국은 합동해서 서로의 나라에 '국제 우편 기관'을 설립할 거야."

세드릭은 방금 막 작성된 승낙서를 옷 안에서 꺼내 티아라에게 들어 보였다. 물론 본부는 프리지아 왕국이라고 설명을 덧붙이고는 반응을 기다렸다. 계약서에는 그런 내용과 함께 두 국왕과 여왕 로자의 승낙 사인이 있었다.

처음으로 그 사실을 안 아서와 에릭도 무심코 감탄을 흘렸다. 국제 우편 기관이라는 이름과 제안 자체는 3년 전부터 알고 있었지만 구체적인 진행 상황은 몰랐다. 단 한 명, 왕족 전용 '배달부'를 제외하고…….

프라이드와 스테일도 하나즈오 연합왕국과의 시범 계획은 당연히 알고 있었다. 세드릭과 서신을 주고받으며 상담해 주기도 했고, 여왕 로자와 이어주기 위해 직접 찾아가기까지 했으니까.

왜 이 상황에서 그 이야기를 하는 건데……?!

그러나 프라이드는 전혀 이해가 안 됐다. 몇 번이나 의문이 떠올랐지만 지금 아주 중요한 갈림길에 서 있는 세드릭을 방해할 순 없겠다 싶어서 참았다. 그리고 프라이드에게 입이 막힌 상태에서도 이야기를 듣고 있던 스테일은…… 전부 이해했다.

너무 놀란 나머지 목소리도 못 낸 스테일은 설령 프라이드가 손을 뗐어도 아무 말도 하지 못했을 것이다. 스테일은 자기 예상을 한참 빗나간 사태를 쫓아가는 것만으로도 벅찼다.

"응……? 그, 그게…… 무슨……?!"

티아라가 횡설수설하면서도 물었다. 프라이드와 마찬가지로 왜 세드릭이 그런 말을 하는지 모르는 눈치였다. 대체 왜 갑자기 또 고백한 걸까. 티아라는 역시 프라이드 일행을 방에서 내보내야 했다고 뒤늦게 후회하기까지 했다. 그러나 세드릭은 그 반응에 당황하지 않고 답했다.

"난 '우편 총괄역'으로서 국제 우편 기관에 몸담기로 했어. 하나즈오 연합왕국과 프리지아 왕국. 그리고 이 넓은 세상의 수많은 나라를 이어주기 위해."

농담이나 가벼운 각오가 아니었다. 그건 세드릭 앞에 서 있는 모두가 알 수 있었다. 붉게 흔들리는 눈동자 속 불꽃은 방위전에서 보인 모습과 완전히 똑같았다.

하나즈오 연합왕국과 프리지아 왕국의 공동 기관. 그렇다면 그 기관의 최고 총괄 역할은 필연적으로 두 나라 중 한쪽의 상층부 사람이 맡게 된다. 그리고 하나즈오 연합왕국의 왕제인 세드릭에겐 충분하고도 남는 자격이 있었다.

그러나 티아라는 아직 이해가 안 갔다. 왜 그게 약혼자 후보에 세드릭을 넣으라는 이야기로 이어지는 건지. 양국의 합동 기관의 대표가 된 지금이라면 자격이 있다고 말하고 싶은 걸까. 하지만 하나즈오 연합왕국의 왕제인 세드릭은 이미 그 자격을 지니고 있다. 직함이 새로 생겼다고 해서 뭐가 바뀌는 거냐고 티아라가 직접 물어보려 했을 때…….

"그러기 위해 난 이 나라에 평생 정착할 거야."

세드릭이 선언했다. 티아라는 그 말을 듣고 숨을 삼켰다. 세드릭의 말을 이해해 보려고 했지만 차마 이해할 수 없었다. 세드릭이 자기가 한 말을 제대로 이해하는지조차 의심됐다.

그럼에도 세드릭은 동요하지 않았다. 승낙서를 다시 둥글게 말아 옷 속에 집어넣더니 그 눈동자로 티아라를 똑바로 바라봤다. 모두 경악한 채 말문이 막혀 움직임을 멈춘 와중에 세드릭만이 부드럽게 움직여 티아라에게 오른손을 내밀었다. 그 자리에 있던 모든 이가 상상치도 못한 말을 고하기 위해…….

"그러면 넌…… 결혼해도 이 나라에 있을 수 있어."

고요하고 더없이 다정한 목소리였다.

그 말을 기점으로 티아라가 바들거리기 시작했다. 하얗고 가녀린 팔다리를 후들거리며 무언가 말하려고 입술을 움직였지만 아무 말도 떠오르지 않아 입을 뻐끔거리며 숨소리만 내뱉었다.

"하나즈오 연합왕국의 왕제인 나와 결혼하면, 넌 제2왕녀의 사명을 다하면서도 사랑하는 사람과 떨어지지 않을 수 있어. 프라이드와도…… 스테일 왕자와도. 사랑하는 가족과 함께 시간을 보낼 수 있어."

올곧게 내뱉는 말에 티아라의 어깨가 크게 들썩였다. 그리고 양손으로 자기 가슴을 누르며 아랫입술을 꽉 깨물었다. 떨림이 심해졌지만 세드릭에게 사로잡히기라도 한 것처럼 불타는 눈동자에서 눈을 뗄 수가 없었다.

"나를…… 사랑하지 않아도 괜찮아. 난 그저 내가 줄 수 있는 모든 것을 너에게 바치고 싶어. 만약 네가 레…… 사랑하는 남자에게 이미 마음이 기울었다면 거절해도 상관없어."

마치 자기를 마음대로 이용하라는 듯이 들리는 말에 프라이드마저 스테일에게서 손을 떼고 가슴을 눌렀다. 이미 세드릭은 우편 총괄역이 되기로 결정했다. 다시 말해 설령 티아라에게 거절당한다 해도 그 의무를 다할 셈이라는 뜻이다.

"하지만 만약 그렇지 않다면…… 날 선택해 줘. 네가 많은 축복을 받으면서도 남몰래 기꺼이 무도회장에서 벽만 지키는 벽의 꽃이 될 심산이라면……. 내 곁에서 피어났으면 좋겠어."

세드릭에게 사로잡힌 눈동자가, 시야가 흔들렸다. 뺨이 뜨거운 이유가 그저 얼굴이 달아올랐기 때문만은 아니라는 건 만져 보지 않아도 알 수 있었다. 그럼에도 여전히 세드릭에게서 시선이 떨어지지 않았다.

오히려 티아라의 눈동자 속 눈물을 발견한 세드릭이 당황하며 처음으로 동요했다. 티아라의 입술이 천천히 움직이기 시작했다. '어째서.' 얕은 호흡으로 내뱉은 말은 소리가 되지 못한 채 공중으로 흩어졌다.

세드릭이 프리지아 왕국에 정착한다는 건 동시에 하나즈오 연합왕국에서 떠난다는 것을 뜻한다. 모처럼 구한 소중한 형들과 나라로부터 말이다.

티아라를 똑바로 바라보고 있던 세드릭만이 소리 없이 흩어진 의문을 입의 움직임을 보고 이해했다. 하지만 그 뜻을 이해하지 못해서 눈썹을 살짝 찌푸리며 티아라에게 되물었다.

"사랑하는 여자에게 모든 걸 바치는 데에 이유가 필요해?"

너무나도 단순한 질문이 그 자리의 공기마저 갈랐다.

세드릭은 당연하다는 듯이 자기가 내뱉은 말보다 오히려 더욱 흘러넘치는 티아라의 눈물을 보고 당황했다. 그렇지만 눈물이 멎을 때까지 마음을 표현하기로 했다.

"난 좋아하는 사람 곁에서 진심으로 웃는 당신을 보고 싶어. 소중한 사람과 언제까지나 웃는…… 그런 너와 함께하고 싶어."

흘러넘친 눈물이 마침내 뺨에서 가녀린 목을 타고 흘러 티아라의 가슴께를 적셨다. 시선을 피하지 못한 채 눈을 깜빡이기만 하다가 눈물이 떨어져 카펫에 스며들었다. 흐느끼며 목소리를 억누르려던 티아라는 끝내 입을 양손으로 가리고 고개를 숙였다.

세드릭은 눈물을 닦기 위해 손을 들어 올렸다가…… 망설였다. 자기에겐 티아라의 대답도 기다리지 않고 눈물을 닦을 권리가 없다는 생각이 들었기 때문이다. 뻗으려던 손으로 주먹을 꽉 쥐고 견딘 세드릭은 한 번 더 기도하듯이 티아라의 눈앞에 조심스럽게 손을 내밀었다.

"티아라. 헤어질 때 했던 그 말을 한 번 더 하게 해 줘."

세드릭은 말을 잇지 못하는 티아라에게 하염없이 이야기했다. 흐느끼느라 말문이 막힌 모습을 보고 자기의 감정이 일방적이었음을 누구보다도 뼈저리게 느끼며.

"티아라 로열 아이비. 당신에게 마음을 빼앗겼습니다."

절대적인 기억 능력을 가진 세드릭이 아홉 달 전에 티아라에게 했던 맹세를 토씨 하나 틀리지 않고 말했다.

이미 티아라는 오열하고 있었고, 입을 가린 손을 타고 눈물이 흘러 소매를 적셨다. 자기 의지로 눈물을 멈추고 싶었지만 그러지 못했고 눈을 감아 봐도 참을 수 없었다.

"나는 네 옆을…… 평생의 거처로 삼고 싶어."

그 말을 들은 순간, 티아라는 또다시 흐느꼈다. 그리고 떨리는 손끝으로 세드릭이 내민 오른손을 살며시 어루만지더니 그대로 손을 잡고 조용히 자기 뺨으로 끌어당겼다. 티아라의 가느다란 손가락이 닿은 것만으로도 세드릭의 손에 힘이 들어갔다. 그럼에도 티아라에게 이끌리듯이 얼굴로 향한 손가락이 눈물에 살짝 젖었다.

"흑…… 선택할게요……."

눈물방울 같은 대답이 입술에서 흘러 떨어졌다.

"죄송합니다. 프라이드 왕녀 전하. 또 세드릭이 폐를……."

무겁게 사과하는 랜스 국왕과 요안 국왕에게 나는 황급히 당치도 않다고 답했다.

세드릭과 티아라의 이야기가 끝나자마자 랜스 국왕과 요안 국왕도 객실을 찾아왔다. 울고 있는 티아라와 뺨에 손을 올린 세드릭을 보고 이번에야말로 일을 저질렀다고 생각한 랜스 국왕은 몹시 당황하며 세드릭을 떨어뜨려 놓았다.

내가 설명해서 오해는 풀렸으나 세드릭이 한 번 더 티아라에게 고백……이 아니라 구혼했단 점에는 변함이 없기에 랜스 국왕과 요안 국왕도 놀라서 벌어진 입을 다물지 못하는 듯했다. 나도 충격적인 전개에 머리가 아직 따라가지 못하고 있지만, 일단 표면

적으로라도 침착함을 유지해야 한다며 필사적으로 스스로를 타일렀다.

"그보다 세드릭이 저희 왕국에 정착하겠다고 해서 엄청 놀랐어요. 두 분은 전부터 알고 계셨던 거예요?"

내가 화제를 전환하자 두 사람은 서로 눈빛도 나누지 않고 고개를 끄덕였다. 세드릭이 총괄역이 되는 건 나와 스테일도 알았지만 프리지아 왕국에 이주하려는 건 몰랐다. 본부는 우리 나라에 있지만 기관은 하나즈오 연합왕국에도 설립되기 때문에 세드릭은 당연히 그쪽에서 일할 줄 알았다.

"세드릭이 저희에게 처음 제안했을 때부터 결정한 일이었으니까요."

"세드릭이 자기 의지로 밖으로 나가겠다면 말리지 않을 겁니다. 그저 등을 밀어줄 뿐이죠. 평생 못 만나는 것도 아니고 말입니다."

요안 국왕에 이어 힘차게 말한 랜스 국왕도 티 하나 없이 밝게 웃고 있었다. 나는 티아라가 다른 나라로 간다는 상상만 해도 쓸쓸해졌는데 역시 형은 다르구나 싶었다. 스테일도 줄곧 침착했는데, 어쩌면 내가 제일 응석받이일지도 모른다.

"물론 프라이드 왕녀 전하께서 원하신다면 세드릭을 총괄역에 앉히는 건 재검토하겠습니다만……."

맞은편 소파에 앉은 나와 스테일에게 랜스 국왕이 입가를 손으로 가리고 속삭이듯이 내뱉었다. 그러면서 눈으로는 경계하듯이 방구석에서 뭔가 대화를 나누는 세드릭과 티아라를 주시했다. 랜스 국왕에게 동조하듯이 경직된 미소를 지으며 고개를 숙이는 요안 국왕을 보고 나도 그만 따라서 쓴웃음을 짓고 말았다.

"아니에요. 그럴 생각은 없어요. 이미 어머님과 베스트 섭정님도 납득하셨고."

세드릭이 우편 총괄역이 되는 건 어머님과도 합의한 사항이다. 심지어 세드릭은 왕족임에도 불구하고 제대로 시험을 보고 자기 실력으로 채용됐다. 애초에 자기가 직접 총괄역에 걸맞은지 시험을 봐서 확인하겠다고 요청했다. 우편 총괄역이 되기 위해 필요한 지식을 잔뜩 외우고 시험에 도전한 세드릭은 자기의 18세 축하 탄생제가 끝난 뒤 프리지아 왕국, 서시스 왕국, 차이넨시스 왕국, 세 나라의 섭정이 출시한 필기시험에 전부 만점을 받고 합격했다. 자타 공인 엄격하기로 유명한 베스트 숙부님조차 칭찬을 아끼지 않았을 정도다. 뭐, 세드릭에게 필기시험 따윈 전생의 표현을 빌리자면 컴퓨터를 들고 시험을 본 거나 마찬가지라 여유로웠겠지만.

그뿐만 아니라 세드릭은 장래에 모든 대륙과 소통하겠다며 하나즈오 연합왕국과 프리지아 왕국이 현시점에서 파악한 모든 이국의 언어까지 습득했다. 이에는 베스트 숙부님도 놀랐다. 베스트 숙부님과 질베르 재상도 몇 가지 언어는 번역할 수 있는 모양이지만, 아무리 그래도 모든 언어를 번역할 수 있는 사람은 없으니까.

설명을 덧붙이자면 국제 우편 기관 자체는 나와 질베르 재상이 대부분 고안한 데다가 모든 게 새로운 시스템과 제도로 구성되어 있다. 그걸 처음부터 전부 이해하고 기억하며 기관을 운영하는 데에는 세드릭이 적임이었다.

"하나즈오 연합왕국 입장에서도 세계와 교류하기 위한 절호의 기회입니다. 반드시 성공시켜 보이겠습니다!"

우렁차게 웃는 랜스 국왕이 매우 믿음직스러웠다.

세드릭이 상담을 부탁했을 땐 놀랐다. 하지만 학교 제도가 착착 진행되고 있는 지금, 나도 슬슬 우편 기관 계획을 좀 더 진척시키고 싶은 참이었다. 세드릭은 스테일에게 들었다는 우편 제도에 관해 제대로 이해하고 있었고, 무엇보다 많은 동맹국과 화평을 맺은 국가를 오가며 돌아다녀야 하는 상황에 프리지아에서 멀리 떨어진 하나즈오 연합왕국의 협동 제의는 고마웠다. 멀리 떨어진 거점이 두 군데 있으면 중계 지점으로 쓸 수도 있고, 서시스 왕국에는 항구도 있어서 활동 가능한 범위도 단숨에 넓어진다. 배달하는 범위를 분담하면 각자 부담 없이 배달할 수도 있다. 그런데 이게 세드릭이 티아라에게 프러포즈하기 위한 필살기였을 줄은 생각지도 못했지만…….

티아라는 제2왕녀다. 여왕이 되지 못한 역대 왕녀가 그랬듯이 티아라도 다른 나라에 시집가야 한다. 하지만 세드릭이 하나즈오 연합왕국의 왕제로서 티아라와 결혼하고 프리지아 왕국에 정착하면 아내가 된 티아라도 당연히 프리지아 왕국에 살게 된다.

세드릭이 왜, 언제, 어떻게 티아라가 바라는 것을 눈치챘는지는 모르겠다. 그래도 분명…… 티아라의 바람을 이뤄 주기 위해 여러모로 고민했을 것이다. 나 역시 티아라와 헤어지는 건 너무 쓸쓸하고 생각만 해도 우울했기에 이렇게 된 게 무척 기쁘다.

티아라와 세드릭 쪽으로 고개를 돌리자 세드릭이 목소리를 낮추고 무언가를 열심히 말하고 있었다. 그리고 울음을 그친 티아라가 눈을 동그랗게 뜨고 그 이야기를 듣더니…….

"바보!"

갑자기 다시 얼굴이 새빨개져서 외쳤다. 대체 세드릭이 또 무슨 부끄러운 말을 했길래. 나와 두 국왕은 이젠 놀라지도 않고 뭐라 형용할 수 없는 표정으로 세드릭과 티아라를 보았다. 이번에는 혼나는 세드릭 쪽이 눈을 깜빡거리며 티아라를 바라보고 있었다.

"세드릭. 너 또 무슨 소리를 한 거냐……."

"동의를 받긴 했지만 아직 약혼자 후보거든?"

골치 아프다는 듯이 한 손으로 머리를 부여잡고 끙끙대는 랜스 국왕에 이어 요안 국왕도 한마디를 더 얹었다. 세드릭은 당황한 듯이 티아라에게서 한 걸음 물러나 "아, 아니 난 그냥……." 하고 웅얼거렸다. 그러자 양손으로 주먹을 쥔 티아라가 새빨간 얼굴로 볼을 부풀리며 세드릭을 때리기 시작했다.

"왜 당신은 그렇게 바보 같은 건데요?! 이 바보!"

티아라가 또다시 소리를 지르자 세드릭이 반사적으로 팔로 얼굴을 가리며 "미, 미안……!" 하고 사과했다. 별로 심각해 보이진 않아서 안도했지만 나와 랜스 국왕, 요안 국왕은 동시에 "죄송합니다. 티아라가……." "죄송합니다. 세드릭이……." 하고 서로에게 사과하는 꼴이 됐다. 설마 내가 흠잡을 데 없이 완벽한 왕녀인 티아라 일로 이렇게 사과하는 날이 올 줄은 상상도 못했다. 반대의 경우는 있을 수 있지만 설마 티아라가 그럴 줄이야. 왠지 세드릭과 관련될 때만 티아라가 유치해지는 듯한 건 기분 탓일까…….

평소였으면 티아라를 말리려고 한마디 했을 스테일도 지금은 멍하니 내 옆에 앉아 있었다. 완전히 넋이 나간 기색이었다. 귀여워하던 여동생 티아라를 눈앞에서 세드릭에게 빼앗겨 충격받았는지도 모른다. 그런 생각을 하며 아서에게 시선을 돌렸다. 아서는 의식은 유지했지만 안색이 나빴고 고민에 빠진 것처럼 눈동자가 흔들렸다. 옆에 있는 에릭 부대장은 아직도 티아라와 세드릭의 열기가 느껴지는지 살짝 달아오른 얼굴로 "임무 중이야." 하고 아서의 어깨를 두드렸다. 역시 아서도 스테일과 똑같이 충격받은 건가.

뭐, 둘 다 세드릭에게는 음식 일 때문에 원한이 있으니 그런 상대에게 티아라를 넘기고 싶지 않은 마음도 이해가 간다. 솔직히 이기적일 수도 있지만, 난 티아라의 약혼 상대가 세드릭이라서 놀란 것보다는 티아라가 우리 나라에 계속 있을 수 있어서 기쁜 게 더 컸다.

세드릭을 때리던 티아라는 마지막으로 "흥! 이젠 몰라요!" 하고 크게 소리치더니 양 주먹을 쥔 채 소파에 앉은 우리 쪽으로 빠르게 다가왔다.

"언니! 정말 세드릭 왕자한테 우편 총괄역 같은 중요한 자리를 맡겨도 되는 거예요?!"

내가 왜 그러냐고 묻자마자 티아라가 이렇게 외치더니 볼을 부풀렸다. 그 직후 눈앞에 세드릭의 두 형이 있다는 걸 깨닫고 엄청난 기세로 사과하기 시작했다.

"역시 약혼자 후보 건은 백지로 돌아가는 건가……?"

벽 쪽에 혼자 남겨진 세드릭이 당황한 듯이 슬픈 목소리로 읊조렸다. 마치 버려진 강아지 같은 눈빛이었다. 그러자 티아라는 얼굴이 새빨개져서 있는 힘껏 세드릭을 돌아보았다.

"당신을 선택할 거예요! 사랑하는 언니와 오라버니와 아서와 질베르 재상님과 근위기사 분들과 바르와 세펙과 케멧과 레온 왕자와 함께 있기 위해! 흥!"

그대로 다시 정면으로 몸을 돌린 티아라는 내 옆으로 뛰어들더니 큰 소리를 내며 소파에 앉았다. 그리고 내 팔에 매달려 "그러면 다 같이 있을 수 있으니까요!" 하고 기쁘게 웃었다. 여러모로 인선이 마음에 좀 걸리긴 하지만 기뻐 보이는 티아라의 머리를 쓰다듬으며 고맙다고 대답했다. 눈앞에 있는 랜스 국왕과 요안 국왕에게 다시 사과하며…….

둘 다 쓴웃음을 지으며 용서했지만 역시 세드릭이 조금 불쌍해진 나는 그쪽을 보았다. 또 풀 죽어 있으면 어쩌지 했는데…… 세드릭은 조용히 웃고 있었다. 나한테 매달린 티아라의 뒷모습을 바라보며 기쁘게.

정말로 티아라의 미소를 보는 것만으로도 만족한다는 게 느껴졌다. 내 시선을 알아차린 세드릭은 정신을 차렸는지 고개를 숙이고 천천히 다가왔다. 티아라는 화가 난 듯이 고개를 돌렸지만 세드릭은 개의치 않고 나와 스테일에게 "소란을 일으켜서 죄송합니다."라고 다시 한번 사과했다. 뒤이어 스테일을 부르더니 위에서 내려다보지 않게 한쪽 무릎을 꿇고 이야기를 시작했다.

"예전에 말씀드린 대로입니다. 저는 스테일 전하와 프라이드와도 가까운 사이가 되기를 바랍니다. 그리고 이 땅에 정착하기를 원하고 있습니다."

갑작스러운 '여동생을 저에게 주십시오' 라고 하는 듯한 말을 듣고 스테일은 웬일로 말이 안 나오는지 눈동자를 떨며 멍하니 맞장구를 쳤다. 스테일이 당혹스러워하는 걸 눈치챘는지 세드릭이 "저를 불안해하시는 건 잘 압니다." 하고 양해를 구한 뒤 말을 이었다.

"전 아직 미숙합니다. 그렇기에 뭔가 부족한 점이 있으면 사양 말고 지적해 주십시오. 프리지아 왕국의 제1왕자이신 스테일 전하께 가르침을 받고 싶습니다. 티아라의 약혼자 후보가 확정되기 전까지 반드시 스테일 전하께도 인정받게 노력하겠습니다."

스테일이 하나즈오 연합왕국의 왕제로서가 아니라 티아라의 약혼자 후보로서 말하자 스테일은 눈을 부릅떴다. 입을 떡 벌린 채 잠시 굳었던 스테일은 마지막에 살짝 웃으며 손을 내밀었다.

"저 같은 사람으로도 괜찮으시다면 기꺼이. 잘 부탁드립니다."

그 대답을 듣고 세드릭의 눈동자가 기쁘게 불타올랐다. 스테일의 손을 양손으로 움켜쥐며 감사 인사를 하는 세드릭을 보고 랜스 국왕과 요안 국왕도 한숨 놓은 모양이었다. 나도 스테일이 조금이나마 세드릭을 좋게 보는 듯해서 살며시 가슴을 쓸어내렸다. 이 자리에서 '너 따위에게 여동생을 줄까 보냐!' 하고 큰 다툼이 벌어지지 않아서 정말 다행이다.

그러자 이번에는 세드릭이 "프라이드." 하고 이미 호소하듯이 눈동자 속 불꽃을 일렁이며 나에게 시선을 던졌다. 그리고 어째선지 기도하는 듯한 자세로 날 바라보았다. 내가 그렇게 화난 것처럼 보이나?

"양국을 위해 국제 우편 기관을 번영시키고 싶다는 마음은 진심이야. 결코 부정한 이유 때문이 아니야. 이 맹세에 걸고 너희가 맡긴 역할을 반드시 잘 해내 보일게."

세드릭은 그렇게 말하며 오른손으로 주먹을 쥐고서 날 향해 치켜들었다. 나에게 선물한 반지를 끼웠던 손가락에 지금은 아무것도 없었다. 반드시 자기 힘으로 해내겠다는 세드릭의 의지에 나도 미소와 함께 답했다.

우리는 돌아갈 시간이 된 랜스 국왕 일행을 마차까지 배웅했다. 티아라는 세드릭이 올라타는 순간까지 화가 나 있었지만 마차가 움직이자마자 약간 복잡해 보이는 표정을 지었다. 입술을 삐죽이며 마차가 사라질 때까지 계속 세드릭이 탄 마차를 바라보았다.

"저, 저기…… 프라이드 님."

티아라가 피곤하다며 방으로 돌아간 뒤 스테일과 함께 내 방으로 온 아서가 오랜만에 입을 열었다. 몹시 망설이듯이 말을 더듬길래 걱정돼서 왜 그러냐고 묻자 스테일도 궁금한지 아서 쪽을 보았다. 아서는 잠시 땅을 내려다보더니 결심했는지 나를 바라봤다.

"프라이드 님은…… 그…… 세드릭 왕자가 티아라에게 구혼한 걸…… 어떻게…… 생각하십니까……?"

아서의 말투가 무척 진지해서 나는 고개를 갸웃거렸다. 혹시 귀여운 여동생 티아라를 빼앗겨서 침울해진 줄 알고 걱정하는 건가?

다정한 아서를 보고 마음이 조금 따뜻해진 것을 느끼며 나는 미소를 지었다.

"확실히 좀 갑작스러워서 놀라긴 했지……. 그래도 약혼한 뒤에 세드릭과도 티아라와도 자주 만날 수 있을 것 같아서 기뻐. 세드릭이 짝사랑 하던 건 훨씬 전부터 알고 있기도 했고."

"""예?!"""

아서뿐만 아니라 스테일과 에릭 부대장까지 소리를 질렀다. 너무나도 알기 쉬운 반응에 그만 웃음이 나왔다. 스테일이 눈이 휘둥그레져서 "대, 대체 언제부터……?!"라고 묻기에 하나즈오 연합왕국에서 헤어질 때 세드릭이 고백했던 것과 그 뒤로 가끔 연애 상담을 받아 줬다는 것을 우리만의 비밀이라고 약속한 뒤 살며시 알려 주었다.

에릭 부대장은 어느 정도 납득했는지 고개를 크게 끄덕였지만 아서와 스테일은 벌어진 입이 다물어지지 않는 모양이었다. 겨우 입을 움직이나 싶더니 "그때 웃었던 건?!" "설마 그건?!" 같은 질문을 마구 날렸다. 추억이 떠올라 웃으며 대답했으나 두 사람은 나와는 반대로 힘이 쭉 빠진 기색이었다. 전혀 몰랐던 티아라의 연애 사정을 알고 정신이 피폐해진 듯했다.

"마지막으로 하나만…… 여쭤봐도 되겠습니까……?!"

양손으로 머리를 끌어안은 아서가 쥐어짜 내듯이 물었다. 내가 흔쾌히 승낙하자 세드릭의 연애 사정을 듣고 부끄러워졌는지 얼굴이 새빨갛게 달아오른 채 날 보았다. 그리고 한쪽 팔로 입가를 가리듯이 누르면서도 내 눈을 똑바로 바라보며 물었다.

"프라이드 님, 에게…… 세드릭 왕자는…… 어떤 분입니까?"

"귀여운…… 친구……일까? 뭔가 남동생 같다고 할까. 의붓동생이긴 해도 진짜 남동생인 스테일 앞에서 실례되는 소리일지도 모르지만."

쓴웃음을 지으며 솔직하게 답하자 그 순간 아서와 스테일이 동시에 크게 휘청거렸다. 특히 아서는 또 열이 나는지 머리에서 김이 나왔다. 혹시 한 나라의 왕제를 남동생 취급했다고 어이 없어 하는 건 아니겠지.

변명차 세드릭이 지금은 훌륭하게 성장했고 우편 총괄역으로서도 신뢰할 수 있는 사람이라고 호소했지만 둘 다 들리지 않는 모양이었다.

에릭 부대장이 웃으며 아서에게 똑바로 서라고 핀잔을 줬으나 아서는 완전히 기진맥진한 듯했다. 스테일도 제자리에 쭈그려 앉아 자기 무릎을 끌어안고 얼굴을 파묻더니 그대로 굳었다. 왠지 옛날에도 비슷한 일이 있었던 것 같아 걱정을 끼쳤다면 미안하다고 사과하니 "아니에요……." "그런 게 아닙니다……." 하고 둘이 동시에 고개를 저었다. 그럼 역시 내 말을 듣고 어이가 없어진 건가?

어째선지 몸을 웅크린 채 움직이지 않는 스테일과 새하얗게 불탄 듯한 아서 때문에 앨런 대장과 칼럼 대장이 교대하려고 방에 왔을 땐 한겨울이라고는 믿기지 않을 만큼 방 전체가 후끈거리는 상태였다.

"세드릭……."

간헐적으로 마차가 흔들렸다. 한숨을 내쉬며 입을 연 랜스는 기가 막힌 표정으로 앞에 앉은 세드릭을 바라보았다. 그러다가 "정말이지 넌……."이라고 중얼거리더니 다시 한숨을 내쉬었다. 양손으로 머리를 끌어안고 고개를 푹 숙인 세드릭에게…….

세드릭은 프리지아 왕국을 나온 뒤로 쭉 저 모양이었다. 세드릭을 걱정해서 동승한 요안도 랜스 옆에 앉아 그 모습을 보고 쓴웃음을 짓고서 세드릭의 등을 쓰다듬으며 괜찮냐고 물었다. 마지막에 티아라와 싸우고 헤어진 걸 후회하는 건지, 아니면 그렇게 큰소리를 쳐놓고 이제 와서 우편 총괄역이 되는 게 불안한 건지. 고개를 푹 숙인 채 절대로 들려고 하지 않는 세드릭에게 둘은 계속 말을 걸었다.

몇십 분이 지난 뒤 세드릭이 쥐어짜 내듯이 읊조렸다.

"왜 티아라가 화를 낸 건지…… 모르겠어……."

세드릭의 말이 마치 진흙처럼 무겁게 늘어졌다. 풀 죽은 이유가 말투에 비해 너무나도 단순해서 두 사람은 어깨에서 힘이 빠졌다. 랜스가 "그런 거였냐."라고 중얼거리며 동생의 등을 두드렸다.

"화나게 하기 전에 대체 무슨 소리를 했는데?"

"아니면 무슨 짓이라도 했어?"

두 사람이 번갈아 질문하자 세드릭은 금발을 옆으로 흔들며 "그냥 전했을 뿐이야."라고 짧게 답했다. 요안이 "전했다고?" 하고 되묻자 세드릭이 흐려진 얼굴을 살짝 들었으나 말하기 거북한지 입을 다문 채 굳었다. 랜스가 "토씨 하나 틀리지 말고 말해봐."라고 단호하게 명령하자 다시 입이 열렸다.

"'너에게 따로 좋아하는 사람이 있다면…… 그때는 날 배려할 필요 없어.' 라고 했어."

"뭐……?!" "으응?!" 하고 두 국왕이 매우 얼빠진 목소리를 냈다. 그 직후 랜스가 세드릭의 머리 위로 꿀밤을 날렸다. 그 충격으로 이까지 울려 세드릭은 머리를 부여잡으며 무슨 짓이냐고 소리를 질렀다. 그러나 랜스가 분노해서 고함치는 소리가 그 이상으로 커서 세드릭의 목소리를 뒤덮었다.

"넌 구혼한 상대한테 대체 무슨 소릴 하는 거냐?!"

"모처럼 티아라 왕녀가 베푼 호의를 무용지물로 만든 거야?!"

랜스뿐만 아니라 요안까지 불같이 화를 내자 세드릭은 목을 젖혔다. 이 사람들이 왜 이렇게 화를 내나 의아하게 여기며 티아라와 나눈 대화를 선명하게 떠올렸다. 랜스가 세드릭을 티아라에게서 떨어뜨려 놓은 후 프라이드가 변호해 줘서 다시 벽 쪽에서 티아라와 대화할 기회를 받았을 때였다. 세드릭은 새빨개진 얼굴을 약간 숙이고 손끝으로 눈물을 닦는 티아라에게 목소리를 낮추고 말을 걸었다.

"미안해……. 하지만 너에게 따로 좋아하는 사람이 있다면…… 그때는 날 배려할 필요 없어."

"네……?"

"네가 그 정도로 괴롭다면…… 마음을 전해도 괜찮아."

"무슨……?"

이해가 되지 않아 말도 제대로 끝맺지 못하고 눈을 동그랗게 뜨는 티아라에게 세드릭은 진지한 표정으로 똑똑히 말했다.

"네가 스테일 왕자와 서로 사랑한다 해도…… 혹은, 레온 왕자의 호의에 응하고 싶었던 거라면 난 그래도 상관없어……. 네가 진짜로 좋아하는 남자와 함께 있기를 원한다면 난……!"

"바보!"

티아라가 큰 소리로 화를 낸 건 그때였다.

세드릭 나름대로 티아라의 행복을 위해 성심껏 얘기한 것이었으나 오히려 티아라가 폭발하게 만들었을 뿐이었다. 그때를 선명하게 회상하고도 역시 모르겠다며 고민에 빠진 세드릭의 머리통을 랜스가 움켜쥐었다.

"왜 그런 식으로 말한 거냐?! 교양도 매너도 잊었냐?!"

형이 고함치자 세드릭은 "그건……!" 하고 목소리를 높이며 얼굴을 찌푸렸다.

"그렇게나…… 울었잖아……?!"

진지한 걸 넘어 심각한 목소리로 호소하는 세드릭의 얼굴을 보고 둘의 눈이 휘둥그레졌다. 티아라가 운 건 두 사람도 안다. 처음에는 세드릭이 또 무슨 짓이라도 저지른 줄 알고 초조해졌지만 프라이드의 설명을 듣고 나서 세드릭 옆에 선 티아라를 보니, 그건 명백히…….

"나와 결혼하기 싫어서! 그렇게나……!"

괴로워하는 세드릭의 목소리를 듣고 두 사람은 다른 의미로 할 말을 잃었다. 그러나 세드릭은 그것도 알아차리지 못하고 계속해서 말했다.

"티아라는…… 그 녀석은 가족과 떨어지는 걸 진심으로 슬퍼했어……! 그런데 가족과의 이별과 나와의 결혼을 저울질하더니 그렇게나 고통스러운 얼굴로 마지못해 결단을 내릴 줄은 몰랐다고!"

세드릭은 지극히 진지했다. 그러나 랜스와 요안은 그 진지함이 오히려 우스꽝스럽게 보일 만큼 눈앞에 있는 신의 아이가 어처구니없었다.

"그럼에도…… 울 정도로 싫어하는 나와의 결혼을 선택해서라도 그 녀석은 프리지아에 머물고 싶었던 거야! 아니면 역시 진심으로 마음이 가는 남자와 백년해로하지 못하는 게 슬퍼서……!"

주먹을 쥔 채 자기가 티아라를 사랑하는 사람과 떨어뜨려 놓았다는 죄책감에 시달리는 세드릭의 모습에 마침내 요안의 입꼬리가 올라갔다. 웃음을 감추듯이 한 손으로 입을 가린 요안은 질문을 던졌다.

"참고로 그 '마음이 가는 남자' 가 누구인지 짐작 가는 사람은 있어?"

요안의 말에 랜스도 기억났다는 듯이 "그러고 보니 예전에 연적이 있다고……." 하고 입을 움직였다. 그러자 세드릭은 입술을 깨물더니 눈동자 속 불꽃을 아련하게 일렁이며 내뱉었다.

"스테일 왕자와 아네모네 왕국의 레온 왕자야……."

세드릭이 예상치 못한 사람을 꼽자 두 사람은 말문이 막혔다. 왜 그렇게 생각하냐고 묻기도 전에 세드릭이 말을 이었다.

"스테일 왕자와 서로 사랑하는 사이라 해도, 제2왕녀로서 다른 나라에 시집을 가야 하는 티아라는 자기 나라의 왕족과는 맺어질 수 없어. 그리고 레온 왕자는 티아라를 좋아하는 것 같았어. 방위전 때도 원군으로 달려와서 멋지게 활약한 데다가 무역 대국의 제1 왕위 계승자야. 그만큼 훌륭한 왕자가 좋아한다는데 흔들리지 않을 여자가 어디 있겠어."

세드릭은 지금까지 쌓인 불안함을 토로하듯이 단숨에 말을 마치더니 이미 티아라에게 차이기라도 한 것처럼 풀이 죽어 고개를 숙였다. 능력과 인품만 좋은 게 아니라 나르시시스트인 세드릭이 봐도 스테일과 레온은 인정할 수밖에 없는 미남이었다.

"그러니까 넌 스테일 왕자와 티아라 왕녀가 서로 사랑한다거나, 혹은 레온 왕자가 티아라 왕녀를 좋아하고 티아라 왕녀도 그에 흔들리고 있다고 생각하는 거지?"

"맞아."

요안의 질문에 한마디로 대답한 세드릭은 완전히 침울해져서 기운을 차릴 기미가 안 보였다. 요안은 세드릭이 안 보는 것을 확인한 뒤 손으로 입을 가리고 랜스에게 귀띔했다.

"설마, 세드릭은 프라이드 왕녀와 레온 왕자 사이에 있었던 일을 모르는 거야……?!"

랜스는 동맹을 맺기 전부터 항구에서 다른 나라의 정보를 얻곤 했고, 특히 교역 상대인 아네모네 왕국 일은 잘 알고 있었다. 당연히 레온이 프라이드와의 약혼을 취소하고 지금은 우호적인 관계를 유지한다는 것도 들었다. 그리고 요안 역시 랜스에게 온갖 나라의 이야기를 전해 들었다. 그러나 그때 면학을 피하며 가끔 두 국왕에게 붙잡히기 전에 도망치기도 했던 세드릭은 그 이야기를 듣지 못했다.

요안의 말에 고개를 끄덕인 랜스는 팔짱을 꼈다. 프라이드와의 약혼을 취소한 레온이 티아라에게 구혼하는 건 있을 수 없는 일이다. 오히려 랜스의 눈에는 연애로는 절대로 진전될 일이 없기에 티아라도 레온도 어깨에서 힘을 빼고 서로를 편하게 대하는 듯 보였다. 덧붙여 말하자면 스테일과 티아라에 관해서도 랜스와 요안은 고개를 갸웃거릴 뿐이었다. 확실히 스테일이 티아라를 여동생으로서 귀여워한다는 건 두 사람도 느꼈지만, 아무리 봐도 연애 감정과는 연결되지 않았다. 오히려 스테일은 프라이드를……. 거기까지 생각하다가 두 사람은 사고를 멈췄다. 예전에 세드릭이 프라이드를 사랑한다고 착각한 적이 있는 둘은 자기네의 판단을 신뢰할 수 없었다.

그러나 지금 세드릭이 쓸데없이 불안해한다는 것은 확신과 확증을 가지고 선언할 수 있었다.

랜스는 무릎 위로 턱을 괸 채 풀이 죽어 고개 숙인 동생을 바라보았다. 요안도 끝내 곤란하기 짝이 없다는 듯이 웃으며 팔짱을 꼈다.

"어떡할래? 랜스."

"됐어, 그대로 차여 버리라지."

생각하기를 포기한 듯이 크게 한숨을 내쉰 랜스는 마침내 등받이 위로 쓰러졌다. "그래도 돼?"라고 말하면서도 웃음을 터뜨린 요안은 침울해진 세드릭의 머리를 부드럽게 쓰다듬었다.

"최소한 '그것' 만은 알려 주는 게 어때?"

"그럴 필요 없어. 지금 잔뜩 고민하는 게 앞으로 티아라 왕녀를 위해서도 좋을 테니까."

"그거라는 게 대체 뭔데……?!"

랜스가 약간 매섭게 쏘아붙이자 세드릭이 고개를 들었다. 그리고 코끝이 닿을 정도로 얼굴을 들이대더니 설마 티아라가 진짜 좋아하는 사람이 따로 있냐고 캐물었다. 그러나 랜스는 그것을 한 팔로 제압했다.

"지금은 네가 한 실언이나 잘 고민해 봐라, 이 멍청한 놈아!"

"그러니까 그게 왜 실언인지 모르겠다고!"

고함을 지르는 랜스와 세드릭을 보고 요안은 결국 소리 내서 웃었다.

"그 꼴로 정말 우편 총괄역을 맡을 수 있겠어?"

배를 잡고 웃으며 묻는 요안에게 세드릭이 고개를 돌렸다. 그리고 "그 꼴이라니 무슨 뜻이야?"라고 호소했지만, 랜스는 한 팔로 세드릭을 제압한 채 "아직 사랑에 둔한 것 빼고는 문제없어."라고 단언했다. 실제로 세드릭은 프라이드 일행조차 눈치채지 못했던 티아라의 근심의 파편을 유일하게 알아차렸다. 다만 근심의 이유를 랜스와 요안이 물어봐도 세드릭은 티아라에게 사랑에 빠진 이유와 마찬가지로 명확하게 답하지 않았다.

"알려 줘!"

"그럼 티아라 왕녀에게 사랑에 빠진 이유를 명확히 설명해 봐."

지금도 목소리를 높이는 세드릭에게 랜스가 보기 드물게 짓궂은 미소를 지으며 말하자 세드릭은 얼굴이 빨개져서 입을 굳게 다물었다.

"동생의 사랑을 가지고 놀면 안 되지, 형님!"

"사랑이 뭔지나 알고서 말해라, 이 멍청한 놈아."

두 형제의 싸움에 요안은 웃음이 멈추지 않았다. 요안은 티아라 일로 진지하게 고민하며 아직도 티아라가 자기를 싫어하는 줄 아는 세드릭에게 마음속으로 조용히 속삭였다.

모처럼 서로 감정이 있는데 말이지…….

그리고 다시 웃음이 멈출 줄 모르고 튀어나왔다. 프라이드의 생일 다음 날에 여왕 로자에게 호출받은 랜스와 요안은 이미 알고 있었다. 동맹국 간의 회합이라는 이름 아래에 로자와 섭정 베스트, 부군 알버트와 마주한 두 사람은 이렇게 전달받았다.

"저희 제2왕녀 티아라가 '하나즈오 연합왕국' 과의 약혼을 희망하고 있습니다."

원래 랜스와 요안은 각자 전달받아도 되는 입장이었다. 그러나 두 사람에게 전해 달라는 게 '티아라 본인의' 부탁이었다고 로자는 말했다. 누구라고 지정하진 않고 하나즈오 연합왕국 측에 약혼자 후보 세 명을 직접 뽑아 달라고 부탁했다나. 정치적인 약혼이라는 측면에서는 전혀 문제없었다. 제2왕녀인 티아라는 국왕과도 왕자와도 약혼할 수 있는 입장이니까.

처음에 두 사람은 티아라가 하나즈오 연합왕국과의 결속을 강화하려고 그러는 줄 알았다. 하지만…… 금세 눈치챘다. 세드릭과 약혼하는 게 싫었다면 모든 약혼자를 하나즈오 연합왕국에서 선발할 필요가 없다. 혹시나 세드릭을 피해 랜스와 요안만 지명한다 해도 아무도 신경 쓰지 않으리라. 대국의 제2왕녀가 국왕과 약혼하기를 원했고, 제2왕자는 역부족이었다는 것으로 끝날 뿐이다. 오히려 이미 티아라에게 마음을 표현한 세드릭을 마치 다른 후보와 섞어서 은근슬쩍 약혼자 후보에 넣으려는 듯한 행동은 티아라가 세드릭을 좋아해서 그러는 것으로만 보였다.

그리고 아까 티아라의 반응을 두 눈으로 목격한 요안의 머릿속에는 약혼자 후보로 세드릭을 확정하고 나서도 '하나즈오 연합왕국과 결속을 다지기 위해서거든요!' 라고 새빨개진 얼굴로 주장하는 모습만이 떠올랐다.

이 소식을 들었을 때 랜스와 요안은 세드릭에게 알려 줘야 할지 고민했다. 그러나 이미 프라이드와 티아라에게 많은 무례를 저지른 세드릭에게 다시 폭주할 계기가 될 만한 정보를 제공해선 안 된다는 결론에 다다랐다.

세드릭을 약혼자 후보로 선택한 걸 두 국왕이 알게 됐음을 직감한 티아라는 세드릭뿐만 아니라 랜스와 요안에게도 명백히 어색하게 행동했다. 세드릭을 향한 자기 마음을 두 형이 눈치챘다고 확신한 뒤로는 더더욱. 두 국왕은 티아라가 세드릭의 마음을 받아들였단 것도 심지어 그걸 '얼버무리기 위해' 두 국왕까지 약혼자 후보로 끌어들였단 것도 알게 됐으니까.

랜스와 요안도 티아라의 심정을 이해하기에 알아서 미안하다는 뜻으로 쓴웃음을 흘릴 수밖에 없었다. 그리고 지금 두 국왕의 머릿속을 휘젓는 의문은 단 하나.

"왜 좋아하게 된 걸까……."

세드릭도, 티아라 왕녀도. 요안이 웃음을 가라앉히고 읊조리자 세드릭은 "아직은 말 못해!" 하고 소리를 질렀다.

그리고 저항하듯이 랜스의 팔을 양손으로 움켜쥐고 겨우 자기 머리에서 내렸다.

"그럼 들을 수 있는 날을 기대해야겠다."

부드럽게 미소 지은 요안은 그렇게 말하며 얇은 녹색 안경테를 치켜올렸다. 지금은 그저 귀여운 동생의 마음이 결실을 맺어서 흐뭇했다.

"진~~짜 모르겠네…………!"

이마를 테이블에 있는 힘껏 내려치는 소리가 방에 울려 퍼졌다.

세드릭 일행이 귀국한 날 밤, 아서는 앨런의 방에서 술기운과는 다른 이유로 얼굴이 새빨갛게 달아오른 채 외쳤다. 양옆에는 에릭, 섭정 업무를 마친 스테일이 앉아서 그 말에 고개를 끄덕였다.

"나도 그렇게 전개된 건 정말 예상 밖이었어. 설마 그렇게 될 줄이야……."

테이블에 턱을 괸 스테일은 평소보다 술을 많이 마셨다. 얼굴색에서도 은은하게 술기운을 풍기며 고개를 끄덕이는 모습은 근위기사들에게도 보기 드문 광경이었다. 아서 너머로 훔쳐본 에릭은 작게 쓴웃음을 지으며 술잔을 들이켰다. 셋이 나란히 앉아 만취한 상태로 술을 마시는 광경은 그야말로 취객을 방불케 했다.

앨런과 칼럼은 테이블 맞은편 자리에서 서로 쓴웃음을 지으며 얼굴을 마주 보았다. 평소에는 술 양을 스스로 조절하는 세 사람이 어쩌다 이렇게 거나하게 취한 건지 생각했다. 심지어 취한 사람 중 한 명은 이 나라의 왕자다.

얼굴을 마주 본 뒤에 마침내 앨런이 머뭇거리며 입을 열었다. "저기……." 하고 조심스럽게 스테일에게 말을 걸자 그 목소리에 아서와 에릭도 고개를 들었다.

"그래서 결국…… 무슨 일이 있었던 겁니까……?"

셋은 바로 시선을 피하며 입을 다물었다.

2년 동안 완전히 근위기사와 스테일의 단골 집합 장소가 된 앨런의 방이었으나, 이번에는 앨런도 조금 초조했다. 에릭과 아서가 먼저 앨런에게 방에 가도 되냐고 물어봤고, 교대할 때 온 방이 후끈거리던 이유를 함께 듣기 위해 앨런이 칼럼을 방에 초대했다. 그리고 넷이서 앨런의 방에 들어가자…… 이미 스테일이 분명히 잠겨 있을 터였던 방 안에서 쉬고 있었다.

앨런 일행은 문을 열기 전에 방 안에서 기척이 느껴져 경계 태세를 취했으나, 안에 있던 게 침입자가 아니라 제1왕자였다는 것을 알고 그만 소리를 질렀다. 그리고 다른 기사가 보기 전에 서둘러 문을 닫았다. 스테일이 올 것을 예상했던 아서만이 문이 열리자마자 파트너에게 한잔하자고 내뱉으며 옆에 앉았다.

그 후 평소처럼 웃지도 않고 부루퉁한 표정을 지은 스테일에게 아서가 술을 따랐고, 뒤이어 평소엔 한발 물러서는 에릭까지 아서 옆에 앉아 앨런의 술을 나눠 마시기 시작했다.

세 사람에게 술을 제공하던 앨런과 칼럼은 처음엔 벌어진 입을 다물지 못했다. 그 결과 칼럼뿐만 아니라 평소에는 코가 삐뚤어질 때까지 마시는 앨런까지 오늘 밤에는 셋을 돌보는 입장이 되었다.

"죄송합니다. 비밀 엄수 의무가……."

침묵을 일관하는 스테일 대신 아서가 앨런에게 사과했다. 아서는 이마가 또 테이블에 닿을 만큼 침울해진 듯했다. 약혼자 후보 자체가 기밀 사항인 이상 술자리에서 왕제 세드릭이 왕녀 티아라에게 구혼했으며 티아라가 그것을 승낙했다고 쉽게 털어놓을 수는 없었다.

축 처진 아서에 이어 에릭까지 사과하자 칼럼과 앨런은 아무것도 물어볼 수가 없었다. 그 옆에는 차기 섭정인 제1왕자도 있다. 질문을 바꾸려고 앨런이 머리를 쥐어짜는데, 칼럼이 술을 한 모금 마신 뒤 상황을 살피듯이 입을 열었다.

"세드릭 왕자가 또 프라이드 님에게 무례한 짓이라도 저지른 거야……?"

최소한 세드릭이 관련됐을 것이라 짐작한 칼럼이 그렇게 말하자, 에릭이 "아뇨, 그건 아닙니다……."라고 답했고, 아서와 스테일은 동시에 고개를 저었다. 고개를 흔드는 방향부터 타이밍까지 완벽하게 일치한 둘을 보고 앨런은 입을 가리고 웃었다.

"프라이드 님은 아무 일도 없었어요……! 그게, 뭔가 좀…… 뭔가! 으아아아아악……."

술잔에서 손을 놓고 머리를 양손으로 부여잡은 아서는 몸부림치며 머리카락을 마구 헝클었다. 긴 머리가 흐트러지며 묶인 부분이 붕 떠올라 엉망이 됐다. 스테일은 그것을 곁눈질하더니 허락도 없이 아서의 머리끈을 잡아당겨 풀었다. 붕 떠올랐던 머리가 중력을 따라 아래로 가지런히 떨어졌다.

"제 예상을 완전히 벗어났습니다……. 설마 노리는 게 다른 쪽 본진이었을 줄이야……."

그 말투에서 어딘가 굴욕감마저 든 스테일은 복잡한 표정으로 다시 술잔을 들고 술을 들이켜더니 웬일인지 난폭하게 잔으로 테이블을 내리찍었다. 스테일은 표면상으로라도 진정하려는 듯이 아서의 머리끈을 한쪽 손끝으로 굴리며 가지고 놀았지만, 그러면서도 눈은 가만히 앞만 바라봤다.

아서와 스테일이 한 말을 듣고 에릭은 뭔가 떠올랐는지 얼굴이 빨개져서 양손으로 얼굴을 가렸다. 그 광경을 바라보던 앨런과 칼럼은 다시 서로 눈을 마주 보았다. 앨런이 입가를 움찔거렸고, 칼럼도 자기 앞머리를 손끝으로 정리하며 말없이 고개를 끄덕였다.

아, 세드릭 왕자가 티아라 님을 좋아한다는 걸 알고 말았구나.

둘은 그렇게 결론을 내렸다. 세드릭이 티아라를 사랑한단 걸 진작 눈치챈 두 사람에게는 그 정도면 충분한 정보였다. 프라이드와 세드릭의 관계를 눈에 띄게 신경 쓰던 아서가 평정을 잃은 게 무엇보다 확실한 증거였다. 세 사람이 숨기려 하는 이상 섣불리 위로할 수도 없는 앨런과 칼럼은 각각 술과 물을 권했다. 특히 아서는 취하면 귀찮기 때문에 칼럼이 물을 마시게 해서 엄중히 관리했다.

칼럼이 물을 따르자 아서는 감사 인사를 하더니 또다시 테이블로 시선을 떨궜다.

프라이드 님…… 전혀 신경 안 쓰시는 것 같았어…….

축승회 때 프라이드가 세드릭에게 그렇게 웃어 준 뒤로 줄곧 프라이드는 세드릭을 좋아한다고 믿어 의심치 않았던 아서에게 이번 일은 너무나도 충격적이었다. 처음에 세드릭이 티아라에게 고백했을 땐 갑작스러운 전개에 놀랐지만, 무엇보다 프라이드의 심정이 걱정돼서 동요를 감출 수 없었다. 그런데 결과적으로 프라이드는 세드릭을 전혀 이성으로 보지 않았다. 그렇기는커녕 연애 상담도 해 줬다고 했다.

스테일과 함께 질문 공세를 퍼부은 아서는 수수께끼가 풀릴수록 자기가 생각하던 프라이드의 모습이 착각이었음을 깨달았다.

진~짜로…… 스테일한테 말 안 해서 다행이다……!

아서는 레온이 약혼자 입장으로 왔을 때 저지른 실수를 반복할 뻔했다며 안도의 한숨을 내쉬었다. 그때처럼 불확실한 착각으로 스테일을 동요시킬 수도 있었다고 생각하니 죽을 만큼 수치스러웠다.

오해였단 걸 알았을 때는 머리가 너무 어지러워서 정신을 잃지 않은 게 기적일 정도였다. 프라이드는 세드릭이 남동생 같다며 어떠한 걱정도 거짓도 없이 해맑게 웃었고, 그 미소에 아서는 자기가 단단히 착각했음을 확신했다. 그 사실만으로도 오늘 밤은 인사불성이 될 정도로 술을 진탕 마시고 싶은 충동에 휩싸였다. 심지어…….

"티……아라……라니……!"

아서가 이마를 몇 번이나 테이블에 찧자, 칼럼이 도중에 말렸다. 그리고 "내일도 연습이 있단 걸 잊지 마." 하고 아서의 은발을 살며시 잡고 위로 들어 올렸다.

칼럼이 주의를 주자 얌전히 고개를 든 아서의 이마는 얼굴보다 더 빨갰다. 아서는 사과하면서도 계속 테이블을 내려다보고 있었다. 칼럼이 두 번째로 내민 물을 단숨에 들이켠 아서는 그제야 자기 머리가 풀린 걸 알아차렸다. 그래서 머리끈이 어딘가에 떨어지진 않았는지 둘러보다가 스테일이 손가락으로 가지고 노는 걸 뒤늦게 발견하고 난폭하게 잡아챘다.

아서가 끈을 가져가자, 스테일은 또다시 잔을 기울이며 입을 열었다.

"나도 착각했어……."

스테일의 나지막한 중얼거림에 아서가 "뭐?" 하고 되물었다. 역시 스테일도 프라이드가 세드릭을 좋아한다고 착각했나 싶어 스테일의 얼굴을 들여다보았다. 그러나 스테일은 아련한 눈빛으로 생각에 잠기더니 술을 마시던 손도 멈추고 잠시 입을 다물었다.

당연히 프라이드의 약혼자 후보로서 프리지아 왕국과 밀접한 관계를 구축하려는 건 줄 알았는데.

스테일은 세드릭이 우편 총괄역이 될 예정임을 알고 있었다. 흠 잡을 데 없이 훌륭하게 시험에 합격했고 섭정 베스트에게도 인정받았다. 아마 이대로 하나즈오 연합왕국이 아니라 프리지아 왕국을 거점으로 삼고 프리지아 왕국 안에서 입지까지 다질 셈이리라 예상했었다. 프라이드의 약혼자 후보가 되기 위해, 혹은 앞으로 약혼자로 선택받기 위해 차기 부군으로서 실적을 쌓기 위한 발판으로 삼으려는 건 줄 알았다.

설마 발판으로 삼는 정도가 아니라 아예 평생 뼈를 묻을 각오를 했을 줄이야.

스테일은 세드릭을 완전히 오해한 자기가 부끄러웠다. 지금은 좋은 왕제임을 머리로는 이해하면서도 예전 행실 때문에 어차피 프라이드를 노리고 한 짓이겠거니 하고 단단히 착각했다. 하지만 실제로 세드릭은 부군 따위엔, 프라이드의 옆자리 따위엔 관심이 없었다. 티아라의 반려가 되기 위해 진심으로 우편 총괄역을 떠맡을 작정이었다. 게다가 그 이유는 티아라를 프리지아 왕국에 남기기 위해서였다.

'언젠가 저는 프라이드 제1왕녀…… 그리고 스테일 제1왕자 전하, 당신과도 더 가까운 사이가 되기를 바랍니다.'

진실을 알고 나니 예전에 축승회에서 세드릭이 했던 말도 이해가 됐다. 세드릭이 티아라와 결혼하면 스테일과 세드릭은 처남과 매부 사이가 되는 거니까. 세드릭의 고백을 들은 뒤로 벌써 몇십 번이나 생각했던 것이 알코올과 함께 스테일의 머릿속을 휘저었다.

뒤이어 스테일의 탄생제 때 세드릭이 마지막에 했던 선언까지 떠올랐다.

'스테일 왕자 전하, 저는── 이 멋진 프리지아 왕국 국민의 일원이 되기를 바라고 있습니다.'

그 한마디가 있었기에 스테일은 세드릭이 국제 우편 기관을 이유로 프리지아 왕국에 정착하려 한다는 것도 예상할 수 있었다. 단, 티아라가 아니라 프라이드를 위해서인 줄 알았지만.

딱히 세드릭 왕자가 프라이드에게 저지른 죄를 용서한 건 아니다. 질베르나 바르와 마찬가지로 용서할 마음은 영원히 없다. 하지만…….

스테일은 잠시 스쳐 지나간 생각을 술과 함께 목구멍 너머로 넘겼다. 세드릭에게 품은 분한 감정이 입 밖으로 흘러넘쳤다.

"정말 짜증 나는군……."

근위기사들은 스테일이 중얼거리는 소리를 분명하게 들었다. 화가 났다기보다는 부루퉁한 표정과 목소리를 눈앞에서 확인한 앨런과 칼럼은 필사적으로 웃음을 참았다. 지금 스테일은 아서와 완전히 똑같은 표정으로 나란히 앉아 있었다. 그 표정은 마치──.

"뭐, 됐어."

취기가 돌아 말투가 묘하게 흐트러진 스테일이 그제야 웃었다. 불온함마저 느껴지는 그 목소리에 아서와 에릭도 고개를 들었다. 한쪽 입꼬리를 끌어 올리며 짓궂은 미소를 지은 스테일은 그에 맞춰 아서 쪽을 보았다. 두 사람은 서로 빨개진 얼굴을 마주 보더니 자기도 취했음은 모른 채 상대가 많이 취한 것 같다며 우쭐댔다.

멍한 눈빛으로 아서와 시선이 마주친 스테일은 술잔을 테이블에 난폭하게 내려놓더니 그 손으로 아서의 어깨에 팔을 둘렀다. 아무렇게나 두른 팔 쪽을 쳐다본 아서는 다시 스테일을 바라봤다. 스테일의 짓궂은 얼굴에서 취기 때문인지 웃음소리까지 새어 나왔다. 스테일은 아서의 당황한 표정을 코앞에서 만족할 때까지 감상한 후 입을 열었다.

"이걸로…… 명실상부하게 세드릭 왕자를 때릴 수 있는 이유가 생겼군."

취기로 빨개진 얼굴과 초점이 나간 눈과는 반대로 목소리는 아주 또렷했다. 아서는 스테일의 폭탄 발언을 듣고 잠깐 눈을 떴지만 금세 스테일과 똑같이 짓궂은 미소를 지었다.

"그러게~."

아서 역시 스테일의 어깨에 팔을 둘렀다. 단단히 어깨동무를 한 두 사람은 말없이 술잔을 부딪치고서 단숨에 잔을 비웠다.

앨런과 칼럼은 만취한 둘을 구경하며 숨기지 않고 미소를 지었다. 아까까지 스테일과 아서가 지었던 표정과 마지막에 상대를 때리겠다는 발언을 하며 어깨동무를 나누는 모습은 누가 봐도…… 귀여운 여동생을 빼앗긴 오빠 그 자체였다.

에릭은 네 사람을 조용히 바라보았다. 술이 평소보다 많이 들어간 상태로 눈앞에서 목격했던 왕족 간의 연애 사정을 떠올리니 한숨이 나왔다. 하지만 에릭은 유일하게 사정을 알고도 비교적 마음이 평온했다. 프라이드와 스테일, 아서와 친하고 근위기사에게도 따뜻하게 대하는 티아라가 프리지아 왕국에 계속 있을 수 있다는 게 기뻤다. 그리고 무엇보다…….

진짜 알기 쉬우시더라…… 티아라 님.

오늘 아침에 세드릭 일행이 방문했을 때 티아라가 보였던 행동을 회상한 에릭은 혼자서 웃음을 참았다.

하나즈오 연합왕국이 방문했을 때 티아라는 분명하게 세드릭을 의식했다. 인사를 받은 것만으로도 얼굴이 달아오르고 입술을 떨고 대답도 더듬었으며, 세드릭이 웃은 것만으로도 펄쩍 뛰어오르더니 그대로 도망쳤다. 국왕인 랜스와 요안에게도 긴장한 기색이긴 했지만 세드릭에게는 더 눈에 띄게 반응했다.

그러나 에릭은 그것을 눈치챈 사람은 두 국왕과 자기뿐임을 알고 있었다. 프라이드와 세드릭마저 티아라가 화가 나서 자리를 떠났다는 걸 전제로 이야기를 진행했었으니까.

"참 둔하다니까……."

입안에서만 읊조린 에릭은 술잔을 기울였다. 곁눈질을 하니 아서와 어깨동무를 한 스테일이 눈에 들어왔다. 그러자 멍하니 이 사람도 둔할까 하는 생각을 했다.

"오늘 술은 쓰고 맛있네요……."

에릭이 느긋하게 웃으며 혼잣말처럼 내뱉자 모두가 술맛을 확인했다. 각자가 느낀 맛은 다양했지만, '쓰다' 는 감정만을 느낀 사람은 아무도 없었다.

적재적소라고 말 못할 것도 없지

"이건 어때? 화려하고 좋지 않아?"

"앨런. 오늘의 목적을 잊지 마."

시장에 진열된 상품을 집어 드는 동료를 보고 칼럼이 눈썹을 살짝 찌푸렸다. 앨런의 손에 들린 물건은 너무나도 부적절했다.

프라이드의 탄생제 다음 날, 성 밖 마을에 열린 시장은 전날 밤의 뜨거웠던 열기가 거짓말처럼 일상으로 돌아가 있었다. 왕도 거리에 있는 가게는 줄지어 문을 닫는 시간대였지만 포장마차나 야외 노점은 아직 램프를 단 채 계속 영업하고 있었다. 음식과 술 외에 잡화나 생활용품, 값싼 무기부터 장식품까지 시장에서 취급하는 품목은 폭넓었다. 특히 일을 마치고 귀가하는 사람 중에서 돈을 많이 가지고 다니는 손님을 끌어들이기 위해 밤에도 최대한 오래 영업하는 가게가 꽤 있었다. 왕도와 가까운 성 밖 마을에는 가로등도 있어서 안심하고 영업할 수 있는 가게가 많았다. 가끔은 이렇게 연습이 끝난 기사가 성에서 내려오기도 했다.

"왜 칼럼! 꽃병은 맞잖아!"

"앨런 대장님, 확실히 멋있긴 한데 한 송이만 꽂을 수 있는 크기가 좋지 않을까요……."

입술을 삐죽이는 앨런에게 에릭이 더 아담한 꽃병을 집어 들며 웃었다. 시장에서 세 기사가 발걸음을 멈춘 곳은 화병과 도자기를 파는 가게였다. 손수레나 선반, 발밑에 가게 지붕 밖으로 삐져나올 만큼 한가득 진열된 꽃병을 비교하는 세 기사는 모두 아주 진지했다.
프라이드에게 받은 장미 꽃다발과 장미 한 송이를 장식하기 위해서였다.
"하지만 클수록 좋잖아? 작은 걸 사면 앞으로도 한 송이를 꽂는 용도로밖에 못 쓴다고."
"지금껏 꽃을 장식하는 습관도 없었던 놈이 뭐라는 거야. 대부분 꽃다발용 꽃병 정도는 이미 있거든."
큰 게 작은 것보다 무조건 더 좋다는 듯이 말하는 앨런에게 칼럼이 가차 없이 지적했다. 물건에 따라서는 올바른 사고방식일 수도 있지만 이번만은 달랐다. 모처럼 프라이드에게 받은 장미 꽃다발 쪽에는 큰 꽃병이 좋아도, 딱 한 송이만 적절하게 장식하려면 작은 꽃병이 최적임은 분명했다.
확실히 크면 나중에 쓸 수 있는 범위가 넓어지겠지만, 큰 꽃병에 한 송이만 장식하면 꽃도 기울고 부담도 많이 갈 것이다. 수명이 짧은 생화를 그렇게 조잡하게 다뤄서는 장식한 의미가 없다. 지금 앨런이 자신만만하게 치켜든 꽃병은 누가 봐도 책상 한구석에 놓아둘 만한 물건이 아니었다. 꽃다발을 통째로 장식할 수 있는 크기였다. 그런 데에 장미를 한 송이만 장식하면 꽃병 속에 파묻힐 거라고 여긴 칼럼은 한숨을 내쉬었다.
"역시 그분께 받은 장미를 술병에 꽂아 놓은 놈답네."
"아니, 크기가 진짜 딱 맞았다니까!"
"그럼 꽃병도 술병이랑 같은 크기로 사는 게 어떨까요……?"
여전히 한 걸음도 물러서지 않는 앨런에게 에릭도 그만 쓴웃음을 지었다.

근위기사 임무 중에 프라이드에게 받은 장미를 장식하려고 연습이 끝난 뒤 시장에 가기로 한 에릭과 칼럼이 앨런에게도 같이 가자고 제안한 건 두 사람이 우연히 연습장 문 앞에서 마주쳤기 때문이다. 외출하려다가 마주쳐서 서로의 목적이 일치함을 확인한 에릭과 칼럼이 자기네와 똑같이 장미를 받은 앨런에게도 제안하자는 말을 꺼낸 건 당연한 흐름이었다. 둘은 다시 발걸음을 돌려 앨런을 찾아갔으나 앨런에게는 꽃병을 사려는 마음 자체가 없었다. 생화를 받으면 최대한 오래 놔두기 위해 손을 쓰는 게 보통인데 설마 그냥 방치했는지 아니면 그 커다란 꽃병에 꽃다발이랑 같이 집어넣었는지 궁금해서 칼럼이 물어봤다. 그러자 돌아온 앨런의 대답은 "술병에 꽂아 놨는데."였다. 아네모네 왕국의 왕자에게 받은 장미를 아무리 빨간색으로 변한 뒤라지만 꽃병 대신 빈 술병에 꽂아 놓는 앨런의 기행에 칼럼은 진심으로 골치가 아파졌다.

"그건 그렇고 칼럼이랑 에릭은 작은 꽃병도 가지고 있을 줄 알았어. 왠지 갖고 있을 법하잖아."

"그렇게 작은 꽃병은 없어. 받은 장미랑은 높이가 안 맞고."

칼럼은 원통형 꽃병을 집어 들며 반대쪽 손으로 앞머리를 정리했다. 가격보다도 장미와의 조화를 고려하며 고민 중인 칼럼은 방에 다른 꽃병을 하나 가지고 있었다. 장미 꽃다발은 이미 거기에 장식해 놓았다. 처음 주력부대 기사의 방을 얻었을 때 인테리어 요소로 꽃병을 갖추긴 했지만 장미 한 송이를 장식하게 될 줄은 예상하지 못했다. 하지만 프라이드에게 받은 장미를 꽃다발이랑 섞어서 꽂아 두기는 꺼려졌다. 그렇다면 시장에서 파는 값싼 거라도 제대로 된 작은 꽃병을 새로 조달하는 편이 낫겠다고 판단했다.

"저도 큰 것밖엔……. 본가에는 작은 꽃병도 있지만요."

"아, 맞다 에릭. 넌 안 사고 본가에 가지러 가도 되는 거 아냐? 가깝잖아."

"아뇨, 그건 좀……. 모처럼 받은 장미니까 새 꽃병을 사서 장식하고 싶어요."

고개를 살짝 기울인 에릭은 눈썹을 늘어뜨리며 앨런에게 답했다. 그리고 들고 있던 심플한 항아리 모양 꽃병을 선반에 돌려놓은 뒤 잠시 한숨을 돌렸다.

앨런의 말대로 연습이 끝나자마자 바로 가면 도착하는 거리에 에릭의 본가가 있고 꽃병도 있다. 하지만 뜬금없이 찾아가서 작은 꽃병을 빌려 달라고 하면 본가에서 무슨 질문을 할지 모른다. 왕녀에게 받은 거라고 말할 수도 없는 노릇이고, 변명하느라 고생할 걸 고려하면 처음부터 시장에서 사는 게 현명했다. 본가에 있는 남동생한테까지 놀림받긴 싫었다.

지금까지의 심정을 제자리에서 집어삼킨 에릭에게 앨런은 그러냐며 고개를 갸웃거렸다. 빈 술병을 꽃병 대신 쓰려던 자기에 비하면 오래된 꽃병은 그것대로 애착과 멋이 있어서 괜찮지 않나 싶었다. "신경 인 써도 되는데."라고 중얼거리던 앨런은 또 한 명의 근위기사를 떠올렸다.

"아서도 아마 본가에서 가져오겠지? 왜, 마침 오늘 장미를 짊어지고 갔잖아."

"아……. 그러고 보니까 연습이 끝난 뒤에 말도 안 탄 채 뛰어갔었죠…….”

아서는 다른 근위기사와 마찬가지로 그냥 장미만 받은 게 아니었다. 본가에도 전달하라고 프라이드에게 흙이 묻은 분재를 통째로 받았다. 아서는 프라이드의 부탁을 들어주기 위해 오늘 밤 연습이 끝나고 제일 먼저 분재를 짊어지고 문밖으로 뛰쳐나가서 에릭 일행이 권유할 틈이 없었다. 언제 한 번 본가에 돌아갔을 때 겸사겸사 남은 꽃병을 하나 빌려오는 것 정도는 자연스러운 일임을 에릭도 알고 있었다. 에릭 역시 새것에 집착하지는 않아서 그것대로 나쁘지 않겠다 싶었다.

“뭐, 저는 모처럼 여기까지 왔으니 사서 갈게요. 앨런 대장님, 이 꽃병은 어떠세……. 앨런 대장님. 빨간 장미를 장식할 거니 빨간색 말고 다른 색이 좋지 않을까요…….”

자연스럽게 화제를 넘긴 에릭은 다른 꽃병 하나를 들고 돌아보다가 그대로 굳었다. 앨런은 이번엔 제대로 작은 꽃병을 골랐으나 새빨갛게 칠해져 있었다. 아까부터 일부러 그런 것만 고르는 듯한 앨런에게 에릭도 참지 못하고 참견했다. “아니, 그치만 그분 같잖아.” 하고 악의 없이 웃은 앨런은 반쯤 진심이었다. 앨런도 종종 기사끼리 쇼핑하러 가긴 하지만 꽃병을 고르는 건 처음이라 그만 신이 난 듯했다. 지금 방에 있는 꽃다발용 꽃병도 동료가 물려준 것이었다.

“앨런. 넌 검은색이나 어두운 색으로 사. 어차피 더러워질 테니까 눈에 안 띄는 색이 좋아.”

“애초에 장미가 시든 뒤에는 안 쓸지도 모르는데?”

“그건 모르죠. 그분 성격에 나중에 장미가 아니더라도 다른 꽃을 주실 수도 있으니 대비해 두는 편이 좋을 것 같아요. 하하하."

에릭이 웃으며 말했다. 주위 사람이 들어도 괜찮게 프라이드의 이름은 꺼내지 않았지만 그게 티아라가 아니라 프라이드를 가리킨다는 건 앨런과 칼럼도 잘 알았다.

칼럼의 지적도 옳고 앨런의 주장도 타당하지만, 에릭의 의견은 자기의 오만함에서 나온 게 아니라 프라이드라는 사람의 성격을 고려한 솔직한 감상이었다. 그들에게 받을 자격이 있다기보단 그냥 프라이드가 친한 근위기사를 상대로 기회만 생기면 '이거 받아.' 하고 꽃을 한 송이씩 꺾어서 나눠 줄 사람이기 때문이다. 에릭의 말에 앨런과 칼럼도 그 광경이 머릿속에 쉽게 떠올랐다. 기대하는 건 좀 뻔뻔한 짓이지만 대비해서 나쁠 건 없다. 그런 생각에 이미 결정하기 직전이었던 칼럼뿐만 아니라 앨런까지 진지하게 꽃병이 놓인 선반을 둘러보기 시작했다.

"맞는 말이야."

"그럴지도."

칼럼과 앨런이 각자 혼잣말처럼 중얼거리자 에릭은 자기가 말해 놓고도 서서히 얼굴이 달아오르는 바람에 손등으로 땀을 닦았다. 그리고 쑥스러움을 감추기 위해 꽃병이 진열된 선반으로 시선을 돌리는데 앨런이 "그래서 아까 말한 꽃병이 뭔데?" 하고 그 옆에 섰다. 에릭이 심플한 꽃병을 가리키자 감탄이 나왔다. 딱 한 송이를 장식하기 좋은 원통형 꽃병은 칠흑색으로 칠해져 있고 램프의 빛이 반사되어 광택이 돋보였다. 얼룩이 눈에 잘 안 띄고 프라이드의 늠름한 반짝임이 연상되는 것도 앨런의 마음에 들었다. "좋은데!" 하고 솔직하게 웃은 앨런은 한 손으로 그 꽃병을 움켜쥐었다.

"역시 에릭이야! 눈썰미가 좋네. 난 이걸로 해도 되지? 너는?"

"마음에 드신다니 다행이네요. 전 이게 마음에 들었으니 신경 쓰지 마세요."

앨런이 모처럼 찾아낸 좋은 디자인을 자기가 가져가긴 미안했는지 눈치를 보며 질문하자, 에릭은 한 단 위에 놓인 꽃병을 집었다. 처음 봤을 때부터 눈에 밟혔던 항아리 모양 꽃병은 매끈한 도자기에 하얀색이라는 심플한 조합이었다. 꽃병의 밑 부분에 덩굴 그림이 그려진 점이 마음에 들어서 바로 결정했다. 앨런도 "예쁘네!" 하고 웃었지만 역시 검은색이 더 좋았다. 칼럼 말대로 더러워져도 눈에 잘 안 띄는 색이 거친 성격의 자기에겐 더 잘 어울린다는 걸 알고 있었다.

앨런이 말없이 '칼럼은?' 하는 표정으로 고개를 돌리자 에릭도 칼럼 쪽을 보았다. 에릭의 말을 듣고 다시 한번 자세히 둘러보기 시작한 칼럼은 유리로 된 꽃병 두 개 중에서 고민하고 있었다. 선반에 진열된 꽃병을 직접 들어 보지도 않고 고개만 움직여 번갈아 바라보는 칼럼의 모습에 앨런과 에릭은 웃고 말았다.

유리로 된 꽃병 자체가 부서지기 쉽고 비싸기 때문에 시장에서 파는 경우는 드물었다. 그중에서도 빨간 장미가 돋보일 것 같은 푸른빛이 감도는 꽃병과 어느 꽃과도 조화로울 듯한 투명한 꽃병 중에 고민했다.

"칼럼이랑 어울리는 건 투명한 거려나. 근데 그런 건 네 본가에 썩어나지 않아?"

"그 정돈 아냐. 뭐, 중요하게 고려해야 할 사항이긴 하네……."

칼럼은 자기가 앨런에게도 들킬 만큼 알기 쉽게 고민하고 있었다는 사실에 얼굴이 살짝 뜨거워졌다. 그래서 잠시 앨런을 돌아보았으나 듣고 보니 일리가 있다 싶었다. 귀족 출신인 칼럼은 본가에 남아돌 만큼 꽃병이 많다. 이 가게에 진열된 어느 꽃병보다도 비싸고 고급스러운 꽃병이 말이다. 칼럼도 형도 심플한 디자인을 선호해서 유리로 된 꽃병이 제법 많았다.

앞으로도 계속 쓸 거면 유리 재질이 좋지 않을까 고민했다. 하지만 이번에는 장미를 우선으로 하고 만일의 때를 대비하기 위한 꽃병이 필요한 것이니 얼마 뒤 쉬는 날에 본가에 가지러 가도 되겠다고 마음을 바꿨다. 설마 앨런이 자기 등을 밀어 주는 날이 올 줄은 몰랐던 칼럼은 손끝으로 앞머리를 정리하며 입안을 깨물었다. 그러나 결국 칼럼은 푸른빛이 감도는 꽃병을 선택했다.

다들 결정해서 다행이라며 웃는 앨런을 보고 약간 부끄러워진 칼럼은 얼굴 근육에 힘이 들어갔다. 하지만 앨런은 앨런대로 부하인 에릭이 꽃병을 골라 줬다고 생각하니 기분이 나아졌다. 그때 문득 한 가지 의문이 떠올랐다.

"그러고 보니 앨런, 본가에서 꽃을 장식한 적 없어?"

"아~ 아니. 꽃이 장식된 적이 있었던 것 같긴 한데 내 담당이 아니라서. 나한테 맡겼으면 가죽 구두에 처박았을걸."

웃음기 섞인 앨런의 대답에 칼럼과 에릭은 할 말을 찾지 못하고 시선을 교환했다. '가죽 구두' 라는 너무나도 전위적인 발상에 농담인가 싶었지만 앨런이라면 충분히 그러고도 남았다. 그 말을 들은 두 사람은 술병에 꽃을 꽂은 건 앨런치고는 그나마 장미를 소중히 장식하려고 한 편이었구나 하고 생각을 고쳤다. 애초에 앨런이 프라이드에게 받은 꽃을 아무렇게나 다룰 리가 없었다.

"앨런 말해 두겠는데 꽃병이 깨지면 새로 사라……."

"작은 꽃병에 억지로 여러 송이를 욱여넣으시면 안 돼요……?"

"알아, 알아."

기본적으로 임무에서도 기사들 간의 사교 자리에서도 언제나 든든한 버팀목이 될 때가 많은 앨런이지만 꽃을 다루는 방법만큼은 알려 줘야겠다고 칼럼과 에릭은 각자 마음속으로 다짐했다. 앨런은 그런 두 사람의 속마음도 모른 채 제일 먼저 대금을 지불했다.

"기사단에 나눠주신 장미도 꽤 인기였지~. 역시 그분이 주신 선물이라는 이유가 제일 크겠지만."

"확실히 그 이유도 있긴 하겠지만 역시 파란 장미는 기사들이 보기에도 신기해서 그런 게 아닐까 싶어요."

근위기사인 그들만 프라이드에게 장미를 받은 게 아니다. 기사단 연습장에도 정식으로 증정된 장미는 프라이드가 파견한 정원사와 신병이 협력해서 연습장 한편에 심었다. 앞으로 정원사에게 손질 방법을 공유받은 신병들이 돌볼 것이다. 앨런 일행이 연습장을 나오기 전에도 기사들이 장미 앞에 모여 있던 것을 봤다.

"평범한 장미라면 몰라도 파란 장미는 상급 귀족조차 쉽게 볼 수 있는 게 아니니까. 엘리트 기사들도 흥미로웠을 거야."

앨런과 에릭의 대화에 칼럼도 대금을 지불하며 맞장구쳤다. 기사단에는 칼럼과 같은 귀족 출신이 드물지 않은데, 장미를 보러 온 기사 중에는 귀족 출신의 비율도 높은 것 같았다. 칼럼에 이어 꽃병 대금을 지불한 에릭도 그건 그렇겠다며 웃었다. 서민 출신인 에릭에게는 그냥 신기한 장미라는 느낌이 강했지만, 상급 귀족일수록 그 장미의 가치를 더 잘 알아볼지도 모른다.

"그 일화도 재밌었지. 그, 게시판에 적혀 있던 그거 말이야."

앨런은 장미를 심은 장소에 세워진 게시판을 떠올렸다. 거기엔 아네모네 왕국에서 증정된 장미라는 설명부터 생태와 일화까지 기록되어 있었다. 프라이드에게도 들은 내용이지만 역시 그 장미는 고백하거나 구혼할 때 쓰는 장미였다.

"그걸 알고도 직접 장미를 주시다니 정말 그분답다니까. 칼럼도 얼굴이 엄청 빨개졌었지."

"너야말로 몸이 얼어붙었으면서!"

"그치만 어쩔 수 없잖아."

칼럼이 눈을 치켜뜨며 부끄러워하는 기색도 없이 웃어넘기는 앨런을 노려보았다. 그 자리에 없었던 에릭도 방금 대화를 들은 것만으로도 그때 두 사람의 모습이 선명히 머릿속에 떠올랐다.

에릭과 아서와 마찬가지로 교대한 앨런과 칼럼 역시 프라이드에게 직접 장미를 선물 받았다. 프라이드가 두 사람이 에릭 일행처럼 놀라지 않게 일화와 생태를 제대로 설명한 다음 건네주었지만, 그래도 두 사람의 심장에는 충분히 나빴다. 의미와 일화를 자기 입으로 말하고 마치 꽃 같은 미소를 지으며 장미를 내미는 프라이드를 보고 진정할 수 있을 리가 없었다.

장미를 들고 다가오는 프라이드를 보고 딱딱하게 굳은 채 등을 크게 젖힌 앨런은 받아 든 장미의 줄기를 으스러뜨리지 않은 게 다행일 지경이었다.

칼럼은 머릿속에서 일화를 곱씹느라 고작 몇 걸음을 걸어오는 프라이드가 마치 여신처럼 보일 정도였다. 얼굴이 상기되고 프라이드의 미소에서 눈이 떨어지지 않았다.

뜨겁게 열이 오르는 와중에도 프라이드에게 감사하다고 인사했으나 지금은 장미의 색이 변하는 순간이 잘 기억나지 않았다. 떠올리려고 해도 장미보다 프라이드의 미소가 뇌리에 더 강하게 박혀 있었다.

"아니, 이성을 유혹하려고 만들어진 것 같은 일화를 듣고 그 장미와 미소를 보면 누구라도 위험하다니까."

한 손을 흔든 앨런은 또다시 그때가 떠올랐는지 얼굴을 살짝 붉히며 웃었고, 칼럼도 에릭의 말을 부정할 수 없었다. 확실히 그 순간이 심장에 나빴다는 건 모두의 공통된 의견이었다. 그들은 새로 산 꽃병을 소중히 양손으로 들고 가게를 뒤로했다.

"그 장미, 기사단장님이 무단으로 가지고 나가지 말라고 하셨지만 어딘가에 쓰고 싶어 하는 놈들이 많아 보이더라."

"어쩔 수 없지. 허락했다간 장미가 새로 자라기도 전에 다 사라질걸."

기사단에 소속된 기사는 많았고 모두가 남자다. 당연히 운명의 상대와 만났을 때 색이 변한다는 일화가 적힌 게시판을 보면 시험하고 싶겠지.

"마음에 둔 상대가 있는 사람일수록 갖고 싶어 하는 것 같더라고요. 앨런 대장님 말씀대로 고백하거나 구혼하기 딱 좋은 꽃이니까요."

"아~ 그러고 보니 스티븐하고 하네스, 브라이스도 갖고 싶어 했었지."

"브라이스는 처자식한테 주려는 것 같던데. 기사단장님이랑 부단장님한테 세 송이만 달라고 교섭하더라고."

"그러고 보니 기사단장님 집만 받은 게 아니고 부단장님도 받으셨죠."

기사단장인 로데릭 몫은 아서가 프라이드에게 받아서 그대로 가지고 갔지만, 기사단장과 부단장은 기사단이 받은 것과 별개로 장미를 받았다는 것을 기사들도 잘 알고 있었다. 부단장인 클라크 몫의 장미가 기사단 앞으로 온 장미와 함께 도착했고, 그때 로데릭 몫은 아서에게 맡겼다는 것도 프라이드의 사자가 알려 주었다. 기사단장을 제쳐두고 부단장만 개인적으로 왕녀에게 장미를 받았다는 오해를 만들지 않기 위한 배려였으나 결과적으로는 부러워하는 기사만 늘게 됐다.

앨런과 칼럼의 대화를 듣고 에릭도 기억났는지 그만 웃고 말았다. 기사단장과 부단장도 애처가니 분명 아내가 기뻐할 것이다. 그 두 사람이 파란 장미를 내미는 모습이 상상됐다.

일화를 들려주고 운명의 상대에게 주면 색이 변하는 파란 장미라고 하면서 장미를 건넸을 때, 심장이 두근거리지 않을 여자가 얼마나 될까. 사랑하는 남자에게 받으면 더할 나위 없겠지.

"만약에 정말로 그 장미가 운명의 상대를 알 수 있는 거라면 어떡할래? 쓸 기야?"

"으~음, 글쎄요. 전 좀 무서울지도 모르겠네요. 만약 좋아하는 상대가 있어도 제 운명의 상대가 아니라는 걸 알면 그 자리에서 관계가 끝나는 거니까 슬프잖아요."

뜬금없는 앨런의 질문에 에릭은 눈썹을 늘어뜨리며 능숙하게 받아쳤다. 운명의 상대에게만 색이 변하는 것도 낭만적이긴 하지만 장미 하나에 자기 마음과 서로의 앞날이 좌우되는 건 싫었다. 함께하는 것도 헤어지는 것도 서로의 의지로 결정하는 게 아니면 진심으로 납득할 수 없을 듯했다.

에릭의 대답에 입을 다물고 말없이 고개를 끄덕이는 칼럼과 달리 질문을 던진 장본인인 앨런은 가벼운 말투로 "그런가?" 라고 하고 에릭을 돌아보았다.

"난 쓸 것 같은데~? 알기도 쉽고 상대에 따라서는 오히려 색이 변할 때까지 노력하는 것도 재밌지 않을까?"

"네 실력으로 운명을 비틀 수 있다는 거야?"

정말 앨런답다고 생각하며 칼럼은 한 손으로 앞머리를 쓸었다. 앨런에게는 비튼다기보단 개척한다는 표현이 더 잘 어울렸다. 그러나 '상대에 따라서는' 이라는 말에 포함된 의미에 관해서는 칼럼과 에릭도 굳이 지적하지 않고 꾹 삼켰다. 두 사람은 그렇다는 증거는 없지만 앨런이 자기가 반한 상대가 왕족만 아니면 제일 빠르게 대시할 수 있는 사람임을 확신했다. 장미 색이 변하지 않는다고 포기할 사람이 아니라는 게 납득이 갔다.

"넌?" 앨런이 자연스럽게 웃으며 묻자 칼럼은 잠시 허공을 바라보았다. 운명의 상대를 알 수 있다면 시험하고 싶긴 했다. 하지만 에릭의 의견도 일리는 있었다.

"구혼할 때 써 볼 가치는 있겠지. 결국엔 양쪽에게 이득일 테니까. 결혼한 후에 알게 되는 것보단 덜 비극적이잖아."

예를 들어 프라이드와 레온의 약혼 때처럼 말인가? 모두의 머릿속에 그런 생각이 떠올랐지만 아무도 입을 열지 않았다. 하지만 파란 장미로 상대를 판별하는 방법이 실제로 있다고 해도 국가 간이나 가문 간의 혼인은 어쩔 도리가 없겠지. 운명의 상대를 어떻게 정의하느냐에 따라 다르겠지만 양측의 마음보다는 이익이 우선시되니까. 운명의 상대가 아니더라도 일단 관계를 체결하는 게 우선될 수도 있다.

칼럼은 우수한 형 덕분에 그런 가문 간의 혼인에 휘말리지 않았지만, 만약 가문 간의 혼인이 확정된 뒤에 장미로 운명의 상대가 판별된다면 어떻게 해야 할지 고민하느라 머리가 복잡했다. 저항할 도리가 없는 이상 모르는 편이 행복할 것 같기도 하지만, 한편으로는 알고 나면 아예 체념할 수 있을 것 같기도 했다. 그리고 만약 거기서 운명의 상대라는 결과가 나온다면……. 거기까지 떠올린 칼럼은 생각하기를 멈췄다.

결국 아무것도 변하지 않으리라는 결론이 나왔다.

"그 말, 진심으로 사랑하는 사람한테도 할 수 있어?"

"……."

마치 생각을 읽은 듯한 앨런의 날카로운 추궁에 칼럼은 무심코 입을 다물었다. 앨런에게 프라이드를 향한 마음을 들킨 건 새삼스럽지도 않지만, 방금 머릿속이 가문 간의 혼인에 관한 고민으로 가득 찼다는 것도 읽힌 기분이 들었다. 그리고 '진심으로 사랑하는 사람' 이라는 말을 듣고 심경이 많이 복잡해졌다는 것을 칼럼도 자각했다.

만약 정말 사랑하는 사람과 결혼하기 전에 파란 장미를 줄 거냐고 칼럼에게 묻는다면 그때의 관계성에 따라 다르다고 답할 것이다. 칼럼은 앨런처럼 운명을 개척할 만큼 강인한 정신력을 가질 자신이 없었지만, 에릭처럼 실패할 때만을 상정하며 조금의 기대조차 하지 않을 자신 역시 없었다. 결혼한 뒤에 만약 운명의 상대가 아니라면 속박하는 짓은 하고 싶지 않은 한편…… 운명의 상대라는 확신이 있었으면 하는 마음도 있었다.

거기까지 생각한 칼럼은 어쩌면 앨런도 그래서 그런 대답을 하지 않았을까 하는 생각이 들었다. 칼럼의 시선이 말없이 앨런에게로 향했다. 구김살 하나 없이 오히려 히죽거리며 즐겁게 웃는 앨런을 미간에 힘을 주고 바라봤다. 그리고 칼럼에게 완전히 놀아났음을 깨달았다. 칼럼의 그런 눈빛을 대답으로 받아들인 앨런은 꽃병을 양손으로 치켜들며 크게 기지개를 켰다.

"아~ 이쪽에서 먼저 건네면 반대로 그분이 부끄러워하실까?"

"아…… 그러고 보니 배달부가 그렇게 했어요. 그냥 받으시던데요."

"진짜로?!"

에릭의 증언을 듣고 앨런은 그만 소리를 질렀다. 칼럼도 흥미롭다는 듯이 에릭을 쳐다보았고, 에릭은 쓴웃음을 지으며 그때 있었던 일을 설명했다. 근위기사는 에릭과 아서뿐이었지만 처음에는 상당히 심장에 나빴다. 그때는 아직 앨런이 했던 가정처럼 '운명의 상대에게만 꽃의 색이 변한다' 고 믿었으니까. 결국 그건 바르가 기사들에게 비아냥거리고 장난친 것이었지만, 처음에는 진심으로 당돌한 현장을 목격한 줄 알았다. 그 바르에게 당했다고 생각하니 약간 화를 내고 싶기도 했다.

"배달부도 줬으니까 우리도 기회가 되면 장미 한 송이 정도 드리는 건 괜찮지 않을까?"

"앨런. 무례함으로 똘똘 뭉친 배달부를 본받아서 어쩌잔 거야."

"그치만 확실하게 말하고 건네면 그분은 엄청 기뻐하실 것 같지 않아?"

"말하시게요?!"

칼럼이 주의시키는데도 아랑곳하지 않고 폭탄 발언으로도 들리는 말을 내뱉은 앨런에게 에릭은 밤색 눈을 희번덕거렸다. 마침내 에릭까지 앨런처럼 우렁찬 목소리를 내고 말았다.

다른 누구도 아닌 앨런이 프라이드를 두고 하는 말이었기에 도저히 가볍게 넘어갈 수가 없었다. 앨런은 평소에 기사들 사이에서도 프라이드를 향한 마음을 전혀 숨기지 않기로 유명했으니까. 놀라는 에릭에게 앨런이 "아니, 그냥 감사 인사나 칭찬 정도는 할 수 있는 거잖아." 하고 웃음기 섞인 목소리로 답했으나 칼럼은 깊은 한숨을 내쉬었다. 말은 그렇게 해도 그때가 되면 앨런이 무슨 충격적인 말을 할지 알 수 없는 노릇이다.

"물론 파란 장미를 받은 것도 무지 기쁘긴 한데. 역시 건네는 쪽 역할도 하고 싶다고 할까."

부끄러워하는 기색도 없이 당당하게 선언한 앨런에게 에릭과 칼럼도 더는 할 말이 없었다. 앨런이 "그 일화도 그렇잖아."라는 말까지 덧붙이자 찍소리도 나오지 않았다. 그들도 기사이자 남자로서 꿈꾸는 이상은 제법 있었다. 프라이드에게 직접 장미를 받은 것만으로도 과분할 만큼 충족되긴 했지만, 주는 쪽과 받는 쪽 중에 어느 쪽이 더 좋냐고 묻는다면 역시 전자였다.

'실제로는 안 하겠지만.' 이라고 생각하며 앨런은 자기가 한 말을 스스로 돌이켜보았다. 마치 꽃 같은 미소를 지으며 장미를 내미는 프라이드와 색이 변하는 장미도 좋았지만, 앨런은 자기가 주는 장미를 프라이드가 어떤 의미로 받아들이든 웃으며 받기만 한다면 마주 웃어 줄 수 있으리라고 확신했다. 장미라는 꽃에 로망도 매력도 딱히 느낀 적 없는 앨런이지만 지금은 꽤 나쁘지 않다고 여길 정도로 프라이드의 미소는 강렬했다. 근위기사 임무가 끝나고 연습장으로 돌아가자마자 꽃병 대신 술병에 물을 넣고 꽃을 꽂아 놓을 만큼.

"확실히 그분은 받는 쪽이 더 어울리시긴 해."

한참을 걸어 시장을 벗어나자 그제야 칼럼이 조용히 읊조렸다. 프라이드에게 장미를 받을 때조차 그녀를 여신으로 보았던 칼럼이기에 더더욱 그렇게 여겼다. 여신의 일화를 그대로 재현하고 싶은 건 아니지만 동경하지 않는다면 거짓말이다. 프라이드가 웃으며 받아 준다면 칼럼은 열이 오르는 수준에서 그치는 게 아니라 아예 눈을 뗄 수 없을 것이다. 번뇌에 빠진 칼럼은 안고 있는 꽃병을 깨뜨리지 않게 손끝까지 의식을 집중했다.

"그렇겠죠. 운명 따윈 어찌 되든 괜찮으니까 저도 드릴 수만 있다면 행복할 것 같아요. 아하하."

칼럼에 이어 에릭이 밤하늘을 올려다보며 나지막이 웃음을 흘렸다. 고작 장미 한 송이지만 직접 건네줘야 하는 상황이 되면 부끄러워서 눈을 마주치기도 힘들지 않을까 싶었다. 하지만 프라이드가 받아 주는 순간 색이 변할 장미를 상상하니 그것만으로도 가슴이 따뜻해졌다. 눈앞에 있는 두 대장은 아마 남자답게 건네겠지만, 에릭은 분명 머리에서 열을 내며 새빨개진 얼굴로 건네겠지. 그럼에도 프라이드는 놀라지도 경멸하지도 않고 그저 웃으며 답하리란 것만은 확실했다.

세 사람은 넋을 놓고 밤바람을 맞는 와중에도 체온이 점점 올랐다. 성으로 향하는 대로를 걷자 다시 몇 초 동안 침묵이 흘렀다. 서로 무슨 생각을 하는지 짐작이 갔지만 속으로만 생각하기로 했다.

드디어 성문이 보이기 시작할 무렵, 앨런이 대화의 물꼬를 틀듯이 멍한 목소리로 두 사람에게 툭 던졌다.

"파란 장미라. 자기 여자가 있는 놈은 당연히 갖고 싶어 하겠지."

"그렇겠지."

"그렇겠죠."

원점으로 돌아간 거나 다름없는 앨런의 혼잣말에 칼럼과 에릭도 고개를 깊이 끄덕이며 긍정했다.

"작은 꽃병도 나눠 드릴 걸 그랬네요."

밤의 정원에서 스테일이 그렇게 중얼거렸다. 평소 같으면 우리는 방에서 쉴 시간대지만 오늘 밤은 조금 달랐다. 근위병 잭을 포함한 위병이 호위로 붙었고 내 옆에는 스테일과 티아라가 나란히 서 있었다. 밤바람을 맞아 감기에 걸리지 않게 각자 윗옷을 단단히 껴입긴 했지만 그 아래는 그냥 잠옷 차림이었다. 정원을 걷다가 스테일이 문득 떠올랐는지 낮에 장미를 받은 근위기사 이야기를 꺼냈다.

"그러게." 하고 나는 스테일의 말에 어깨를 살짝 움츠렸다. 장미를 선물할 생각밖에 없었던지라 그 후에 어떻게 보관해야 하는지까지는 신경을 못 썼다. 장미 꽃다발 쪽은 그냥 평소에 쓰는 꽃병에 꽂아 놓으면 되겠지만.

"내일이라도 준비해야 하나?"

"괜찮아요! 기사분들이라면 분명 소중히 보관하실 거예요!"

"티아라의 말대로입니다. 아서도 본가에 돌아갔으니 준비해 놓을 테죠. 내일 다른 근위기사분들께 의견을 듣고 나서 결정해도 늦지 않을 겁니다."

그렇다. 이미 가지고 있다면 내일 나눠 준들 폐만 되겠지. 성에는 꽃병이 남아도니까 줘도 괜찮지 않을까 싶었지만, 장미 한 송이쯤이야 최악의 경우엔 유리잔에도 보관할 수 있으니까.

문득 나도 모르게 시선이 등 뒤에 서 있는 잭에게로 향했다. 그러자 잭은 말없이 미소를 지으며 고개를 끄덕였다. 아무래도 잭 역시 꽃병 문제는 걱정 없는 듯했다. 일단 전속 시녀 마리와 롯테에게도 내일 물어봐야겠다.

"그러고 보니 오라버니는 어떤 꽃병을 골랐어?"

"전속 시녀한테 맡겼어."

티아라의 질문에 스테일은 검은 안경테를 손가락으로 치켜올렸다. 두 사람이 빈번하게 모이는 내 방과 달리 스테일의 방은 나와 티아라도 방문할 기회가 별로 없다. "흐~음?" 하고 짓궂게 웃는 티아라에게 스테일은 그 이상의 힌트를 줄 생각이 없어 보였다. 나도 조금 궁금했다.

아무렴 스테일이 꽃을 받은 다음 "누님이 주신 소중한 장미입니다."라며 전속 시녀에게 맡겼으니 소중하게 장식했겠지.

"앗, 저기예요!"

스테일의 옆얼굴을 즐겁게 바라보던 티아라가 신이 난 목소리로 외쳤다. 그러더니 살짝 빠르게 걸어가며 정원 한구석을 가리켰다. 왕거에 있는, 장미를 집중적으로 심어 놓은 장미 정원의 한 구석이었다. 그곳에 어제까지 존재하지 않았던 장미가 흐드러지게 피어 있었다. 바로 레온에게 선물 받은 파란 장미다.

아름다운 파란색 장미는 다른 장미와도 완벽하게 조화를 이뤘다. 정원사들이 뛰어난 솜씨로 장미 정원 안에서도 특별하게 배치한 장미는 어둠 속에 옅게 녹아들어 밤을 연기하는 듯 보였다.

"예쁘다. 역시 티아라가 제안한 대로 오늘 밤에 보러 오길 잘했어. 모처럼 보름달이 뜨는 날을 놓칠 순 없지."

"이 위치에서 보면 달이랑 겹쳐서 더 환상적입니다."

스테일의 말에 놀라서 나와 티아라가 나란히 뒤를 돌아보았다. 그리고 장미의 정면에 선 우리와 달리 두 걸음 물러난 장소에 약간 비스듬하게 서 있던 스테일에게 달려갔다. 스테일 옆에 서 보니 파란 장미 바로 뒤로 보름달이 빛났다. 영원히 바라볼 수 있을 만큼 매혹적인 광경에 나도 모르게 탄식이 나왔다. 정말로 오늘 밤을 놓치지 않아서 다행이다. 전생처럼 카메라 기능이 달린 기구가 있었다면 틀림없이 셔터를 연속해서 눌렀을 것이다.

지금 이대로도 아주 아름답지만 장미가 보름달 한가운데에 맞춰지는 각도에서도 보고 싶어져서 그만 고개를 스테일 쪽으로 기울이고 말았다. 아마 스테일이 서 있는 위치가 제일 좋은 각도인 듯했다. 장미 감상에 너무 열중한 나머지 뺨이 맞붙을 정도로 가까이 가는 바람에 숨을 참는 소리를 흘린 스테일이 뒤로 한 걸음 물러났다. 자리를 양보해 줬다는 걸 알아차린 나는 억지로 자리를 빼앗아서 미안하다고 황급히 사과했다. 스테일은 "전 이미 충분히 봤습니다."라고 손등으로 입가를 가린 채 말했지만, 뒤로 물러나자마자 티아라와 부딪힌 걸 보니 아마 나와 티아라 사이에 끼어 있던 듯했다. 어른스럽지 못한 자매라서 정말 면목이 없다. 티아라도 스테일에게 사과했으나 최종적으로 나와 티아라는 어깨를 딱 붙이고 서서 한참 동안 장미를 바라보았다.

'보름달 아래에서 빛나는 파란 장미는 분명 아주 예쁠 거예요!'

오늘 밤에 파란 장미를 감상하러 가자고 제안한 사람은 티아라였다. 저녁 식사 때 파란 장미를 무사히 정원에 심었다는 보고를 받자마자 한 제안이었다. 마침 보름달이 뜨는 밤이었기에 오늘 밤에 보면 아주 예쁠 거라는 티아라의 말에 나도 찬성했다.

그러고 보니 게임에서도 티아라가 같이 밤에 장미를 보자고 꼬드긴 공략 대상이 있었던 것 같은데…….

누구였더라. 문득 떠오른 너한빛 게임 속 이벤트를 머릿속으로 멍하니 되짚어 보았다. 주인공 티아라에게는 모든 공략 대상과 파란 장미 이벤트가 발생했다.

스테일은 공략 루트에 들어가기 전부터 티아라에게 선물하려고 했던 적이 있다는 설정이었지.

게임이 시작되기 몇 년 전인지는 모르겠지만, 멀리 떨어진 탑에서 생활하던 무렵에 티아라가 스테일에게서 파란 장미 이야기를 듣고 줄곧 동경했다고 그리움에 잠겨 회상했었다. 게임이 시작되고 드디어 자기 눈으로 예쁘게 핀 파란 장미를 보고 기뻐하는 티아라에게 스테일이 "사실은 그때 너에게 선물할지 말지 몇 번이나 고민했었어."라고 털어놓자 티아라는 "고마워, 마음만으로도 기뻐."라고 답했다. 티아라는 이런 희귀한 장미를 줬다간 프라이드 여왕에게 혼날 테니까 못 준 것으로만 여겼다. 그리고 진의를 들키지 않은 스테일은 아련한 미소를 지었다. 심지어 그 장면에서도 스테일은 파란 장미를 티아라에게 선물하지 못했다. 티아라가 파란 장미 일화를 남 일처럼 얘기하는 바람에 더더욱 건네기 힘들어졌다. 순수한 티아라에게 플래그가 박살 난 스테일은 상당히 불쌍했다. 최종적으로 스테일이 장미를 건네주는 건 티아라를 성에서 탈출시킨 뒤였다.

"줄곧 동경했었지? 드디어 건넸네……."

스테일은 도피 생활에 불안해하는 티아라의 기운을 북돋기 위해 정원에서 몰래 꺾은 파란 장미를 내밀었다. 색이 변하는 장미에 넋을 잃고 눈을 반짝이는 티아라와 그런 티아라의 옆얼굴을 지긋이 바라보는 스테일은 그야말로 한 폭의 그림 같았다.

"검은색? 아니면 파란색? 으음…… 도자기? 유리?"

"유리고 초록색이랑 검은색 조합이야."

그런 티아라와 스테일이 지금은 내 뒤에서 한창 노닥거리는 중이다. 내가 사색에 빠진 사이 어느새 스테일 옆으로 물러난 티아라는 소곤거리며 스테일과 잡담을 나누고 있었다. 잘 들리진 않지만 양손을 입가에 대고 스테일에게 귓속말을 하는 티아라의 모습이 무척 사이좋아 보였다. 티아라가 "멋지다!" 하고 토끼처럼 폴짝 뛰어오르자 스테일은 팔짱을 끼며 어깨를 떨궜다. 아무튼 사이가 좋다는 점에는 변함이 없다.

아서는 티아라와 정원을 걷고 있을 때였나…….

다시 파란 장미로 시선을 돌리자 자연스럽게 게임을 떠올렸다. 분명 살짝 사이가 좋아졌을 즈음이었나. 게임에서는 장미 정원도 이렇게까지 넓지 않았고, 파란 장미도 더 적었다. 장미 정원과 살짝 떨어진 위치에 심어져 있기에 왕거에 있는 정원을 둘러본 적 없는 아서를 티아라가 붙어서 안내했다. 파란 장미를 난생처음 보는 아서에게 티아라가 관련된 일화를 알려 주었다. 동경한다고 중얼거리는 티아라를 말없이 의미심장하게 바라보는 아서가 참 안타까웠다. 아서는 티아라에게 장미를 주고 싶었지만 아직 연심도 자각하지 못한 상태였던 데다가 기사라는 입장도 있어서 배려하느라 그러지 못했다.

아서도 그 자리에서는 건네지 않고…… 아 맞다, 특수 능력이 밝혀진 뒤였지. 티아라와 거리가 멀어졌었다가 그 뒤로 확 좁힌 아서는 어느 날 밤 갑자기 티아라를 만나러 오더니 장미를 건네고 곧장 떠났다.

"아뇨 오늘 밤은 이미 늦었습니다. 이걸 전하러 왔을 뿐입니다. 그럼 좋은 꿈 꾸십시오."

장미 색이 변하는 광경을 보고 티아라가 놀라는 사이, 정작 아서는 색이 변하는 걸 목격할 틈도 없이 도망쳤다. 귀중한 파란 장미를 멋대로 꺾은 거기도 하고 쑥스럽기도 해서 그랬겠지만, 지금 생각하니 아버지인 기사단장과 많이 닮았다 싶었다. 기사단장은 절대로 정원의 장미를 멋대로 꺾을 사람이 아니지만, 이렇게 서투르게 애정을 표현하는 방식은 지금의 아서보다는 기사단장의 이미지에 더 가까웠다. 아내에게 장미를 내미는 기사단장이라니, 진짜 보고 싶은걸…….

"아서는 시원시원하게 건넬 것 같아."

"이 장미를요?"

나도 모르게 중얼거리자 티아라가 고개를 빼꼼 내밀었다. 그만 소리 내서 말했단 걸 깨닫고 입을 한 손으로 가리며 숨을 삼켰다. "아, 응."이라고 대답은 했지만 차마 게임 속 아서와 비교했다는 말은 할 수 없었다. 최소한 지금의 아서는 티아라가 동경한다고 하면 그 자리에서 꺾어서 내밀지 않을까? 왕거에 핀 장미라는 점 때문에 망설이긴 하겠지만.

"아뇨. 아서는 그 정도로 능숙하지 않습니다. 시원시원하긴커녕 프라이드 상대로는 너무 황송하다며 이러지도 저러지도 못하고 배려하다가, 부탁해야 겨우 각오를 다질 남자입니다. 열이 나서 내미는 손끝까지 떨리는 모습이 눈에 훤하군요."

"오라버니, 남 말 할 처지야?"

그 직후 스테일이 있는 힘껏 기침을 했다. 어느새 티아라가 아니라 나에게 주는 걸 상정한 이야기가 되어서 웃음이 나왔다. 하긴 아서가 여동생처럼 귀여워하는 티아라라면 몰라도 내가 상대라면 위축되긴 하겠지.

"오라버니도 무조건 부끄러워할걸? 안경이 흐려지고 얼굴도 완전 새빨개져서 눈도 못 마주칠 만큼. 분명히 아서보다 더 그럴듯한 이유를 대고 도망…… 으읍!"

티아라는 말하는 도중에 스테일에게 양손으로 입을 막혀, 가느다란 눈썹을 잔뜩 찌푸리며 고개를 흔들었다. 그럼에도 뿌리치지 못하게 단단히 붙잡은 스테일은 달아오른 얼굴로 "그 이상은 됐어, 티아라."라고 내뱉었다. 스테일도 이제 다 컸으니 여자에게 꽃을 줄 때 부끄러워하려나? 사교계에서 인기 만점인 스테일이라면 좋아하는 이성에게도 게임보다 더 멋진 연출과 함께 건넬 것 같은데.

그렇게 생각하니 질베르 재상은 제법 여유로운 어른이었구나.

게임에서는 13세의 소년 '질' 이지만. 히든 캐릭터였던 질이 티아라에게 장미를 준 이유는 신분을 숨긴 티아라가 마을 아이들에게 이야기를 들려준 것이 계기였다. 파란 장미 일화를 알려 주며 진짜로 있고 동경한다며 순진무구하게 웃는 티아라에게 질이 다음 날 선물했다. 질은 늦은 밤에 돌아온 자기를 마중 나온 티아라에게 "받아요." 하고 아주 솔직하게 들고 있던 장미를 그대로 내밀었다.

"우연히 얻었습니다. 저 같은 사람보다는 당신 같은 여자에게 더 어울려요."

티아라도 전날 밤에 얘기했던 장미를 보고 놀랐다. 그리고 "프리지아 왕국에서도 성에 있는 정원에만 피는 장미를 어떻게 당신이……?!" 하고 질문하자 능숙하게 말을 흘린 질은 역시 질베르 재상다웠다. 질베르의 정체로도 이어지는 좋은 복선이었다. 다만 전혀 부끄러워하는 기색 없이 그냥 건네고 끝나 버렸다. 좋은 분위기였던 건 분명했고 티아라가 무척 기뻐하자 질도 "기뻐해 주시는 것만으로도 영광입니다."라고 만족스럽게 말하긴 했지만, 뭐랄까 너무 익숙해 보였다. 그런 면 때문에 질 루트가 연애 요소도 내용도 얕아 보이고 인상에 잘 안 남는다는 게 내 지론이다. 지금도 티아라가 동경한다고 하면 시원시원하게 건네줄 거라고 단언할 수 있다!

"레온 왕자에겐 다시 한번 감사 인사를 해야겠네요. 이런 광경을 언니와 오라버니랑 볼 수 있어서 무지 행복해요!"

너무 기쁜 나머지 또 제자리에서 폴짝 뛰어오른 티아라에게 나도 동의하며 귀여워서 웃고 말았다. 새삼스럽지만 레온은 정말 선물까지 모든 게 완벽하구나 싶었다.

그런 레온이 공략대상일 땐 오히려 티아라에게 다방면으로 돌봄을 받다니…….

문득 나도 모르게 눈빛이 아련해지는 걸 자각했다. 지금이야 완벽한 왕자님인 레온이지만 게임에서는 첫 만남부터 아주 대단했었으니까. 티아라가 마음의 병이 생겨 방 안에 틀어박혀 있던 레온의 손을 잡고 정원으로 끌고 나간 게 장미 이벤트의 계기기도 했다. 오랜만에 온몸에 햇빛을 쐰 레온이 정원에 핀 꽃을 구경하며 티아라와 평온한 시간을 보내는 장면은 몹시 로맨틱했다. 특히 파란 장미는 레온에게도 추억이 있는 꽃이라 스스로 발걸음을 멈췄다.

이 장미를 아냐고 묻는 티아라에게 레온은 그리움에 잠긴 표정으로 자기 나라였던 아네모네 왕국에서 집중적으로 재배하는 장미라고 답했다. 다만 게임에서는 대량 재배한 걸 나눠 준 게 아니라 어디까지나 '아네모네 왕국에서도 희소한 장미' 라는 취급이었기 때문에 아마 여왕 프라이드가 아네모네 왕국으로부터 강제로 빼앗았을 확률이 높다. 그래…… 최종보스 프라이드라면 그러고도 남는다.

레온은 당연히 일화도 알고 있어서 여신 일화를 동경한다고 말하는 티아라에게…… 그 자리에서 건넸었지. 새삼스럽게 마음은 병들었어도 역시 레온은 레온이다 싶었다. 들키면 여왕 프라이드에게 벌을 받을지도 모른다는 걸 자기도 알았을 텐데.

"괜찮아. 너에게 선물하고 싶어서 준 거야. 이 이상의 이유는 필요 없어."

덧없이 미소 짓는 레온은 왕자님 그 자체였다. 여전히 트라우마가 가시지 않아서 최종보스 프라이드는 레온에게 공포의 대상이었음에도 불구하고 티아라를 기쁘게 해 주고 싶다는 마음이 이긴 거니까. 둘만의 비밀이라며 티아라의 입가에 살며시 검지를 대는 동작도 멋있었고…… 레온 루트는 정말이지 달달했구나. 역시 색기 담당이야.

그런 레온이 지금은 이렇게 양팔로도 다 안을 수 없을 만큼 많은 장미를 우리에게 보낼 수 있다는 사실에 기분이 조금 이상했다. 뭔가 일화 속 여신의 꽃이라기보단 레온의 행복을 상징하는 꽃이라는 인상이 더 강했다. 지금의 레온은 장미 한 송이 정도가 아니라 우리에게 나눠 줘도 남아돌 만큼 산더미같이 많은 사랑에 둘러싸여 있으니까.

여기까지 생각하다가 깨달았다. 그러고 보니 방금 언급한 공략 대상 중에는 밤에 끌려 나온 사람이 아무도 없다. 레온이 티아라에게 정원으로 끌려 나오지 않았나 했는데, 곰곰이 되짚어 보니 밖으로 나온 건 해가 떠 있는 시간대였다. 아서는 밤에 건네긴 했지만 정원에 같이 가진 않았고, 스테일도 밤에 같이 장미를 보러 가진 않았던 것 같은데. 그렇다는 건…….

세드릭…….

정말 실례되는 말이긴 하지만, 이 타이밍에 세드릭이 떠오르니 머리가 지끈거렸다. 나도 모르게 한 손으로 머리를 부여잡았다가 티아라와 스테일에게 동시에 걱정받고 말았다. 하지만 어쩔 수 없다. 세드릭만은 현재 진행형으로 게임과 똑같이 티아라를 짝사랑 중인 사람이니까. 심지어 티아라의 호감도는 게임에서보다 훨씬 더 낮다.

게임에서는 밤에 파란 장미를 보자며 티아라에게 끌려 나왔던 복 받은 남자 세드릭. 아마 티아라가 자기를 사랑하게 하려고 고군분투하던 무렵이었던가. 어떻게든 티아라가 자기에게 푹 빠지게 하려고 필사적이어서 본인보다 티아라 중심으로 행동하던 세드릭이 드물게 흥미를 보인 게 계기였다.

정원에서 단둘이 산책하다가 보기 드문 파란 장미를 발견한 티아라가 일화를 들려주었다. 파란 장미는 난생처음 보는데 그런 일화가 있냐며 세드릭이 즐겁게 이야기를 듣자, 티아라도 기뻐했다. 계속 티아라 중심으로만 행동하던 세드릭의 솔직한 면모에 티아라도 마음이 움직였을 것이다. 처음 보는 장미의 파란 빛깔에 넋을 잃은 세드릭은…….

"오늘 밤 보름달 아래에서 빛나는 광경은 분명 아름답겠지."

그 말을 들은 티아라는 세드릭에게 "괜찮으시면 오늘 같이 보실래요?"라고 처음으로 자기가 먼저 제안해 끌고 나왔다. 약혼자라서 같이 밤에 정원에 나가도 아무도 나무라지 않았다. 단둘이 달빛 아래에서 빛나는 장미를 바라보며 순수하게 감동하는 장면은 정말 분위기가 좋았다. 다만, 세드릭은 그 자리에서 장미를 건네주지 않았다. 그게 티아라를 두근거리게 할 절호의 기회임은 알았지만 티아라에게 '운명의 상대에게 주면 빨간색으로 변한다'는 이야기를 들은 세드릭은 오히려 건넬 수 없었다.

티아라가 자기를 사랑하게 한 뒤 자기 손으로 죽여야 했기에 스스로가 티아라의 운명의 상대라는 확신이 없었다. 여기서 장미를 건넸는데 색이 변하지 않으면 자기의 추악한 마음과 정체가 들킬 것 같아 망설였다. 최종적으로 세드릭이 티아라에게 파란 장미를 준 게 게임 막바지 때였던가. 세드릭은 최종보스 프라이드를 무찌르고 평화가 찾아온 경사스러운 상황에서 티아라에게 장미를 건넸다. "그땐 장미의 색이 변하지 않을까 봐 무서웠어. 다시 한번 사랑을 맹세할게." 그렇게 프러포즈하면서. 장미는 보란 듯이 빨간색으로 변하고 해피 엔딩……이라는 메인 공략 대상다운 장미 에피소드였다.

이렇게 게임 속 세계로 환생해서 확인하니 결국 장미는 어떤 조건에서도 빨간색으로 변하는 거였지만. 그러고 보면 장미가 운명의 상대를 판단해 준다는 소리를 믿은 세드릭은 게임에서도 순수한 편이었구나 싶다.

현실에서도 세드릭이 짝사랑 상대인 티아라에게 파란 장미를 선물할 수 있는 날이 과연 올까? 내가 장미를 나눠 줄 때도 티아라에게 건네고 싶은 눈치였지만 말을 거는 것조차 버거워 보이던데. 물론 나도 응원하고 싶은 마음은 굴뚝같다만…….

"티아라는 이 장미를 어떤 식으로 받고 싶어?"

"네, 네?! 저, 저 말이에요?!"

머릿속에 떠오른 대로 아무 맥락 없이 내지른 내 질문에 어깨를 들썩거린 티아라가 금색 눈을 수정처럼 동그랗게 떴다. 뺨이 발그레해진 걸 보고 역시 사랑 이야기는 좀 부담스럽나 하고 반성했다. 티아라는 대체로 사랑 이야기를 재미있어하지만 갑자기 질문을 받으니 당황스러운 모양이었다. 스테일도 흥미롭다는 듯이 바라보자 티아라는 뜨거워 보이는 뺨을 양손으로 감싸며 우리에게서 고개를 돌렸다. 그리고 "그, 글쎄요!" 라며 눈을 좌우로 두리번거렸다.

"마, 만약, 가능하다면…… 여여여역시, 조, 좋아하는 사람한테, 좋아한다는 고백과 함께 받고 싶어요……. 어, 언니한테 들은 일화처럼, 그, 그냥 예를 드는 거지만, 구혼하면서 주는 그런 거…… 다, 다들 동경하잖아요…… 그렇죠……?"

티아라는 말이 빨라지고 목소리가 뒤집히기를 몇 번이나 반복하며 알려 주더니 마지막에는 살짝 자신 없는 표정으로 날 올려다보았다. 천생 소녀 티아라다운 멋진 취향이었다. 내가 "그렇지." 하고 웃자 공감해 주는 사람이 있어서 안도했는지 크게 한숨을 내쉬며 가슴을 쓸어내렸다.

장미와 함께 프러포즈라, 동경하는 마음도 이해가 간다. 세드릭, 게임 속 너였다면 티아라의 취향을 완벽하게 저격할 수 있었을 텐데. 이렇게 보니 티아라에게 처음으로 장미를 주는 역할을 내가 빼앗아서 미안하다고 다방면으로 사죄해야 할 것 같기도 하고.

"처음 장미를 준 사람이 나라서 미안해. 하지만 널 사랑하는 마음은 진짜야."

"그렇지 않아요! 엄청 기뻤는걸요! 언니한테 받은 장미, 귀여운 꽃병에 꽂아서 방에 소중히 장식해 뒀다고요!"

쓴웃음을 지으며 말하자, 티아라가 황급히 부정한 덕에 이번에는 기뻐서 웃음이 나왔다. 정말 귀여운 여동생이다. 주먹을 움켜쥐며 "진짜 진짜요!" 라고 반복하는 티아라에게 나도 "고마워." 라고 답했다.

“어, 언니는 어떠세요?! 꼭 듣고 싶어요!”

이런, 창끝이 그대로 나에게 돌아왔다. 하지만 이건 내가 먼저 던진 이상 각오해야 할 질문이었다. “글쎄…….”라고 말하면서도 입가가 빠르게 경직됐다. 스테일도 날 뚫어져라 쳐다보는 와중에 난 시선을 방황하며 뭐라 답할지 고민했다. 필사적으로 기억 깊숙이 파묻힌 게임 속 장미 이벤트를 끄집어냈다.

“나, 나도 일화 같은 걸 동경……할지도? 서로 일화를 아는 상황에서 자연스럽게 건네는…… 그런 거 멋있잖아. 각 잡고 주는 것도 멋있지만 아무렇지도 않게 슬쩍 건넨다든가…….”

“다시 말해 바르의 그 방식이 취향이라는 뜻인가요……?”

스테일이 약간 낮게 헛기침하자, 내가 놀라 사레가 들리고 말았다. 예상치 못한 각도에서 허를 찔렸다. 익숙하지 않은 연애 취향 이야기를 하는 것만으로도 얼굴이 뜨거워져서 혼자 부채질을 할 정도였는데, 무난하다고 여겼던 취향이 상상도 못한 복병이었단 사실에 내가 제일 충격을 받았다. 바르! 그 사람은 정말……!

돌이켜 보니 분명 슬쩍 주긴 했지만 실제로는 연애 이벤트 같은 느낌이 눈곱만큼도 없었기에 갑자기 슬퍼졌다. 이상과 현실의 차이를 이런 데서 통감할 줄은 몰랐는데. 아니, 애초에 바르한테 연애 이벤트를 해 주려는 의도가 있었을 리가 없으니 당연하지만! 그때는 바르가 케멧이나 세펙이 아니라 나에게 꽃을 줘서 의외라는 생각이 앞섰다. 결국 왜 준 거지?

지금 회상해 보면 바르가 장미를 내미는 모습 자체는 제법 그럴듯하긴 했다. 이러니저러니 해도 여성향 게임의 실력 좋은 일러스트레이터가 그린 캐릭터고 사악한 표정만 안 짓는다면 이목구

비가 단정한 사람인 건 맞으니까.

바르가 공략 대상이었다면 티아라에게 어떤 식으로 장미를 건네려나. 안 되겠어. 전혀 상상이 안 돼. 주인공 티아라의 필살기인 '동경해요!' 라는 말에도 낭만이고 뭐고 없이 그 자리에서 툭 꺾어서 휙 던져 주는 이미지밖에 안 떠올라. 애초에 그 사람은 왕족을 싫어해서 게임에서도 티아라를 아니꼽게 봤었으니까. 아니, 첫인상이 최악인 데서부터 시작되는 사랑도 단골 소재라면 단골 소재인가. 이렇게 보니 오히려 그때는 바르치고는 정중하게 건넨 편이었구나.

사레가 들린 내 등을 쓰다듬어 주는 티아라에게 고맙다고 인사하며 웅크렸던 몸을 원래대로 폈다.

"그건 그렇지만……. 역시 최소한의 분위기는 내야 하지 않을까. 그리고 멋진 이유를 함께 붙여서 주면 기쁠 것 같아."

아까 한 말 취소라고 마음속으로 외치며 어떻게든 말을 바꿨다. 여전히 자연스럽게 건네는 시추에이션을 동경하긴 하지만 여성향 게임 같은 분위기가 없으면 의미가 없다. 이 의견에는 스테일도 납득했는지 "그렇군요." 하고 어깨가 내려갈 정도로 한숨을 내쉬었다. 티아라도 "알 것 같아요!" 하고 눈을 반짝이며 고개를 힘껏 끄덕였다. 뒤이어 근위병 잭까지 고개를 작게 끄덕여서 설마 어딘가에 참고할 셈인가 싶어 심장이 덜컥했다. 제발 부탁이니 본보기 삼는다면 티아라를 참고하길 바란다.

"꽃을 받을 때는 두근거리고 싶은 법이잖아요! 저, 어릴 때부터 그런 책을 많이 읽어서 지금도 그런 걸 동경다고 할까……."

"티아라는 공주님이랑 왕자님 이야기를 아주 좋아했으니까.

그리고 깜짝 선물 같은 것도 좋지 않아? 눈앞에 펼쳐질 만큼 많은 장미를 준비한다든가…….”

“오늘 레온 왕자가 보낸 것처럼 말이에요?”

‘레온!’ 티아라의 지적을 듣고 마음속으로 두 번째 비명을 질렀다. 완벽한 왕자님인 레온은 연애 경험이 아예 없는 수준인 내 상상을 가볍게 뛰어넘는구나. 땅바닥에 손을 짚고 좌절하고 싶은 마음을 꾹 누르고 양손으로 얼굴을 가렸다. 아니, 레온은 잘못이 없다. 오히려 더없이 멋진 선물 방식임을 한 번 더 확인했을 뿐이다. 다만…… 내 발상이 얼마나 빈약한지 절실히 깨달았다.

“슬슬 돌아갈까요……. 너무 오래 있으면 몸이 차가워질 테니 말이죠.”

날 보다가 답답했는지 스테일이 배려하듯이 말을 걸었다. 나도 찬성하며 살짝 비틀거리는 다리를 앞으로 내디뎠다. 여성향 게임의 등장인물이었던 사람들에게 둘러싸인 나는 아마 평생을 가도 못 겪을 취향 저격 이벤트를 이미 다 맛보지 않았을까 하고 마치 남 일처럼 멍하니 생각했다.

“다음에 레온 왕자도 같이 있을 때 저 장미 앞에서 다과회 해요! 오라버니도요!”

내 기운을 북돋아 주려는 듯이 햇살 같은 미소를 짓는 티아라의 제안에 나도 자연스럽게 가슴이 따뜻해졌다. 오늘 밤의 장미는 특별했지만 태양 아래에서 보는 장미도 분명 아름답겠지. 다 같이 그 장미를 감상하며 차를 마시면 정말 근사하겠는걸.

앞으로도 언제든 볼 수 있는 파란 장미를 마지막으로 한 번 더 돌아보며 뇌리에 새긴 후 우리는 궁전으로 돌아갔다. 언젠가, 그야말로 너한빛에서처럼 사랑하는 두 사람이 파란 장미를 교환하는 때가 오면 좋겠다고 이상향을 그리며. 아, 그런데…….

아마 지금쯤이면…….

"다녀왔어."

"안녕히 다녀오셨습니까."

열린 현관에 공손히 마중 나온 시녀들 뒤로 점점 가까워지는 발소리를 빠르게 포착한 그는 부드럽게 미소를 지었다. 차분한 발소리와 함께 나타난 여자는 그 순간 눈이 휘둥그레졌다.

"질. 그 장미는 웬 거야?……."

"다녀왔어, 마리아. 이건 프라이드 님께 받았어. 그건 그렇고 스텔라는 벌써 침대에 있을 시간일 줄 알았는데."

저택으로 돌아온 자기를 맞아 주는 마리안느를 보고 파란 장미를 분재째 끌어안은 질베르도 살짝 놀랐다. 오늘 밤에는 들고 가야 할 짐이 크기에 성에서 마차에 태워 줬는데, 일이 평소보다 늦게 끝나고 말았다. 사랑스러운 딸 스텔라도 진작 잠들었을 시간이었다. 그런데 사랑하는 아내가 그런 스텔라를 안고 나타날 줄은 예상 못했다.

무릎 위에서 깜빡 잠든 스텔라가 귀여워서 그대로 놔뒀다는 마리안느의 이야기를 듣고 질베르는 입꼬리가 올라갔다. 장미 분재를 들고 있느라 자기가 안을 수 없는 게 아쉬울 정도였다. 마중 나온 시녀가 "제가 들겠습니다."라고 말했지만 여기서 분재를 넘긴들 흙으로 더러워진 손으로 곧 침대로 갈 딸을 만질 수는 없기에 오늘 밤은 참기로 했다.

마리안느에게 경위를 설명하며 저택 안으로 들어간 질베르는 잠시 거실 소파 앞에 장미를 잘 보이게 내려놓았다. 아내가 딸을 안은 채 다시 소파에 앉아도 가까이에서 보이도록.

"색이 너무 예쁘다……. 아네모네 왕국의 장미라니, 그렇게 귀한 걸 받아도 돼?"

"나 말고도 근위기사들과 기사단에도 증정했대. 돌보는 법도 들었으니까 나중에 공유할게. 내가 없는 동안에도 시녀가 돌볼 수 있어야 하니까."

질베르의 말에 시녀들도 기쁘게 웃었다. 맡겨만 달라고 입을 모아 외치는 시녀들에게 질베르도 웃으며 맞장구쳤다.

"프라이드 님께 이것저것 들었어. 손질 방법 외에 흥미로운 일화도 있더라고."

그렇게 시작된 두 사람의 대화에 스텔라가 어머니의 품 안에서 어렴풋이 눈을 떴다. 눈을 비비며 즐겁게 얘기하는 부모님을 번갈아 보던 스텔라는 "아버지." 하고 중얼거렸다.

스텔라는 안아 주길 바라며 천천히 아버지에게 팔을 뻗었으나 질베르는 지금은 옷이 더러워져서 안 된다고 어깨를 움츠리며 거절했다. 마리안느가 "저것 봐." 하고 딸의 주의를 돌리기 위해 장미 분재를 가리키자 어린아이의 동그란 눈이 번쩍 뜨였다. 완전히 잠이 깬 듯한 스텔라를 흐뭇하게 바라보던 질베르는 장미 한 송이를 툭 꺾었다. 프라이드가 설명한 대로 손가락으로 잡고 있는 동안에는 계속 파란색이었다.

질베르는 마리안느와 스텔라가 앉은 소파 앞에 한쪽 무릎을 꿇고서 장미를 내밀었다.

"마리아, 스텔라. 너희를 위한 거야."

장미의 위험성을 잘 아는 마리안느는 장미를 신중하게 손가락으로 집었다. 스텔라도 작은 손바닥을 한껏 펼쳐서 장미를 움켜쥐려 했으나, 장미에는 가시가 달려 있다는 아버지의 말에 어머니의 손가락 위로 겹쳐 잡는 것으로 만족했다.

질베르가 살며시 손가락을 뗀 순간 눈 깜짝할 사이에 파란 장미가 빨간색으로 바뀌었다. "우와!" 하고 기쁘게 소리를 지르는 스텔라와 함께 행복으로 가득 찬 미소를 지은 마리안느도 그 찰나에 시선을 빼앗겼다.

질베르에게는 색이 변하는 장미보다 두 사람의 반응이 훨씬 더 사랑스럽고 눈을 떼기 어려운 광경이었다.

후기

안녕하세요, 텐이치입니다.

이번에 '비극의 원흉이 되는 최강악역 최종보스 여왕은 국민을 위해 헌신합니다', 줄여서 비최헌 8권을 구입해 주셔서 진심으로 감사합니다.

여러분 덕에 또 스즈노스케 선생님과 일할 수 있었고, 드디어 스토리가 약혼자 후보 이야기까지 진행됐습니다. 3권의 약혼자 편이 그리웠기에 이번 스토리는 다시 프라이드의 약혼이 테마가 되었습니다. 이름하여 '약혼자 후보 편' 이며, 내용 자체는 전혀 바꾸지 않고 독자분들이 읽기 쉽게 재편성했습니다.

프라이드와 티아라의 약혼자 후보를 주축으로 스토리가 전개됩니다. 프라이드의 선택과 티아라의 약혼 문제에 깜짝 놀라셨으면 좋겠네요.

그리고 이번에는 또 다른 테마인 '파란 장미' 도 즐겨 주시길 바라는 마음으로 번외편을 써 보았습니다. 스즈노스케 선생님이 아름답게 그리신 장미로 화려하게 장식된 표지와 함께 재밌게 감상해 주시면 좋겠습니다.

만약 이번 권까지 읽고 마음에 들거나 관심이 가는 에피소드 혹은 등장인물이 있었다면 부디 '소설가가 되자' 에 게재된 웹 연재

판에도 놀러 와 주세요. 단행본과는 다르게 진행되는 스토리와 다양한 등장인물의 에피소드가 게재되어 있답니다.

스즈노스케 선생님, 이번에도 아름다운 일러스트를 그려 주셔서 감사합니다. 특히 장미의 색이 변하는 표지의 연출이 너무 예뻐요. 컬러이기에 만끽할 수 있는 아름다움이었습니다. 나란히 선 세 사람의 모습이 마치 여성향 게임 표지 같아서 정말 두근거리더라고요.

작년에 방송된 애니메이션이나 리부트된 만화와 TTS를 계기로 구입하신 분들도 계시지 않을까 싶은데요. 코가와 미사키 선생님과 카와노 아키코 선생님이 그리신 만화 1권이 약 두 달 전에 발매됐죠. 홀린 듯이 빠져드는 구성과 예쁘고 멋있게 그리신 등장인물 덕에 많은 분이 이 작품을 알게 됐습니다. 아직 안 보신 분들은 그쪽도 꼭 봐 주세요. 아주 매력적이랍니다!

멋진 분들과 함께 일할 수 있어서 저는 정말 행복합니다.

끝으로 이 책을 구입해 주신 여러분, 웹 연재판을 지켜봐 주시는 독자분들, 스즈노스케 선생님, 코가와 미사키 선생님, 카와노 아키코 선생님, 팬레터를 보내 주신 분들, 이치진샤 직원분들, 출판 및 단행본 관계자 여러분. 이 작품을 판매하고 가게에 진열해 주신 영업자분들, 서점 사장님들, 그리고 서포트해 주신 담당 편집자님, 지지해 주는 가족, 친구, 모든 분께 진심으로 감사드립니다.

마음씨 착한 여러분과 또 만날 기회가 있기를 바랍니다.

비극의 원흉이 되는 최강악역 최종보스 여왕은 국민을 위해 헌신합니다 8

2025년 11월 05일 제1판 인쇄
2025년 11월 20일 제1판 발행

지음 텐이치
일러스트 스즈노스케

제작 · 편집 노블엔진 편집부

발행 데이즈엔터(주)
등록번호 제 2023-000035호
주소 07551 서울특별시 강서구 양천로 570 NH서울타워 19층
대표전화 02-2013-5665

ISBN 979-11-380-6330-2
ISBN 979-11-380-1616-2 (세트)

구매 시 파손된 도서는 구매처에서 교환하실 수 있습니다.
기타 불편사항, 문의사항이 있으신 독자님께서는 노블엔진 홈페이지
[http://novelengine.com] 에서 Q&A 게시판을 이용해 주시기 바랍니다.